탄금

呑金

금을 삼키다

탄금

呑金

금을 삼키다

장다혜 장편소설

북레시피

차례

夏

秋

冬

경술년

기
해
년

입춘

꽃 결에 사라진 아이

매화가 졌다. 민들레가 돋았다. 햇발을 선점하려는 새순들이 앞다투어 피어올랐다. 홍랑은 뒷동산에 걸린 귤빛 햇살을 가르며 줄행랑을 치고 있었다. 허겁지겁 뒤를 돌아볼 때마다 여덟 살 동자의 색동저고리는 야들하게 윤이 났고, 징을 박은 청록당혜는 간당간당 발끝에서 춤을 추었다. 정수리에서 들썩이던 화관은 숫제 목걸이가 된 지 오래였다. 소년은 누이를 피해 내달리는 중이었다. 정확히는, 두 손바닥을 맞붙여 동그랗게 부풀린 누이의 손을 피해 달아나는 것이었다. 능금을 통째로 감싸 쥔 듯한 모양새로 보아 어지간히도 큰 풀벌레를 잡은 게 분명했다. 이른 봄에 사마귀나 물장군이 나올 리 없으니 풍뎅이나 사슴벌레일 터였다. 아니, 장수하늘소일지도. 장수하늘소! 그 빳빳한

11

더듬이를 떠올린 찰나, 꼭뒤에 누이의 손이 와 닿았다.

"아아아아앗!"

제 속력을 이기지 못한 작은 체구가 앞으로 꼬꾸라져 나뒹굴었다. 석양을 등져 기형적으로 휘늘어진 누이의 그림자가 그 위를 덮쳐왔다.

"이게 널 잡아먹기라도 할까봐?"

"그만, 그만! 항복이라니까!"

아우의 힘겨운 손사래에도 누이는 인정사정없이 손을 들이밀곤 홱 폈다.

"훕!"

깔딱숨을 고르던 홍랑이 어깨를 옹송그리며 질끈 눈을 감았다. 기름하게 뜬 실눈으로 살금살금 누이의 손바닥을 더듬었으나 거기엔 징그러운 곤충은커녕 땀에 전 풀잎 한 장만이 들러붙어 있을 뿐이었다. 그마저도 곧 쌩한 봄바람에 획 날아갔다.

"또 속았지, 하하하하하!"

재이는 배를 움켜쥐고 허리까지 꺾어대며 웃어젖혔다. 순둥이 아우 놀려먹는 재미가 여간 아니었다. 쏙 빠진 앞니 사이로 날름대는 혀가, 녹각마냥 양 귀에 꽂은 철쭉 가지가, 허리춤에 꽂혀 있는 새총이 아홉 살 소녀를 한층 개구지게 보이게 했다. 정작 홍랑은 기진하여 나스르르한 풀밭 위에 대자로 드러누운 참이었다. 기껏 찹쌀떡 같은 뺨을 실룩거리며 사지를 휘적거리는 것으로 분통을 터뜨릴 뿐이었다. 그 자질구레한 앙탈에 희뿌연 민들레 홀씨들이 두둥실 솟구쳐 올랐다. 멀찌감치, 삼삼오오 모여 어린 쑥을 캐고 있던 아낙들이 그런 둘을 보며 혀를 끌끌

찼다.

"고년 차암, 싹수가 노오랗다! 어린 웃전을 아주 갖고 노네 놀아. 대체 뉘집 종년이래?"

"종년이라니, 큰일 날 소리! 민상단 댁 애기씨 아냐!"

"그, 그럼 남매라고? 저 둘이? 한데 따님 입성이 어째 저 꼴이래? 삼으로 깍두기를 담가 먹어도 시원찮은 집에서 숫제 피죽한 그릇 못 얻어먹은 몰골이잖아?"

"민씨 부인이 어디 보통내긴가?"

"하여튼 있는 사람들이 더하다니까! 대궐 같은 집에 발에 차이는 게 비단이고 썩어나는 게 곡식인데 아무리 꼴 보기 싫어도 그렇지, 계집애를 어째 저 꼬락서니로 만들어? 참 독하다 독해."

"민씨 부인 성깔에 제 배 아파 낳은 자식도 아닌데 싹 벗겨서 길거리로 내치지 않은 것만도 감지덕지지 뭘."

"공양주 노릇한답시고 금광사에 재물은 철철이도 갖다 바치면서 딸년 하날 안 거두는 게 말이나 돼?"

"씨받이 배에서, 그것도 뭐 하나 못 달고 나온 계집 팔자가 오죽할까. 쯧쯧쯧."

아닌 게 아니라 친남매 간의 복색 차이가 가히 오해를 살 만하였다. 풀물이 잔뜩 밴 재이의 광목 치마는 닳고 닳아 해거름에 다리속곳이 다 비쳤다. 트실트실한 볼은 군불 한 자락 못 쬐고 동절기를 난 듯 벌겠고, 가시랭이가 붙은 산발에선 풋내가 풀풀 풍겼다. 잔망스러운 뒤통수에 깡뚱하게 달린 홍댕기는 차라리 거무튀튀한 팥죽색이었다. 얇은 은박이 죄 벗겨져 얼룩덜룩 자국만 남은 것이, 댕기가 주인보다 나이를 더 먹은 듯도 하였다. 남매가 한 핏줄이 분명한데도 곡해를 사는 결정적 이유는 다름 아닌 피부색이었다. 천방지축 깨춤을 춰대며 온데를 쑤시고 다니는 누이는 잘 여문 보리알처럼 갈색인 반면, 방 안에 들어앉아 서책만 뒤적이는 아우는 갓 탈곡한 쌀알마냥 희디희었다. 그 대비는 단순한 성정 차이가 아니었다. 온종일 밖으로만 나돌아도 아무도 신경 쓰지 않는 애꾸라기 계집과, 불면 날아갈까 쥐면 터질까 시시각각 과보호를 받은 옥동의 삶의 차이였다. 한 해 먼저 태어났다곤 하나 이지러질 재昃, 떠날 이離라는 하찮은 이름의 계집은 실상 무지개 홍虹에 밝을 랑朗 자를 쓰는 금자를 이길 재간이 없었다.

"네 이년! 내 아드님을 여태 끌고 다녔더냐!"

깡마른 육신에 톡톡히 백비단을 두른 민씨 부인이 재이를 향해 앙칼진 화를 뿜어댔다. 막 해가 떨어진 안채 마당에 등롱이 아닌 거화炬火가 놓여 있고 유모인 을분 어멈까지 안절부절못하는 것으로 보아 홍랑을 찾기 위해 진즉 가병들을 푼 모양이었다. 절세미인이나 괴벽한 성미에 심히 예민하기까지 한 안권의 안광이, 일렁이는 횃불로 한층 괴괴하였다. 해콩 같은 눈알만 뎅글뎅글 굴리던 홍랑이 어미의 치맛자락을 살짝 잡아당기며 목소리를 쥐어짰다.

"제가 누이에게 더 놀다 가자고 떼를 쓴 것입니다."

단박에 반전된 민씨 부인의 손길이 귀동의 소매를 살짝 걷어 조심스레 쓰다듬었다. 작은 생채기 하나에 그녀의 눈시울이 떨렸다. 어찌 점지받은 아드님이던가, 얼마나 귀한 옥동이던가!

획 고개를 돌렸을 때, 다시금 딸년에게 박혀든 건 노기등등한 눈씨였다.

"이 천둥벌거숭이 같은 년! 어찌하여 하루가 멀다 하고 분탕질을 놓는 게냐! 아드님의 상처가 아직 다 아물지 않았으니 조심 또 조심하여야 하거늘!"

"홍랑이 진즉에 다 나았다고 했단 말입니다."

"말귀도 못 알아 처먹는 천하에 아둔한 년! 네 경거망동이 아드님을 위험에 빠뜨린다 내 몇 번을 말했어! 물푸레나무로 그토록 처맞고도 아직 주제 파악이 안 됐더냐!"

"정말 홍랑의 상처가 다……."

"닥치지 못할까! 당장 네 처소로 돌아가! 요암재夨陰齋에서 삼일간 단 한 발짝이라도 나오면 물고를 낼 것이야!"

금족령이 비단 어제오늘 일이던가. 응달 귀퉁이란 뜻의 제 별채, 요암재로 돌아온 재이는 단숨에 지붕으로 올라갔다. 그리고 어처구니마냥 처마 위에 쪼그려 앉아 댕그란 강아지를 덥석 안았다. 주둥이만 까매 이름이 '황'이었다. 다소 울상이고 귀도 축 늘어졌으나 묵은 솜덩이 같은 갈기 덕에 영민해 보이는 구석도 있었다. 존재만으로 위로가 되는 것은 정히 요놈뿐이었다. 된바람에 황과 체온을 나누던 재이가 듬성듬성 도깨비풀이 붙은 제 치맛자락을 휙 들췄다. 장딴지 상처가 또 터진 모양으로 군데군데 피딱지가 붙어 있었다. 며칠 전 민씨 부인이 말도 안 되는 꼬투리를 잡아 막무가내로 내려친 것이었다. 손끝에 침을 발라 살살 상처를 어루만지는 재이의 눈두덩에 물기가 어렸다. 누가 보는 것도 아닌데, 그냥 울어도 될 법한 계집아이는 독하게 입술을 깨물고 박모의 어스름을 바라보았다. 먼 산의 완만한 윤곽이 보랏빛 하늘과 경계를 이루며 세상을 횡으로 갈랐다. 젖은 눈꺼풀을 재차 깜빡인 소녀는 수키와 한 장을 빼내고 저만의 비밀공간으로 손을 쑥 집어넣었다. 그러곤 짧은 천리경을 꺼내어 삼단으로 쭉 늘렸다. 곧 작은 동그라미 안에, 등롱이 내걸리기 시작한 상단 본전本殿이 들어왔다. 한양 북촌의 내로라하는 대갓집 사이에서도 가장 규모가 큰 저택이었다.

반백 년 전, 민반효는 유명한 지관에게 이 터를 점지받아 민상단을 세웠다. 과연 개업과 동시에 무섭게 돈이 쏟아져 들어왔으나 음양의 기를 조화롭게 갖춘 명당은 아니었는지 주인은 처복이 없어 한평생 독수공방하였고, 자식 복도 없어 슬하에 외동딸뿐이었다. 명줄조차도 길지 못했다. 그가 졸하며 데릴사위 심열국이 단주團主로 등극하였으나 허울뿐이었다. 재산은 모두 딸 민연의에게 물린 때문이었다. 심열국은 이 기형적인 구조를 타파하고 실권을 잡기 위해 상단을 통째로 갈아엎고 서둘러 새 판을 짰다. 양반의 신분을 사들인 후 고가의 미술품 거래에 뛰어든 것이다. 회화와 글씨에 일가견이 있는 한평 대군을 뒷배 삼은 덕에 마른 들판에 불이 붙듯 상단이 일어난 건 순식간이었다. 농사의 흉풍에 상관없이 항시 돈이 돌았다. 팔도의 내로라하는 장사치들이 모여들었고 솔거 노비는 쉬이 백 명을 넘겼다. 일흔일곱 칸짜리 사가 세 채를 더 사들여 통합하고 사방으로 문을 낸 결과 현재의 모습이 완성되었다. 솟을대문과 담장은 청국의 벽돌로 쌓아 올렸고 널찍한 후원과 우물까지 구비한 별채만도 열 개가 넘었다. 지붕마다 연화문 수막새를 달고 문창살마다 기품 있는 모란문을 새겨 넣었다. 상단의 중심이자 심열국이 업무를 보는 집무재執務齋는 경비도 삼엄하였다. 사사로이 병사를 양성할 수 없는 지엄한 국법에도 상단 본전은 예외를 인정받아 연무장까지 두고 독자적 보안을 유지했다. 모든 면에서 가히 궁궐과 견주어도 손색이 없었다.

재이의 요암재는 음기뿐인 북쪽 끝이었다. 동궁마냥 정동향에 위치한 홍랑의 처소엔 광명재光明齋란 이름에 걸맞게 밝고도 환한 등촉이 군데군데 놓이고 있었다. 불빛에 부산스레 몰려든 풀벌레들이 긴긴 동절의 마감을 실감케 했다. 재이는 온기가 남은 기와에 비스듬히 누워 괜스레 황을 둥개둥개 얼러댔다. 화딱지가 나 애꿎은 을분 어멈한테 툴툴대곤 저녁상을 물린 참이었다. 괜한 짓거리였다. 햅쌀로 밥을 짓는지 오늘따라 찬간 굴뚝을 통과한 흰 연기에 자르르 윤기가 흘렀다.

다리 셋 달린 백동화로 속의 숯덩이가 자글자글 똬리를 틀었다. 광명재에 뭉근한 온기가 들어찼다. 금침에 누운 홍랑의 면목을 살피는 민씨 부인의 입가에 춘풍이 번졌다. 공들여 닦은 백자처럼 멀끔한 이마와 바로 선 코가, 붉은 입술과 두툼한 쪽박귀가 자신을 쏙 빼닮아 흡족하였다. 자애로운 어미는 금자의 머리를 쓰다듬고는 그 옆에 정갈하게 범 발톱 노리개를 놓았다. 날카로운 발톱 끝부분을 은으로 감싸고 상부에 칠보장식을 한 신물神物이었다. 그녀는 귀곡자의 당부를 재차 되새겼다.

〈도련님이 신약하시니 항시 이것을 몸에 지니게 하십시오,

그것만이 살 방도입니다.〉

귀곡자가 누구던가. 백발이 성성한데도 갓 신을 받은 애동이 마냥 영험하여 가히 조선 최고의 만신으로 여겨지는 자. 중생들이 통행을 꺼리는 귀곡鬼谷에서 신을 섬겨 함부로 청할 수도 없고, 재물을 탐하지도 않아 돈으로도 꼬드길 수 없는 신성한 무녀. 강제로 그녀를 모시려던 궁의 무관들이 비명횡사한 뒤, 속세의 사람들은 그녀를 두려워하기까지 했다. 그런 영검한 만신이 상단에 친히 발걸음하여 어린 홍랑을 위한 비책을 주고 갔으니, 민씨 부인은 그 말을 하늘의 전음인 양 뼈에 새겼다.

"내 아드님, 이 용한 것이 항시 아드님을 지키고 있으니 푹 주무세요."

영물의 발톱이 액운을 막아낼 수호부임은 의심할 바 없으나 그 형태가 여인들의 노리개라, 민씨 부인은 조만간 이것을 선추로 손봐야겠다고 생각하였다. 귀동이 자라나 쥘부채에 이것을 늘어뜨리고 세상을 호령할 상상을 하니 벌써부터 기꺼워졌다. 가뭇없이 웃은 그녀가 춘양버들 같은 몸짓으로 문을 나서자 홍랑의 눈이 가느다랗게 떠졌다. 하마터면 깜빡 잠이 들 뻔했다. 깨금발을 한 작은 인영人影은 천둥소리를 뚫고 곧장 요암재로 향했다.

"누이, 자?"

홍랑이 빼꼼히 장지문을 열자 잠자리에서 튕겨져 나오듯 일어난 재이가 이불을 들춰 보이며 빨리 들어오란 수신호를 보냈다.

"무서워. 여기서 잘래."

벌써 여러 번, 벽력이 칠 때마다 베개를 들고 안채로 갔다가 남아가 유약하게 어미 치마폭에 감겨드는 것이 마땅찮다고 아버님의 불호령을 들은 홍랑이었다. 하나 새하얀 손이 불쑥, 제 주먹만 한 보자길 내밀었을 때 재이는 알 수 있었다. 아우가 온 진짜 이유. 매듭을 미처 다 풀기도 전에 어둠을 타고 촉촉한 단내가 훅 끼쳤다. 재이는 말랑한 약과 두 개를 냉큼 겹쳐 한입 크게 베어 물었다. 아우가 짐짓 어른 행세를 하며 물었다.

"저녁상은 왜 물렸어?"

"어머니 속상하시라고. 맛있다. 너도 먹어. 젤 좋아하는 거잖아."

"손 끈끈해지는 거 싫어."

"아 해, 그럼."

잇자국이 난 약과를 아우의 입에 넣어주곤 자신의 엄지와 검지를 야무지게 핥은 재이가 몸을 홱 뒤집어 천장을 보고 누웠다.

"곧 새끼 제비가 알을 깨고 나올 터인데."

"내가 보고 얘기해줄게."

"땅꼬마가 그 높은 안채 처마를 무슨 수로? 남산의 동백꽃도 사흘 후엔 다 져버리겠지?"

"꺾어다 줄까?"

"피, 웃기시네."

"진짠데? 꺾어올 수 있는데?"

급하게 제 소맷단을 헤집은 홍랑이 범 발톱 노리개를 꺼내 덥석, 누이 손에 쥐여주었다. 손어림만으로 금세 물건의 정체를 파악한 재이가 흠칫 놀라 암흑 속에 눈을 치떴다.

"정말 꺾어올 거야?"

"약속! 그때까지 이거, 누이가 갖고 있어."

"정말?"

"응. 누이가 좋아하는 홍동백 이만큼 따다 줄게. 개암도 주워 오고."

새총에 개암을 걸어 겨울 감을 명중시켰던 누이 흉내를 내다 말고 홍랑은 와락 누이의 품을 파고들었다. 쿠르릉, 쾅쾅! 천지를 뒤흔드는 우레 때문이었다. 재이는 아우를 꼭 보듬었다.

"산촌에 눈이 오니 돌길이 묻혔구나. 사립문을 열지 마라. 날 찾을 이 뉘 이시리. 밤하늘 한 조각 밝은 달 그것이 내 벗인가 하노라."

재이는 와지끈한 천둥소리를 지워내려고 아우가 애정하는 신흠의 시구를 흥얼댔다. 그 익숙한 타령에 홍랑은 곧 두 팔을 위로 뻗고 나비잠에 들었다. 재이는 턱 밑에 자리 잡은 아우의 긴 속눈썹을 손끝으로 촘촘히 쓸어내렸다. 간지러운 듯 눈시울이 떨리는 것을 보며 소녀는 해끗 웃었다. 요 귀여운 아우를 또 어찌 골려줄까 골몰한 때문이었다.

집무재는 막바지 공사 중이었다. 심열국이 이곳을 기다란 장방형으로 다시 설계한 탓이었다. 단주인 자신을 알현하려면 신분의 고하를 막론하고 그 누구라도 긴긴 참나무 회랑을 종종걸음칠 수밖에 없는 구조였다. 제 자리엔 흰 자개 서안을 두고 좌우로 거대한 창을 뚫어 사시사철 말도 못하게 볕이 쏟아지게 만들었으니, 콧대 높은 민씨 행수들도 눈이 부셔 절로 고개를 숙일 터였다. 기단도 과할 만큼 드높여 제아무리 고빈高賓이라 할지라도 제 발아래에 두었다. 격을 높이기 위해 후원엔 번쩍이는 백석으로 다시금 길을 깔고 아름드리 청송으로 조경하였다. 심열국이 이토록 집무재에 공을 들이는 이유는 제 치부이자 약점인 '민상단의 심단주'란 모순 때문이었다. 한데 휘황해진 살림 탓에 손볼 곳도 많아 날이 피면 늘 허드렛일을 하는 날품팔이들로 북적거렸다.

"일이 해도 해도 끝이 없네. 이게 상단이야, 궁궐이야? 아주 장사치가 왕 놀음이시구먼."

"장사치라니 그딴 무식한 소릴 허덜 마쇼. 우리 으르신이 상왕보다 높은 돈왕이요, 돈왕. 몰르요? 걍 입 뻥끗에 정승나리가 단박에 탐관도 되고 역적도 된다 그 말이요, 알겠소?"

"돈왕은 무슨. 부인 잘 만나서 처가 재산 등에 업고 떵떵거리는 건 누가 못해?"

"시방, 우리 으르신이랑 한판 붙겠다는 거여, 뭐여?"

"어허! 신소리들 말고 일들이나 해! 바빠 죽겠구먼은!"

청지기 윤 영감은 노름에 빠져 장변(고리대금)을 끌어 쓰다가 집도 절도 다 날리고 결국 비렁뱅이로 나앉은 박가에게 핀잔을 줬다. 한때 옆집에 살았던 그의 사정이 딱해 며칠 허드렛일을 준 터였다.

"내일까지 안채 중문 손보고, 우물 메우고, 저쪽에 묘목까지 심어야 품삯을 줄 것이니 능놀지들 말고 부지런히들 해!"

"새참들 자셔유! 알싸헌 곡주까정 있응께 한 사발씩들 혀유."

마침 을분 어멈이 허리와 오른팔 사이에 큼지막한 광주리를 끼고 나타났다. 담 그늘을 따라 일렬로 퍼질러 앉는 사내들의 만면에 화색이 돌았다. 을분 어멈은 삼 년 전 풍을 맞아 왼쪽 팔을 못 쓰게 된 참이었다. 하나 어정쩡하게 늘어진 팔을 땅딸한 몸뚱이에 딱 붙이곤 '재주가 굉장헌 오른팔이 말짱허니께 을매나 다행이유' 하며 성한 팔을 더 부지런히 놀렸다. 이런 삽삽한 성정 탓에 찬간 숙수熟手의 부탁을 거절치 못하고 기꺼이 새참 배달까지 한 터였다. 허릴 쭉 펴며 목에 둘렀던 손수건을 편 친 그녀였으나 땀을 훔칠 겨를도 없이 이젠 안채로 종종걸음을 쳐야 했다. 홍랑의 뒤꽁무니를 쫓기 위해서였다. 애기씨가 요암재에 갇혀 있는 동안엔 도련님 돌보는 게 오롯이 제 몫이라 몸뚱이가 서너 개라도 모자랄 판이었다. 박가는 곡주를 단숨에 들이켜곤 소매로 입가를 쓰윽 훔쳐냈다. 삐뚜름한 그의 시선이 철쭉 색 두루마기를 입은 홍랑의 뒷모습에 진득하게 따라붙었다. 주전부리를 한 인부들이 다시 힘을 쓸 새도 없이 뉘엿뉘엿 해가 지고 있었다.

사면에 기린문과 사슴문을 빼곡히 채우고, 네 귀퉁이엔 두툼한 청홍매듭을 드리운 가마가 안채 중문을 넘었다. 몸통을 가로질러 붉은 띠를 두른 여섯 명의 교꾼이 합을 맞춰 무릎을 꿇고 가마채를 내렸다. 삼절로 꺾어지는 자단나무 문을 열고 그 앞에 금박 당혜를 대령한 것은 시비 을분이었다. 고작 열 살이었으나 동작 하나하나가 애바르고 공순하였다. 부축을 받아 나오는 민씨 부인의 면에 피곤이 묻어나자 몸종은 눈치를 살피며 입을 떼었다.

"날이 제법 길어져서 금광사까지 다녀와도 해가 남네요."

마당 한쪽에 어지럽게 쌓여 있는 흙과 돌을 본 민씨 부인이 버럭 언성을 높였다.

"어찌 이리 어수선하게 해놓은 것이야! 을분아, 당장 네 애미를 불러라."

냅다 뛰어 들어온 을분 어멈이 덜렁거리는 왼손을 오른손으로 잡아채 참한 모양새를 취하며 머리를 조아렸다.

"마…… 마님, 벌써 오셨어유."

"어찌 뒷정리를 이따위로 한 게야! 대감께서 드시기 전에 싹 치우라 이르게!"

"예, 예."

"한데, 내 아드님은 어디 계신가?"

쪼르르 달려 나와 애살스레 반절을 해야 할 옥동이 보이지 않자 민씨 부인이 얼핏 중문 쪽을 살폈다. 찰나, 꼴딱 해가 지고 되알진 삭풍이 휘몰아쳤다.

횃불들이 군무를 추듯 일사불란하게 움직였다. 부산한 발걸음들이 어지러이 흩어졌다 다시 모여들길 반복했다. 헝겊 인형마냥 심열국의 품에 늘어져 있던 민씨 부인은 재이가 중문을 넘어 들어오자마자 별안간 눈알을 희번덕이며 뺨을 후려갈겼다. 조막만 한 머릿박이 홱 돌아갔다.

"괘씸한 것! 아드님이 사라진 줄도 모르고 유유자적 나자빠져 있었더냐!"

"금족령을 내리신 건 어머니잖아요!"

야멸찬 호령에도 재이는 당차게 민씨 부인을 지르보았다.

"아니……! 이 신물을 어찌하여 네년이……!"

몰강스러운 손아귀가 재이의 품에서 범 발톱 노리개를 낚아챘다. 하나 귀물의 가치를 너무 잘 알고 있던 재이가 행여 잃어버릴세라 이중 삼중으로 잡아매었기에 치맛귀가 찢길지언정 매듭은 풀릴 기미가 없었다. 보귀한 노리개에 구속된 하찮은 몸피가 앞뒤로 크게 출렁였다.

"이…… 이 망할 것! 감히! 감히 이게 어떤 물건인 줄 알고 훔쳤더냐!"

"안 훔쳤습니다!"

"하면 협박하여 갈취했더냐!"

"아니에요! 홍랑이 잠시 맡겼어요!"

"네 이년! 이실직고하지 못할까!"

"참말이어요! 남산의 동백꽃을 꺾어올 때까지 가지고 있으라고……."

"뭐! 남산? 그 험한 산길로 어린 것의 등을 떠밀었단 것이냐, 지금? 요망한 년! 네가 기어코 아드님을 사지로 내몰았더냐! 기어이 사달을 내었어!"

행짜를 부리다 말고 홀로 까무러치는 안사람을 심열국이 단단히 붙들었다.

"진정하세요, 부인! 도성 밖까지 사람을 보냈으니……."

"놓으세요! 대감께선 어째서 저 삿된 것을 싸고도십니까! 저년에게 상충살이 꼈다 하지 않습니까! 그믐밤에 태어난 흉수니 진즉 없애야 한다질 않았습니까, 제가!"

"부인!"

"제 어밀 잡아먹고 태어난 악랄한 년입니다! 이제 작심을 하고 집안의 대들보마저 뽑으려 드니 저것이 정녕 상스러운 악귀가 아니고 무엇입니까!"

"그만하세요!"

"오살을 해도 시원찮을 년! 감히 네까짓 게 금자의 신물을 빼앗아! 그리 해괴한 작태를 하고도 살길 바라더냐! 네년이 사라졌어야지! 내 아드님이 아니라 네년이!"

민씨 부인이 정체 모를 괴력으로 재이의 머리채를 잡아챘다. 모두가 달려들어 말렸지만 이성을 상실한 어미의 살기를 그 누구도 잠재울 수 없었다.

우수

귀신이 곡할 노릇

한차례 비가 온 뒤 끝 간 데 없이 쾌청해진 천중에 오색 헝겊이 나부꼈다. 선연한 핏빛으로 치장한 무당이 집무재 마당에 신칼과 언월도, 삼지창을 늘어놓고 굿판을 벌이는 중이었다. 이상한 점이라면 이 큰 굿을 주제하는 것이 농익은 만신이 아니라 갓 신내림을 받은 애동이란 것이었다.

오로지 지관과 무당에게 의지하여 상단을 키운 아비를 보고 자란 터라 민씨 부인은 산만 봐도 절을 하고 물만 봐도 굿을 할 정도로 기氣를 신봉하였다. 당연히 상서롭지 않은 비방도 술사들의 기운을 빌려 처리하였고, 온갖 잡설과 미신 또한 흘려듣는 법이 없었다. 홍랑이 사라진 직후 민씨 부인은 거금을 들여 귀곡자부터 수소문했다. 그러나 바람 따라 흘러 다니는 만신은 자취가 묘연했다. 귀곡자의 부재에 상단 대문엔 한양에서 이름난 사주쟁이며, 한가닥 하는 풍수쟁이며, 서역에서 왔다는 주술사며, 용하다는 점바치들이 끝도 없이 줄을 서댔다. 하나 민씨 부인은 모두 썩 꺼지라 노발대발 호통을 쳤다. 그들이 하나같이 입을 모아 '홍랑이 이미 망자가 되었다' 단언한 탓이었다. 남은 건 '홍랑의 무사귀환을 위해 빌어보자'는 밤나무골 애동이 무당뿐이었다. 민씨 부인은 흡족하였다. 하여 오늘 그 판을 벌인 것이었다.

일찍이 없었던 큰 굿이라 높다란 서낭대 밑엔 상단 가솔들뿐만 아니라 마을 사람들이 모두 모여 북적였고 거대한 전물상엔 돼지머리를 비롯하여 각종 과일이며 떡이며 밀과가 하늘 높이 쌓여 가관이었다. 장구, 피리, 저를 부는 삼재비에 삼현 육각까지 어우러져 흥을 돋우는 덕에 흡사 마을 잔치를 방불케 하였다. 한 가지 특이한 것이라곤 홍치마에 휘황한 꽃갓을 쓰고 무무巫舞를 추는 무당 뒤에 무신도가 아닌, 어진마냥 생생한 홍랑의 채색 초상화가 걸린 것이었다. 심열국은 도화서 으뜸 화원을 매수하여 홍랑의 마지막 모습을 그려내고 그것을 또 열 명의 화원에게 서른 장씩 모사하게 한 후, 족자 형태로 표구까지 하였다. 그리 제작된 초상화가 이미 조선팔도의 관아며 청의 국경지역까지 빠짐없이 전달된 상태였다. 오로지 단선 먹으로만 그려진 용모파기만 보았던 터라, 관원과 백성들은 터럭 한 올까지 심은 듯 그려진 동자의 채색 초상에 기함을 토하였다. 단 삼일만에 이루어진 일이었다.

"애기 도령이 철쭉 색 능라로 차르르 휘감고 손목엔 번쩍이는 비취염주까지 찼으니 나 잡아가라 한 꼴이지 뭐. 그것이 기와집 한 채 값이랴."

"돈왕헌티 기와집이 문제겠냐? 아들내미 몸값 내놔라 혔음 차라리 재물 퍼다 앵기고 끝을 냈을꺼 아녀. 요로케 맨날매칠 지나도록 깜깜무소식인 걸 보면 목숨을 노린겨. 저토록 생생한 초상화가 전국에 나붙고 억만금으로 사례꺼정 헌다는디 이로 코롬 조용한 게 말이 되냐?"

"돈이고 뭐고 상단에 척을 진 놈들이 단주 어르신께 복수하는 거라니까. 그 숱한 거래에 앙심 품은 놈이 왜 없겠어."

"울목 사는 박가 놈! 왜 그…… 노름으로 집안 풍비박산 내고 거렁뱅이 된 놈 있잖냐. 그 잡것이 딱 도련님 없어진 날 예서 날 품팔이를 혔다대. 께름직혀 안 혀?"

"아녀. 고놈도 뭐, 관아에서 호되게 고신만 당하고 반병신 다 돼서 풀려났다드만."

한데 모여 각자의 방언으로 쑥덕거리던 권속眷屬들 틈을 비집고 들어온 건 윤 영감이었다. 숱 없는 머리칼로 성글게 잡아 튼 상투를 만지작대며 주변을 살핀 그가 목소릴 낮추어 속삭였다.

"단주 어르신이 신당동에 다녀오셨다는구먼. 관원까지 매수해서."

"오메오메, 고것이 참말이여?"

"오작인까지 대동해서 연고 없는 애기들 시신을 죄 모아 뒤적였다더라고."

"혀서? 뭐라도 건졌다던가?"

"허탕이지 뭘."

"있었음 애저녁에 팔자 고친 놈 하나 나왔겠지. 시체에 걸린 돈만 십만 냥인데."

"차암 희한도 혀. 이 잡듯 도성 안을 죄 뒤지고, 한성 판윤께서 직접 나서서 수사까정 허시는데 으째 쪼매난 단서 하날 못 찾아낸단 말여? 구신이 곡할 노릇이여, 참말루."

드디어 청동방울이 달린 무당의 요령이 요란스레 울기 시작했다. 사람들은 혹여나 재수 좋은 공수라도 하나 떨어질까 싶어 무녀를 에워싸며 동그랗게 모여들었다. 푸닥거리의 백미가 막 시작되려는 참이었다. 애동이 무당은 뭐가 그리도 급한지 혼령을 모시는 청배를 읊어대기가 무섭게 꽃신과 버선을 훌훌 벗어 던지곤 정화수에 발을 씻었다. 그러곤 술이 풍성하게 늘어진 신칼을 집어 들더니 뱅뱅 맴을 돌았다. 성큼성큼 계단을 밟아 시퍼런 쌍작두 위에 올라선 것도 순식간이었다. 두려움을 잊은 맨발은 금세 경중경중 서슬을 탔다. 얼마 안 가 휘몰아치는 자바라의 놋쇠음에 맞춰 아예 펄쩍펄쩍 널을 뛰었다. 신바람이 들렸다. 신녀의 몸뚱이가 하늘로 솟구칠 듯 어찌나 날래게 튀어 오르는지, 누군가가 그녀의 머리채를 잡고 위아래로 흔드는 듯이 보일 지경이었다. 접신을 한 게 분명했다. 그게 아니고선 칼 위에서 외줄타기 재주꾼마냥 저리도 신나게, 저리도 높이 발을 놀릴 순 없을 터였다. 하물며 무구를 대차게 휘두르며 어깨를 들썩이고, 동시에 도리질까지 쳐대는 중이었다. 하늘과 땅의 중간에서 신명나는 굿판이 한참이나 이어졌다. 넋을 잃고 커다랗게 입을 벌린 사람들은 손에 들린 산해진미도 잊은 채 믿기지 않는 광경에 몰두했다. 여기저기서 앓는 듯한 감탄만이 터져 나올 뿐이었다. 그때였다.

"쉬이이이이잇!"

풍악이 딱 멈췄다. 무녀의 맵찬 명령에 일순 거대한 침묵이 밀려들었다. 작두에 두 발이 박힌 듯 꼿꼿하게 선 무당이 갑자기 눈을 부라리며 천중을 휘휘 둘러보았다. 그러더니 서슬을 디딘 맨발로 까치발까지 뜨며 두 팔을 뻗어 휘적휘적 허공중을 내저었다. 앳된 무녀의 얼굴이 확 일그러진 것은 찰나였다.

"흐으으으윽! 어어흑윽!"

일순 그녀의 커다란 눈에서 눈물이 솟구치고 붉은 입에서 설움이 터져 나왔다. 그것은 곧 오장육부를 다 쏟아낼 듯한 소름 끼치는 오열로 바뀌었다. 숫제 귀곡성이었다. 요란스레 치장된 육신이 벌벌 떨렸다. 왼손에 쥔 칠성방울마저 진저리를 치듯 희한하게 떼울었다. 괴기스러운 통곡에 구경하던 사람들이 겁을 집어먹고 술렁댔다. 펄럭, 펄럭! 바람 한 점 없는 중천에 홍랑의 초상화가 찢길 듯 요동쳤다. 구경꾼들이 놀라 주춤대는 사이, 무녀의 맨발에서 그예 핏물이 배어 나오기 시작했다. 손아귀도 힘없이 풀어졌다. 형형한 무구들이 맥없이 추락했다. 챙그랑! 요령은 땅과 충돌하며 불길한 소음을 냈고, 신칼은 언 땅에 냅다 꽂혀들며 파라락 떨렸다. 설핏, 눈물범벅인 무당의 얼굴에 야릇한 미소가 떠오르더니 곧 붉게 단장한 사지가 축 늘어졌다. 쇠한 몸뚱이는 그길로 홱 꼬꾸라져 땅으로 처박혔다. 아롱아롱한 꽃갓은 저만치 벗겨져 나뒹굴고, 정갈한 가르마에선 부지불식간에 뜨거운 피가 솟구쳤다. 눈깔을 허옇게 까뒤집은 채였다.

"끄아아아악!"

경악한 구경꾼들이 비명을 내지르며 혼비백산 사방으로 줄행랑을 쳤다. 서로 치맛자락을 밟고 밟히며 넘어지고 뒤엉키며 생난리였다. 잔치는 끝났고 전물상은 뒤집혔다. 파란 하늘이 삽시간에 꾸덕한 먹장구름에 먹혀들었다. 야단살풍경이 된 집무재 마당에서 무당은 끝내 불귀의 객이 되고 말았다. 순식간에 도성 일대에 말이 돌았다. 하나뿐인 민상단의 손孫이 정녕 화를 당한 모양이라고. 그댁 조상님들께서 단단히 노하셨노라고.

잠시 후, 섬뜩한 아수라장을 정리하고 뒤늦은 점심을 먹는 권속들의 하는 양이 딱 상갓집이었다. 다만 끊임없이 펄럭이는 도련님의 초상화는 그 누구도 감히 건드릴 생각을 못 하였다.

"애동이라 신기가 충만하다더니 거 다 헛소리였구먼! 제 죽을 자리도 모르고 예 온 걸 보면. 에잇, 재수가 없을라니까. 퉤!"

"이게 뭔 난립니꺼. 해필이면 집무재에서. 찜찜하구로."

"증말 소문이 맞는 거 아녀라? 요암재 애기씨가 귀신에 씌었다는?"

"맞다, 애기씨가 지붕에 올라앉은 거 본 적 있나? 와, 새벽에 마당 쓸러 나왔다가 내 진짜 식겁했다 아이가. 어스름에 멍하니 수막새를 타고 앉았는데 딱 요괴더라, 요괴!"

"그릏께. 애기씨 입으로 직접 말했다잖여, 도련님헌티 꽃을 따오라 시켰다고. 누가 알 것이여? 시방 얌통머리 없이 깎아지른 배랑에 아슬아슬하게 핀, 바람꽃이나 구름국화 같은 걸 꺾어오라 사주한 것인지! 까딱 잘못허면 막바로 황천길인디!"

"예끼 이 사람들아! 마님이 애기씨를 못 잡아먹어 괴상한 말 쏟아내시는 게 어제오늘 일이야? 당최 믿을 걸 믿어야지. 어린 애기씨한테 못하는 말이 없어!"

"허기는. 마님이 요암재에 잡귀가 붙었다고 사당패를 데려다가 사흘 밤낮 풍물을 치면서 애기씨를 까뭉개고 홍두깨로 내리치는데 어이쿠야…… 꼭 마님이 악귀 같더라니까."

"참, 다들 아는가? 어르신께서 요암재 중문에 손수 대못을 박으셨다네."

"촌극 허시는 게지, 뭘. 마님 화를 안 돋우려면 뭐라도 해야 되니께."

"애기씨는 이제 평생 갇혀 살겄네, 그려. 모락스러운 마님이 쉽게 문을 따주겠는가?"

"떽! 입방정 떨지 마. 곧 독개가 당도한다 연통이 왔다잖은가."

"그려, 독개 그놈이라면 되련님 뼛조각이라도 찾아오겄지."

열흘이 지난 야삼경. 재이가 눈을 홉떴다. 이토록 새카만 어둠이 현실일까 의심스러웠다. 진정 무덤 같은 암흑이었다. 별안간 숨이 쉬어지질 않았다. 을분 어멈을 불러야 하는데, 불을 밝히라 해야 하는데 귀에 들어오는 제 숨소리만 각일각 괴이해졌다.

"을분 어멈……! 을분 어멈!"

소녀의 외침은 장지문에도 닿질 못 했다. 안면이 파리해질 때까지 입을 벌렸으나 목구멍이 쪼그라들었는지 들숨도 날숨도 잘 되지 않았다.

"산…… 촌에…… 눈이 오니…… 돌길이 묻혔구나…… 사립문을 열지 마라…… 날 찾을 이 뉘 이시리. 밤중 뜬 한 조각…… 밝은 달…… 그것이…… 벗인가…… 하노라……."

왜 이 노랫가락이 튀어나왔는지 알 수 없었다. 다만 암흑의 공포를 몰아내기 위해, 소름 끼치는 침묵을 깨뜨리기 위해 무어라도 지껄여야 했다. 염불을 외는 땡중마냥 음의 높낮이도 무시한 채 입술이 홀로 달싹였으나 금세 숨이 동났다. 창졸간에 황의 발소리가 부산해졌다. 악귀를 쫓는 영물이 귀신을 보는 것인가. 칠흑 같은 어둠에 먹힌 황이 돌연 허공을 향해 무섭게 짖기 시작했다. 어지간한 장난에도 쉽사리 소릴 내지 않는 순한 놈이었건만 짖음은 시나브로 흉포해졌다. 재이의 뒷목에 삐죽삐죽 전율이 돋았다. 촘촘히 땋아 내린 머리카락이 어째서인지 올올이 풀려 농도 짙은 허공중에 너풀거리는 듯했다. 일순 끙끙대던 황의 기척마저 뚝 끊기고 방 안 가득 괴괴한 한기가 들어찼다. 가슴을 부여잡은 재이가 본능적으로 고개를 젖혔다. 숨이 꼴딱 넘어가려는 찰나, 금침 머리맡 즈음에 놓여 있을 자리끼를 가늠하며 손을 휘적대었다. 곧 우당탕 요란한 소리를 내며 묵직한 사기그릇이 방바닥에 나뒹굴었다. 그 소란에 을분 어멈이 허겁지겁 들어왔다. 문틈 새로 황은 잽싸게 꼬리를 내뺐다.

"아이고, 애기씨. 지 왔어유, 왔구먼유."

비몽사몽간에도 유모는 똥짤막한 손에 기름통을 든 채였다. 그녀는 부스스한 산발에 반쯤 감긴 눈을 하고서도 한 손으로 날래게 유등을 채웠다. 갑자기 어둠을 견디지 못하게 된 애기씨를 위해 세 쌍의 불을 놓은 유모였다. 푸르스름하게 피어오른 향운 사이로 언 땅에 미끄러진 송아지마냥 재이가 눈만 껌뻑거렸다. 조막만 한 이목을 장악한 것은 누르기도, 검기도 한 멍 자국이었다. 호된 매질을 당하고 감금까지 된 소녀는 이 위리안치를 동생을 잘 간수하지 못한 벌로 받아들였다. 그러나 아이가 감당할 수 있는 데엔 분명 한계가 있었다. 그래서 매일 밤 악몽을 꾸는 것일지도 몰랐다. 드글드글한 멍을 건드릴까 싶어 조심스레 강아지풀 같은 애기씨의 눈썹만 매만진 을분 어멈이 찬 고로쇠 물을 대령했다.

"약수니께 꼴딱 생켜유. 분한 것이고, 설운 것이고, 무선 것이고 뭣이건 간에 죄 생켜유."

어미가 죽은 줄도 모르고 배냇저고리 안에서 방싯대던 갓난쟁이가 문득 떠올라 유모는 주책없게 눈시울을 붉히며 콧물을 찍어냈다. 그러면서도 문지방에 방울을 달고 긴 끈을 금침 뒤의 병풍까지 늘어뜨리는 오른팔은 민첩하기 그지없었다.

"뭐가 쫌만 이상허다 싶으면 이 설렁을 홱 잡아땡겨유, 알았쥬? 이년이 득달같이 뛰쳐올 테니께. 아님 지가 아예 요서 자까유? 우리 을분인 한번 잠들면 옆에서 도깨비가 깨춤을 춰도 모르니께 갠 걱정꺼리도 아녀유. 오히려 이불 너르다고 좋아할 것인디."

을분 어멈의 음성이 갓 쑨 죽마냥 따끈했다. 그러나 무르팍을 꽉 끌어안은 웃전이 땀범벅인 고개를 가로젓자 더 이상 토를 달지 않았다. 애기씨 잠이 영영 달아날세라 한쪽 팔을 휘휘 저어 잡귀 쫓는 시늉을 하곤 내뺄 뿐이었다.

장지문이 닫히자 재이가 제 아담한 몸피를 서안 앞에 꿇어 앉혔다. 땀이 밴 눈망울이 범 발톱 노리개를 원망스레 응시하였다. 무사히 간직하다 돌려줄 참이었으나 주인이 감감무소식이었다. 끝끝내 제 물건이 될까봐 조바심이 났다. 아우의 목숨 줄을 아무 생각 없이 받았다는 책망이 또다시 송곳이 되어 가슴을 찔렀다. 소녀는 낡은 침의의 소매를 걷어 올렸다. 땀이 채 마르지 않은 작은 손도 한번 쥐었다 폈다. 그리고 일말의 망설임도 없이 청자 등잔의 시퍼런 불꽃에 손바닥을 갖다 댔다. 옹골지게 깨문 잇새로 무지근한 신음이 토해졌다. 감은 눈꺼풀이 파들파들 떨렸다. 가혹하게 손금을 헤집은 홍염이 비릿한 탄내를 풍겼다. 여린 눈두덩에 진한 혈점이 돋아났다. 솟구친 눈물이 핏기 없는 귀뺨을 흥건히 적셨다.

"살아 있게 해주세요, 꼭…… 돌아오게…… 해주세요."

독개가 당도했다는 보고에 심열국의 발걸음이 빨라졌다. 홍랑의 실종 후 가장 먼저 수소문한 것이 바로 인간채집에 있어선 타의 추종을 불허하는 독개였다. 그를 이제나저제나 목이 빠지게 기다린 심열국이었으나 집무재 안으로 들었을 땐 초조한 안색을 싹 지워낸 후였다. 정좌한 그가 가타부타 말도 없이 부복한 독개 앞으로 백단자 주머니 하나를 내던졌다. 비늘까지 세심하게 음각된 어문魚紋 은괴들이 묵직한 소릴 내며 튀어나왔다. 넙데데한 낯짝이 확 굳었다.

"뭡니꺼? 그지한테 적선하십니꺼? 일단 지 절부터 받으시소. 은이건 똥이건은 천천히 떤지셔도 고마 안 늦습니더."

큰절을 올린 독개가 무릎을 꿇고 앉아 민상단의 '민閔' 자가 선명히 찍힌 은괴들을 주섬주섬 주워 담았다.

"지가 마 천성이 인정스럽어가 안면 튼 대감님들헌텐 요 말도 아인 값을 받기도 하지만은 요 사안이 그깟 종놈 코 꿰 오는 거랑 마, 비교나 됩니꺼? 그런 잡것들은 주인 된 입장에서 그냥 세월아 네월아…… 또 뭐 콱 죽어삐면 그뿐이고 카지만은 에이, 고마 이 껀은 그게 아니잖습니꺼, 단주 으르신. 아닌 말로 벨 미친놈이 모진 맘만 콱 먹어삐면 봇짐 안에 쏙 드가기도 하는 여덟 살 도령 아입니꺼."

돈 뜯어먹기 가장 좋은 상대가 새끼를 잃고 구곡간장이 다 녹아내린 부모다. 하여 심단주가 자신을 수소문하는 것을 진즉에 알았으나 한양에 당도하여서도 술 퍼먹으며 느긋하게 삼사일을 더 보내고 이제야 민상단에 든 독개였다. 똥줄이 타면 탈수록 애가 닳으면 닳을수록 값은 높아질 테니 서두를 필요가 없었다. 의뢰인은 돈왕이요, 찾는 건 하나뿐인 금자둥이니 말해 무엇하랴. 한데 고작 은괴 열 개라? 흥정할 정신이 남아 있는 걸 보니 아직은 살 만한 모양이었다. 독개가 대놓고 떨떠름한 표정을 지어 보였으나 심열국은 말이 없었다. 다만 어음 한 장에 수결을 하고 인장을 찍었다. 재빨리 금액을 살핀 독개가 입꼬리를 삐뚜름하게 휘내렸다.

"마, 지도 보기하곤 달리 옥수로 여린 사람이 돼가지고 말씀 전해 듣고 맴이 마이 아팠심더. 해서 지도 고마 요 껀에만 매달리면 차암 좋겠는데, 잘 아신다 아입니꺼. 양반님들이 고마 우거지상을 해가지고 정 준 기생년 찾아달라, 줄행랑친 며느리 잡아와라 카면서 지 손에 옥이고 쌀이고 이미 잔뜩 쥐여줬는데 우얍니꺼. 이미 한다 칸걸 마 깽판 치뿌면 이 모가지 하나 날아가는 게 어디 일이겠습니꺼."

심단주는 이번에도 대꾸가 없었다. 억실억실한 안광이 번뜩

36

였을 뿐.

"왜 자꾸 지를 개차반 쌍놈을 만드십니꺼? 큰일 치신 분헌테 지도 얄궂은 소리 안 할랍니더. 마, 으르신께서 주고 싶은 만큼 내주이소. 지는 딱 받은 만치만 할낍니더. 백지 어음을 주시면 마 만사 제껴뿔고 지옥문 앞까정 싹 다 뒤져볼끼고, 값을 확 후려치시믄 딴 꺼도 받아가면서 쉴망놀망 싸게싸게 해야지 지가 우짜겠습니꺼."

또 한 장의 어음이 쓰였다. 수결하는 붓끝에 필요 이상으로 힘이 들어갔다. 인장이 찍혔다.

"아들 목숨값 흥정에 내 기꺼이 응하였으니 필히 찾아야 할 것이야!"

"하모요! 근데, 지 셈법 아시지예? 아드님 모셔오면 마 이거 세 뱁니더. 시신은 두 배."

다 썩어 빠진 앞니를 훤히 드러내며 독개가 꽁지를 내뺐다. 핏발 선 심열국의 눈알이 창 너머 작은 배나무에 가 닿았다. 홍 랑이 태어나던 날 심은 것이었다.

파루*도 울리지 않은 흰 새벽녘. 집무재 곁방에 이르게 불이 놓이고 노한 음성이 거침없이 샛담을 넘었다.

"군대감 침상 데우는 일까지 신경 써야겠는가, 내가! 지금 이 마당에!"

부복한 수원隨員 방지련이 곤혹스럽게 입을 뗐다.

---

* 조선 시대, 서울에서 통행금지를 해제하기 위하여 종각의 종을 서른세 번 치던 일.

"군대감께서 소품에 관한 한 절대 아랫것들을 믿지 않으시니…… 송구합니다, 어르신."

"공집사는 대체 무얼 하고 있더냐! 발뒤꿈치를 잘라내건, 무릎을 꺾건 하란 말야! 어찌 소품 하나 조용히 표구하질 못 해!"

심열국은 제멋대로 뻗친 구레나룻을 면포로 대충 매만지고, 각진 아랫수염채를 혹혹 훑어내리며 급하게 면을 추슬렀다. 구릿빛 면 한복판에 우뚝 솟은 코와 성긴 눈썹, 부리부리한 눈두덩이 가히 대장부의 면모였으나 그것을 거듭 쓸어내리는 큼지막한 손엔 곤함만이 묻어났다. 싸울아비(무사)를 두지 않는 게 자연스러워 보일 만큼 다부진 팔뚝에 남빛 저고리를 꿰어 입고 잿빛 두루마기까지 걸치자 방지련이 벌떡 일어나 길을 텄다.

인왕산 자락 한평 대군의 별서別墅. 사랑채에 든 심열국은 장대한 기골을 움츠리며 헛숨을 삼켰다. 흰 망사 날개를 단 모시나비, 얼룩무늬가 있는 표범나비, 날개의 맥이 검게 도드라진 사향 제비나비 등 울창한 산림에 서식하는 나비들이 방 안을 자유로이 노니는 이채로운 풍경 때문이었다. 춘양에 비복婢僕들을 몽땅 풀어 희귀 곤충을 잡아들인다는 것이 결코 풍문이 아니었다. 금상의 유일 형제인 한평 대군은 늘 그렇듯이 몇 끼를 건너뛰고 잠도 잊은 채 회화에 극도로 몰두한 상태였다. 특이 재료와 실험적 도구에 탐닉한 그답게 핏발 서린 눈앞엔 옥판선지玉板宣紙가 아닌 흰 비단 두 필이 두루마리째로 펼쳐져 있었다. 은사 테두리를 친 두툼한 금錦과 얼음결 무늬가 있는 얇은 능綾이었다. 손에 들린 두 개의 붓은 생쥐의 수염으로 제작한 서수필이었다. 대군은 흡사 언 수탉같이 초췌한 몰골로 나비의 유려한 날갯짓을, 꽃을 빠는 기다란 대롱을, 신비한 두 개의 겹눈을, 미세한 더듬이를 여러 각도에서 관찰하고 빠르게 그려낼 뿐이었다. 한낱 밑그림일 뿐인데도 흠을 찾을 수 없을 정도로 완벽하였다. 이런 비범한 몰입 탓에 한창 난을 치던 당시엔 벼루 열 개를 구멍 내었다는 소문까지 났으리라.

고고한 대학자의 기품과 왕족의 품위를 고루 갖춘 한평 대군은 일찍부터 미술에 조예가 깊었다. 현왕이 즉위하며 공신에 책봉되어 전지와 노비를 하사받았으나 모두 거절하고 대신 왕실 소유의 탱화를 하사받고 싶다 청하여 또 한 번의 파란을 일으킨 전대미문의 미술광이었다. 척을 진 노론과 남인이 만나도 한평 대군이 당대 최고의 심미안이라는 데엔 이견이 없었고, 원수 같은 안동 김씨와 경주 김씨가 한목소리를 내는 유일한 부분 또한 대군의 안목에 대한 칭송이었다. 그런 이를 등에 업은 덕에 심열국은 수많은 연줄과 고급 단골들을 확보하며 승승장구하였고, 대군은 심단주를 통하여 세간에 전설로만 전해지던 작품들을 거머쥘 수 있었다. 그렇게 벌써, 칠 년이란 세월이 흘렀다.

대군이 허리가 뻐근한 듯 상체를 곧추세우자 방지련이 눈치껏 무릎걸음으로 나서 화려한 자기함을 내밀고 뚜껑을 열었다. 열 개의 앙증맞은 백자 안에 담긴 건 자글자글 빛이 나는 패분貝粉 안료들이었다. 그제야 왕족은 광기뿐인 초췌한 면목을 들어 일개 장사꾼과 눈을 맞추었다. 채색에 일가견이 있는 그가 아라사(러시아)에서 건너온 최상품을 몰라볼 리 만무했다.

"귀한 것의 생사도 모르니 상심이 클 터인데. 쯧쯧."

"군대감께옵서 이리 굽어살피시니 감읍할 따름이옵니다."

"내 근자에 자네 덕에 그리는 재미가 여간 아니네."

"과찬이십니다."

"흥미로운 소품을 보냈더군."

"소인이 크나큰 결례를 범하였습니다. 소품이 손을 타지 않도록 단단히 표구를 하라 이르겠습니다."

매매이건 진상이건, 작품을 넘기는 건 시작에 불과했다. 미술품이란 모름지기 아름다움을 보존하여 눈요기가 되어야 했다. 하여 표구, 소제, 보관 등 전문지식을 바탕으로 세심하게 신경을 써야 할 부분이 많았다. 심열국 또한 진상품의 뒷손질에 애를 먹는 중이었다.

사랑채를 빠져나온 심열국이 내내 굽혔던 어깨를 쭉 펴자 그의 충성스러운 수하이자 대군의 화랑 관리자인 공을령이 잽싸게 다가왔다. 쫘악, 사정없이 그의 뺨을 후려갈긴 심열국이 말없이 턱짓을 했다. 공집사는 시뻘겋게 부어오른 얼굴을 주억이며 쏜살같이 사라졌다. 종일품 이상만 탈 수 있는 평교자가 제 발아래 당도하길 기다리고 선 심열국이 별서 뒤로 펼쳐진 대숲을 바라보았다. 임금이 친히 금표를 치고 제 형제에게 하사한 담양 취죽이었다. 한줄기 음풍에 낭창하게 허리를 꺾은 대나무들이 이파리를 잘게 떨었다. 그 써늘한 풍경 뒤로 희미한 비명이 들려왔다. 재갈을 물린 답답하고도 고통스러운 울음이었다.

집무재 대청에 홀로 앉은 심열국은 어느새 꽃봉오리가 오른 배나무를 물끄러미 응시했다. 곧 배꽃이 만개하더니 흰 꽃잎이 하나둘 흐무러졌다. 청청한 이파리는 불그스름하게 물이 들었다. 낙엽이 지고 사방에 고엽이 나뒹굴었다. 하얀 이슬이 맺힌다는 백로가 지나 엉성드뭇한 나뭇가지에 상고대가 피었다. 독개는 기별이 없었다. 사방팔방으로 무수히 많은 돈과 사람을 풀었으나 흉수로 짐작되는 자, 가느다란 실마리 하나 색출치 못한 채 어영부영 한 해가 저물어가고 있었다.

대설

폭설에 온 소년

사람 한 명 겨우 드나드는 막새골의 자드락길이 굵은 눈발로 경계마저 모호해지고 있었다. 장대한 덩치에 너구리 털 홍배자까지 걸친 심열국은 길잡이가 성글게 다져놓은 눈길을 따라 걷는 중이었다. 늘 그렇듯 방지련이 뒤를 따랐다. 오늘은 그 뒤에 한 명이 더 있었다. 비쩍 말라 남루한 행색이었으나 깨끗하게 빤 무명옷에 새 짚신을 신은 남아였다. 자신이 돈에 팔려가는 것을 알고도 남았으나 교랑한 눈망울엔 원망 한 점 들어 있질 않았다. 지난날은 모두 잊으라는 생부의 마지막 청에 소년은 허연 입김을 뿜으며 앞을 향해 내디딜 뿐이었다. 그 뒤로, 고달프게 강설을 인 초가 하나가 설경에 점으로 사그라지고 있었다.

댓돌에 가지런히 짚신을 벗어놓고선 또 한참을 걸어 네 개의 장지문을 통과한 후에야 소년은 겨우 집무재에 들어설 수 있었다. 쭈뼛쭈뼛 무릎걸음으로 서안 앞에 자릴 잡곤 긴장된 면목으로 사위를 살피던 그가 자신의 구매자 뒤에 걸려 있는 장검을 홀린 듯 바라보았다. 얼어 있던 남아의 안면이 동요하자 귀물을 알아본 것이 흡족한 듯 심열국이 손수 가보를 꺼내 들었다. 어린문魚鱗紋 칼자루를 잡아채자 길게 달린 두 개의 금장식이 묵직한 소리를 내었다.

"사인검四寅劍이다."

"인년寅年, 인월寅月, 인일寅日, 인시寅時에 제련한 것인지요?"

"알고 있더냐?"

"서책에서 읽은 것뿐입니다."

"그래. 이것이 네 마리나 되는 범의 기운이 깃든 상서로운 보물이니라. 탐이 나느냐?"

"아닙니다. 감히 제가 어찌……."

"아니다. 탐을 내어라."

상어피로 만든 칼집이 서서히 분리되자 기세등등한 칼날 위로 상감된 북두칠성이 번득였다. 시퍼런 서슬에 손가락을 갖다 댄 남아가 또랑또랑 눈을 반짝였다. 소년은 검을 훑고 심열국은 소년을 훑었다.

아이의 아비는 가난을 몸소 시전하였다. 오죽하면 하나뿐인 아들을 팔까. 그것도 장손이라 하였다. 그는 피골이 상접한 몰골로 방지련이 풀어놓은 진귀한 먹을거리도, 몸값으로 내놓은 거금도 뵈지 않는 양 그저 흙벽만 멀뚱히 응시할 뿐이었다. 눈물을 흘릴 기력도 없다며 빨리 데리고 떠나라 하였다. 기껏 댄 핑계가 눈이 더 쌓이면 발이 묶인다는 것이었다. 제발 잘 먹여 달라는 말만은 진심이었다. 시국 상서로 파직당하여 백령도로 유배를 떠났던 고조부가 출사치 말라 유언한 탓에 사대째 벼슬은 없으나 족보 있는 집안이었다. 하나 최종 간택의 이유는 어미가 죽고 없는 게 컸다. 소년의 아비 또한 뻔뻔하게 찾아와 대문 앞에서 난동을 부릴 깜냥도 없어 보였다. 그것이 흡족하였다. 칼집을 탁, 닫으며 심열국이 말했다.

"돈이 많으면 오만 잡것들이 꼬이고, 사기꾼이 들러붙고, 사사건건 훼방을 놓는 자들이 도처에 생겨나는 법. 상인으로서 재다신강財多身強하려면 어찌해야 되겠느냐?"

"적선입니다. 구휼에 힘쓰면 평판이 좋아지고 시기하는 이들도 사라질 것입니다."

"적선은 흉년에 조정을 움직이는 뇌물일 뿐이다."

"하오시면……."

"이 순간부터 딱 하나만 명심하여라. 돈이 되면 허교하고, 아니 되면 절교한다."

"상대가 진정 재력가인지 혹 간악한 사기꾼인지는 어찌 판단해야 합니까?"

"그 역시 돈이다. 돈으로 사들인 정보를 취합하면 언제든 무엇이든 냉정한 판단을 할 수 있다. 상인은 뭇사람들과 척을 지고 원수가 되는 것을 두려워하면 아니 된다. 돈이란 참으로 요사스러워 원망을 사고 피를 봐야 지켜지는 것. 육친肉親도 가문도 모두 잊고 강단지게 그리한다면 네 자연스레 이 검의 주인이 될 것이야. 알겠느냐?"

"명심하겠습니다."

"현재 상단의 사업은 '예술품'과 '그 외의 모든 것'으로 이원화되어 있다. 내 직접 지휘하는 것은 서화와 자기 등 미술품 전반에 관한 것일 뿐, 전통적으로 민상단이 취급하던 물목들은 아직도 민씨 행수들이 담당하고 안사람의 승인을 받고 있지. 내 순차적으로 그것들을 하나하나 가져올 계획이니 최고 행수인 네 역할도 금방 늘어날 것이다. 부영이 게 있느냐?"

후덕한 용모에 깔끔하게 흰 도포를 두른 사내가 날래게 들어와 무릎을 꿇곤 머리를 조아렸다. 서글서글한 눈매가 선한 인상이었다.

"네 수원이다. 상단 전반에 걸쳐 두루 경험을 지닌 자이니 긴히 쓰도록 해라."

수원이란 말을 분명 들었으나 소년은 이립(서른 살)은 되어 보이는 부영을 향해 나붓이 고개를 숙였다. 인사를 받은 부영이 몸 둘 바를 몰라 두리두리한 배를 접으며 코가 땅에 닿도록 머리를 주억거렸다. 문밖에서 작은 기척이 들려왔다.

"아버님, 재이입니다."

심열국은 딸을 부른 참이었다. 서슬 덩덩한 안사람의 금족령에도 불구하고 재이가 두 살 많은 새 오라비에게 인사는 올려야 하기 때문이었다. 을분 어멈이 놓고 나간 다과상 앞에 재이가 앉자마자 밖에서 우당탕, 한바탕 소란이 일었다. 곧 집무재에 난입한 것은 삭풍에 시달린 무청줄거리처럼 파삭 말라비틀어진 민씨 부인이었다. 놀란 소년이 반사적으로 기립하여 드레지게 손을 모으고 예를 갖추었다. 확 구겨진 이마를 애써 펴며 심열국이 나긋한 목소리로 부인을 맞았다.

"도착이 늦어져 날이 밝으면 인사시키려 하였소만…… 어머님께 인사 올려라."

"아니오! 날 어미라 부를 수 있는 것은 오직 내 아드님뿐입니다."

민씨 부인은 얄망궂은 눈씨로 남아를 매몰차게 훑어내렸다. 그 눈초리를 따라 소년의 몸집에 얼음가시가 박혀들었다.

"꼬락서니가 참으로 가관입니다!"

"부인."

"이천 냥짜리가 어찌 저토록 하찮답니까? 정녕 대감의 안목으로 직접 고르신 물건이 맞더이까?"

"고정하세요!"

"아버님께서 피눈물로 일구신 상단입니다! 어찌 저런 비루한 것에게 맡길 생각을 하십니까! 기껏 죽 쑤어 개를 주려고 여태 그리 아등바등하셨더이까!"

"부인! 어찌 이러십니까, 또!"

"군대감을 알현할 때마다 휘황한 금덩이가 궤짝째로 나갔습니다! 상단 금고에서 그 많은 뇌물이 빠져나가는 걸 내 어찌 모른 척했겠습니까? 상단을 키워 핏줄에게 넘기기 위함이었습니다, 아드님께 드릴 것이란 말입니다!"

"답답한 소리 좀 그만하세요! 홍랑을 찾기 위해 그간 안 해본 것이 무엇입니까! 부인께서 아들을 다시 하나 낳기라도 하실 겁니까!"

"백정놈의 씨가 차라리 나을 것입니다! 자식 팔아치운 파렴치한 아비에게 저놈이 무엇을 배웠겠습니까? 내 당장 죽어 구천을 헤맨다 해도 저 근본 없는 물건에게 제사상 받을 생각, 추호도 없습니다!"

"이미 끝난 이야기입니다!"

"기어코 뜻대로 양자를 들이셨으니 이름은 제가 지었습니다."

얄포름한 봉투가 방바닥에 냅다 꽂혔다. 민씨 부인이 퀭한 눈알을 치뜨며 소년을 을러댔다.

"자, 이것이 네 이름이다. 이곳에선 이리 불릴 것이야! 똑똑히 들어라, 네놈은 그저 내 아드님의 자리를 표시하는 말뚝일 뿐이야! 하니 착각 말고 납작 엎드려 살아라. 그렇지 않으면 조악한 물건으로 사기를 친 죄로 네 아비부터 물고를 낼 것이야. 알아들었느냐!"

자포자기한 심열국이 부인의 말이 채 끝나기도 전에 팔을 부축하여 장지문으로 향하였다.

"부영아, 문을 열거라."

"이놈이 네 수원인 줄 아느냐? 아니, 네 행동거지를 속속들이 감시할 간자이다, 내 수족이란 말이다! 비루한 것이 함부로 금자의 자릴 탐냈다간 사지가 갈가리 찢겨 나갈 것이야!"

민씨 부인이 떠밀려 나가자 널찍한 집무재에 일순 정적이 내려앉았다. 아연하여 석상이 된 소년을 앞에 두고 재이가 태연하게 차를 따랐다. 쪼르르륵, 맑은 물소리가 유난했다. 곱게 우러난 차향이 따스하게 방 안 냉기를 누그러뜨렸다.

"어머니가 저러실 땐 속으로 노랠 부르면 됩니다."

아무렇지 않게 말한 재이가 봉밀에 절인 떡을 소년 앞으로 디밀었다.

"드세요. 다요. 굶는다고 맘 아파하는 사람 없으니."

남아는 제자리에 앉아 어머니란 여인이 내던지고 간 봉투를 뜯었다. 그 품새가 참으로 조신하고 정갈하여 재이는 아비가 정말 양반을 사왔음을 실감했다. 청수한 면이 하얗게 질리는 것마저 얌전하였다. 없을 무無, 다할 진盡. 다탁에 놓인 두 글자를 본 재이가 예사롭게 말했다.

"난 재이예요. 이지러질 재, 떠날 이."

무진은 왜인지 그 말이 위로가 되었다. 제 이름보다 더한 뜻을 가져서가 아니었다. 별일 아니라는 듯 퉁명스러운 목소리가, 차를 따르는 심드렁한 손길이 제게 닥친 이 엄청난 현실을 일순 대수롭지 않게 느껴지게 한 이유였다.

기
유
년

(10년 후)

春

입춘

봄, 누구에게나 찬란하진 않은

증사골 막집. 동자 하나 들고 나기에도 비좁은 개구멍에 억지로 몸을 욱여넣으니 껌껌한 지하 통로가 나왔다. 그 끝에 마련된 제법 널찍한 공간엔 스무 명 남짓의 인영이 중얼중얼 무언가를 읊조리고 있었다. 벽에 매달린 커다란 나무 십자를 향해서였다. 눅진한 곰팡내와 달큼한 밀초 향이 한데 섞여 오묘한 분위기가 피어올랐다. 하나같이 허연 보자기까지 뒤집어써 엇비슷해 보이는 아녀자들의 꼭뒤 사이로 방지련은 어렵잖게 애기씨를 찾아내었다. 어디 하루 이틀이던가. 가벼운 턱짓만으로 동행한 가병 둘이 신속하고 정확하게 애기씨를 모셨다. 어찌나 숙련되고 날랜 솜씨였는지 밀폐된 고요함 속에서도 한 사람의 증발을 아무도 알아채지 못하였다.

춘절을 가장 먼저 알리는 풍년화가 이름도 없는 별채 뒷마당에 흐무러졌다. 일개 말뚝을 꽂은 곳은 문지방일 뿐, 의미를 부여할 까닭이 없다는 상전의 뜻에 따라 무진의 별채는 무명無名이었다. 상단의 화려함과는 동떨어진 빈곤한 살림에 찔레 넝쿨까지 얽히고설켜 얼핏 폐허 같았으나 이곳에도 어김없이 홀씨들이 날아들고 부지런히 꽃을 틔워 봄철엔 잠시나마 그 곤궁함을 덜어내었다. 낡은 평상에 허리를 꼿꼿이 편 채 정좌한 무진이 자작나무 가지마냥 희고 긴 손가락으로 재이의 찻종을 채웠다. 질긴 주단으로 만든 백도라지 빛 도포에 허리엔 하늘색 세조대를 정결하게 드리워 흡사 소쇄한 선비의 자태였다. 곧 찻잔 속에 샛노란 소국이 만개하였으나 담결한 그의 눈매엔 설핏 주름이 잡혀들었다. 누이의 손목을 점령한 생채기 때문이었다. 낯빛을 가다듬으며 동그란 애체를 손등으로 쓱 올린 오라비가 오늘따라 더 초췌해 보이는 누이를 바라보았다. 어릴 적 개구진 입매도, 장난기 가득한 눈초리도 일절 남아 있지 않았다. 제일 크게 달라진 것이라면 무서우리만치 탈색되어버린 피부였다. 그 창백한 낯빛에 성정마저 써늘하니 냉정하게 보였다.

"천주학 집회라니! 정말이지 겁도 없이."

"그럼 어떡해요? 아무리 빌어도 부처는 이 집에서 날 꺼내주지를 않는데."

"방지련이 항시 널 주시하고 있음을 몰라서 그러느냐? 술은? 진정 딱 끊은 게지?"

"오라비가 을분 어멈을 쥐 잡듯 잡아놨으니 제가 무슨 수로

술을 마십니까."

언제부턴가 만취한 재이가 폐쇄된 광명재에서 발견되곤 하였다. 민씨 부인의 빈번한 요양에 감시가 전보다는 소홀해졌다곤 해도 상단의 반이 그녀의 사람들이기에 안심할 순 없었다. 속박의 굴레에 있는 누이의 작디작은 자유가 무진의 가슴을 더 졸아들게 하였다. 특히 재이가 다른 곳도 아닌 광명재에 들어갔다는 사실이 민씨 부인의 귀에 들어가면 진정 사달이 날 터, 무진은 엄하게 을분 어멈을 잡도리했다. 그것이 불과 석 달 전이었다. 하니 월담이라는 유일한 일탈에 대해 더는 채근할 수가 없었다. 나이에 걸맞잖게 너무 많은 고통을, 너무 큰 고독을 짊어진 누이였다. 다 크기도 전에 익은 과일은 썩어 문드러지는 법. 차라리 울며불며 무너져 내리면 마음이라도 편할 터인데, 자신에게까지 교묘하게 우울을 감추려 들어 심이 번잡해진 무진이었다.

"잔소린 그만두시고 이거나 한번 봐주세요. 경매에 내면 사백 냥은 족히 넘겠지요?"

"석 달 만에 본 오라비에게 또 그놈의 돈 이야기냐?"

"중한 얘기부터 해야죠, 금방 또 먼 곳으로 시찰 가실 거면서."

"이건…… 일전에 사들인 혈홍옥이 아니더냐. 그새 패물장이에게 맡겼었더냐?"

"홍옥을 되팔면 기껏 이백 냥 정도일 터라 빗치개로 바꿔보았습니다. 세공비가 만만찮았으나 값이 두 배는 뛸 터이니 훨씬 남는 장사지요. 제값에 팔리면 그것으로 왜나라 은자를 살 것입니다. 점점 은자가 귀해지니 금방 가격이 오를 것이고 되팔면 오백 냥은 족히……."

"돈에 환장을 했더냐? 어찌 사사로이 환 놀이까지 하려 해! 이제 경매에 물건 보내는 짓은 하지 말거라. 더 이상 묵과하였다간 큰일이 나겠구나."

"조금만, 조금만 더 모으면 돼요. 거의 다 모았단 말입니다."

"또 그 말도 안 되는 소리."

"뭐가 말이 안 돼요? 언제까지 다식만 빚으라고요! 연경에 갈 겁니다. 가서 꼭 아우를 찾을 겁니다!"

"네 나설 일이 아니라 몇 번을 말하느냐? 부모님께서 백방으로 손을 써두셨다. 나 또한 따로 사람을 부려 알아보고 있다 하질 않더냐!"

홍랑을 찾기 위해 심열국이 고용한 추노객 중 태반은 눈먼 돈을 탐한 사기꾼이었다. 막대한 성공 보수를 쟁취하겠다며 호기롭게 덤빈 놈들 역시 오래전 용모파기 한 장으로는 맥을 못 췄다. 그들은 하나같이 입을 모았다. 조선팔도 사방을 다 뒤졌는데도 홍랑이 없는 건 둘 중 하나라고. 이미 죽었거나 청으로 넘어갔거나. 전자라면 십만 냥이 넘는 값비싼 시신이 그냥저냥 묻힐 리 만무했다. 후자에 무게가 실렸다. 부모님도 하지 못한 일을 감히 제가 할 수 있을 것이라 재이는 생각지 않았다. 하나 십년이 지난 지금, 홍랑을 알아볼 수 있는 사람은 오직 자신뿐이었다. 꼭 연경에 가야만 했다. 세상 모든 사람이 오가고, 온갖 물건이 교차되는 청나라의 중심에서 아우를 찾아내고 말리라.

"말 돌리지 마세요, 청나라까지 날 데려가겠다고 약속한 건 오라버니십니다, 약속을 지키세요!"

"끝까지 네 생각만 할 것이냐?"

"살아서 청국을 가든 죽어서 염라국을 가든, 홍랑이 오고 제가 없어져야 부모님께서 행복하실 것 아닙니까."

"어허!"

"사주전(위조화폐)을 찍건, 장변을 놓건, 노름을 하건 악착같이 돈 모아서 꼭 그리할 것입니다. 저도 이참에 효도라는 거 한번 해보렵니다."

"농이 지나치다."

"농 아닙니다."

무진도 알았다. 재이의 고통을 끊어내는 유일한 방법은 아우를 찾아 제자리에 앉혀놓는 일뿐이라는 것을. 그러나 그것은 무진이 바라지 않는 단 하나이기도 했다. 주인 없는 자리를 표시하는 말뚝의 신세로 제 생사가 달렸으므로.

"그간 밀양 김주사 댁 장자와…… 혼담이 있었다 들었다."

"이 호랑말코를 치우려는 오라버니의 기대에 순순히 응해드릴 맘 없습니다."

"또 깨뜨렸더냐?"

"세상에 이 팔자 사나운 년의 배필이 있을 리가 없잖습니까. 이번에도 사내번지기처럼 괄괄하게 몇 마디 하였더니 대번에 꽁무니를 빼던걸요."

"마님께 또 모진 소릴 들었겠구나."

무진에게 종내 어머니라 부름을 허하지 않은 민씨 부인이었다.

"어머닌들 어째요? 그쪽에서 낮도깨비처럼 드세고 별난 여인은 절대 싫다고 기겁하는데. 괴벽스러운 계집이라고 소문까지 내주면 딱인데. 하면 매파고 납채*고 당분간은 잠잠할 게 아닙니까."

여일하게 말했으나 어찌 모를까. 민상단의 여식이면 성미 따위가 대수겠는가. 외눈박이라도 데려가지 못해 안달인 인간은 도처에 깔렸고, 수지만 맞으면 망나니에게 딸년을 치우고도 남을 민씨 부인이었다. 무진이 무거운 분위기에 농을 얹었다.

"덕분에 김주사 댁 가문도 큰 화를 면하였구나."

"예. 아무렴요."

"손 좀 내밀어보거라."

재이의 손바닥에 용문龍紋이 들어간 금장도가 떨어졌다. 은장도도 아닌 금장도를 재이는 처음 보았다.

"어째…… 이상합니다? 혼담이 깨질 때마다 오라버니께 선물을 받는 것 같으니. 혹 오라버니께서…… 저를……."

누이가 수상쩍은 눈망울을 가랑가랑하게 치켜뜨니 오라비가 다급히 귀갑龜甲 애체를 벗어들었다. 그러곤 작은 영견(수건)을 꺼내 투명한 수정알을 더 투명하게 만드는 것에 집중했다. 제 관골이 미미하게 달아오른 것을, 그는 알지 못했다.

"저를 혹여……?"

"무…… 무얼?"

"딱하게 여기시는 겁니까?"

"그, 그럼! 그렇지! 딱하다마다! 네가 처녀귀가 되면 누굴 괴롭히겠느냐? 만만한 게 이 오라비뿐이니 뻔질나게 꿈에 찾아와

---

* 신랑 집에서 신부 집에 혼인을 구함. 또는 그 의례.

연경에 데려가라, 돈 내놔라, 술 내놔라, 하질 않겠느냐?"

"오, 용문이 특이한 게…… 경매에 보내면 재미 좀 보겠는데?"

"어디 그리하기만 해라."

무진이 밉지 않게 눈을 흘겼다. 누이는 선물을 받을 때마다 팔아넘긴다 난리였고 오라비는 그런 누이에게 돈 귀신이 붙었다고, 숫제 죽으면 금광 앞에다 묻어주겠다 지청구를 날렸다. 하나 이것은 갇혀만 있는 누이와 떠돌기만 하는 오라비의 애틋한 투닥임일 뿐이었다.

"마님께선 아직 온양에 계신 것이냐?"

"예. 한데 아버님도 건강이 좋지 못하십니다. 며칠 전엔 어의 영감까지 드셨었습니다."

"어의 영감께서?"

"예, 하여 행수들이 회합을 한 모양입니다."

뒷배라고는 하나 기실 사업 동반자였던 한평 대군이 반년 전 유명을 달리하였다. 흥성흥성한 민상단의 기세는 단박에 꺾였다. 최대위기였다. 심곡이 그득하고 답답한 심열국의 지병, 흉비가 부쩍 심해져 혼절까지 한 것은 모두 그 탓이었다. 시도 때도 없이 갈증이 이는 소갈증 증세까지 보이니 결국 어의 영감이 들었다. 제아무리 사명감과 충정으로 똘똘 뭉친 어의라 해도 민상단의 어음 한 장이면 남세스러운 줄도 모르고 상궁 복색을 한 채 잘도 궁문을 나섰다. 그러나 그 백발성성한 명의도 고작 손경혈에 몇 번 시침하고 백호탕을 처방하였을 뿐, 무조건 안정을 취하라는 말만 거듭하였다. 하여 행수들이 급하게 회합을 열어

차기 단주에 대해 논의한 참이었다.

"곧 아버님이 오라버니께 분재기(재산 상속)를 한다는 소문입니다."

"당치 않은 소리. 마님께서 지켜만 보시겠느냐?"

"아버님의 재산이 본인의 것에 한참 미치지 못하니 어머님께서도 오히려 큰 의미를 두지 않을지도 모릅니다. 여튼, 어머님의 승인이 남았지만 일단 행수들이 그리 뜻을 모은 게 어딥니까."

"날 없는 사람마냥 무시로 일관하더니 단체로 전략을 바꾼 모양이구나. 허수아비 단주를 세워 저들끼리 크게 한몫 잡는 것으로."

무진은 막 변방 시찰에서 돌아온 참이었다. 봄부터 가을까지 그의 업무는 동래, 경주, 광주, 공주, 고령, 상주, 강진, 부안, 평양과 의주까지 조선 팔도에 흩어져 있는 십여 개의 상단 분전分殿을 차례로 방문하는 것이었다. 동절기엔 은을 채굴하고 은괴를 찍어내는 영파의 은광에 다녀와야 했다. 일 년 내내 까끄라기처럼 떠돌기만 하는 무진의 역할은 실상 단 하나, 고액의 어음이 동봉된 심열국의 서찰을 관리자들에게 전달하는 것뿐이었다. 민씨 부인의 완고한 뜻에 따라 그는 실질적 일머리에서 철저히 배제된 형국이었다. 미술품을 취급하는 상단 최고 행수의 명패를 가지고도 서화를 보는 심미안도, 골동의 값을 매기는 감별안도 키울 여력이 없었다. 이런 노골적 멸시에도 무진은 단 한 번도 억울함을 토로한 적이 없었다. 야망이 클수록 인내와 절제가 필요한 법. 오히려 발톱을 숨기고 바짝 몸을 낮췄다. 열과 성을 다하였다간 오히려 경계하는 행수들이 생겨날까봐, 섣부른 포부를 밝혔다간 주인의 고기를 탐하는 개처럼 보일까봐 장장 십 년간 변방을 전전하며 순진한 어음책 시늉을 하는 중이었다. 그의 손에 보이지 않는 얼음송곳이 쥐어 있는 것을 그 누구도 알지 못했다. 그렇게 십 년을 버틴 작금, 상단 실세인 민씨 부인은 다행히도 시름시름 스러지는 중이었다. 천하의 돈왕도 어의를 청할 정도로 골골댄다. 저를 대놓고 천대하던 행수들도 별수 없이 의견일치를 보았다니 드디어 끝이 보였다. 무진은 이 점잖은 등신 노릇을 할 날도 얼마 남지 않았음을 직감했다. 그의 가슴이 기대로 잔뜩 부풀어 올랐다.

오늘처럼 오랜 출타에서 돌아온 날 밤이면 무진은 어김없이 요암재에 들었다. 재이 앞에 가부좌를 틀고 앉아 언변 좋은 방물장수마냥 달근달근 세상 이야기를 늘어놓기 위함이었다. 늘 누이는 아이마냥 오라비의 팔을 붙잡고 늘어지며 괴이쩍은 이야기들을 더 토해내라 앙짜를 부렸다. 하여 무진은 근본 없는 도부꾼마냥 떠돌면서도 애면글면 고담古談과 기담奇談을 채집하고 기록하였다. 무진의 삶엔 그것이 단 하나의 기쁨이었다.

"하나만 더요, 딱 하나만. 네?"

"누이야, 밤이 깊었다."

제 이름을 끔찍하게 여기는 재이를 무진은 누이야, 하고 불렀다. 세상에서 저만이 부를 수 있는 호칭이었다. 그 감미로운 애칭에 재이가 새무룩이 입술을 내밀었다. 일어나 옷매무새를 다듬던 무진이 어린아이 어르듯 누이의 머리통을 살뜰히 쓰다듬었다.

"다음엔 충청도 공주에서 전해져 내려오는 왜장녀의 이야기를 해줄 터이니 고 삐죽이 내민 입술 좀 집어넣어라."

"왜장녀요?"

"그래. 몸집이 크고 힘이 장사처럼 센 여인을 그리 부른다지. 조만간 날을 잡으마."

"전 오라버니가 하루빨리 단주가 되셨으면 좋겠습니다. 그럼 먼 길 안 떠나고 꼼짝없이 본전에 계셔야 하니까요."

"날 아예 전기수로 삼을 셈이냐?"

두루마기를 걸치던 무진이 어울리지 않게 무섭다는 듯 몸을 떨어 보였다. 그러곤 사람 좋게 씩 웃었다.

짜그락, 짜그락. 요암재 마당을 가로질러 나오는 무진의 발밑으로 깨진 기와 조각들이 필요 이상으로 큰 소리를 내었다. 하루 이틀도 아니건만 무진의 미간이 좁아들었다. 홍랑의 실종 후 심열국은 기와 수천 장을 주문하여 그것을 몽땅 깨부수라 명했다. 곧 요암재의 앞마당과 뒷마당이 와편瓦片으로 싹 메워졌다. 재이의 별채가 풀포기 하나 자라지 않는 몰강스러운 살풍경을 갖게 된 것은 그런 연유였다. 뭇사람들은 이것을 딸을 보호하려는 아비의 눈물겨운 궁여지책이라 여겼으나 남매는 알았다. 와편은 외부인의 침입이 아닌, 재이의 탈출을 막는 용도임을. 재이를 궁벽한 음지의 귀신으로 만든 것은 실상, 민씨 부인이 아니라 그녀의 눈치를 보는 심열국임을. 이렇게 큰 별채에서 살면서도 사금파리로 땅에 그림조차 그릴 수 없었던 누이가 그 황량함에 치를 떨 때마다 무진은 부지런히 희귀조를 사들였다. 어여

뻔 조롱에 넣어 요암재 대청에 달아매는 것까지가 그의 일이었다. 그런 선물은 벌써 스무 마리가 넘어가고 있었다. 일순 적요함을 느끼며 무진은 요암재를 돌아보았다. 단주가 되면 가장 먼저 이 진절머리 나는 와편들부터 싹 걷어낼 것이다. 무진의 야심은 오로지 하나였다. 하루빨리 단주가 되어 재이를 행수 자리에 앉히는 것. 마음껏 연경을 갈 수 있게 아니, 그 어디라도 갈 수 있는 자유를 선사할 것이다. 어쩌면 단주가 되어야 할 궁극적인 이유는 재이였다. 그녀를 당당히 세상 밖으로 꺼내줄 수 있는 길이 그뿐이었다. 홍랑은 진즉 죽었을 테니 그저 찾는 시늉이나 하며 재이의 마음을 살 것이다. 설렜다. 연경에 분전을 만든다 하면 그녀는 과연 어떤 표정을 지을까? 눈물을 쏟을지도 모를 일이다. 머잖아 현실이 될 상상을 하며 무진은 미소 지었다.

우수

춘풍에 온 소식

무진이 본전으로 돌아왔음을 보고하는 서찰이 사절유택四節遊宅인 온양 별장으로 전해졌으나 뼈와 거죽밖엔 남지 않아 흡사 산송장 같은 민씨 부인은 앵속(아편)에 취해 널브러져 있을 뿐이었다. 한때 천하절색으로 불리던 여인은 마흔도 채 아니 되었건만 조백早白하여 일흔이 넘어 보였다. 원체 쇠약한 체질에 강퍅한 성정이 더해져 기어이 머리카락마저 허옇게 질리게 한 것이었다. 푸르죽죽한 낯빛에 눈두덩은 사혈이 몰린 듯 시커멨고, 혼곤한 눈동자는 멍하니 풀어졌다. 앵속의 양이 자꾸 늘자 의원은 하루에 한 줌을 넘지 말라 당부하였으나 그런 소량으로는 동짓날도 어림없었다. 누군가는 차라리 영식令息의 시체라도 찾으면 이리 애타지는 않을 것이라며 위무하였으나 민씨 부인은 무소식을 희망 삼아 근근이 연명 중이었다.

동이 트기가 무섭게 불쑥 안방으로 들어선 건 귀곡자였다. 만신을 그토록 애타게 기다린 민씨 부인이건만, 이 순간에도 맥을 못 추고 비루먹은 나귀 꼴을 하고 있을 뿐이었다. 뿌연 연기가 못마땅한 듯 귀곡자가 손사래를 치자 을분은 야틈하게 들창을 열어 만신의 숨구멍을 틔웠다. 그리고 상전의 휘늘어진 몸통을 능숙하게 반으로 접어 금색 보료에 고이 앉혔다.

"어찌 한가롭게 예 계십니까!"

합죽 오그라진 입에서 튀어나온 음성이 어찌나 카랑카랑한지 민씨 부인을 질책하는 듯 느껴질 정도였다. 거적눈을 부릅뜰 뿐, 초췌한 웃전을 앞에 두고도 그 흔한 인사치레 한마디 없는 귀곡자였다.

"곧 귀객貴客이 당도할 것인데 어찌 이러고 계시느냔 말입니다!"

허공중에 휘휘 풀어져 있던 민씨 부인의 시선이 형형한 만신의 안광에 정확히 박혀들었다. 마른입을 떼는 소리가 크게도 났다.

"귀…… 객……?"

"서두르십시오. 어서 올라가 손 맞을 채비를 하셔야지요."

곧 민씨 부인의 육인 가마가 한양을 향했다. 웃전의 마음을 읽은 싸울아비 육손은 가는 길 내내 가마꾼들을 맵차게 닦달하였다.

그 시각, 재이는 요암재와 옆구리를 맞댄 자신의 과방果房에서 작업 중이었다. 드높은 천장 아래 커다란 솥에선 짜글짜글 깨끗한 기름이 끓고, 흰 광목 치마를 맞춰 입은 열 명의 찬모饌

⽥들은 바삐들 손을 놀렸다. 궁궐 생과방 못지않은 기다란 작업대엔 유과, 강정, 과편, 다식, 숙실과, 정과 등 각종 과자들이 반질반질 윤을 내며 차곡차곡 쌓여갔다. 그 끄트머리에서 오색사탕을 포장하던 재이의 치마폭에 무언가가 홱 감겨들었다. 손바닥만 한 서책이었다. 주변의 눈치를 살피며 과방 수모가 속삭였다.

"시방 요고 구하느라 진을 옴팡 뺐어라."

"물건은 확실한 게지?"

"암만요. 근디 이게 다 헛짓거리 아녀라. 여인네 홀로는 글씨 어림 읎다니께 그르네."

실상 재이가 증사골 예배당을 찾았던 건 천주학에 뜻을 품어서가 아니었다. 청나라 통행패를 지닌 서양 신부 도마에게 동짓날 함께 국경을 넘어줄 것을 간청하기 위해서였다. 기도책을 필사하고 성물을 만드는 데 힘을 보태겠다며 두툼한 황단자 주머니도 봉헌하였다. 그녀의 성의에 도마는 약조를 했다. 믿음을 설파하시는 분이 거짓을 말할 리 없다. 이젠 부지런히 돈 모으는 일만 남았다. 연경에 도착하면 거점으로 삼을 방 한 칸은 있어야 한다. 게다가 사람 찾는 것이 어디 한두 푼으로 되는 일이던가. 그때였다. 할근할근 을분 어멈이 뛰어 들어왔다.

"애기씨! 시상에…… 고놈이, 고놈이 들었어유! 도…… 독개! 독개 고놈이 집무재에…….'

일사분란하게 움직이던 차집들의 이목이 일순 늙은 여종에게 쏠렸으나 콧방귀를 뀐 재이가 하던 일이나 마저 하라는 듯 그네들을 향해 휘휘 손을 내저었다.

"호들갑 떨 것 없어. 그간 홍랑 행세를 한 이가 어디 한둘이었나?"

"독개는 급이 다르쥬! 그 뭐냐, 염라도 찜 쪄 먹는다는 이승사자 아녀유! 돈만 쥐여주면 저승에 떨어진 망자도 머리채를 요래요래 홰액 낚아채서 델꼬 온다잖여유."

"내 말이 그 말이야. 그리 돈만 밝히는 자가 무슨 짓을 못 할까."

재이는 절레절레 고갤 저었다. 분명 한 식경도 아니 되어 장壯하게 노한 아버님이 독개를 관아로 내쳤다는 소식이 들려올 터였다.

사인검을 이고 앉은 심열국 앞에 납작하게 부복한 것은 부쩍 늙은 독개였다. 과장되게 덩치를 웅등그려 코가 땅에 닿을 듯하였건만 느물거리는 입꼬리는 한껏 추켜올린 채였다.

"그간 홍랑을 자처했던 놈들이 어찌 되었는지 아는가?"

"하모요, 팔도에 소문이 쫙 났다 아입니꺼. 하이고. 옥수로 끔찍하게 마. 하이고."

독개는 손사래까지 치며 간사하게 엄살을 떨었다. 세월이 꽤나 흘렀건만 능글맞은 낯짝은 매양 같았다.

"자넨 그리되지 않을 자신이 있겠지."

"단주 으르신. 고마 십 년입니다, 십 년. 막말로 친자를 코앞에 둔들 자당께서도 긴가민가 안 하시겠습니꺼. 하물며 오래된 그림 쪼가리 딸랑 한 장 갖고, 지가 오데서 감히 확신을 하겠습니꺼."

"하면 날 떠보려 예까지 들었더냐!"

절대로 안정을 취해야 한다는 어의 영감의 당부가 있었건만, 심열국은 타들어가는 제 속을 뻔히 알면서도 이죽거리는 독개의 낯짝을 도저히 참아낼 수가 없었다. 오만방자하게 구는 꼬락서니를 보니 진정 아들은 찾은 것인가 싶어 혀가 다 마를 지경이었다.

"오데예, 십 년간 욕본 걸 생각하면 하이고 눈물이 다 날라 카는데. 씻지도 몬하고 먹지도 몬하고 옥수로 추접스럽구로 피똥물똥 다 싸질러가면서, 미친놈처럼 전국 팔도 안 쑤시고 댕긴데가 읎습니더. 오죽하면 사람들이 고마 내 새끼 찾는 줄 알았다 안캅니꺼. 지난 대설엔 동장군 등쌀에 동상까지 걸리가꼬 엄지발꼬락까지 하나 마, 쎄리 짤라 내삐릿다 아입니꺼."

"거두절미하라!"

"이르케 엎어지면 콱 코 닿을 데 계신 줄 지가 우찌 알았겠습니꺼. 진즉 알았으면 그 개고생을 왜서 했겠습⋯⋯."

"뭣이라!"

"찾았씹니더."

"참이더냐?"

"평양에 쭉 사셨다대요. 워낙 째깬할 때 일이라 도련님께서 자세한 건 기억을 몬하셨지만은 헤어진 시기며 나이며 또 평양 사람이라고 말은 하는데 옥수로 말짱한 한양 말씨를 쓰는 거 하며, 손목 상처도 말씀하신 고 자리, 딱 마 고자리고요, 이름도 써보시라 카니께 딱 무지개 홍에 밝을 랑! 그것도 왼손잽이! 지도 고마 옥수 깜짝 놀랐다 아입니꺼. 하여튼 감축드립니더, 단주 으르신."

"그뿐인가?"

"하믄요?"

"여태껏 그렇지 않은 이가 하나라도 있었겠는가!"

대체 무슨 기대를 했던 것인가. 심열국이 허탈하게 일어섰다.

"아, 맞다. 고마 이 댁 마님하고 마 얼굴이 똑같십니더!"

심단주의 눈꼬리가 미세하게 경련했다. 누가 잡아끈 것마냥 엉덩이가 명주 방석에 다시 딱 붙었다.

"이마, 눈, 코, 입, 죄 빼다박은 거맹키로 마 얄짤읎데예. 첫눈에 지가 고마 식겁했십니더."

심열국의 동요를 눈치챈 독개가 기세등등 여유를 부렸다.

"근데 지가 이 짓 한 삼십 년 해보니까는 나랏님이 와서 맞다 케도 핏줄인 으르신이 고마 아니라카면 아잉거 아입니꺼. 최종 확인은 단주 으르신께서 직접 하실 몫이라 이 말씀입니더."

"하면 냉큼 데려오질 않고!"

"문제가 그깁니더. 느무 놀라지 마이소. 아드님께서 해월루 검계劍契라 안캅니까."

"뭣이라?"

"흑수로 유명한 비밀, 으르신도 아시지예? 재수도 엥간히도 읎지. 우짜다가 귀한 도령이 그런 무선데까지 잡히가 살수 짓 까지 하게 됐뿟는지……."

"하여 빼내기가 어렵단 말이냐?"

"하이고, 말도 마이소. 송월이라고 해월루 여객주가 보통내기 가 아입니더. 도련님께서 말이 검계지 제 손으로 키워가 마 피 붙이나 진배없다 케싸면서 절대 못 내놓는다 캐서……."

심열국의 툭툭한 손이 서안 서랍을 거칠게 잡아 열었다. 거북 문 금괴가 정렬된 두 번째 칸이었다.

경칩

서투른 귀환

새벽닭이 울기도 전, 혼례를 치르는 새색시마냥 수모들에게 면 단장까지 받고 솟을대문 앞에 선 민씨 부인이었다. 안절부절 못하고 문밖만 응시하던 그녀가 조붓한 턱을 바들바들 떨며 초조한 한숨을 내쉬었다. 여우 털 덮개를 든 을분은 상전의 야윈 뒤태를 보면서도 심기를 건드릴까 싶어 멀찍이 서 있을 뿐이었다. 그때, 민씨 부인의 시선 끝에 형상 하나가 잡혀들었다. 저 멀리 희붐한 새벽안개 속에서였다. 윤곽이 짙어질수록 공들여 꽃 물을 들인 얄실한 입술이 잘근잘근 짓이겨졌다. 엽엽한 인영이 성큼성큼 층계참을 오르자 진주 가루분을 바른 민씨 부인의 면이 더욱 창백해졌다. 헌칠민틋한 장정은 사라진 날마냥 짙은 철쭉 색 도포 차림이었다. 치맛자락을 꽈악 말아 쥔 민씨 부인의 손등에 시퍼런 핏줄이 돋아났다. 일순간, 금빛 능라처럼 펼쳐진 아침볕이 사내의 면목에 스며들었다. 관옥 같은 인물이었다. 귀상에 귀골이었다. 말을 잊은 민씨 부인이 허공에 천천히 손을 뻗었다. 정광이 흐르는 아들의 눈빛을 마주하는 찰나, 어미는 그만 혼절하였다.

눈을 내리깔고 정좌해 있는 홍랑을 본 순간 천하의 심열국 또한 두 다리를 비척거리다 겨우 방석에 주저앉았다. 이 순간을 골백번 상상하였다. 제 옥동이라면 응당 한눈에 알아볼 것이라 장담하였다. 피붙이를 못 알아볼 리 만무했다. 무엇을 기억하느냐 다그쳐 묻는 자체가 어불성설이었다. 자신을 닮아 뼈대가 옹골차고 기골이 장대하여 육척 오촌은 족히 되어 보였다. 선명한 꽃빛 도포 덕에 더 희어 뵈는 살결, 동그랗고 넓은 이마, 버들잎 모양의 진한 눈썹, 계집애같이 긴 속눈썹, 오뚝한 콧날과 꽃물을 들인 듯 유난히 붉은 입술, 거기에 쪽박귀까지, 모두가 민씨 부인과 오롯이 겹쳐졌다. 단려한 자태 어느 한구석도 의심스러운 데가 없었다. 사치스러운 물건을 다루는 취향까지도 어밀 빼닮았는지, 금사를 꼬아 만든 세조대마저 과하긴커녕 잘 어울렸다. 심열국의 만면에 희열과 환희가 들어찬 순간 홍랑이 천천히 고개를 들었다. 매의 눈알처럼 살기와 굶주림 그리고 기이한 투지를 담은 안광에 심열국이 흠칫, 감정을 추슬렀다. 연염한 면과는 상반되는 야성적인 눈매였다. 단 하나 바뀐 것이라면 저 걸오한 눈동자. 세상 어떤 연장으로도 다듬을 수 없는 날것의 눈빛. 오랜 검계 생활에 저런 인상을 갖게 된 것은 어쩌면 당연하다. 단정하게 매만졌으나 반만 상투를 틀어 올리고 반은 내려 뒷목을 보호한 전형적인 무사 머리 탓에 더욱더 그렇게 느껴지는 것인지도 몰랐다. 순한 눈매가 사라진 것마저 부모를 잃고 홀로 평지풍파를 견딘 흔적으로 느껴져 벌써 내심이 찌르르 당겨오는 심열국이었다.

"먼 길 오느라 고될 터이니 일단 푹 쉬어라."

"솔직히 오는 길 내내 반신반의하였습니다. 고향집에서 부모님을 뵈면 어렴풋이나마 떠오르는 것이 있겠지 기대하였는데…… 아무래도 잘못 온 듯싶습니다. 아무리 미약한 나이였다한들……."

"서두를 것 없다. 쉬엄쉬엄 찬찬히 둘러보아라. 시간을 가지고 둘러보면 분명 떠오르는 것들이 있을 게야. 광명재의 무엇 하나 건드리지 않았으니."

우두커니 앉아 낯선 듯 방 안을 훑던 홍랑의 시선이 동창 옆에 걸린 기다란 묵란도墨蘭圖에 멈추었다.

"정녕 변한 것이 없습니까?"

"왜 그러느냐?"

"저 묵란도 말입니다. 유독 저것이 너무나 생소하여……."

심열국이 잠시 골몰하다가 훅 숨을 들이마셨다.

"벌써 여러 해 전이라 그만 까맣게 잊고 있었다. 기운이 좋은 작품이라고 네 무사귀환을 빌며 안사람이 걸어둔 것이다. 어찌 그것을……!"

묵란도 말곤 진정 광명재의 무엇 하나 들어내거나 덧붙인 것이 없었다. 홍랑을 보는 심열국의 눈이 다시금 빛났다. 그림 하나 내거는 것이 어디서 수소문하여 주워들을 만한 일도, 돈을 주고 살 만한 정보도 아니었다. 눈앞의 아들은 도무지 아무것도 생각나지 않는다고 말은 하고 있지만 본능적으로 낯선 것을 귀신같이 짚어내고 있었다.

"누이를 보고자 합니다. 다른 것은 모르겠고 누이와의 기억만 간직하고 있는지라……."

기다렸다는 듯, 벌컥 문을 열어젖히고 들어온 것은 재이였다. 감정을 주체하지 못한 홍랑이 벌떡 기립했다. 그의 눈동자가 뒤흔들렸다.

"누이!"

"네놈은 또 뉘의 사주를 받고 왔더냐?"

"재이야!"

"어떤 교악한 무리와 작당을 하고 왔느냔 말이다!"

"그만두지 못할까!"

배배 꼬인 딸의 언사에 경악한 아비가 언성을 높였다.

"그래, 나에 대한 기억이 있다?"

"유일한 기억이 누이와 뒷동산에서 놀던 것입니다."

"허! 참으로 대단한 기억이구나! 조선의 어느 남매가 그런 기억 하나 없을까! 하면 그 시절 친우의 이름도 기억이 나겠지? 어느 댁 누구였더냐? 그와 곧잘 했던 놀이는 뭐였더냐?"

"생각나질 않습니다."

"청에서 데려온 강아지는 어찌 생겼었더냐? 그토록 애지중지하였는데 기억 못 하는 것이냐? 하면 조부께 받은 탄신 선물은 뭐였더냐? 늘 끼고 읽던 서책은 뭐였느냐? 좋아하던 음식은 뭐였더냐? 답해보아라, 하나라도 답해보란 말이다!"

"기억이 없다, 이미 어르신께 아뢰었습니다."

"어르신? 부친을 그리 부르는 아들도 있더냐?"

"재이야!"

"모든 기억을 잃었어도 태어나면서부터 손목에 찼던 염주만은 기억할 것이다. 그렇지?"

"그 또한……."

"허! 무려 한평 대군의 하사품을 모르겠다? 그토록 신비한 푸른 비취가, 그 희한한 박쥐문양이 기억에 없다?"

"그만하여라!"

"어찌 아버님마저 이러십니까! 어찌 저런 간악한 모리배에게 속절없이 속으십니까!"

"망발을 삼가라! 상흔까지도 확인하였다."

"그깟 상흔, 까짓것 맘만 먹으면 저도 만들 수 있습니다. 그것도 없이 홍랑이라 우긴 자가 하나라도 있었답니까?"

"진정 오래되어 이제 흔적만 겨우 남은 상처였다."

"그리 오래전부터 작당을 한 것이겠지요!"

"어허!"

"역대 이렇게 염치없고, 뻔뻔하고, 낯짝 두꺼운 치도 없었습니다. 분재기가 논의되는 시점에 절묘하게 돈왕의 상속인이 나타났다는 것이 말이 됩니까! 저런 부류의 인간들을 전, 정말이지, 역겨워서 참을 수가 없습니다!"

"구사일생으로 생환한 아우다!"

"천만에요! 왜 저런 놈팡이 놈의 역성을 드십니까!"

"너야말로 감히 어찌 아니라 장담하느냐!"

"눈을 감아도 떠도 항상 제 앞에 있었으니까요! 홍랑은 십 년 동안 하루도 빠짐없이 제 앞에 있었으니까요!"

아우가 실종되던 날, 재이의 삶은 그날 멈추었다. 기억은 무한 반복되며 그녀에게 끊임없이 같은 날을 선사했다. 아우의 부재는 각인되었다. 내가 대신 사라졌어야 했다는 죄책감, 범 발톱 노리개를 받은 미안함, 지켜내지 못한 자책이 끈질기게 발목을 붙들고 늘어졌다. 기억은 재차 맵찬 회초리를 휘둘렀다. 아픈 감정은 진실로 몸을 아프게 했다. 생살을 태우며 천지신명께 기도하기도, 또 어느 날은 쑥 빠져버린 어금니를 꿀꺽 삼키며 재이는 끝없이 자신을 벌했다. 누군가에게 심리적 부축을 받아야 할 아이는 철저히 혼자였다. 어둠을 피해 하얗게 밤을 지새우며 하염없이 무너지는 것밖엔 할 수 있는 게 없었다. 토막잠 사이에도 아우의 얼굴이 들고났다. 눈을 감아도 떠도, 마주치는 얼굴은 실종된 아우뿐이라, 다행인지 불행인지 그 얼굴은 한 치도 흐릿해지지 않았다. 하여 단언할 수 있었다.

"저 눈빛은 결코 아닙니다!"

"장성한 사내다! 여덟 살 아이의 눈빛이 없다 억지를 쓸 것이냐!"

경멸과 조소를 담은 재이의 눈빛이 홍랑의 것에 검세게 부딪쳐왔다. 곧 체념한 듯 홍랑이 주섬주섬 짐을 챙겼다. 기겁한 아비가 다짜고짜 아들의 팔뚝을 부여잡았다.

"무엇 하는 것이냐? 앉아라!"

"정말 제가 이곳에 살았다면 이렇게 생소할 리 만무합니다.

누이조차 아니라 하니 정히 아닌 것이지요."

"어린 것이 별안간 부모와 생이별을 당하고 험한 곳에 몸을 의탁하게 되었는데 기억이 온전할 턱이 있느냐!"

그동안의 양상과는 정말이지 판이했다. 희한하리만치 치밀하게 준비하여 홍랑을 자처하고도 대차게 내쳐진 이들이 수두룩했다. 눈물 콧물 범벅으로 자잘한 가정사까지 줄줄이 읊어대던 놈들을 심열국은 두말 않고 관아로 보내 곤장을 맞게 했다. 한데 이놈은 민씨 부인 닮은 면상 하나 들이밀곤 기억이 없단다. 세상 모두가 아는 비취염주마저 모른단다. 하다 하다 이젠 차라리 돌아가겠다니 재이는 기가 찼다. 더 가관은 간다는 놈의 팔까지 잡아채 억지로 주저앉힌 제 아비였다.

"아무리 그렇다 한들 무슨 재주로 유년의 기억만 싹 소실되었답니까?"

"재이야!"

"혹 어머님 때문에 이렇게까지 하시는 것입니까?"

"천륜을 거스를 것이냐! 네 할아버지께서 살아생전 딱 하나 못마땅해하신 것이 귀하게 본 손자가 외탁만 했다는 것이었다. 네 어미의 소싯적 모습과 이토록 빼닮았으니 더 무슨 말이 필요하더냐. 피는 결코 속일 수 없는 것이거늘!"

을분 어멈의 목소리가 장지문을 타고 들려왔다.

"어르신! 마님께서 깨나셨어유!"

비단 휘장을 걷으며 안채에 든 홍랑은 눈이 휘둥그레졌다. 네 명의 여종이 합까지 맞추며 대령한 곰배상 때문이었다. 평양의 제일 홍루에서 머물던 그도 이렇게 푸짐하다 못해 거대한 상은 본 일이 없었다. 귀한 음식들뿐 아니라 그릇들도 하나같이 금테와 은테를 두르고 있었다. 어째 이 집안에 발을 들인 순간부터 모든 것이 놀람의 연속이었다. 머릿속으로 계산해놓은 수십의 가능성 중, 이런 환대는 없었다. 자신과 똑 닮은 어린 홍랑의 용모파기에 저도 놀라긴 하였으나, 심열국의 감격은 전혀 뜻밖의 것이었다. 묵란도로 슬쩍 떠보았을 때 그의 반응은 홍랑이 죽기를 각오하고 민상단에 든 것이 무색할 정도였다. 우당 황익의 작품은 약 육칠 년 전부터 각광받기 시작했다. 하여 그 그림이 십 년 전부터 광명재에 걸려 있었을 리 없다는 것은 시화詩畫를 아는 사람이라면 쉬이 추측 가능한 일이었다. 그따위 것에 평생 악귀 짓을 일삼은 돈왕의 호안이 풀어지니 기가 찰 따름이었다. 그에 대한 울분과 원한이 골수에 사무친 홍랑은 그 짧은 독대에도 거대한 살의가 솟구쳤다. 하물며 그가 자애로운 아비의 면상을 하고 있다는 것이 걷잡을 수 없는 격분을 일으켰다. 그 낯가죽을 당장 생으로 찢어발기고 싶어서 자글자글 피가 들끓었다. 죽어간 동기들의 원혼들이 여기저기서 아우성을 쳐대는 통에 잠시 현기증까지 느낀 그였다. 그 금수를 한 번밖에 죽일 수 없다는 사실이 분하고 또 분할 따름이었다. 단숨에 해치는 아량 따윈 없을 것이다. 가능한 한 많은 피눈물을 뽑아내고 자근자근 뼈를 추려낼 것이다. 눅진한 숨을 들이켜며 홍랑은 재차 다짐했다.

복병은 따로 있었다. 누이란 여인. 투계마냥 흰자위를 까뒤집으며 목청이 터져라 자신을 부정하다니, 생각지 못한 변수였다.

그 작태가 하도 괘씸하여 보란 듯이 돌아가겠다 객기까지 부린 것이었다. 설핏 홍랑의 이마가 찌푸려졌다. 고작 한 번 대면하였을 뿐인데도 그 눈빛이 심히 거슬렸다. 잔악한 심가의 핏줄을 타고나 평생 제멋대로 설치며 살았을 계집. 그 방자한 콧대를 제대로 꺾어놓을 테다. 홍랑은 피식 웃었다. 자신 때문에 돈왕이 딸년과 갈라서는 꼴을 관망하는 것도 재미있을 터였다. 아니지, 과년한 누이의 혼처를 서둘러 알아보는 것도 아우의 도리가 아니던가. 풀이라도 먹인 듯 빳빳하게 모가지를 쳐들고 발악하는 계집을 먼 변방으로 치울 생각을 하니 앞으로의 날들이 그리 지루하진 않을 성싶었다.

"아드님. 내 아드님. 어서 드세요."

홍랑이 퍼뜩 상념에서 빠져나왔다. 이 순간 홍랑을 당황시키는 건 바로 풍성한 소맷단을 갈무리하며 바삐 은젓가락을 놀리는 이 어머니라는 여인이다. 홍랑의 앞접시에 이것저것을 쌓아 올리다가 어란과 호두장아찌에 손이 닿지 않자 차라리 일어서 음식을 퍼 나르는 민씨 부인이었다. 어미의 손이 허공에서 잘게 떨리는 것을 홍랑은 짐짓 모른 체했다. 역겨워서였다. 부담스러운 것은 또 있었다. 문지방에 거구를 접어 꿇어앉은 채 장승처럼 버티고 있는 육손이었다. 굳은 떡처럼 무표정한 얼굴에 얼핏 감격이 스쳐 지나간 듯도 싶었다. 민씨 부인이 제 숟가락 위에 보드라운 노루산적 한 점을 올리자 홍랑은 날름 그것을 입안으로 욱여넣었다. 그저 이 시간이 빨리 끝나길 바랄 뿐이었다.

요암재로 돌아온 재이는 방 사면을 빼곡히 채운 각양각색의 초대형 지도에 시선을 못박았다. 지난 십 년간 주야장천 들여다봐서 눈 감고도 그릴 만큼 이골이 난 것들이었다. 서안 뒤로 펼쳐진 것 또한 여덟 폭의 지도 병풍이었다. 무진이 직접 화원에게 의뢰하고 산수가와 풍수지리가의 감수까지 받은 이 귀물은 방에 앉아 세상 유람을 한다는 와유록臥遊錄이었다. 팔 척 길이의 조선방역지도와 아국총도 등 관용지도는 지닌 것만으로도 대역죄가 성립되는 기밀문서이기도 했다. 각 도의 감찰사인 감영의 위치가 세세히 기록된 지도를 보며 재이는 장대에 올라선 장수의 기분을 만끽하기도, 비밀 감찰사가 되는 상상을 하기도 하였다. 이것들만이 유일하게 어둠을 견디게 했고 밤을 빨리 저물게 했다. 한데 작금은 딱 무용지물이었다. 홍랑의 귀환 소식이 조선팔도에 퍼지는 건 시간문제. 그것은 도처에 심어둔 추노꾼들이며 국경수비대며 도부꾼들이 일제히 아우 찾기에 손을 놓는단 뜻이기도 했다. 근자에 꿈에도 찾아오지 않는 아우가 불안을 한층 가중시켰다. 둥그런 지구의만 뺑뺑 돌려대던 재이는 벌떡 일어나 한달음에 지붕 위로 올라갔다.

볕내가 스민 기와를 팔꿈치로 짚고 비스듬히 누운 그녀가 수키와 한 장을 빼고 그 안으로 손을 쑥 집어넣었다. 어렸을 적 천리경을 넣어두던 비밀공간에서 이젠 옥색 곱돌로 빚은 연초합이 딸려 나왔다. 까슬하게 잘 마른 담뱃잎을 손끝으로 휘적대는 것만으로 벌써 번잡한 심중이 한결 누그러졌다. 한 뼘도 안 되는 작은 연죽에 담뱃잎을 욱여넣곤 차돌 위로 부시를 두들겨 단번에 불씨를 만들어냈다. 켁, 켁. 쿨럭, 쿨럭. 재이의 입에서 별안간 사레들린 기침이 쏟아져 나왔다. 연무장으로 들어서는 홍랑이 시야에 잡혀든 탓이었다. 가병들은 언제 보았다고, 일사분란하게 도열하여 협잡꾼을 향해 머리를 조아렸다. 친자로 위장한 간물은 퍽도 자연스레 무기와 가죽 보호대 등을 둘러보았다. 벌써 언죽번죽하게 후계 행세를 해대는 꼴이 참으로 가관이었다. 그가 날렵한 편전片箭을 집어 드는가 싶더니 눈 깜짝할 사이 참새 한 마리가 아기살에 꿰뚫린 채 툭 떨어졌다. 와, 하고 병사들의 감탄이 터져 나왔다. 안 그래도 마뜩잖게 일그러져 있던 재이의 이목이 싸늘하게 식었다.

'풀벌레에도 기겁하던 아우가 아니던가. 그동안 홍랑을 사칭했던 놈들은 최소한 철저히 뒷조사를 하고 최대한 그렇게 보이려고 노력이라도 하였다. 한데 저놈은 어찌하여 저리 서슴없이 꼴사납게 구는가!'

아무리 먼발치라도 뻔뻔한 사기한이 설쳐대는 양을 보고 있으려니 연초 맛이 뚝 떨어졌다. 민씨 부인의 껍데기를 그대로 덮어쓴 낯짝도 가히 밉상이었다. 연죽을 내려놓은 재이가 신경질적으로 고개를 홱 외틀었다.

홍랑은 큼지막한 쇠뿔 각궁을 집어 들곤 능숙하게 죽시竹矢를 꿴 참이었다. 벌써 그를 깍듯하게 대하는 가병들이 흡족했으나 솜씨를 조금 더 보여줄 필요가 있었다. 유약한 양자 놈과는 확실히 다르다는 것을, 이참에 못박아두는 것도 나쁘지 않을 터였다. 사냥감을 찾아 허공을 훑던 홍랑의 화살머리에 덜컥, 요암재 위 재이가 걸려들었다. 난만한 봄빛을 이고 삐딱하게 누운 건방진 옆모습에서 벌써 저를 향한 맹렬한 거부감이 느껴졌다.

'고갤 돌려 날 봐. 지금, 당장!'

가슴속 침묵으로 명한 그의 음성이 닿기라도 한 것인지 재이가 스르르 고개를 돌렸다. 둘의 눈빛이 허공중에서 쨍하니 부딪치곤 사납게 뒤엉켰다. 곧 팽팽한 기 싸움이 이어졌다. 땅을 딛고 키만 한 각궁을 든 채 꼿꼿이 고개를 쳐든 홍랑은 사뭇 도전적이었다. 재이는 도발하듯, 그 활촉을 오연하게 응시했다. 그녀의 고집스러운 눈씨에서 가감 없는 경멸과 천시가 뿜어져 나왔다. 시퍼런 하늘을 등진 그 단호함이 홍랑의 흉중에 또다시 생채기를 내었다. 괘씸한 계집. 홍랑이 짐짓 안정적으로 자세를 고쳐가며 곧 활을 쏠 듯이 아귀세게 시위를 먹였다. 목표물을 정확 조준한 그가 숨을 멈췄다.

'사거리가 백 보도 더 되는 각궁에 탄력 좋은 죽시까지…… 진심인가? 진심으로 날 죽이려는 것인가!'

사내에게서 뻗쳐 나온 저돌적인 살기에 재이의 등골에 싸한 진땀이 흘렀다. 자신을 겨눈 예리한 살촉이 마침 쨍그르르 빛나자 꿀꺽 생침이 넘어갔다. 올가미에 갇힌 사냥감이 된 듯 진득한 갈증이 몰려왔다. 어째서인지 머릿속이 혼탁했다. 숨이 통제를 벗어났다. 찰나, 홍랑이 힘껏 궁현을 튕겼다.

"흡!"

재이는 저도 모르게 심장을 움켜쥐었으나 자신을 강타한 것은 활촉이 아닌, 사특한 사내의 비웃음이었다. 시망스럽게 궁현을 뜨는 시늉이 어쩌나 과장되었는지 재이는 별안간 아찔한 어질증을 느꼈다. 창졸간에 시허옇게 흐트러진 그녀의 몰골을, 홍랑이 만족스레 주시했다. 그러곤 껄렁하게 어깨를 으쓱하더니 야살스레 입매를 쭈욱 늘어뜨렸다. 소름 끼치는 웃음이 숫제 마물魔物이었다. 재이의 분기가 메마른 숨결로 토해졌다. 턱 끝이 떨려왔다. 손에 들린 연초가 시뻘겋게 타들어가고 있었다.

춘분

하루도 비가 오지 않은 날이 없었네

날이 밝자 오랫동안 폐쇄되어 있던 광명재에 헤실헤실 춘풍이 고여들었다. 햇살의 풋내가 대청에도 진동하였다. 하늘을 향해 삐딱하게 다리를 꼰 채 유밀과를 먹는 별채 주인의 얼굴이 바보처럼 해맑았다. 그 청미한 이목구비를 연신 힐끗대며 마루를 닦던 을분 어멈이 혼자 주책없게 눈물 콧물을 찍어댔다. 긴 다리로 민틋한 반상을 끌어당겨 당과 하나를 더 집어 들며 홍랑이 먼저 말을 붙였다.

"내가 당과 좋아하는 걸 어찌 알고."

"말을 혀서 뭣혀유. 쬐껜할 때도 도련님 까까 타령은 굉장혔잖어유. 고거 다 어르고 달랜 이년이…… 흑…… 그걸 으찌 잊어유."

"한데 누이는 왜 날 못 잡아먹어 안달일까?"

"애기씨가 그동안 무쟈게 욕을 봐서 그라쥬. 도련님 그리되고
는 마님이 그냥 됐겠어유? 그 둘이 보통 모녀 사인감유, 어디."

을분 어멈의 이야기는 이십오 년 전으로 거슬러 올라갔다. 이
팔의 심열국이 거상 민반효의 수족 중 하나였던 시절. 그는 다
만 특출하게 독한 놈이었다. 아들이 없는 민반효의 눈에 들어
양자가 되겠단 일념 하나로 권력을 쥔 양반들 앞에선 한없이 간
사했고, 같은 중인에겐 거만하게 군림했으며, 천것들에겐 포악
한 장사치가 되었다. 행수 자리를 꿰차고 있는 민씨 일족들은
제 아들을 민반효의 호적에 입적시키려 안간힘을 썼으나 그 누
구도 심열국의 일머리에 대적할 수가 없었다. 드디어 민반효가
심열국의 양자 입적을 공표하는 날, 일은 의외의 곳에서 틀어졌
다. 지금의 민씨 부인, 민반효의 외동딸 민연의가 앓아누운 것
이다.

"긍께 그것이 으찌 된 것이냐면유, 마님 입장선 맴에 품은 사
내가 하루아침에 오라비가 될 지경이니께 곡기를 딱 끊어버린
거구유, 반대로 으르신 입장선 알짜배기 아들 자리에 앉을라는
디 뜬금없이 깝데기뿐인 데릴사위 자리를 디미니께 기가 다 멕
혀서 그길로 홧병이 든 거구유."

"데릴사위라도 그게 어디야."

"죄다 그랬쥬, 조선의 부마가 되는 것이나 진배없응께 얼렁
혼인허라고유. 근디, 아들로 호적에 올라야 재산을 받을 꺼 아
녀유, 누가 사위헌티 재산을 물려유. 게다가 으르신헌티 정인이
따로 있었구먼유. 이름이 꽃님이었나…… 근디 마님이 애가 닳
어설랑은 천녀라는 용한 무녀 불러들여, 황해도서 활동허는 도

84

부꾼 매수혀 여튼 별별수를 써서 정인도 꽉 떼버렸구먼유. 글구 거진 억지로 혼례를 올린 거여유."

심열국의 심중에 울혈이 들어찬 건 그때부터였다. 제 인생을 송두리째 뒤틀어놓은 안사람을 도저히 용서할 수가 없었다. 뿌리가 엉성하니 열매가 맺을 리 만무했다. 삼 년이 지나도록 회임 소식이 없자 지병이 있던 민반효는 죽기 전에 손자를 보고픈 욕심에 씨받이를 들였다. 을분 어멈은 눈가리개를 하고 사랑채에 든 하씨 처녀를 떠올렸다. 어린 티를 벗지 못한 자태였다. 괄괄한 단주 어르신이 호방하게 웃는 것을 그때 처음 보았다. 마님이 눈알을 까뒤집고 상스럽게 분통을 터뜨린 것도 그때가 처음이었다.

"하씨 처자가 과연 집 문턱을 넘기가 무섭게 배가 남산마치 부푸니께 빼도 박도 못 하는 고추다 혔는디 글씨 산통으로 하씨는 죽고, 태어난 애기는 배꼽 아래가 민짠겨유! 약속헌 물건 까먹고 나왔응께 돈 쪼까 쥐여서 하가로 돌려보냄 될 일인디 하가 여인이랑 홈빡 정이 든 으르신이 핏덩일 거두신 거쥬. 마님은 천불이 나니께 그 깐난쟁일 홀로 별채에 엎어두고 지 애미 혼백이 거두어 갈 때까지 물 한 모금 먹이지 말라 엄명을 하셨어유. 저주를 할 요량으로 입구에 꼭두를 세워놓고 허깨비년 데려가라 빌기까지 했고만유. 그려서 이름이 재이가 된 거여유. 고것 두 다 사들인 양반 신분 덕이쥬. 호적단자도 올릴 필요가 읎었으면 이름자도 없었을 거유. 청지기 말론 요암재도 실은 '일찍 뒈질 요', '입 닥칠 암'이라고 혔어유."

"아버님은 대체 무얼 하고?"

"첫 핏줄인디 고 핏덩이가 을매나 안타까웠겠어유. 그려도 대놓고 마님 뜻을 거스를 순 없응께 쇤네헌티 몰래 젖어미짓을 시켰구면유. 그거슨 꿈에도 모르시고 핏덩이가 징글징글허게 살어남응께 마님이 열불이 뻗쳐서 고때부터 금광사에 드나드신 거여유. 탑돌이다 백팔배다 백일불공이다 열심히 허시드니 워찌 된 영문인지 덜커덕 회임을 허셨고만유. 금광사 법력이 굉장허다고 다들 말은 그리하면서도 뒤에선 주지 스님 씨라고 벨벨 풍문이 파다혔어유. 흐미, 으미! 이눔의 셋바닥이 또 정신 줄을 놔버리고 간둥간둥……."

민씨 부인에게 재이는 부군의 마음을 얻지 못한 증거였다. 제 몸은 홍랑 같은 훌륭한 아들을 낳고도 남음이었으나 심열국이 정성스레 씨를 주지 않았던 것이다. 애초부터 불필요한 씨받이였고 태어나지 말아야 할 계집이었다. 그년이 그예 극귀한 아드님의 신물을 빼앗고 사지로 내몰았는데도 부군은 오히려 그것을 싸고돌았다. 혹 딸년도 연기처럼 사라질까 근심하였던 것이다. 싹 도려내도 시원찮은 잡초를 난초 대하듯 하니 미칠 지경이었다. 부군의 사랑을 얻지 못한 데서 비롯된 뒤틀린 증오, 기이한 복수심, 치졸한 질투, 거기에 아들을 잃은 어미의 한까지 뒤범벅되어 민씨 부인은 재이에게 잔악한 분풀이를 해댔다. 숫제 의붓딸년에 대한 멸시와 혐오를 땔감 삼아 하루하루를 지탱하는 듯 보일 정도였다.

홍랑이 실종된 지 열흘째 되던 날, 아들을 찾기 위해 고군분투하다 집으로 돌아온 심열국은 요암재의 소등이 너무 이른 것 같아 노파심에 딸의 안위부터 확인하였다. 부인의 용태를 살피지도 않은 채 그리 먼저 든 것이 화근이었다. 대노한 민씨 부인이 재깍 재이를 호출하였다. 을분 어멈은 그날 밤 장지문을 타고 들려온 웃전의 음성에 경악하였다.

〈금광사 주지의 말이 요암재에 어둑시니가 붙었다 한다. 사기邪氣를 먹는 귀鬼가 간악한 네년에게 입맛을 다시는 게 당연지사! 어둑시니가 천장에 붙어 있다가 어둠이 깔리면 지체 없이 튀어나와 극악한 네년을 잘근잘근 씹어 삼킬 것이다, 이 말이다! 등촉을 꺼뜨리는 순간 네 명줄이 싹둑! 끊긴다, 이 말이다!〉

다신, 요암재에 불이 꺼지지 않았다. 다만 아홉 살 소녀는 암흑을 견디지 못하고 혼절을 거듭하였다. 밤잠을 빼앗겼다. 불면의 밤이 시작되었다. 허공중을 보고 짖어대자 품에 싸고돌던 황도 내보냈다. 제멋대로 움직인다며 등나무로 짠 흔들의자도 을분 어멈에게 내주었다. 딸랑딸랑, 설렁은 매일 밤 울려댔다. 안타까운 유모는 귀신 쫓는다는 음나무 가지를, 가시가 많은 것으로만 고르고 골라 수없이 꺾어왔으나 허사였다.

슬쩍 눈물방울을 훔쳐낸 을분 어멈은 십 년 만에 돌아온 도련님에게 작심을 한 듯 토로했다.

"애기씨가 도망가다 잽혀와서 마님헌티 딱 죽지 않을 만큼 맞은 게 한두 번이게유?"

"어머니는 꼴 보기 싫은 딸년 나가든 말든 모른 척하지 왜 잡아왔대?"

"귀곡자가 그랬대유 마님헌티. 애기씨 팔자가 사나워서 건들면 부정 탄다고. 제대로 출가시켜야 뒤탈이 읎다고. 그 만신님 말씀이라면 아주 껌뻑죽는 마님 아녀유. 그 덕분에 애기씨가 목숨이라두 부지허고 있는 거여유."

"그럼 가둬놓을 것까진 없잖아."

"꼴베기두 싫구, 똥값 되는 건 더 싫응께 그라쥬. 패가 하나뿐이니 값지게 써야 할 거 아녀유. 마님 입장에선. 상단에 큰 득이되는 대갓댁에 시집보내려면 흠이 있어 되겄슈?"

"근데 누이는 어딜 간다고 그렇게 담을 넘은 거야?"

"연경유. 도련님 출타헐 때마다 애기씨가 만날 저를 연경에데려가라고 바짓가랭이 붙잡고 늘어졌더랬어유. 그르다 안 되니께 혼자 청나라 말 깨쳐, 연무장에서 말 훔쳐 타, 아주 발악을혔쥬. 기필코 국경패에 호패까정 구한다고, 구신이 붙은맹키로돈을 긁어모으는디 굉장혔슈."

"연경이라면?"

"그려유, 도련님 찾는다구유. 조선 추노꾼치구 도련님 안 찾은 놈 있게유? 팔도를 이 잡듯 뒤졌는디 시체도 안 나오니께 결론이 그리 났쥬. 청으로 간 게 분명허다고. 땅덩이가 워낙에 넓은 나라니께 연경 추노꾼들은 숫제 구신이래유. 애기씨는 거 가서 그런 구신들을 직접 사서 도련님을 찾을 심산이었구먼유."

"부모님이 어련히 그리하셨을까."

"그려도 옛날 고리짝 용모파기 한 장으론 택도 없응께 애기씨는 혈육인 자기가 나서야 된다고유. 그려도 무진 도련님 덕분에 애기씨가 지금맹키로 사람 꼴 된 거여유. 그 전엔 허린 한 줌이요 낯짝은 시퍼런 게 딱 걸어댕기는 망령 꼴이었어유. 생사도 모르는 도련님이 눈에 밟히니 뭔들 목구멍에 넘어갔겄어유."

무진이 꾀를 낸 게 다식이었다. 재이가 갓 열여섯이 되던 해였다. 과방을 운영하면 큰돈을 벌 수 있다고 누이를 꾀었다. 정미년엔 심열국까지 설득하여 상단 이름으로 판매도 하게 해주었다. 만들면서 맛이라도 좀 보았으면 하는 바람 때문이었다. 그때 즈음 민씨 부인은 앵속에 의지하며 비몽사몽 널브러져 있는 날들이 늘었다. 온양에 머무르느라 재이를 핍박하고 닦달하는 것도 줄어들었다. 과방은 날로 번창했다. 재이는 궁중 조리서며 서역의 요리서까지 탐독하고 섭렵하여 절기마다 참신한 다식들을 만들어냈다. 대량 주문이 들어오면 직접 만든 차나 술을 보내기도 하였다. 하면 틀림없이 다음번엔 그 음료에 대한 주문이 따로 들어왔다. 일개 다과 주문에 은자로 값을 치를 정도였으나 주문서는 끊임없이 당도하였다. 재이는 뼛속까지 장사치였다. 큰 수고 없이도 곧잘 이문을 남겼고 자연스럽게 단골을 만들었다. 본전 행수들마저 역시 돈왕의 핏줄이라며 심심찮게 애기씨의 장사 수완을 입에 올렸으나 민씨 부인의 서슬에 어느 누구도 공론화할 엄두는 내지 못했다.

"도련님이 지금 자시는 고것두 애기씨 솜씨여유, 맛나쥬? 손끝이 제법 여물다니께유. 도련님, 요때쯤 찔레꽃 따다가 애기씨 세숫물에 띄워줬던 거 기억나유? 고놈의 가시덤불에 손등이 막 긁혀서 이년이 마님 불호령 떨어지기 전에 몰래 막 요로케 요로케 침도 발라주고 그랬잖어유. 흐미, 흐미!"

갑자기 을분 어멈이 걸레를 공중에 날리며 벌렁, 뒤로 나자빠졌다. 소리도 없이 해쓱한 사내가 대청 한구석에 무릎 꿇고 앉아 있는 탓이었다. 암청색 무복, 반만 상투를 튼 무사 머리. 허리엔 협도를, 등엔 활까지 맨 채였다. 하나 험한 무장이 무색하게

도 품새가 얌전하고 면이 곱실하여 토끼 한 마리 잡지 못할 듯
선한 인상이었다.

"저…… 저 거시기는 사람이유, 구신이유?"

"놀랄 것 없어. 인회라고 내 의동생이야. 말을 못 하는 데다가
워낙 날랜 놈이라……"

"박속같이 해끄름헌 게 도련님 친동상이라고 혀도 믿겠어유.
근디 참말 벙어리여유? 워!"

속고만 살았는지 을분 어멈이 기습적으로 인회를 놀렸으나
미동이 없었다. 머쓱해진 유모가 헛기침을 해대며 반상을 디밀
었다.

"응, 응, 맞고만유. 장승 반토막맹키로 앉았지 말고, 와서 이것
좀 자셔유."

"쟨 단 거 안 먹어."

마지막 당과까지 제 입에 홀랑 넣은 홍랑이 깍지 낀 손을 뒤
통수에 넣으며 벌러덩 드러누웠다.

'평생 떠받음만 받아 되바라진 여인인 줄 알았건만 탄생부터
부정당한 여인이라…… 온몸에 세운 가시는 오만이 아닌 철저
한 자기방어였던가…….'

재이에 골몰한 홍랑의 눈동자가 나뭇가지가 갈라놓은 천공
을 말없이 응시했다.

청명

떠나야 하는 이, 남아야 하는 자

집무재 마당에 구성진 풍악이 울렸다. 새하얀 차일 아래 일하는 숙수만 수십이었다. 거대 가마솥에서 푹 삶아낸 돼지고기는 숭덩숭덩 썰려 나가고, 번드르르 기름을 두른 번천 위로는 둥글넓적한 육전이 척척 부쳐졌다. 장정들은 흥에 맞춰 떡메를 내리치고 찬모들은 그것을 조랑조랑 썰어 포실한 콩고물에 묻힌 후 접시에 턱턱 옮겨 담았다. 곧 이 별미들은 향기로운 홍주를 곁들여 잔칫상에 올랐고, 그늘막 아래 삼삼오오 자리 잡은 손님들의 입으로 꿀떡꿀떡 넘어갔다. 홍랑의 무사귀환을 축하하는 잔치였으나 마침 고 대감을 통해 제주도에 거래를 트게 된지라 콩고물을 주워 먹으려는 생낯들이 문턱이 닳도록 들이닥쳤다. 후미진 장막 안에 홀로 앉은 무진은 흡사 환영받지 못한 객 같았다. 애초에 무진이란 인간은 없었던 듯, 번잡하기 이를 데 없는 경삿날 그의 존재는 아예 잊혔다. 아니, 금기처럼 아무도 그를 입에 올리지 않았다. 시퍼런 핏줄이 솟아난 손으로 연거푸 술잔을 들이켜며 무진은 홍랑을 노려보았다. 숫제 그의 몸을 불살라 버리기라도 할 듯이 맹렬한 시선이었다. 수다한 객들은 차기 단주인 홍랑에게 눈도장을 찍으려 생난리들이었다. 땡전 한 푼에 이리 붙고 저리 붙는 인간들은 새삼 놀라울 것도 없었으나 느긋하다 못해 여유까지 부리며 손님들을 맞이하는 홍랑의 하는 양이 무진의 오장육부를 뒤집어놓았다. 눈에서 불똥이 튀었다. 눈꼬리엔 불뚝불뚝 경련마저 일었다. 진짜일 리 만무하나 홍랑이 허세를 부리는 것이라면 죽음도 각오한 비장한 허세일 터. 보통 놈이 아니었다. 무진의 손에 들린 술잔에 짠한 파동이 일었다.

집무재로 부름을 받은 재이의 발치에 난데없이 붉은 봉투가 날아들었다. 피봉을 뜯어 서찰을 살핀 그녀가 단주 자리에 앉은 민씨 부인을 쏘아보며 담담히 입을 열었다.

"날, 짐짝처럼 보내시겠다고요?"

"하면 흰 박사薄紗를 쓰고 꽃가마 타길 기대했더냐? 첩실 따위가?"

삭정이 같은 고개를 삐딱하게 모로 튼 민씨 부인이 침을 뱉듯 말하였다.

"제주라니요!"

"그쯤 되어야 홍랑에게 다신 사특한 짓을 못 할 것 아니냐? 고 대감과의 거래가 틀어지면 필시 사달이 날 것이야. 상단의 존폐가 걸렸단 뜻이다."

"솔직하시죠, 좀! 죽어도 상관없는 년을 인질로 보내는 것이라고."

"알면 되었다. 네가 요암재 귀신으로 말라 죽는 꼴은 아니 볼 것이야. 장사치 집안 딸년이면 활용되어야 마땅한 것을."

"언제 절 딸년이라 여기셨다고 갑자기 어머니 노릇이십니까!"

"널 왜 거두었는데? 가매嫁賣 말고 다른 이유가 더 있겠느냐! 상단의 거름 노릇이라도 톡톡히 하라 그 말이다!"

"예, 이 집안의 모든 것이 어머니의 것임을 모르지 않습니다. 하여 몇 년간 곡기까지 끊고 풀만 씹은 것입니다. 쌀 한 톨 얻어먹는 게 죽기보다 싫어서! 하나 팔려가진 않을 겁니다!"

"난잡한 피는 정녕 어쩌지를 못 하는 것이지. 천한 년 같으니라고!"

"돈으로 양반을 사신 분께서 반상의 구별을 운운하시는 게 남사스럽지도 않으십니까? 부군을 대감이라 칭하고 화려한 육인 가마를 타면 정경부인이 된답니까!"

"어디서 망발인 게야!"

어느 뼈마디를 눌러야 눈앞 여자의 피가 거꾸로 솟을지, 어떤 말이 그녀의 폐부를 가장 아프게 찌를지 재이는 본능적으로 알았다.

"그리 잘나신 분이 어찌 제 자식도 구별 못 하고 사기꾼 놈 손에 휘둘리십니까! 제정신이 아니고서야 어찌 망나니를 아들이라 착각하십니까. 홍랑이 아니라고요! 홍랑이…… 흡!"

쨍그랑! 백자 찻종이 산산조각 났다. 재이의 뺨에 실금같이 피가 돋아났다.

"또다시 내 아드님을 부정했다간 목숨을 부지하지 못할 것이야! 징글징글한 년! 어디 두고 보아라. 이번엔 기필코 널 출가시킬 것이니! 환갑도 넘긴 고 대감이 네게 대를 이으라 억지를 부리겠느냐, 조강지처가 되라 강짜를 놓겠느냐? 모자란 딸년이 있다 하나 본처가 건사할 테고, 매매한 것이나 양반에, 상업으로 큰 재물을 굴리고 있으니 네게 차고도 넘치는 자리다! 어밀 닮아 농탕하게 사내 후리는 것쯤이야 식은 죽 먹기일 테지? 하니 그 꼴딱진 재미에 빠져 몇 년 살이나 섞으며 부지런히 패물이나 모아두어. 곧 그 늙은이의 명줄이 다할 것이니 그때 가서 왜국이건 청국이건 그토록 소원하는 세상구경 실컷 하면 될 것이 아니냐!"

"차라리 목을 매라, 동아줄을 던져주시지 그럽니까!"

또록또록, 한마디도 지지 않는 재이였다. 크면서 끊임없이 계모를 의심하였다. 친모의 사인에 대해서였다. 약을 타거나, 목을 조르거나, 이불로 숨통을 틀어막거나…… 민씨 부인은 그런 지밀한 하명을 하고도 남을 인사다. 재물 몇 푼에 거리낌 없이 명을 행할 노복들도 차고 넘쳤다. 재이는 그런 생각을 할 때마다 계모가 혐오스러웠다. 동시에 하루도 가져보지 못한 생모가 사무치게 그리웠다. 아니, 얼굴을 몰라 그리워할 수도 없었다.

요암재로 돌아온 재이는 이 밤이 마지막 기회임을 직감했다. 원래 북방의 강에 매얼음이 낄 때 도주를 작심했던 터, 휙 앞당겨진 계획에 자꾸만 손에 땀이 배어 나왔다. 저릿한 손아귀를 쥐었다 펴며 그녀가 제일 먼저 꺼내 든 것은 과방 수모에게 받은 서책이었다. 소책자처럼 보였으나 격자로 접힌 부분을 모다 펼치니 흑룡강과 해룡강 일대를 그린 한 장의 국경총도가 완성되었다. 급히 나아갈 길을 가늠하던 눈동자가 싸하게 식어내렸다. 연경은, 이 자그마한 종이 위에서조차 까마득했다. 축축해진 손바닥은 습관처럼, 가슴께에 걸린 국경패를 꽈악 움켜쥐었다. 가짜인 데다 호패도 없이 달랑 그뿐이었으나 스스로에게 새 삶을 선사할 가장 중한 물건이었다.

'이번만은 꼭 성공할 것이다. 아니, 설혹 국경을 넘지 못하더라도 실망치 말자. 이 집만 아니면 그 어디에서라도 후일을 도모할 수 있을 터이니.'

재차 마음을 다잡은 여인은 민첩하게 반닫이 장을 열어 숨겨놓았던 염낭을 꺼냈다. 모은 돈이 충분치는 않았으나 이 정도도 나쁘진 않았다. 서둘러 옷가지를 욱여넣고 막 괴나리봇짐을 여밀 때였다. 빠자작, 빠자작. 낯선 족음에 휙, 재이의 허리가 곤추섰다. 오밤중에 대관절 누가 요암재에 든단 말인가? 희끄무레한 면이 얼어붙었다. 정체 모를 발소리는 와편을 지르밟으며 단숨에 댓돌까지 오른 참이었다. 그녀가 봇짐을 등 뒤로 감추며 발딱 일어남과 동시에 벌컥, 문이 열렸다.

"쉿!"

중지를 가볍게 입술에 붙였다 떼며 서슴없이 방 안으로 들어선 것은 다름 아닌 홍랑이었다. 불청객의 정체를 확인한 재이가 경악으로 소리쳤다.

"감히 어딜! 썩 꺼지지 못하겠느냐!"

"이 시간에 어머니까지 깨울 작정이야?"

사방을 노골적으로 쭉 훑은 그가 유들거리는 입매로 피식 웃었다. 벽에 붙은 거대 총도들이 문수보살, 보현보살, 사천왕상이라도 되는 양 재이를 옹위하고 있는 까닭이었다. 그녀의 호리한 몸피 뒤로 펼쳐진 것 또한 여덟 폭의 총도 병풍이었다. 참한 수틀이나 반짇고리가 놓인 여느 여인들의 별당과는 확연히 달랐다.

"여긴 어떻게 변한 게 없냐."

"어찌 예서 수작질이냐? 부모님의 마음을 얻었으니 흡족할 터인데."

"아니. 흡족하지 않아. 누이의 마음을 갖지 못했으니."

"간사한 종자! 더 무엇을 뜯어내려고? 당장 나가지 못해!"

"이제 겨우 돌아왔는데 왜 자꾸 나가래?"

홍랑이 허리를 굽혀 자신을 노려보는 재이와 눈높이를 맞췄다. 맵찬 호령에도 아랑곳 않고 입꼬리엔 청상한 미소까지 내건 채였다.

"누이를 본 순간 분명해졌어. 아, 드디어 집으로 돌아왔구나."

"헛소리! 그 반반한 낯짝이 나한테도 통할 줄 아느냐?"

"어휴, 다행이다. 반반한 건 인정하는 눈치라서."

"천성은 바뀌지 않는 법! 내 아우는 애완조를 땅에 묻으며 펑펑 울던 아이였다. 잔악무도한 네놈과는 달리 미물의 죽음까지도 안타까워한 여린 아이였단 말이다."

"차암, 이 철딱서니를 정말 어쩌면 좋으냐."

"뭐라?"

"더도 말고 열흘. 그래. 딱 열흘만 굶으면 어떻게 되는지 알아? 거뜬히 사람사냥도 할 수 있게 돼. 배고픈 게 뭔가 싶지? 그깟 배 좀 곯는다고 어떻게 인간의 도리를 저버리나 싶지? 내가 장담하는데, 아사 직전에 눈깔이 뒤집히잖아? 그럼 산 사람 껍질도 벗겨. 그게 인간이야."

신랄한 안광에 재이가 헛숨을 삼키며 한발 물러났다. 홍랑이 아니다, 확실히.

"그거 알아? 누이 눈빛도 변한 거. 완전히 딴사람이라고. 예전엔 천지분간 못 하는 범 새끼처럼 눈이 반짝반짝했거든. 근데 지금은 딱 늙은 집괭이야. 예민하고 까탈스럽기만 한."

"네깟 놈이 무어라 지껄이든, 내 속아 넘어갈 성싶으냐?"

"하여튼 예전부터 말 하나는 참 예쁘게 한단 말야, 누이는."

"그리 부르지 마!"

"그럼 어떻게 부를까? 심재이? 재이야?"

"뻔뻔한 것!"

"험하게 살아서 오히려 그 기억은 생생한가 봐. 뒷동산에서 놀다가 해가 지고서야 집으로 돌아왔던 이른 봄날."

"흥, 이젠 얄궂진 말로 환심을 사볼 요량이더냐?"

"모든 기억이 지워졌는데 그날만 또렷한 건 죄책감 때문일 거야. 꼭 오늘처럼 어머니가 누이만 혼쭐을 냈었잖아. 내가 더 놀고 가자 떼를 써서 귀가가 늦어진 것이었는데. 얼마나 미안쩍었는지 아직까지도 그것만 기억하는 것 봐."

협잡꾼의 말짓거리 따위에 결코 현혹되지 않으리라, 단단히 맘먹었건만 재이는 돌연 속이 울렁였다. 빙설 같던 사내의 눈매가 어느새 천진한 동자의 것으로 바뀌고 그 샛말간 눈망울이 왈칵 애상에 젖어든 이유였다. 애틋하게, 정히 십 년 동안 고이 품어만 왔던 옛 추억을 이제야 입 밖으로 뱉어내는 양.

"믿어달라고 떼쓰진 않을게. 나한테 시간을 줘, 조금만."

'내 마음 따위가 무슨 대수라고. 난 곧 떠날 텐데. 영영 돌아오지 않을 텐데.'

속으로 이죽이던 재이가 기억마저 위조하는 모리배를 다시금 지르보았다. 제가 홍랑이라 우기는 족속들이라면 지난 십 년간 지긋지긋하게 봐 온 터였다. 인두겁이 수십 개인 인간 말종. 선인으로 위장한 게접스러운 괴인. 재물 앞에선 그 어떤 표정도 능히 지어 보일 수 있는 천박한 광대…… 하나 눈앞의 사내는 단 한 톨의 악의도, 그 어떤 계산도, 사심도 없는 순수한 낯빛이었다. 황촛불에 물든 그 노을빛 면이 재이의 마음 한귀퉁이를 자꾸만 갉작댔다. 그 이질감에 퍼뜩 몸서리가 쳐졌다. 귓불에 벌겋게 피가 쏠리고 선득선득 심장이 뛰었다. 아무래도 저 상스러운 요물이 사람을 홀리는 사술을 부리는 모양이라고, 그녀는 생각했다. 돌차간 등 뒤에 머물러 있던 누이의 손목을 아우가 획, 낚아채었다. 밤봇짐이 딸려오며 묵직한 돈 꾸러미 소릴 냈다.

"핏줄은 못 속인다니까? 그렇게 돈돈 한다더니 헛소리가 아니었네. 많이도 모았다. 연경도 갈 수 있을 만큼."

"감히!"

속내를 들킨 불쾌함에 재이가 정체 모를 사내를 쏘아보았다. 홍랑의 눈초리는 그새 봇짐을 떨군 여인의 손에 닿은 참이었다. 손바닥을 점령한 흉한 화상에 그의 눈꼬리가 일순 구슬프게 휘어들었다.

"빌었구나? 나 무사히 돌아오게 해달라고."

"흥, 그 얘긴 또 누굴 구워삶아 들었더냐? 을분 어멈이냐?"

"아니. 그저 운을 띄워봤을 뿐이야. 내 누이라면 능히 그랬을 테니."

자조한 음성이 가증스러울 정도로 따스했다. 재이가 당황하여 손목을 빼내려는 순간, 손바닥에 몽글한 면포가 내려앉았다. 미련 없이 돌아서 멀어지는 홍랑의 등 뒤로 뭉근한 담향이 번졌다. 그 아련한 향내에 촘촘히 땋아 내린 머리끝까지 다디단 전율이 일었다. 굳이 펴보지 않아도 알 수 있었다. 갓 딴 찔레꽃이었다.

"동백꽃은 벌써 다 졌더라고. 홍동백."

치뜬 재이의 눈동자가 난하게 떨렸다.

"가지 마, 그게 어디든. 그냥 내 옆에 있어."

그 말을 끝으로 문이 닫혔다. 요암재의 낡아 빠진 이음새 탓에 침입자의 발소리는 문지방이며 툇마루에 긴 잔상을 남기며 잦아들었다. 사박대던 기척이 완전히 소멸되자 재이는 참았던 숨을 확 몰아 뱉었다. 묽은 어둠 속, 홀로 남은 인영은 한참 동안이나 기이하게 일렁거렸다.

중문을 나서며 홍랑은 코웃음을 쳤다. 되바라진 계집의 눈동자를 한 번은 꺾어놓고 싶어 무작정 찾아간 요암재였다. 재이를 곧 제주로 보낸다는 민씨 부인의 전언에 이상한 오기가 발동한 것이었다. 한데 시시했다. 철갑을 두른 듯 냉정하던 계집은 고작 말 몇 마디에 헤프게 휘청거렸다. 그리움이 병이 된 것은 비단 민씨 부인만은 아닌 모양이었다. 무른 상대에 홍랑은 금세 흥미를 잃었다. 잘되었다. 제주든 지옥이든 간에 민씨 부인은 기어코 재이를 상단에서 치워버릴 태세였다. 하니 굿이나 보고 떡이나 먹으면 되는 것이다. 만족감에 취해 있던 그의 어깻죽지를 누군가가 덥석 잡아챘다. 등롱 아래 모습을 드러낸 건 무진이었다.

"감히 예가 어디라고 얼쩡대느냐!"

"뭐야? 아, 그쪽이 말뚝이 양반이시구먼?"

"무어라? 이 가짜 놈이……!"

"가짜? 그러는 그쪽은 진짜고?"

"감히!"

"역시 민상단이야. 신기한 물건은 죄다 여깄어. 말하는 말뚝도 있고."

"상스러운 놈!"

"초면에 다짜고짜 멱살부터 잡아놓고 대체 누가 상스러운지 모르겠네. 일단 이 손 좀 놓고 말하시지?"

"야심한 시각에 어찌 요암재를 염탐하느냐 물었다!"

"누이 처소에서 나오는 아우에게 염탐이라?"

"대답해! 어찌하여……!"

"신경 꺼, 남매간의 일이니. 곧 멀리 시집을 가신다니 애틋해서 말이야. 그 전에 단둘이서 은밀하고 오붓하게 할 이야기가 많거든."

"닥쳐라! 또다시 이 주변에 얼씬대면 진정 네놈을 가만두지 않을 것이야!"

홍랑의 옷깃을 틀어쥔 무진의 손이 부르르 떨렸다. 그것을 단번에 쳐낸 홍랑이 입술을 팽팽히 늘이며 미소 지었다.

"가만두든지 말든지 맘대로 하쇼."

"뻔뻔한 것. 칼질하는 천한 놈이었다더니 알 만하구나. 사기는 이쯤 치고 평양으로 돌아가는 편이 신상에 이로울 것이다."

"사기? 아들 행세하는 건 그쪽이잖아? 한데 그것도 영 시원찮게 하셨더라고? 십 년 동안 개처럼 허드렛일만 하고 집안 제사도 못 받은 게 어디 아들이야, 종놈 새끼지."

"이놈이!"

"그래도 고맙수다. 똘똘한 양자가 한자리 떡 차지하고 있었으면 돌아온 내 꼴이 우스울 뻔했는데."

"얼마를 생각하고 왔더냐? 주색잡기나 즐기는 파락호 한번 되어보겠다 덤비는 것일 테니 내 그리 만들어주면 될 게 아니냐? 네가 순순히 돌아간다면 내 당장 셈하여주겠다."

"그쪽은 이천 냥짜리라며? 말뚝에 금칠이라도 한 거야, 뭐야?"

"네가 원하는 알량한 귀족놀음, 하게 해주겠단 말이다! 셈하여준다 할 때 곱게 받아 돌아가는 게 좋을 것이야!"

"거지 양반이었다더니 기껏 상단에서 배우신 게 돈지랄이야? 격 떨어지게시리. 한데 허풍 떨 돈은 있으시고? 듣자하니 쥐꼬리만 한 달세경(머슴의 월급) 따위를 받는다던데. 콩 두 되에 보리 넉 섬이라던가? 이상해. 아무리 봐도 딱 종놈 새끼 같단 말이지?"

"어디 맘대로 지껄여라. 네 행적을 낱낱이 캐고 있으니 목이 잘리는 건 시간문제다."

"그쪽 모가지나 잘 간수해. 어머님 성화에 행수들이 말뚝을 부러뜨릴까, 뽑아낼까, 그것도 아님 아예 흔적도 없이 싹 불태워버릴까 고심 중이던데."

홍랑은 심상히 귀를 후비며 제 갈 길을 갔다. 무진에게 잡혔던 옷깃서 그의 체향을 툭툭 털어낼 뿐이었다. 주제넘게도 그에게서 값비싼 송연묵松煙墨 냄새가 났다. 제 적수도 못 되는 놈과 괜한 힘겨루기를 할 이유가 없었으나 송향을 머금은 먹내가 홍랑의 비위를 제대로 거슬렀다. 잊고픈 옛일이 자꾸 떠오르는 까닭이었다.

홀로 남겨진 무진은 주먹을 말아 쥔 채 치를 떨었다. 급하게 부영을 평양으로 보내곤 초조해하던 터였다. 한데 노름판 투전꾼이나 하면 딱 알맞을 망나니가 감히 요암재 근처를 얼쩡대다니! 무진의 숨이 거칠어졌다. 홍랑의 천박한 말투와 거칠한 눈동자를 마주한 순간부터 천것을 혐오하는 양반의 본능이 발동하였다.

'저것은 중인 따위도 못 되는 천하디천한 것이다. 결코 심가의 핏줄일 리 없다. 제아무리 비단을 내둘러도 버러지보다 못한 놈들은 티가 나기 마련이다. 그런 찌끄랭이에게 내 단주 자리를 빼앗기진 않을 것이다. 내 손에 피칠갑을 하는 한이 있더라도 저놈의 껍질을 반드시 벗겨내리라. 시커먼 속내를 낱낱이 밝히고 말리라!'

갈앉은 눈빛으로 무진은 어금니를 그러물었다.

동이 트기도 전에 서문으로 빠져나와 곧장 증사골로 달려간 재이는 경악했다. 엉망진창 폐허가 된 예배당엔 도마 신부는커녕 그의 행방을 따져 물을 사람 한 명 남아 있지 않았다. 낭패였으나 이대로 포기할 순 없었다. 맘을 굳게 먹은 재이는 북쪽으로 휘달려 백악산을 넘었다. 이미 나달나달해진 치맛자락이 험난한 하루를 증명하였다. 어긋난 계획에 신체는 기력을 완전히 소진하였건만 어째서인지 머리는 지치지도 않고 어젯밤 일을 자꾸만 되돌리고 있었다. 교활함도 음산함도 없는 홍랑의 순진무구한 눈동자가, 그러나 등 뒤에 칼을 숨긴 듯한 왠지 모를 섬뜩함이, 그런 이율배반적인 모습이 뇌리에 들러붙어 도무지 떨어지질 않았다. 바람 골에 갇힌 돌개바람처럼 홍랑의 면목이, 음성이, 눈빛이 끊임없이 소용돌이칠 뿐이었다.

'환술이다. 둔갑이다. 가면놀이일 뿐이다! 오직 청 국경을 향한 뜀박질에만 집중해도 모자랄 판에 어찌 그따위 놈이 자꾸만 머릿속에 엉켜드는 것인가?'

재이는 잠시 걸음을 멈추고 숨을 고르며 방향을 가늠했다. 상단 본전에서 고작 한나절 멀어졌을 뿐인데 벌써부터 휴식이 간절했다. 밤이 되면 어둠 속에 몸을 묻고 한숨 돌릴 수 있을 터인데 해가 너무도 더디게 떨어졌다. 그때 휘이이이익! 하는 긴 호각 소리와 함께 수십의 인영이 나타났다. 일사분란하게 움직이는 그들이 모두 이마에 청색 띠를 매고 있었다. 민씨 부인의 개들! 기겁한 재이가 곧장 사력을 다해 반대 방향으로 날뛰었으나 또 한 무리가 멀찌감치 진을 치고 있었다. 절대 잡히지 않을 것이다. 이대로 땅끝 섬 어떤 늙은이의 첩으로 팔려가진 않을 것이다! 재이는 넘어지고 구르기를 반복하며 빈 공간을 향해 치고나갔다. 어느 방향인지도 알 수 없었다. 품에서 금장도를 꺼내어 틀어쥔 순간, 괴이쩍음을 느낀 두 다리가 우뚝 멈췄다. 낭떠러지였다. 몰이사냥을 당한 것이다.

석양을 등지고 허공과 맞닿은 지점. 때 탄 치맛자락이 바람에 사정없이 흩날렸다. 어깻숨을 내쉬며 위태롭게 옷자락을 추스른 재이가 언뜻 뒤돌아 천길 아래를 일별했다. 첫물로 덩치를 불린 흑색 강물이 절벽을 사정없이 후려치고 있었다. 그럴 때마다 날카로운 암석들은 이빨을 드러내며 침처럼 하얀 포말을 뱉어냈다. 어슬렁대며 나타난 몰이꾼들이 열 보 정도의 거리를 두곤 장벽을 쌓듯이 재이를 에워쌌다. 무리에서 낯익은 면상 하나가 튀어나왔다. 피도, 눈물도, 감정도 없는 민씨 부인의 충견, 육손이었다.

"가까이 오지 마! 멈춰, 멈추라고! 더 이상 다가오면 진정 뛰어내릴 것이야!"

날카로운 파공음이 절벽을 타고 희한한 메아리가 되어 재차 허공에 울렸으나 사냥개에겐 무의미한 소음일 뿐이었다. 겁 없이 거리를 좁혀 채 삼 보도 안 되는 거리에 우뚝 선 육손이 무미건조하게 재이의 발 뒤꿈치께를 훑었다. 뒤로 물릴 여지가 전혀 없는 것을 확인한 그가 천천히 입을 열었다.

"벼랑에서 스스로 꼬꾸라지면 그대로 둬라. 절대 말리지 말라. 쫓되 굳이 산 채로 붙잡아올 필욘 없다. 이놈, 그리 명받았습니다."

만류할 생각은 애초에 없었다, 태연하게 육손이 아뢰자 울컥 재이의 속에서 뜨끈한 것이 올라왔다.

"억수장마에 강물이 불었으니 삼백 척 아래로 몸을 던지신다면 수습할 것이나 있을지 의문입니다."

퉁명스레 말을 마친 육손이 애기씨에게 자진할 시간을 내어주기라도 하는 양, 절벽 너머를 물끄러미 관망했다. 인간 장벽을 자처한 가병들도 마뜩잖은 표정들이었다. 철딱서니 없는 애기씨가 한 번씩 도망줄을 놓을 때마다 한데서 소나기밥을 먹어대며 생고생을 하는 이들이었다. 단순한 치기로 더 이상 생사람 잡지 말고 빨리 강물로 몸을 던져라, 그게 뭐가 그리 어렵다고 꼼지락대나, 대찬 눈빛들이 죄 그렇게 한마디씩 지청구를 날려댔다. 육손의 자비는 오래가지 않았다. 자신을 향해 뾰족하게 겨눠진 금장도가 보이지 않는 양 성큼 다가온 거구는 삐죽이 덧손까지 솟은 여섯 개의 손가락으로 재이의 목을 바투 쥐었다.

"컥, 커억."

재이는 생각지 못한 전개에 경악했다.

'딸년의 시신을 찾지 못하면 민씨 부인이 께름칙해할 것이고, 수습하더라도 시신이 온전치 못하다면 단주의 시름이 깊어질 터. 밀어 떨어뜨리긴커녕 깨끗이 질식사시켜 고이 들쳐 업고 갈 심산이다!'

충성스러운 싸울아비의 생각이 거기까지 미쳐 있었다. 속셈을 간파한 먹잇감이 파리하게 변했다. 목이 졸린 재이가 사지를 뒤틀었으나 발끝에 차인 돌멩이만이 천길 아래로 떨어져 내리며 아찔한 소음을 낼 뿐이었다. 무엇으로도 돌이킬 수 없는 메아리였다. 본능적으로 우락부락한 사내의 팔뚝을 맞잡은 그녀가 금장도로 그 굵은 힘줄을 찍어 눌렀으나 솟아나는 피에도 육손은 미동조차 없었다.

"증사골 예배당이 어찌 되었는지 직접 보셨잖습니까? 어릴 적부터 괜한 생목숨을 거두는 재주가 있으십니다. 이제 그만하실 때가 되었습니다."

부릅뜬 재이의 눈에 어질어질 눈물이 고여들었다. 화석처럼 굳은 사내의 낯가죽을 벗겨내고 싶었으나 허연 시야는 까막까막 감겨들 뿐이었다. 재이는 정신을 차리려고 어금니를 옥물었다. 입안 어디선가 피가 터진 듯 비릿하고 역한 맛이 느껴졌다. 절대 상단으로 돌아가진 않을 테다. 산 제물이 될 순 없었다. 격렬한 혐오감이 발작으로 이어졌다. 툭툭 관자놀이에 핏줄이 붉어져 나왔다.

'만에 하나 홍랑이 진짜라면…… 진짜라면!'

절체절명의 순간에 떠오른 건 의외의 변덕이었다. 강물이 불었다 했다. 바닥이 말라붙은 것보단 낫지 않은가. 재이는 땅끝을 디딘 발에 남은 힘을 그러모았다. 그리고 무작정 제 몸을 허공에 뉘었다. 할 수 있는 게 그뿐이었다. 갑작스레 무게 중심이 멀어지자 기우뚱한 육손이 반사적으로 손을 뗐다. 재이의 몸이 사라진 건 순식간이었다. 일순 차반을 빼앗긴 사냥개가 삼백 척 아래를 내려다봤다. 차돌 같은 미간이 그제야 설핏 구겨졌다.

거대한 포말이 일었다. 낙차가 실감되었다. 물에 빠지는 순간 어째서인지 재이의 몸뚱이엔 불이 일었다. 곧 거칠한 강 밑바닥으로 내리꽂히며 숨은 빠르게 동이 났다. 터질 듯한 심장을 부여잡은 그녀가 쓰라린 눈을 치떴다. 한참을 싸늘하게 일렁인 시야는 차차 고요해졌다. 야속하게도 물속 세상은 온통 황금빛이었다. 고통에 찬 버둥거림도, 필사의 몸부림도 영롱한 물방울을 생성해낼 뿐이었다. 사지는 금세 기력을 잃었다. 한 생명의 사투와 별개로 투영된 석양은 눈부신 무지갯빛으로 반짝거렸다. 해님도 강물에 몸을 던져 산산조각 부서진 것인가. 흐느적흐느적 부질없이 햇발의 파편을 그러모으며 재이는 생각했다. 요암재에서 죽지 않아 다행이다. 계모의 말처럼 어둑시니에게 잡아먹히지 않아 다행이다. 그때 어디선가 단내가 진동했다. 재이를 감싸며 떠오른 뽀얀 찔레꽃 향기였다. 어린 홍랑이 앙증맞은 두 손 가득 찔레꽃을 내밀며 씨익 웃었다. 물살을 거스른 한줄기 빛이 그녀의 감은 눈으로 떨어져 내렸다.

"누이야! 누이야!"

다급한 음성을 따라 서서히 재이의 눈이 뜨였다. 그 축축한 눈동자에 아슬하게 솟은 기암절벽과 먹색 하늘이 반사되자 장탄식이 흘러나왔다.

"하아아아아……."

긴장으로 굳어져 있던 무진의 무릎이 털썩 흐무러졌다. 재차 숨을 돌린 그가 해끗한 재이의 이마에서 조심스레 젖은 머리칼을 떼어내고는 곧장 그녀의 시린 뺨을 두 손으로 감싸 쥐었다. 무진 역시 흠뻑 젖은 터라 온기를 부여하는 게 마음처럼 쉽지 않았다. 멍든 꽃잎을 바라보듯 무진이 재이를 응시했다. 그의 반듯한 코허리를 따라 강물 한 방울이 눈물처럼 떨어져 나왔다.

"정신이 드느냐?"

연거푸 말간 물을 토해낸 재이가 힘겹게 숨을 텄다.

"나…… 집에 안 가요, 오라버니."

저승의 문턱에서 돌아온 그녀의 첫마디였다. 들릴락 말락, 쉰 목소리는 또박또박 그리 말했다. 제 오라비를 너무도 잘 알았다. 부모님 말씀을 절대 거역지 않는 효자, 누이의 위험 감수를 허락지 않는 반듯한 오라비.

"네 어찌!"

"나 좀 일으켜줘요."

"몸이 많이 상했다. 일단 집으로 가자, 고 대감과의 혼약은 내 무슨 수를 써서라도……."

"어떻게요? 힘없는 오라버니가 무슨 수로요."

"어떻게든 방도를 마련할 것이야! 정히 안 되면 그땐 내 너를 데리고 연경으로 도망이라도 치마. 진심이다. 약조하마. 하니 집으로 가서 일단 몸을 추스르자꾸나."

유일한 제 편이란 안도감도 잠시, 물에서 허우적대다 결국 잡은 것이 지푸라기였다. 저보다 더 핍박받고 멸시받는 쪽이 오라비 아니던가. 저는 대들고 발악이라도 하지, 말 한마디 못 하고 고스란히 당하는 것이 오라비다. 저는 반쪽 피라도 이어받았지 그마저 없는 게 제 오라비다. 상단에서 저보다도 더한 찬밥신세인 것이 오라비다. 무엇으로도 절 구제할 수 없는 이가 바로 무진이었다. 오라비 앞에선 늘 감정을 삭이지 못하였다. 지금도 그랬다. 혀끝에 모진 말들이 뾰족하게 돋아났다.

"어머니 앞에선 찍소리 못 할 거면서. 끝내 아무것도 못 할 거면서."

달달 떨리는 손을 들어 제 가슴팍을 더듬은 재이가 국경패를 찾아내곤 큰 숨을 내뱉었다. 비록 봇짐은 잃었으나 이대로 포기할 순 없었다.

"절대 안 돌아가요. 국경까지만 데려다줘요, 오라버니. 제발. 국경까지만."

"육손이 지척에 와 있을 것이야. 더 큰 화를 당하기 전에……."

"그러니 빨리요!"

"강이라도 얼어야 국경을 넘을 것이 아니냐? 호패도, 통행패도 없이 여인 혼자 어딜 간다 그러느냐. 일단 집에서 때를 기다리면……."

"지금이 그 때란 말입니다!"

"내 너의 마음을 어찌 모를까?"

"아는 척하지 마, 오라버니가 뭘 알아. 집엔 붙어 있지도 않는 오라버니가. 요암재 안에서 살아 죽어가는 고통을 어찌 알아. 아우를 찾아 나서지도 못 하고 바보처럼 방 안에 널브러져만 있는 그 심정을 어찌 알아!"

울혈이 잡힌 재이의 목을 본 순간, 무진은 망설였다. 그녀가 떠났단 말에 정신없이 북쪽으로 말을 재촉한 자신이었다. 이렇게 재이를 붙드는 까닭이 진정 그녀를 위함인가 아니면 곁에 두고 싶다는 이기심인가. 어둑한 천공 아래 무진의 단정한 이목이 평소의 총기를 잃고 흐릿하였다. 그때였다. 멀리서 떠를 이룬 횃불들이 파도처럼 일렁이더니 창졸간에 남매를 완전히 에워쌌다. 재이는 다시 강물에라도 뛰어들 태세로 몸을 일으켰다.

그러나 휘적대는 손에 물비린내만 얽혀들 뿐, 다리는 끝끝내 말을 듣지 않았다. 이제야 온몸에 소슬한 오한이 들었다. 제비꽃을 문 듯 입술이 보랏빛으로 타들어갔다. 다 터져버린 입술을 다시금 깨무는 것 말곤 그녀가 할 수 있는 것이 없었다. 가병들은 꼴사나운 모양새를 한 의붓남매를 노골적으로 흘겼다. 반쪽짜리 애기씨에 반의 반쪽도 못 되는 도련님이 아주 쌍으로 저희를 고생시킨다고 그들은 구시렁댔다.

"흠집 내지 마. 진상품이니."

재이의 몸피를 볏짚단 후리듯 꺽세게 내팽개친 여종들이 민씨 부인에게 목례를 하곤 광을 나섰다. 민씨 부인은 물에 빠진 생쥐 꼴을 한 의붓딸년을 경멸스러운 눈씨로 을러댔다. 아직도 씨받이 하씨 년을 생각하면 피가 거꾸로 솟았다. 그 너절한 것 하나 꼬꾸라진 일로 부군께서 삼 년을 심란해하셨다. 이름 석 자 아는 것이 전부인, 예쁘긴커녕 답답한 이마에 작은 이목구비를 한, 실로 볼품없는 계집이었다. 잡스러운 딸년도 저승꽃으로 만들면 속이 다 시원할 텐데 손을 대면 부정 탄다는 귀곡자의 말에 민씨 부인은 재이가 제 풀이 꺾여 고사하길 부추기는 수밖에 없었다. 간밤에 줄행랑을 칠 줄 알았기에 끝장을 보려고 육손을 보냈건만 난데없이 말뚝이 놈이 나타나 일을 그르쳤다. 분격한 민씨 부인은 지금이라도 늦지 않았다고 말하듯이 육손에게 건네받은 금장도를 재이에게 내던졌다. 그리고 구석에 걸려 있던 밀초를 단박에 내동댕이쳤다. 창졸간에 어스름이 들어찼다. 재이의 오금이 일순간 얼붙었다.

"안 돼, 안 돼!"

역시 저년에겐 말보다 이게 더 잘 먹혔다. 곧 달빛을 등져 사지가 괴괴하게 늘어진 민씨 부인의 그림자가 재이의 발치까지 내리 뻗쳤다. 문을 닫는 계모의 입귀가 괴망하게 올라붙었다. 쾅! 완벽한 암전이었다. 철커덩, 철커덩. 묵직한 자물쇠를 채우고 빗장까지 걸어 잠그는 소리가 별스러운 살성을 자아냈다.

"을분 어멈! 을분 어멈! 게 아무도 없느냐! 을분 어멈!"

발작적으로 문을 두드리던 재이가 본능처럼 입술이 달싹거렸다. 노랫가락은 가늘었다. 그리고 떨렸다.

"꽃 지고 속잎 나니…… 시절도 변하는구나…… 물속 푸른 벌레 나비 되어 날아간다. 뉘가…… 뉘가…… 조화를 부려 이처럼 천변만화하는고……."

확, 허리가 꺾여들었다. 어둑시니가 기를 몽땅 앗아간 듯 기력이 소진되는 것은 순식간이었다. 어둠에 목이 졸린 재이는 뭍에 나온 붕어마냥 입만 뻥긋댔다. 눈두덩에 금세 물기가 차올랐다. 흙벽을 긁어대던 손끝이 핏빛으로 물들었다. 축축한 몸뚱어리가 터진 쌀자루마냥 서서히 벽을 타고 흐무러졌다. 곧 차디찬 흙바닥에 뺨을 대고서도 냉기조차 느끼지 못하였다.

야삼경. 광명재의 장지문이 벌컥 열렸다. 맨몸에 길게 늘어지는 흰 도포만 걸친 채 성큼성큼 걸어 나온 것은 홍랑이었다. 곧장 우물가로 간 그는 지체 없이 제 정수리에 물을 뒤집어썼다. 한 차례, 두 차례, 세 차례, 네 차례, 다섯 차례…… 검은 빙수가 폭포마냥 끊임없이 쏟아져 내렸다. 적막한 대기를 찢는 낙수 소리가 어째서인지 채찍마냥 신랄하게 울려 퍼졌다. 홍랑은 자조했다. 또 그놈의 봄이구나, 그때의 일이 꿈에 보이는 것을 보니. 정수리가 쪼개질 듯 극심한 두통이 시작된 것을 보니.

〈이 갓난것의 이름은 네가 지어라. 삼 년 후부턴 네가 부릴 놈이니.〉

〈쥐똥! 그게 좋겠습니다.〉

〈어찌?〉

〈쥐똥만 하잖아요. 그리고 소똥이도 말똥이도 개똥이도 이미 있으니 쥐똥밖에 남은 게 없습니다.〉

유현령 댁 씨종의 맏아들. 그는 태어나자마자 세 살 난 제 상전에게서 쥐똥이란 이름을 하사받았다. 이름 따라 박복한 팔자였다. 제 키도 훌쩍 넘는 싸리비를 처음 들던 날, 제가 곱게 비질을 한 안채 마당에서 쥐똥의 부모는 나란히 저승꽃이 되었다. 배 속의 아우도 함께였다. 이날의 충격으로 훗날 쥐똥은 부모의 얼굴을 떠올릴 수 없었으나 현령 나리의 면상은 이상하리만치 또렷하게 각인되었다. 마치 호두를 까듯, 부모의 머릿박을 홍두깨로 내려찍고도 분이 풀리지 않아 씨근대던 낯짝이었다.

〈그 복숭아 연적이 대체 어떤 것인 줄 알고! 심열국에게 읍소하여 겨우 손에 넣은 물건이란 말이다, 무려 심열국에게! 가보로 물릴 작정으로! 감히 네 년놈들이 무슨 억하심정으로 그것을 빼돌렸느냐!〉

쥐똥이 심열국의 존재를 처음 들은 것이 바로 그때였다. 유현령은 송사가 있을 때마다 받은 뒷돈을 야무지게 모으고 모아 심열국에게 고가의 연적을 샀다. 한데 보름도 안 되어 귀물은 사라졌고 하필 안채 소제를 도맡아 하던 쥐똥 어멈에게 불똥이 튄 것이었다. 쥐똥 어멈과 아범을 쌍으로 족쳐도 신통한 답이 나오질 않자 유현령은 눈이 뒤집혔다. 복숭아 연적이 벽사와 장수의 의미를 담고 있기에 필시 상전을 해하려는 불손한 의도로 저지른 일이라 결론 낸 그는 홍두깨로 씨종 내외의 머리통을 한없이 내려쳤다. 그들의 몸뚱이가 무작스러운 사매질에 피곤죽이 되자 보시도 불가하다며 또 노발대발한 상전이었다.

쥐똥은 슬퍼할 겨를도 없이 유도령의 몸종 노릇을 시작했다. 덕분에 어깨너머로 천자문은 쉬이 깨쳤다. 복숭아 연적이 모습을 드러낸 것은 몇 년이 지난 후였다.

〈여기에 물을 가득 채워 와. 아무도 모르게. 민상단 물건이니 그걸 깨뜨리면 쥐똥이 네놈은 곧장 우물로 처박힐 것이다, 알았어? 하긴 네깟 게 민상단이 뭔지나 알겠냐?〉

범인은 유도령이었다. 글을 쓰는 것도, 난을 치는 것도 아니면서 유도령은 필요도 없는 먹을 쥐똥에게 하루 종일 갈게 하였다. 짙은 먹향에 쥐똥은 숨이 막혔다. 부모를 잡아먹은 흉물을 집어 들 때마다 손끝이 달달 떨려왔다. 시퍼런 입술로 먹을 가는 쥐똥의 모습을, 유도령은 주전부리를 먹으며 구경했다. 저자의 광대놀음을 보듯 혼자 낄낄대다가 느닷없이 쥐똥에게 맵찬 발길질을 해대기도 했다.

〈에잇, 이 천한 새끼! 쥐똥이라는 것이 감히 어찌 상전보다 키가 크단 말이냐! 강상의 법도도 모르는 무지한 놈! 풰, 네놈은 이제부터 굶어라! 깨 한 톨이라도 주워 먹는 날엔 네 아비 어미랑 똑같은 꼴로 죽게 될 테니 그리 알아!〉

고작 열대여섯 먹은 유도령의 눈알이 광기로 번득거렸다. 번개가 유난하던 그날 밤, 쥐똥은 연적을 훔쳐 깨부수었다. 쥐똥은 딱 죽지 않을 만큼 두들겨 맞았으나 그날 비로소 마음속에서 부모를 떠나보낼 수 있게 되었다. 유현령이 급사한 것은 그로부터 달포가 채 되지 않아서였다. 조반상을 받다가 그대로 꼬꾸라져버린 것이었다. 광폭한 웃전의 사망에 봉놋방 노비들은 잔치 분위기였으나 쥐똥만은 그럴 수가 없었다.

〈쥐똥이 네놈이 상전 대신 시묘살이를 해야겠다.〉

마님은 호랑이가 설쳐대는 첩첩산중 묘에 아들 대신 쥐똥을 끌고 갔다. 희한한 판자때기 두 개를 붙여놓곤 하루 세 번 음식을 올리고 절을 하라 했다. 겨울을 세 번 나기 전에 내려오면 죽인단 말을 덧붙였다. 부모를 때려죽인 웃전의 시묘살이라니 그것도 제게 쥐똥이란 이름을 준, 광증이 있는 유도령 대신이라니 기가 막힐 따름이었다. 쥐똥은 해가 지자 그길로 산을 넘어 도망쳤다. 몇 개의 산을 넘었는지도 알 수 없었다. 간간이 야수들이 은신할 법한 동굴에서 한기를 피하기도, 버려진 암자에서 한뎃잠을 자기도 하였으나 약노弱奴가 사냥을 알 리 만무했다. 쥐똥은 꾸역꾸역 제 무르팍까지 쌓인 눈만 퍼먹었다. 조금씩 날이 풀리자 나무에 오르는 꽃봉우리로 그나마 허기를 달랠 수 있었다. 도망한 지 석 달쯤 되었을 때, 그는 진달래 한 움큼을 먹곤 실신하였다. 독성이 강한 산철쭉이었다. 그것이 쥐똥의 마지막이었다.

과거에 매몰된 채 우물에 빠진 달을 노려보던 홍랑은 그 위로 다시 박을 내던졌다. 덧없는 사념을 씻어내려는 듯 머리 위로 냉수 세례가 한참이나 더 이어졌다. 허공중에 온갖 꽃향기가 떠다니는 이맘때가 되면 기억은 발작처럼 되살아났다. 애써 덮어두었던 장막이 벗겨지면 케케묵은 날들에 색깔이 입혀지고, 향이 스며들고, 소리가 돌아오며 생생해졌다. 곱게 쓸어놓은 마당에 흥건하던 피. 차라리 검게 보이던 두 구의 시체. 짙은 먹향. 진달래 향기…… 그 끝에 항시 홍두깨로 내려찍힌 듯 극심한 두통이 딸려왔다. 정작 비극적인 것은 따로 있었다. 돌이켜보면 그때가 가장 편한 날들이었단 사실이다. 그땐 기껏 쌀과 보리로 탑을 쌓는 꿈을 꾸지 않았던가. 제발 죽여달라고 애원할 일도 없지 않았던가…… 홍랑이 축축한 눈꺼풀을 거들며 새카만 천중을 바라보았다. 이것이 생의 마지막 봄이기를, 그는 기도했다. 그래. 반드시 그리될 것이다. 그 때문에 예 온 것이 아니던가. 영생할 듯 사는 보통내기들과 죽음을 상정하고 사는 제 삶은 다르다. 천형天刑을 진 육신을 벗는 법은 소멸이란 초탈뿐이다. 귀천. 아니 분명 자신은 지옥에 떨어질 것이다. 하나 살아도 지옥이니 새삼 두려울 게 없었다. 지금 제가 민상단이란 묏자리를 딛고 있음에 홍랑은 안도했다. 삶의 종착지. 끝이 보였다. 축축한 망부석이 된 그의 뒤태가 월광의 조화로 처연하게 빛났다. 달빛의 풋내도 떫게 맴돌았다. 웃는 듯, 우는 듯 가늘게 어깨가 떨렸다. 체온이 한기가 되어 희뿌연 아지랑이로 피어올랐다. 밤공기가 깔깔했다. 언제부터 서 있었는지 가뭇없이 다가온 인회가 수몰된 신체를 커다란 영견으로 낙낙히 감싸 안았다. 마치 큰 새를 쓰다듬듯 조심스러운 손길이었다. 비 맞은 장승마냥 우뚝 서 있던 홍랑이 미약하게 그 손을 뿌리쳤다. 그러곤 아무 일도 없었다는 듯 몸을 돌려 저벅저벅 제 방으로 돌아갔다. 꽂꽂한 몸통에서 떨어진 뜨끈한 물방울이 흙바닥에 없던 길을 만들어냈다. 홀로 남은 인회가 곧 사라져버릴 물길을 물끄러미 바라보았다. 그 써늘한 눈동자에 밤 그늘이 짙게 드리워졌다.

곡우

놀랍지 아니한가

때 이른 더위에 분합문을 사방으로 잡아 올려 안채가 훤칠했다. 그 자리를 대신한 얄브스름한 백릉 발이, 산들바람에 배를 동그랗게 부풀렸다가 꺼뜨리길 반복하며 아늘거렸다. 얼굴에 백분을 펴 바르고 홍화 연지로 뺨을 물들인 민씨 부인은 기와집 서너 채와 맞먹는 호화 가체를 올린 참이었다. 검푸른 머리타래는 아주까리기름을 듬뿍 발라 풍성하게 꼬아 올리고 수십 개의 석류석을 꽂아 장식을 했다. 거기에 청포도 빛 물항라 저고리와 연홍치마까지 곱게 빼입었으니 회춘이라도 한 듯 생기가 넘쳤다. 통풍이 원활한데도 민씨 부인은 굳이 커다란 합죽선으로 아드님께 바람을 만들어주고 있었다. 소매 끝에 박은 금사가 넘실거렸다. 그 손놀림이 무척이나 곡진하였다.

"어머니. 손목이 곤하실 터인데 그만 되었습니다. 전 더위를 잘 안 타질 않습니까?"

"아드님께 좋은 기운을 부쳐주고 싶어 그럽니다. 발복을 기원하는 그림을 넣었답니다. 한번 보시겠습니까?"

부채질을 멈춘 민씨 부인이 그것을 고이 펼쳐 홍랑의 무릎 앞에 놓았다. 가는 대오리로 살을 만들고 두껍게 헝겊을 바른 나주 부채였다. 그 위에 그려진 포도 넝쿨과 다람쥐가 앙증맞으면서도 생동감이 넘쳤다.

"참으로 재미있는 그림입니다."

"그렇지요? 아드님께서 쓰시겠습니까?"

"그럴 순 없습니다."

"흡족하지 않으신 겁니까?"

"그것이 아니라…… 윤한 선생의 작품을 어찌 심상히 쓰라 하십니까?"

심열국 내외의 입이 동시에 벌어진 건 그때였다. 윤한 정여림은 세간에 이름이 알려진 화인이 아니었다. 다작을 하지 않을뿐더러 작품이 워낙 고가여서 심미안을 가진 사대부들 사이에서만 드물게 거래되는 예인이었다. 홍랑이 그런 윤한을 알고 있다는 사실도 놀라운데 더욱더 놀라운 것이 있었다. 부채엔 정식 낙관落款 대신 '파류'라는 선생의 소싯적 유인遊印만 찍힌 상태였다. 그것만으로도 대번에 윤한의 작품임을 알아본 홍랑의 안목과 해박한 지식에 두 사람은 경탄을 금치 못했다.

"네가 윤한을 알더냐?"

벌겋게 상기된 면으로 심열국이 물었다.

"험하게 살다 보니 주제넘게도 무용無用한 것을 감상하게 되었습니다."

그럴 때가 있었다. 매일같이 죽음과 드잡이를 하던 시절. 헤진 몸뚱어리로 할 수 있는 것이라곤 눈알을 굴려 도처에 널린 서화들을 응시하는 것뿐이었던 때가. 사신死神의 유혹을 떨칠 수 있는 것이 정녕 그뿐이었던 날들.

"그저 관심을 두다 보니 여기저기서 이것저것 주워들은 정도입니다."

"그렇다 하여도 윤한의 작품은 실제로 보기조차 힘들 터. 직접 감상한 일이 있더냐?"

"선생의 글씨를 몇 점 보았으나 제가 본 것이 어찌 진품이겠습니까. 선생을 추종하는 모사꾼들이 베껴낸 것이겠지요."

"가품이든 진품이든 직접 보니 어떠하더냐?"

"글씨는 무릇 문인의 격과 인품으로 가치를 짐작하는 것인데 제가 윤한 선생을 실제로 뵌 적이 없으니 감히 무어라 평할 수 있겠습니까. 다만 선생의 글씨로 여덟 폭 병풍을 만들어 조석으로 들여다보는 대감님들이 처음으로 부럽긴 하였습니다."

역시 피는 못 속이는 것이던가. 살벌한 살인검 노릇을 하면서도 이토록 고상한 취미라니. 심미안에 진품과 가품을 구별하는 감식안까지! 심열국은 그저 기가 막혀 헛웃음을 흘릴 뿐이었다. 훈풍이 안채를 싸고돌았다. 그때 사르락대는 백릉 발 너머로 방지련이 다가와 허리를 굽혔다. 들어도 되느냐 허락을 구하는 몸짓이었다.

"들어라."

방지련은 백자 그릇에 담긴 꿀물을 쟁반째로 심열국 앞에 대령하였다. 소갈증이 심해져 하루에도 수차례 음료를 찾는 웃전에게 혹시 불미스러운 일이 생길까 싶어 모든 것을 직접 챙기는 방지련이었다.

"도련님께서 금강산 석청石淸을 구해오셨습니다."

민씨 부인이 감동하여 홍랑의 손을 덥석 잡았다.

"이리 귀한 걸 어찌 구했답니까!"

"아는 석청꾼이 있었던지라 운 좋게 받게 되었습니다. 이것이 흉비뿐만이 아니라 소갈증에도 특효라 합니다. 아침마다 지골피 탕약에 타서 꾸준히 음복하면 좋다 들었습니다."

"지련이 자네가 매일 아침 직접 챙겨 올리게."

"예, 마님."

심열국이 진한 꿀물을 단숨에 들이켜자 빈 대접을 챙겨 든 방지련이 뒷걸음으로 사라졌다. 민씨 부인이 흐뭇하게 홍랑을 바라보았다. 근자에 그녀는 웃는 일이 잦았다. 하루가 멀다 하고 많은 것을 기억해내는 기특한 아드님 덕분이었다.

"기억나십니까? 이맘때 즈음 숙부 댁에 가서 며칠씩 지내곤 했었지요. 계곡에서 물놀이도 하시고요. 함월 말입니다."

"소자, 이참에 숙부께 인사도 드리고 사촌도 만나고 싶습니다."

"그래요. 추억이 있는 곳에 다녀오시면 새롭게 떠오르는 일들이 많을 것이에요."

"말을 달려 다녀오겠습니다."

"아니 됩니다! 위험하게 어찌!"

"거추장스럽게 가마를 타고 마바리꾼에, 싸울아비에, 식솔들까지 줄줄이 달고 이동하면 달포도 넘게 걸릴 테니 그것이 더 위험할 것입니다. 단출하게 말을 달려 다녀오면……."

"험한 길입니다! 비적 떼의 습격도, 간악한 자들의 납치도 염두에 두셔야지요."

"제가 검을 곧잘 씁니다. 걱정 마세요, 어머니."

자랑스레 내뱉은 아들의 한마디가 어미의 코끝을 찡하게 울렸다. 빙옥을 깎아 만든 듯 말끔한 면을 꼿꼿이 들고 조선 최고의 무사들을 거느린 채 응당 꽃길만 걸어야 하셨거늘…… 이토록 보배로운 옥동이 험한 검계에 몸담고 손수 검을 들었다 했다. 귀한 팔자에 씻을 수 없는 굴곡을 만든 것이 다 못난 어미의 업보 탓인 듯하여 민씨 부인은 흉중이 턱 막혔다.

"부인, 이제 홍랑도 어엿한 대장부이니 허락해주세요."

"하면 보검을 내어드릴 테니 항시 지니셔야 합니다. 아시겠습니까?"

"예. 그리하겠습니다. 한데 소자 청이 하나 있습니다."

아드님의 첫 청촉에 민씨 부인이 울컥하였다.

"어서 말씀해보세요. 무엇이든 들어드릴 것입니다. 예, 들어드리고말고요."

"누이와 동행하고자 합니다. 누이의 혼례를 물려주십시오."

민씨 부인은 일순 목에 가시가 걸린 듯 칼칼하여 다 식은 차를 한입에 털어 넣었다. 심열국은 말이 없었다. 방 안의 온도가 좀 전과는 달리 싸하게 식어내리자 홍랑이 먼저 입을 떼었다.

"이대로 누이가 시집을 가면 제 기억도 영영 돌아오지 않을까 근심입니다. 하루빨리 기억을 되찾고 싶은 욕심에 염치불구하고 간청드립니다."

머리까지 조아린 아드님 앞에서 어미는, 고개를 끄덕이는 것 말고는 아무것도 할 수 없었다.

둥그런 욕조 안에 들어앉은 재이의 긴 머리를 빗어내리며 을분 어멈은 대차게 잔소리를 늘어놓았다. 분에 못 이겨 아예 상전의 맨 어깨를 찰싹찰싹 때리기까지 하는 그녀였다.

"이년 숨 끊기는 꼴 볼라고 아주 작정을 혔쥬, 그츄? 대체 뭔 생각으로 그랬대유! 뛰어들길 으딜 뛰어들어요. 으딜! 간뗑이가 수박맹키로 부어터져도 유분수지! 무진 도련님 아녔으면 증말 물기신으로 삼도천 건넜을 꺼 아녀유! 아니지, 물기신이니께 삼도천도 휘적휘적 헤엄쳐서 잘도 건넜겠네, 아주! 왜서 이래유, 애기씨. 홍랑 도련님이 돌아오셨잖어유, 저리 멀쩡히 오셨잖어유, 예?"

"누가 홍랑이야, 누가!"

"흐미, 놀래라."

"을분 어멈까지 왜 그래! 저 인간 망종을 정말 믿는 거야? 을분 어멈마저 홀라당 속아 넘어간 거냐고!"

"애기씨를 요로코롬 광에서 *끄집어내준* 것이 홍랑 도련님이여유. 워떻게 마님을 귀삶았는가 도련님이 입을 떼기가 무섭게 마님께서 광 열쇠를 내오라 혔다니께유!"

"안채에서 무슨 얘기가 오갔는지 누가 알아? 둘이서 날 제주로 보낼 궁리를 했는지, 아예 저승으로 보낼 궁릴 했는지 어찌 아느냐고!"

"검계였다잖유. 도련님이. 평양 해월루에서. 고것이 뭔 말인지 몰러유?"

"왜 몰라! 기생 끼고 놀다가 화대 안 내고 내빼는 놈 잡아오고, 취기에 난동 피우는 주정뱅이들 뜯어말리고, 외간 남정네랑 눈 맞아서 야반도주한 기생년들 잡아오고!"

"허이구, 그럼 평양 놈팽이들이 죄다 검계 허게유? 해월루 검계는 기생오라비가 아녀유, 살수검이라구유. 살수검!"

"……뭐?"

"거가 그릏께…… 버려진 아그들을 모아서 사람 잡는 법 가르치는 데래유. 인간 백정 만드는 데라구유."

놀란 재이의 낯빛을 살피며 을분 어멈이 능숙하게 뜨거운 물을 보충했다. 한 손만으로 커다란 양동이를 자유자재로 부리는 폼이 제법 날랬다.

"지가 으찌 몰겄어유, 도련님 눈매가 싹 바뀐 거 말여유. 꼭 본래 눈알을 알감자 캐듯 쏙 빼내고 고자리에 콱 매얼음을 갖다 박은 거맹키로유. 근디 지는 그 쌀벌한 눈깔 땜시 맴이 찢어지는구먼유. 쬐껜헐 때가 기억 안 난다잖어유. 다른 건 다 기억하는데 고때 기억만 읎다잖어유. 고것이 뭐겠어유? 난 원래 이런 놈이다. 피붙이고 뭐고 없는 천애 고아다, 그릏게 주문을 걸어야 그나마 남의 목을 따고도 버틸 것 아녀유."

"그만해. 듣기 싫으니까."

"애기라고 혀서 살수단이 정으로 품고 따순밥 멕였겄어유? 어려두 밥값을 못 허면 재까닥 팔리는 거유. 그릏게 거라도 붙어 있으려면 잊어야쥬. 백날천날 옛생각에 질질 짜면 지 명줄

재촉하는 것밖에 더 되겠어유?"

재이는 눈을 감고 곧장 머리끝까지 물속으로 가라앉았다.

"애기씨, 애기씨! 이년 말, 듣구 있어유?"

을분 어멈의 잔소리가 물속까지 웅얼웅얼 둔탁하게 전해지
자 재이는 두 손으로 귀를 틀어막았다. 머릿속이 온통 뒤죽박죽
이라 더 이상은 그 무엇도 듣고 싶지 않았다.

오랜만에 올라앉은 요암재 지붕에서 보이는 것이라곤 구름
에 반쯤 가려진 흐린 달뿐이었다. 차게 식은 기왓장에 등을 기
대고 누운 재이는 커다랗게 한숨을 토해냈다. 제주로 끌려가
야 하는 제 앞날과 홍랑의 과거가 심란하게 뒤엉켜버린 탓이었
다. 그때 별안간 새하얀 물체가 창공을 가르며 날아들었다. 놀
라 벌떡 상체를 일으킨 그녀의 머리 위를, 그 정체 모를 생명체
가 몇 바퀴나 빙빙 돌았다. 그리고 곧바로 그녀 옆으로 내려앉
았다. 반짝이는 눈으로 조용히 재이를 응시하는 것은 발목에 서
찰을 단 순백의 비둘기였다. 마치 천상에서 하강한 백색 전령처
럼 혹은 하늘님의 현신처럼 비둘기는 암흑 속에서 홀로 빛났다.
그 모습이 참으로 비현실적이었다. 재이는 전서구를 제 팔 위에
올리곤 새하얀 깃털을, 마치 첫눈 매만지듯 소심하게 쓸어내렸
다. 두루마리 종이를 풀어내자 임무를 마친 길조는 단박에 날아
올라 어둠으로 사라졌다. 후들대는 그녀의 손이 두루마리를 펼
쳐 뿌연 달빛에 비추었다. 고작 몇 개의 단어가 세필로 박혀 있
었다. 함월. 숙부. 동행. 채비. 인시. 마방. 끝으로 홍랑이라는 서
명이 붙어 있었다. 재이의 얼굴에 확 피가 쏠렸다. 아홉 살 이후

124

가본 적 없는 함월이었다. 그 이후, 자신에게 절대 허락되지 않은 원행이었다. 그것을 지금 홍랑이 제안하였다. 그의 꿍꿍이가 무엇인지, 그 뒤에 버티고 있는 민씨 부인의 계략이 무엇인지 헤아릴 겨를이 없었다. 궁금한 건 따로 있었다. 수많은 가노들을 두고 홍랑이 저에게 전서구를 띄운 이유. 하나 아무렴 어떨까. 분명한 건 국경을 넘을 절호의 기회가 주어졌다는 뜻이었다. 절대 놓칠 수 없는 마지막 기회였다.

어슴푸레한 새벽녘. 상단 마방 앞에 호안 같은 등롱이 걸렸다. 출타를 전해 듣자마자 이곳으로 튀어온 무진이었다. 너무나 야위어 살굿빛 관사치마에 숫제 휘감긴 재이를, 그가 보듬듯 바라보았다. 그녀는 며칠 사이 크게 축나 한눈에도 길을 떠날 몸 상태가 아니었다. 하나 망아지 같은 누이가 집에 갇혀 있는 것보다 바깥공기를 쐬는 게 나을 성싶기도 하였다. 생각해보니 단 한 번도 떠나는 재이를 배웅한 적이 없었다. 늘 떠나는 것은 그였고, 남는 것은 누이였다. 음전한 면목이 점잖게 한숨을 토해 냈다.

"이리 보내는 것이 내키지가 않구나."

"걱정 마요, 오라버니."

"내 방도를 마련하고 있으니 딴맘 먹지 말고 무사히 돌아와야 한다, 알겠지?"

방도를 마련한다? 그것이 말뿐이라는 걸 저도 알고 재이도 알았다. 막연한 낙관이, 무책임한 위로가 그녀에게 필경 독이 될 수도 있었다. 무진은 혼란스러웠다. 기회이니 멀리멀리 도망가라고 해야 옳은 것인가. 하나 이번에도 망설임과 갈등뿐, 영영 떠나라는 말은 끝내 내뱉지 못했다. 더더욱 그의 심기를 어지럽히는 건 누이가 홍랑과 동행한다는 사실이었다. 이제 전력을 쏟아야 하는 일은 단 하나, 그 가짜 놈에 대한 증좌를 하루빨리 찾아 만천하에 까발리는 것뿐이었다. 시간이 야속했다. 부영에게선 연통조차 없으니 홍랑의 가면을 벗겨내기도 전에 재이에게 무슨 일이 생길 것만 같은 불길한 예감이 그를 덮쳤다. 하나뿐인 제 말을 누이에게 넘겨주는 무진의 심회가 난했다. 말뚝 익杙, 움직일 동動, 말 마馬라고 쓰인 표찰이 붙어 하사되었기에 익동마라 불리는 적마였다.

"어찌 대답을 안 해."

"예."

초조함을 애써 쳐내며 무진이 말없이 누이의 어깨 위에 머루 빛깔 장옷을 걸쳤다. 가녈한 턱이 자연스레 올라갔다. 그 아래 조녹조녹하게 매듭을 짓는 오라비의 손길이 다감하고도 안쓰러웠다.

"고뿔 앓을라."

"오뉴월 고뿔은 개도 안 걸립니다."

"심이 헛헛할 때 고뿔이 드는 것이다."

홍랑이 온 뒤 가장 심이 헛헛해진 건, 설 자리마저 뺏긴 오라비가 아니던가.

"저 안 헛헛합니다."

"아니긴. 꼭 말로 해야 아는 사이더냐, 우리가……."

꼭 백 년도 더 산 것 같은 눈을 하며, 무진은 말끝을 흐렸다.

"일전에 내가 준 것은?"

"아직 안 팔아먹었습니다."

재이는 가슴팍을 가리키며 퀭한 낯빛으로 웃어 보였다. 그녀에게 남은 것이라곤 정녕 이 금장도뿐이었다. 값을 제대로 받을 순 없겠지만 여비로 귀히 쓰일 것이다. 함월에서 숙부를 뵙고 돌아오는 길엔 무슨 일이 있어도 국경으로 내빼야 했다. 재이가 다신 볼 수 없을 오라비를 물끄러미 올려다보았다. 작별인사도 올릴 수 없는 야속함에 괜스레 눈망울이 뒤흔들렸다. 그 파란에 불안해진 오라비가 그녀의 팔을 답삭 잡았다. 마방에 걸린 등롱이 새벽 댓바람에 꺼질 듯 꺼질 듯 위태로웠다.

"뭐가 그리 애틋해? 생이별하는 정인처럼. 내 참."

묘한 기류를 깨며 홍랑이 심열국의 백마를 타고 나타났다. 짱짱한 사내종 열댓 명은 너끈히 살 수 있을 만큼 값비싼 명마였다.

"놀러 갔다 온다는데 뭐가 그렇게 애달프냐고?"

마침 헐레벌떡 뛰어 들어온 을분 어멈이 꼬작꼬작 홍랑에게 작은 꾸러미를 안겼다.

"아휴. 도련님. 그 먼 길에 곁들이도 없음 워째유. 가시면서 요걸루 요기혀유."

"누이 줘. 난 누이가 맛있게 먹는 것을 보는 게 더 좋으니까."

"하이고! 애기씨 혼사 물려줘, 요기까정 양보해, 아주 쌩 보살님 납셨네유!"

재이와 무진이 동시에 눈을 지릅떴다. 능히 아드님의 한마디는 민씨 부인의 고집을 단박에 꺾고도 남았으리라. 하나 연유가 무엇인가? 홍랑이 대체 왜? 무엇을 위해서?

"이거 애기씨가 만든 과즐이니께 아뭇소리 말구 싸게 비끄러 매유! 요것이 그냥저냥 쌀튀밥 과즐인 줄 알어유? 천만에유! 찹쌀을 튀겨서 꿀을 찹찹허니 처바르고 말린 무화과에 사과에 호두에다 잣까정 올린, 궁에서 잡숫는 과즐이어유, 요것이. 가는 길에 요거 한입이면 걍 임금님 행차나 진배없쥬. 암유."

홍랑이 그제야 꾸러미를 받아 들었다. 그리고 말안장의 두툼한 담요를 젖혀 그것을 갈무리했다. 그때 번쩍하고 새벽 어스름에 분명 무언가가 발광하였다. 휘둥그레진 무진의 눈동자가 좌우로 떨렸다. 사인검! 나무 기둥을 부여잡은 그의 손등에서 불뚝불뚝 핏줄이 솟아올랐다.

'네놈이 가보까지 지니고 의기양양하여 떠나나 절대! 귀환하진 못 할 것이다, 내 그것만은 기필코 막을 것이다!'

무진이 이를 갈았다. 이미 두 마리의 말은 저만치 멀어지고 있었다.

夏

입하

바람에 부대끼는 건 억새뿐이냐

자작나무 숲으로 빨려 들어가듯 재이는 잽싸게 말을 몰았다. 익동마는 가끔씩 말총을 빗겨주던 주인의 누이를 알아보기라도 한 듯, 그녀가 재촉하는 대로 분치하였다. 날랜 풍경이 공포에서 쾌감으로 바뀐 지 오래였다. 청쾌한 바람이 재이의 폐부로 울컥울컥 흘러들었다. 뜻밖의 자유를 허겁지겁 만끽하는 만면에 괴괴한 흥분이 스쳤다. 얄브스름한 관사치마가 그녀의 심장처럼 팔라닥댔다.

"돈 떼먹고 도망가냐? 누가 쫓아와? 쫓아오느냐고! 거참, 천천히 좀 가자니까!"

심열국의 준마가 말뚝이의 적마 하나 못 이길까만은, 한참이나 뒤처진 홍랑이 고래고래 소릴 쳐댔다. 처음엔 두 사람의 말이 앞서거니 뒤서거니 하였으나 왜인지 홍랑이 치고 나갈수록 재이가 더 속력을 냈다. 아무리 남매라는 게 별것도 아닌 것에 서로 이겨먹으려 하기 마련이라지만, 겨루기처럼 기를 쓰고 말을 달리는 그녀가 홍랑은 위태로웠다. 가끔씩 뒤를 돌아보는 새하얀 얼굴 반쪽이 실로 묘해서 홍랑은 이내 포기하고 얌전히 뒤를 따랐다. 끊임없이 툴툴대긴 하였으나 다각다각 그의 말발굽엔 청량한 꽃향기가 만발하였다. 바야흐로 일 년 중 가장 좋은 호시절이었다.

산골의 하루는 갑작스레 저물었다. 천중이 짙은 쪽빛으로 물드는가 싶더니 기습적으로 밤이 찾아왔다. 먹색 야공에 총총 밤별들이 박혀들었다. 그럼 그렇지, 재이의 똥고집이 마침내 사달을 내었다. 밤새 달릴 심산으로 호기롭게 마지막 마을을 지나쳤건만 익동마가 탈진하여 강변에서 한뎃잠을 자게 된 것이었다. 민씨 부인이 알면 기함을 토할 일이었건만 정작 남매는 태연하였다. 밤바람의 구애에 낭창하게 허리를 꺾어 화답하는 억새에 홀린 것인지도 몰랐다. 고삐를 쥔 손이 어릿하고, 다리가 후들대고 또 허리는 고단하였으나 재이는 다신 없을 전경에 피로도 잊은 참이었다. 서책에서 몇 번인가 억새에 대해 읽었고 무진에게 들은 적도 있었으나 눈앞의 풍경은 사뭇 달랐다. 재이는 턱없이 빈약했던 자신의 상상력을 나무라며 풍성한 은빛 풀을 쓰다듬었다. 휘영청 뜬 보름달 아래 다소곳하게 여름을 나던 풀들은 낯선 인기척에도 살근히 솜털을 비벼댈 뿐이었다.

반면 억새 풀대를 자근자근 밟아 뉘이고 그 위에 털썩 주저앉은 홍랑은 야살스레 입을 삐죽였다. 껑충 웃자란 억새 사이로

겁 없이 멀어지는 재이 때문이었다. 제 고집 탓에 노숙까지 하게 되었으니 이젠 좀 얌전히 엉덩일 붙이고 앉으면 좋으련만 참으로 제멋대로인 계집이었다. 민씨 부인을 거스르면서까지 재이를 잡을 이유는 없었다. 첩실로 끌려가는 걸 신나게 구경이나 할 작정이었다. 한데 그녀가 벼랑 아래로 몸을 던졌단 것이, 심중에 한 점 파문을 일으켰다. 저처럼 죽지 못해 안달인 것일까 아니면 살고 싶어 발악을 하는 것일까? 혹은 그저 터무니없는 객기를 부린 것일까? 의문은 야릇한 충동을 부추겼다. 죽음 앞에서도 눈 하나 꿈쩍 않는 여인을 한번 거세게 뒤흔들어보고 싶다는 그런. 명줄도 내팽개칠 만큼 무모한 누이를 잠시 가져보는 것도 나쁘지 않겠단 그런. 계획에 없던 일 하나가 충동적으로 추가되었다. 그런데 시작도 전에 때려치우고 싶어질 참이었다. 괜한 짓을 벌였다는 후회를 하며 홍랑이 재이를 놓칠세라 급하게 자릴 털고 일어났다. 재이는 순간 제 그림자를 따라 밟는 무뢰한을 돌아보며 소리쳤다.

"따라오지 마!"

"억새밭에서 길 잃으면 끝장이야. 까딱 잘못 들어섰다간 큰일 난다고."

"큰일이 나길 내심 바라는 것이겠지."

"뭐 그렇게 속이 배배 꼬였냐? 억새밭에서 자드락길도 안 내고 그렇게 요령 없이 들어가면 진짜 위험하다고. 그것도 야밤에. 무식한 건지 용감한 건지."

"같잖은 아우 시늉일랑은 때려치우고 속내나 밝혀라! 예는 상단 본채도 아니고, 주변에 엿들을 귀도 없다. 정녕 우리 둘뿐이니 본색을 드러내란 말이다. 대체 무슨 속셈이더냐? 무슨 흉심으로 날 예까지 불러냈느냐?"

"속내? 본색?"

"왜 혼사까지 막으면서 날 함월에 데려가느냔 말이다."

"모르겠어?"

"날 죽일 셈이더냐?"

"어휴, 무서워. 어떻게 그런 흉한 말을 아무렇지 않게 막 하냐?"

"죽일 것이냐 물었다! 어머니의 사주를 받았더냐? 그리 말을 맞췄더냐?"

"내 참 어이가 없어서. 막말로 누군가가 누이를 해하려 했다면 제주로 가는 그 굽이굽이 삼천리 길을 놔두고 번거롭게 왜 이 짓을 해?"

"하면 어머니가 순순히 내 혼례를 물리고 원행을 보냈다? 지나가던 개가 웃을 일이다. 분명 더러운 꿍꿍이가 있는 게지."

"그래, 그 더러운 꿍꿍이, 말해줄까? 꼭 알아야겠어?"

"말해!"

"부적!"

"뭐라?"

"인간 부적! 어머니가 그러셨어. 액막이 하나 딸려 보내는 것도 나쁘지 않겠지, 라고. 귀한 이 몸이 혹여 길바닥에서 흉사라도 당할까봐 누이를 딸려 보냈다고. 여차하면 쓸 칼받이, 화살받이로! 이제 됐어? 말도 안 되는 이유를 들으니까 속이 시원해, 응?"

134

"하면 네놈은? 어찌 나와 동행하는 것이냐? 설마하니 진짜 액막이가 필요한 것은 아닐 테고, 혹 나를 회유하려 함이냐?"

"회유? 하핫. 자기가 뭐 상단주야, 뭐야? 이보세요, 누님. 상단에서 본인의 처지가 어떤지 굳이 내 입으로 읊어야 되겠습니까? 개똥은 약에라도 쓰지, 누이를 회유하여 무엇 하라고? 나긋나긋 살가운 누이라면 또 몰라. 의심병이 들었는지 제 아우도 못 알아보고 고래고래 소리나 질러대는 고집불통을 내가 왜?"

"그러니까 왜냐 묻질 않느냐, 왜!"

"도끼눈 치켜뜬 누이라도 내 누이인 건 변함이 없으니까. 그런 누이라도 또 뺏기기 싫으니까."

"뭐?"

"그런 게 피붙이 아냐? 그런 게 가족 아니야? 이제야 만났는데 또 헤어지라고? 땅끝으로 끌려가는 걸 지켜만 보라고? 그것도 늙은이의 첩실로? 어떤 아우가 안 말려?"

요설에 흔들리지 않으려고 재이는 어금니를 꽉 깨물었으나 머릿속이 곤죽이 되는 것까진 막지 못했다. 모두 맞는 말이어서, 이유라곤 정녕 그것뿐이어서 돌차간에 홍랑을 향한 적의가 정당성을 잃었다. 생경했다. 피붙이라…… 가족이라…… 재이는 눅진한 숨을 내뱉으며 몸을 돌렸다. 그리고 다시 어둑한 억새 속으로 걸어 들어갔다. 촬라 홍랑이 재이의 어깨를 홱 잡아 돌렸다.

"무작정 들어가면 큰일 난다니까!"

"상관 말고 꺼져."

재이가 보란 듯이 금장도를 빼든 순간, 홍랑이 단숨에 그녀의 팔을 결박했다. 묵직한 금장도가 허무하게 떨어졌다. 포박당한 재이가 빽, 소릴 질렀다.

"놔! 놓지 못해!"

속박을 뿌리친 재이가 사납게 홍랑을 쏘아보았다. 그 눈빛을 받아내는 사내의 표정이 오묘했다.

"월영, 억새 숲, 금장도라? 뭐 대단한 추억 하나 만들어보자는 거야? 잘난 척은 혼자 다 하더니 가만 보면 아주 헛똑똑이란 말야? 이거 아주 위험한 상황이라고. 내가 아우이기에 망정이지."

"같잖은 소리 집어치워!"

사내의 가슴팍을 힘껏 밀치고 재이가 금장도를 집으려는 찰라, 한발 먼저 홍랑이 그것에 발길질을 했다. 귀물을 집어삼킨 억새가 발뺌하듯 휘휘 고개만 꺾어댔다. 찾기가 정히 힘들 듯했다. 재이의 눈씨가 홍랑을 맵차게 노려보았다. 그녀가 이렇게 눈을 치올려 뜰 때마다 홍랑은 그 기를 확 꺾어 찍어 눌러버리고픈 흉심이 일었다. 저 독기뿐인 눈동자를 녹녹하게 만들어보리라.

"보물이라도 돼, 저까짓 게?"

"건방진 게, 뭐 하는 짓이야!"

"금장도 준 놈! 진짜 나쁜 새끼야, 알아?"

"닥쳐! 네까짓 게 무얼 안다고!"

"자진하란 거잖아, 뭔 일 생기면. 빌어먹을. 죽긴 왜 죽어? 끝까지 보란 듯이 잘 먹고 잘 살아야지. 누구 좋으라고 죽으래?"

"무슨 상관이야!"

"아우가 어떻게 상관을 안 해? 남도 아니고!"

136

"허튼소리 집어치우고 당장 찾아내, 당장!"

여비를 마련할 유일한 물건이었다. 아니, 민씨 부인의 올가미를 끊어낼 유일한 칼날이었다. 재이는 눈을 부라리며 껌껌한 땅을 부산스레 헤집었다. 부아가 잔뜩 치민 그녀의 어깨를 홍랑이 돌연 잡아 일으켰다. 그리고 별안간 벌겋게 달아오른 볼을 어루만졌다. 귀뺨으로 흘러나온 잔머리도 조심스레 쓸어 넘겼다. 당황한 재이가 그 알량한 손길을 쳐내는 순간 짜잔, 홍랑의 손바닥 위에 금장도가 놓였다. 횅댕그렁한 여인의 눈망울이 뒤흔들렸다. 눈속임이었다. 아니, 요령인가? 귀신같은 솜씨였다. 재이가 손을 뻗자 홍랑이 장난스럽게 제 손을 꼭 쥐었다. 불뚝성이 난 그녀의 면목이 짓쳐들자 손바닥은 다시 펴졌다. 한데 이번엔 휘황한 금장도가 목장도木粧刀로 감쪽같이 탈바꿈된 후였다. 놀란 재이가 주춤주춤 그 자색 단도를 집어 들었다. 끝에 매달린 핏빛 술이 찰랑찰랑 깨춤을 췄다. 난생처음 본 암기暗器를 그녀가 우두망찰하게 바라보았다.

"벽조목으로 만든 거야. 벼락 맞은 대추나무라고. 금장도보다 훨씬 가볍고 얇으니까 몸에 지니기도, 사용하기도 한결 수월할 거야. 게다가 무엇보다도, 남을, 찌르는 용도라고, 이건."

얼떨결에 비수를 받아 든 재이의 안면이 불쾌감에서 호기심으로 서서히 바뀌는 것을 홍랑은 흥미롭게 지켜보았다. 분명 이 여인은 값비싼 뒤꽂이에도, 별스러운 가락지에도, 희귀한 노리개에도 무감할 것이다. 한데 살기가 깃든 쇠붙이엔 단숨에 매료된다. 무엇이 그녀를 이리 만들었을까? 세상 그 무엇도 궁금하지 않은 홍랑이건만 이 순간만은 고개가 갸웃했다. 그가 작은 칼날을 뽑아내자 아니나 다를까 재이의 눈동자에 한층 짙은 이채가 서렸다. 은색이 아닌 흑색의 서슬이 맑게 빛났다.

"흑요석은 쇠보다 가볍고 더 치명적이지. 쥐는 방법을 잘 익혀둬야 해. 그렇지 않으면 외려 자상을 입을 테니까. 이렇게. 엄지로 누르듯이 이 부분에 힘을 줘. 아니면 손 다친다."

자연스럽게 재이의 등 뒤로 돌아간 홍랑이 그녀의 오른손에 제 것을 포개며 단도 쥐는 방법을 시전했다. 요사스레 교차된 손가락 탓에 잠시 기이한 정적이 흘렀다.

"여기. 목 바로 아래. 빗장뼈 사이. 이 급소에 꽂는 거야."

홍랑이 뒤에서 재이의 얄실한 목을 감싸 쥐었다. 딱 목을 취하러 온 괴한의 자세였다.

"망설이지 말고. 한 번에."

등 뒤에서 뻗치는 장한 사내의 기운 탓인지 아니면 목에 겨누어진 서슬 탓인지, 빗장뼈에 갇힌 여인의 맥이 도곤도곤 뛰어올랐다. 억새 바다에 싸한 미풍이 몰려왔다 물러갔다. 어울렁더울렁 보드라운 솜털이 파도처럼 출렁였다.

"손 치워! 나도 천돌혈 정돈 아니까."

재이가 사납게 손길을 뿌리쳤으나 그녀의 저항은 간단히 무시되었다. 홍랑은 아랑곳 않고 뒤에서 그녀를 결박한 채 여릿한 급소를 재차 짚어냈다. 사심이 일절 없음을 분명히 하듯이 누이를 나무라기까지 하는 아우였다.

"집중해! 잘 기억해두라고. 여길 정확히 겨눠야 적의 숨통을 단번에 끊을 수 있어, 알았어?"

투명한 살갗 위로 열기가 배어났다. 재이는 지척의 사내가 무척이나 신경 쓰였다. 말간 달빛으로 씻어낸 듯 청신한 옆모습이, 목 언저리에서 은사마냥 사부작대는 머릿결이, 무엇보다 품에서 은근히 번져 나오는 시원한 박하향이.

"알았냐고?"

대답 대신 멈칫거리던 재이의 시선이 투박하게 벼려진 서슬로 내리꽂혔다. 이렇게도 가까이서 생낯의 사내를 대하는 게 어색했을 뿐이라고, 누군가가 손수 깎고 한동안 품었던 비수를 보는 게 신기했을 뿐이라고, 사술에 혹닉하여 깜빡 정신이 팔렸던 것뿐이라고 그녀는 되뇌었다. 만월이라는 걸 감안하여도 지나치게 밝은 밤이었다. 그때 난데없이 촘촘히 땋았던 재이의 머리카락이 확 풀어져 차르르 나부꼈다.

"무슨 짓이야!"

살굿빛 댕기를 허공에 팔랑팔랑 흔들어 보이며 홍랑은 웃었다.

"염치도 없다. 이 귀한 암기를 공짜로 꿀꺽하려고?"

"금장도나 이리 내!"

"돈이면 개나 소나 다 살 수 있는 그따위 물건이랑은 비교하지 마, 자존심 상하니까. 이거 억만금으로도 못 사는 거야. 진짜 벽조목 구하기가 얼마나 힘든지 알아? 깎는 데만 꼬박 열흘에다 옻칠 세 번 하고 콩기름까지 먹이는 데 달포가 넘게 걸렸다고. 강도 높은 흑요석 다듬는 건 또 어떻고? 월광까지 반사시키는 이 광택, 안 보여?"

"조악한 물건으로 어디서 유세더냐?"

"잡귀 물리치는 벽조목이라니까? 한마디로 부적이라고, 부적. 염치가 없으면 물건 보는 안목이라도 있든지."

"뭐?"

"에휴, 댕기도 어디서 이런 싸구려를…… 이건 댕기도 아니
네, 그냥 모지랑이 천 쪼가리네. 쯧쯧쯧. 좀 값나가는 거 없어?"

"네놈이 갈취하였잖느냐, 용문 금장도!"

"그런 거 말고 좀 여인네스러운 거 말이야. 작고 반짝이는. 어
째 옥가락지 하날 안 끼고 다닌데?"

"옳아매는 가락지 따윈 싫다. 되었느냐?"

"뭘 가재미눈까지 뜨고 그래? 못생긴 얼굴 더 못생겨지게!"

"허!"

"알았어. 이걸로 퉁쳐. 한참 밑지는 장사긴 한데, 그래도 뭐 남
매끼리 너무 야박하게 굴긴 뭣하고 하니까."

기가 막힌다는 듯, 재이는 홍랑을 지르보았다. 당최 말로는
이겨먹을 수가 없는 사내였다. 파사사한 바람이 무성한 억새 숲
을 둘로 휘갈랐다. 황홀한 별빛이 아질아질 몸을 떨었다. 이름
모를 밤새가 졸린 목소리로 울어댔다.

"어찌하여 간밤에 나에게 전서구를 보냈더냐? 가노를 보내
말을 전하지 않고."

"아침까지 기다리기 싫었어. 그렇다고 야심한데 사람을 보내
면 어머니 귀에 들어갈 거고, 그러면 보나마나 누이에게 불똥
이 튈 거고. 나 어린애 아냐. 그런 것쯤은 생각하고 행동할 나이
라고."

"……."

"또 재밌기도 하고. 안 그래? 난 재밌는 걸 좋아하는 놈이라
서. 재밌는 거 또 보여줄까?"

홍랑은 재빨리 기다란 억새 하나를 뽑아 들었다. 그리고 대충 껍질을 벗긴 후 베어 물었다. 두 사람을 감싼 대기가 바뀐 것은 그때였다. 구슬프면서도 아름다운 음빛깔이 탁 트인 야공을 빼곡히 수놓았다. 팽팽한 사내의 입술과 억새청 사이를 매끄럽게 통과한 숨이 만들어낸 파장이었다. 재이는 대금보다 더 깊은 울림이 배어 나오는 낯장의 풀피리에 그만 넋을 놓았다. 온갖 근심과 걱정이 해소된다는 신라의 전설적 피리, 만파식적마냥 그녀의 심상에 안온함이 퍼져 나갔다. 고르고 긴 음률에 화답하듯 주변의 은빛 풀들이 일제히 일렁였다. 쏴아, 쏴아아아아…… 세상에 오직 단둘만 있는 듯 끝 간 데 없이 억새뿐이었다. 한참을 이어지던 감미로운 연주가 일찰나 뚝 끊겼다. 나른한 대기에 취해 있던 재이가 눈을 떴다. 홍랑이 그녀에게 풀대를 내밀었다.

"해볼래? 소리나 낼 수 있을지 모르겠지만."

"뭐 이까짓 거 못 할까봐?"

풀피리 줄기에 재이는 호기롭게 입술을 올렸다. 삐이익!

"아하하하!"

욕심껏 불어넣은 공기는 예쁜 가락은커녕 민망한 소음만 만들어냈다. 제가 낸 소리에 소스라치게 놀라 토끼 눈이 된 재이를 보며 홍랑이 배를 잡고 킬킬거렸다.

"하하핫. 거봐, 어렵지?"

빼애애애! 뿌우우우! 실눈으로 아우를 흘긴 누이가 호흡을 고른 후 재차 도전했으나 허사였다. 재이가 괜스레 나부끼는 제 머리칼을 그러모으며 툴툴댔다.

"귀신마냥 산발을 하니 집중이 안 되어 그런 것이야. 모다 네 탓이란 말이다.”

그때 두 사람의 머리 위로 빠르게 무언가가 스쳐 지나갔다.

“어? 꼬리별!”

홱 치켜든 홍랑의 손끝을 따라 재이가 눈을 흡떴다.

“꼬리별 떨어질 때 소원 빌면 이뤄진대. 알지? 근데 너무 순식간이니까 짧게 빌어야 돼. 그렇다고 너무 대놓고 ‘돈!’ 이러진 말고.”

“뭐어!”

“엇! 또 떨어진다!”

빼또롬하게 눈을 흘기던 재이가 서둘러 합장을 하고 눈을 감았다. 퍽이나 요상한 기분이었다. 실로 간단히 혼례가 파기되고, 십 년 만에 원행을 왔다. 억새, 목단도, 만파식적, 꼬리별 그리고 자신은 점점 국경에 가까워지고 있다. 재이는 더 이상 무엇을 소원해야 할까 갈등했다. 무언가를 더 비는 건 염치없는 짓일 테지. 요행이 화를 부를지도 몰랐다.

홍랑은 어이가 없었다. 칼눈을 뜨고 소리칠 땐 언제고 조신하게 두 눈을 꼭 감고 앙가슴에 손까지 그러모은 여인의 꼴이 황당할 따름이었다. 제 몸집 하나 간수 못 하고 스러지는 별을 홍랑은 믿지 않았다. 생성되는 별도 아닌, 소멸되는 별에 소원을 빈다는 것이 애초에 말이 되지 않았다. 그런 식으로 원이 이루어진다면 제 삶이 이리 기구망측하게 꼬이진 않았을 터였다. 한데 저 여인은 의지하고 매달릴 무언가가 절실한 모양이었다. 홍랑은 제 손안에 든 댕기를 내려다보았다. 솔기가 해져서 나달나달한 것이, 시비들도 잔돈푼으로 살 수 있을 만큼 싸구려였다.

민상단과는 어울리지 않는 소박함이 아니, 소박함을 넘은 궁상맞음이 어째서인지 조금 딱했다.

쉬이 잠이 오지 않았다. 늘 어둠 속에 깨어 있던 습성 탓이었다. 또랑또랑 치켜뜬 재이의 눈망울에 휘황한 밤빛이 스며들었다. 확연히 달라진 별자리의 위치가 상단에서 멀어졌음을 실감케 했다. 어째서인지, 응당 있어야 할 곳으로 돌아온 듯 으늑한 느낌에 그녀는 뭉클했다. 구름이 교교한 달빛을 훑으며 지나갈 때마다 재이는 지척에 누운 홍랑을 곁눈으로 할끔댔다. 나른하게 뻗은 긴 팔다리와 야광을 흡수한 면이 왜인지 낯설지 않았다. 다만 눈을 감으니 한층 의젓해 보이기도, 조금 나이가 들어 보이기도 하였다. 그의 정체 때문에 자꾸만 번잡해지는 심곡을 다보록한 풍경이 다독거렸다. 풀벌레도 산새들도 모다 잠이 들었는지 만물이 고요했다. 고분고분 흐르는 강물 소리만 감감할 뿐이었다. 얼마 전 목숨을 빚져서인지, 그 잔 진동이 퍽도 다감하게 느껴졌다. 가히 잠이 올 것 같지 않았다. 살그머니 일어난 재이가 소리 죽여 옷고름을 풀어내었다. 홍랑이 깊은 잠에 빠진 것이 분명했으나 서서히 드러나는 맨살에 의복을 고이 개어놓을 겨를까진 없었다. 뱀 허물 벗듯 속곳까지 단박에 벗은 그녀가 팔랑팔랑 까치발을 하고 강물로 뛰어들었다.

찬 민물이 발끝에 닿자 정수리까지 확 청쾌함이 번져 올랐다. 곧 난만한 월광을 떠받든 윤슬이 나신을 휘휘 에둘러 감았다. 은밀한 속살을 쓸어내리는 밤물살이 재이는 전혀 무섭지 않았다. 청상한 단물이 닿은 살갗마다 흔연한 소름이 돋아나고 짜릿하게 오금이 저릴 뿐이었다. 엉덩이께까지 드리워진 머리칼이 유유한 물빛을 머금고 청량하게 반짝였다. 그윽하게 젖은 여인의 이목이 아득한 달무리를 올려다봤다. 요암재에서 보던 달님이 아니었다. 그보다 한결 크고, 밝고 더 고혹적이었다. 참으로 홀로 보기 아까운 만월이었다. 양 손바닥을 오므려 거뭇거뭇한 담수를 퍼 올린 재이가 그 위에 녹녹한 달덩이를 띄웠다. 그리고 냉큼 들이마셨다. 다디단 달물결은 꽉 막혔던 내심을 개운하게 훑어내렸다. 순한 달향에 금방 취기가 오르는 듯했다. 국경과 가까워지는 의미에서 축하주 한 잔, 상단으로부터 영영 떠나는 것에 대한 이별주 한 잔, 오라비에게 작별인사를 하지 않은 것에 대한 벌주 또 한 잔…… 그렇게 한참 동안 재이는 월주를 들이켜고 또 들이켰다. 교랑한 빛을 온통 내려받은 그녀의 가슴 위로 살보드라운 단물 방울이 또로록 떨어져 내렸다.

차박차박 억새 군락으로 돌아온 재이가 털을 매만져 단장하는 토끼마냥 민첩하게 머리를 빗고 새 의복을 꺼내 입었다. 새벽별이 뜨자마자 별무리에 취한 육체는 노곤히 풀어졌다. 그리고 곧 까무룩 잠에 빠졌다. 긴 머리칼이 채 마르기도 전이었다. 그녀에게서 고른 숨소리가 들려오기 무섭게 홍랑이 벌떡 몸을 일으켰다. 눈알이 뻑뻑했다. 젖은 여체가 추운지 자꾸 웅크릴 때마다 헤프게 강내음이 번져 나왔다. 홍랑은 언제나 잘 벼린 한 자루의 검처럼 예민했다. 생목숨을 거두기 위해선 살기를 다스려야 했고 접근하는 기척 또한 민감하게 잡아내야 했다. 하나 그 날 선 감각이 이 순간만큼은 원망스러웠다. 월흔에 의지하여 짐을 뒤적인 그가 창졸간에 화톳불을 피워 올렸다. 화르륵 일어

144

난 광염 속에서조차 어룽어룽 해말끔한 나신이 춤을 춰댔다. 사그라들지 않는 환영에 돌팔매질을 하듯, 홍랑은 억새를 닥치는 대로 뽑아 화마에 태질하였다. 엉성드뭇한 땔감이 무섭게 타들어갔다. 요염한 불길을 따라 홍랑의 이목구비가 이리저리 감사납게 일그러졌다. 축축한 한숨을 터뜨리며 그는 재차 마른세수를 해댔다. 손은 관성처럼 소매에서 비수를 꺼내 닦았다. 불티를 노려보는 두 눈이 충혈된 채 피로를 호소하였다.

　금사처럼 아침 햇살이 풀어져 내렸다. 살포시 눈 뜬 재이가 마른 풀내와 촉촉한 물내를 동시에 들이마셨다. 실로 오랜만의 숙면이었다. 쭈욱, 개운하게 두 팔이 기지개를 켜는 사이 말캉한 눈은 주변을 살폈다. 억새는 부대끼듯 살랑거렸고 그 사이에 자리 잡은 말 두 필은 풀을 뜯는 중이었다. 옷매무새를 고치고 손수건으로 대충 머리를 묶으며 푸스스, 그녀는 웃었다. 제 짐 위에 고이 놓인 금장도 때문이었다. 어차피 돌려줄 거면서 짓궂게 굴긴. 그녀가 서서히 일어나 풍경을 횡으로 훑었다. 하나 억새의 이쪽에도, 억새의 저쪽에도 낯익은 얼굴은 보이지 않았다.

"나 일어났다."

"⋯⋯."

"나 일어났다고!"

"⋯⋯."

"어딨느냐?"

"⋯⋯."

"내 말 안 들려? 어디 있어? 어디 있냐고!"

분명 억새밭에선 길을 내며 걸으라 했다. 한데 그 어디에
도 길을 낸 흔적이 없었다. 맨발로 강가로 뛰어간 재이가 사방
을 훑었다. 눈길이 닿는 그 어디에도 움직임은 없었다. 발자국
하나 없이 깨끗한 모래는 반짝반짝 빛을 낼 뿐이었다. 쏴아아
아…… 한차례 시린 강바람이 지나간 후 적막이 찾아왔다.

"장난이면 이쯤해서 그만둬. 재미없으니까!"

"……"

"하나도 재미없다고! 정말이야!"

"……"

"나와!"

"……"

"이제 그만 나오라고!"

"……"

"무엇 해! 냉큼 나오질 않고!"

산천초목을 굽이굽이 돌아온 건, 메아리뿐이었다. 철렁, 가슴
이 내려앉았다. 평화로운 풍경이 각일각 섬뜩한 삭막함으로 뒤
바뀌었다. 낯선 곳에 홀로 남겨진 두려움 대신 홍랑이 변을 당
했을지도 모른다는 불길함이 먼저 정수리를 강타했다. 휘청, 방
향을 잃은 채 비틀대던 다리에 힘이 풀렸다. 시허옇게 재이의
시야가 명멸했다. 말도 봇짐도 그대로인 채 사람만 없어졌다,
꼭 십 년 전 그날처럼.

아우가 한 줌의 연기처럼 사라졌던 날 밤. 모두들 산으로, 들
로, 나루터로 홍랑을 찾아 나서고 그 커다란 상단에 재이만 홀
로 남았다. 두려움이 적막을 야금야금 베어 먹을 무렵, 사람

들은 하나둘 돌아왔다. 곧 아무 일도 없던 듯이 세상은 돌아갔다. 기다림은 원망이 되고 그예 죄책감이 되어 제 목을 졸랐다. 사지가 떨려왔다. 경험으로 안다, 지금 이 장면은 각인될 것이다. 눈을 감아도 떠도, 낮이든 밤이든 어떻게든 머리를 비집고 들어올 것이다. 심장을 쥐고 사정없이 흔들 것이다. 지리멸렬하게 고통은 이어질 것이다. 이겨낼 재간도, 버텨낼 도리도 없기에 그것은 비극이었다. 선연해진 그날의 기억이 일순 거대한 돌덩이가 되어 콱 재이의 심곡을 짓눌렀다. 그 엄청난 무게에 무릎이 절로 꺾였다. 털썩, 반쯤 주저앉은 그녀가 고개를 떨궜다. 똑…… 똑…… 강변의 고운 모래알이 동그랗게 젖어들었다.

"뭐 해? 맨발로 흙바닥에 주저앉아서는."

심상한 음성에 재이의 고개가 벽력처럼 쳐들렸다. 아침 해를 등진 다부진 형상에 그녀의 면이 이지러졌다. 심장을 깨물린 듯 짜릿, 예리한 흉통이 엄습했다. 단 하루를 같이 보냈을 뿐인 믿을 수 없는 사내. 그를 온갖 험한 말로 밀어내었던 것은 저였다. 뿐인가? 그를 남겨두고 떠나려 한 것 또한 다름 아닌 자신이었다. 한데 그의 부재가 이토록 충격인 이유를 어찌 설명할 수 있을까? 그가 떠나고 자신이 남을 수 있다는 건 어찌 생각지 못했을까? 엉거주춤 일어서며 답삭, 홍랑의 팔을 부여잡은 그녀의 입에서 기어이 흐느낌이 삐져나왔다. 호통을 치려 했는데, 화를 내려 했는데 식겁한 탓에 그 모든 것은 눈물로 뒤바뀌었다.

"대체…… 어딜 갔었느냐! 어딜, 어딜!"

"난 오디라도 따오려고 저기까지 쭉 갔다가……."

이른 새벽, 살기에 눈을 뜬 홍랑이었다. 자객들은 매어진 말

근처에서 잠복하고 있을 뿐, 마구잡이로 덤벼들질 않았다. 재이를 다치게 하지 않으려는 의도가 분명했다. 표적은 저 하나, 의뢰인은 말뚝이 샌님인 모양이었다. 홍랑은 조용히 말과 반대 방향으로 몸을 숨겼다. 재이를 놀래고 싶지 않은 건 이쪽도 마찬가지. 살수들을 유인한 홍랑은 흔들리는 억새의 목을 따듯 비수를 흩뿌렸다. 칼자루를 그러쥔 세 개의 흑영은 맥없이 고꾸라졌다. 그 어떤 소리도, 흔적도 허락하지 않는 일급 검계의 솜씨였다. 시간이 조금 지체된 건 다만 사체 은닉 때문이었다.

"그렇게 도끼눈을 치뜨면서 꺼지라더니, 막상 꺼지니까 왜 찾은 건데?"

벌건 눈으로 홍랑을 째려보면서도 재이는 격탕된 심상을 진정시키지 못했다.

"대답해봐, 왜 찾았냐고?"

애타게 자신을 찾다가 십 년 전 기억에 함몰된 것이 자명하였으나 홍랑은 겁에 질린 재이를 구경하는 게 나쁘지만은 않았다. 한데 어째 조금 난처하긴 하였다.

"알았어, 알았다고! 그럼 이제부턴 거머리처럼 찰싹 들러붙어 있는다? 가라고, 꺼지라고 난리 쳐도 절대 안 떨어진다고, 알았지?"

들고 있던 오디를 디밀어봐도 소용이 없자 홍랑은 매끈한 먹돌 하나를 주워들었다. 그리고 수면 위로 가볍게 손목을 꺾어 날렸다. 통통통 토도도동…… 아니나 다를까 징검다리를 만들며 멀어지는 조약돌에 재이의 시선이 바짝 따라붙었다. 기껏 물수제비 두세 번에 울먹이던 여인의 호흡은 착 가라앉았다.

이번엔 아예 재이의 찬 손을 덮어 잡은 홍랑이 물 찬 제비같이 시범을 보였다. 순순히 제 손을 맡긴 여인은 이번에도 신기한 듯 물결의 궤적에만 집중했다. 그녀의 코끝에 그예 호기심이 걸렸다. 순수한 것인가, 단순한 것인가? 어린아이 달래는 것과 뭐가 다르랴. 홍랑은 기가 차 비죽비죽 웃었다. 어느새 바짝 허리를 숙인 재이 때문이었다. 세상에서 가장 날렵한 돌멩이를 찾아내려는 듯, 입을 앙다물고 눈을 부라리며 강가를 뒤적이는 모습이었다.

소만

피는 꽃, 지는 달

함월의 숙부 내외는 홍랑을 보자마자 눈물을 흘리며 천지신명님을 외쳐댔다. 연통을 받고도 긴가민가하였는데 자당을 쏙 빼닮은 면목을 영접하니 틀림이 없다 하였다. 종형제 운규는 어릴 때마냥 계곡으로 멱을 감으러 가자 보챘다. 하여 짐을 푼 지 한 식경도 지나지 않아 영산계곡으로 나온 참이었다.

숙부가 얼마나 공을 들여 원족을 내보냈는지, 계곡 아래쪽에서 고기 굽는 연기가 연신 피어올랐다. 치익, 잘 달군 석쇠에 피가 뚝뚝 흐르는 쇠고기가 척척 올랐다. 팽팽하게 펼친 흰 비단 차일을 이고 앉은 재이와 홍랑, 운규 앞으로 각상이 올라왔다. 고기 서너 점과 굵은 소금 두세 알에 솔향이 나는 송주가 곁들여졌다. 늙은 여종이 부지런히 오가며 끊임없이 갓 구워낸 고기를 대령했다. 신선놀음이 따로 없었다. 계속된 물놀이에 소 한 마리도 뚝딱 먹어 치울 기세로 먹성을 뽐내던 두 장정이 배를 두둑이 채웠는지 드디어 젓가락을 놓았다. 그것을 신호로 침을 삼켜가며 고기만 구워대던 몸종들이 앞다투어 제 입속에 진미를 쑤셔넣었다. 다른 것도 아닌, 상전에게도 별미인 쇠고기였다. 운규가 축축한 상의를 벗어던지곤 짚자리에 벌렁 드러누웠다.

"너도 다 벗어버려, 아주 시원하다."

"아니야, 난 됐어."

소매와 바짓단만 걷어 올린 홍랑이 반쯤 드러누우며 햇볕으로 제 다리를 주욱 내밀었다. 재이가 머쓱하게 계곡물만 바라봤다.

"그래, 우리가 이렇게 놀았군?"

"이렇게 놀았다 뿐이야? 여기서 송사리도 잡고 가재도 잡았었잖아. 그러다가 입술이 시퍼레지면 또 저기 너럭바위에 누워서 몸을 덥히고. 결국 등껍질이 다 벗겨져서 의복도 제대로 못 입었던 거 생각 안 나? 어? 설마! 그 손목 상처! 이수랑 목검 놀이하다 생긴 그거야?"

"목검?"

"참 신기하네. 크게 다친 것도 아닌데 십 년 전 상흔이 그리 뚜렷이 남아 있다니. 너 찾게 해주려고 하늘님이 내리신 징푠가 보다, 징표!"

운규가 몸을 일으켜 다과상을 받았다. 약과와 찬 오미자차였다.

"너는 안 먹어?"

상체만 일으킨 홍랑이 제 찻상을 훑어보았으나 그뿐이었다. 그때 계집종이 쪼르르 달려와 다지茶紙를 내려놓고는 다시 석쇠

쪽으로 한달음에 뛰어갔다. 그제야 홍랑이 다지에 약과를 싸서 입에 넣었다. 그런 아우를 무심코 보고 있던 재이가 훅, 숨을 멈췄다. 손이 끈끈해지는 것을 너무도 싫어해 제가 좋아하는 당과도 곧잘 포기하는 아우였다. 사소한 습관은 학습되는 것이 아니잖은가. 다음 순간 고소한 엿기름 맛에 환해진 홍랑의 면이 어린 시절과 오롯이 겹쳐졌다. 정녕……! 쓰르라미들이 일순 여기저기서 요란스레 울어댔다. 몽밀한 녹음을 뒤흔드는 새소리에 재이는 별안간 머릿속이 먹먹했다. 죽자 사자 틀어쥐고 있던 의심의 고삐가 어찌 이토록 소소한 것에 느슨해진단 말인가? 댕그래진 재이의 눈동자가 갈피를 잃고 이리저리 배회하였다. 다시 계곡으로 내려가는 홍랑의 뒷모습을 좇았을 때, 얼핏 희한한 상처 하나가 눈에 띄었다. 양 발목 뒤에 똑같이 새겨진, 참으로 얌전한 도반刀瘢이었다.

꿀깍, 해가 넘어가자마자 홍랑이 아이 키만 한 은촛대 두 개를 들고 재이가 머무는 별채로 건너왔다. 그가 도합 네 개의 초에 불을 놓자 방 안에 서서히 달콤한 향연이 번졌다.

"지금은 누이를 위해 할 수 있는 게 기껏 불을 밝히는 것뿐이니 이거라도 열심히 할게. 봤어? 엄청 성심성의껏 불 놓는 거?"

"고맙다."

"뭐 이런 걸 가지고."

"아니, 파혼 말이다."

"고마우면 잘 좀 봐보든지."

"뭘?"

"정말 어릴 적 눈동자가 요만큼도 남아 있지 않은지."

홍랑이 촛대 하날 가져와 앞에 놓았다. 자세히 봐달라는 듯, 허리도 깊이 숙였다. 그의 면이 재이의 코앞에서 멈췄다. 어색하게 몇 번 눈을 껌뻑인 그녀가 자못 진지하게 홍랑의 이목구비를 응시했다. 하나 눅진한 황금빛 눈동자 속에 순수한 동자는 없었다. 방자한 사내의 열증만이 가득할 뿐이었다. 그 낯선 기운에 재이는 기이한 조갈을 느꼈다. 차라리 퇴폐적이기까지 한 그 눈을 한 뼘 거리에서 마주 보는 것이 쉽지 않았다. 예리하게 별러진 홍랑의 눈매는 흡사 영혼까지 꿰뚫으려는 듯 더욱더 강렬해졌다. 포박당한 듯 재이의 몸이 굳었다. 마른침을 삼키며 그녀가 살짝 고갤 떨구자, 도망가는 턱을 긴 손가락이 다시 잡아 올렸다. 재이의 눈이 와락 치켜떠진 다음 순간, 홍랑의 붉은 입술이 사뿐히 겹쳐졌다. 햇솜 같은 눈송이처럼, 하롱하롱한 꽃잎처럼, 무른 살갗에 찰나의 전율이 내려앉았다.

"이제 확실히 알겠지? 눈앞에 있는 사람, 사내인지 아우인지."

장난기가 싹 사라진 또록한 음성에 설핏 진저리를 친 재이가 툭툭한 몸통을 확 밀쳤다.

"미친 것이냐!"

"아야야야!"

구석으로 나가떨어지며 요란스레 엉덩방아를 찧은 홍랑이 죽는다고 앓는 소리를 냈다. 엄살도 보통이 아니었다.

"어후, 아파! 장난 한번 친 걸 가지고 뭘 죽자고 달려들어? 근데 가까이서 보니까 얼굴에 주름이 자글자글한 게 장난 아냐. 뭐라도 좀 찍어 발라! 자세히 보니까 누이가 아니야, 완전 형님이야, 것도 큰형님!"

"뭐?"

"또, 또 그 가재미눈! 못생긴 얼굴 더 못생겨진다니까! 아, 아파. 아주 손끝은 징그럽게 매워 가지고. 그래, 이왕 이렇게 된 거 오늘은 여기서 누이랑 같이 자야겠다. 옛날처럼."

"허……! 까불지 마. 당장 일어나지 못할까!"

"이렇게 밤새 비가 오는 날엔 누이 생각을 엄청 했지. 솔직히 이건 비밀인데……."

홍랑이 갑자기 음성을 낮추며 귀엣말하는 시늉을 했다.

"아직 무섭다, 저 소리."

우르르릉 쾅쾅! 세상을 쪼개며 천둥이 내려앉았다. 정수리에 벼락을 맞은 양 재이는 꼼짝할 수 없었다. 흉곡 한 귀퉁이에 생채기가 생긴 듯 따끔했다. 홍랑과 조우하던 날, 수많은 질문을 퍼부은 저였다. 탄일 선물, 애정하는 서책, 황의 생김새, 친한 벗의 이름…… 실상 그 모든 것을 정확히 답한 이들은 모두 사기죄로 벌을 받았다. 그녀도 알았다. 핏줄이라는 게 어디 그런 하찮은 문답으로 확인되는 것이던가. 사람은 결코 변하지 않는다. 다지로 약과를 싸 먹는 사소한 버릇이나 뇌성에 어깨가 굽어드는 것은 꾸밀래야 꾸밀 수 없는 천성이 아니던가. 머릿속이 어지러웠다. 재이는 사박사박 홍랑에게 걸어갔다. 그리고 우레에 바짝 움츠린 덩치를 억지로 일으켜 세워 급히 문밖으로 내쳤다. 떠밀려 나가는 그 장한 뒷모습에서 덜컥, 조막만 한 아우가 떨어져 나왔다. 쾅, 거칠게 닫은 문짝에 등을 기대고서 재이는, 한참 동안 새무룩이 서 있었다. 번쩍, 금빛 번개가 대지에 내리꽂했다. 천둥은 소리가 없었다. 적요한 방 안에 빼곡히 빗소리가 들어찼다.

"뭐? 종적이 묘연해?"

부영의 말을, 무진이 놀라 반복하였다.

"혹여 살수들이 돈만 받고 내뺀 것은 아니더냐?"

"삼 할만 건넸으니 그럴 리 없습니다. 역으로 당한 것 같다 하더이다."

"시원찮은 것들! 세 놈이 어째 한 놈을 못 당한단 말이냐!"

"아무래도 애기씨가 동행하는지라……."

"어찌 그리 무딘 검을 샀어!"

"면목이 없습니다."

"평양에선? 좀 알아낸 것이 있더냐?"

"약관을 넘긴 듯싶습니다, 홍랑이란 자 말입니다."

"뭐라?"

"해월루에선 서열이 엄격하다는데, 들어왔을 당시 이미 열다섯 정도였다 합니다."

"그곳엔 어인 연유로 흘러 들러갔다더냐?"

"계묘년 봄에 송월이란 여객주가 초주검 상태인 홍랑을 들였다 합니다. 당시 시비로 있었던 노파에게 확인을 하였습니다."

"초주검이라? 어찌하여?"

"동네 의원을 수소문하였더니, 병명까진 기억 못 했으나 그나마도 홍랑이 정신만 돌아오면 몇 번이나 자진을 기도하여 애를 많이 먹었다 합니다. 심중에 단단히 응어리가 맺혀 기혈의 흐름이 거의 다 막힌 상태였고, 심화心火가 이루 말할 수 없어 곧 죽어도 이상하지 않을 정도였다고 하였습니다."

"한데 어찌 살아났다더냐?"

"병자가 살려는 의지도 없었던 터라 근방의 명의들도 하나같이 손을 쓰지 못하고 돌아갔는데도 송월은 포기하지 않고 심마니들에게 귀한 약재를 사들여 끊임없이 달여 먹이며 각별히 정성을 쏟았다 합니다. 하여 아랫것들 사이에 홍랑이 객주의 숨겨둔 아들이라는 풍문이 있었다 합니다. 회복 후엔 비싼 독선생을 구해 특별 훈육까지 했다 합니다."

"송월과 홍랑이 모자일 수도 있다?"

"홍랑이 며칠 전에도 객주에게 서신을 보냈었다 하니 보통 사이는 분명 아닌 듯합니다. 광명재에 종종 드나드는 벙어리 놈이 전달한 것 같습니다."

"그놈은 또 정체가 뭐라더냐?"

"김인회라고, 일 년 전쯤 새로 들어온 검계인데 의형제라 할 만큼 붙어 다녔답니다."

"해월루 전 행적에 대해선 알아낸 것이 없더냐?"

"도통 실마리를 찾아낼 수가 없었습니다. 송월이 홍랑을 들인 직후 까닭 없이 모든 수하들을 내보내고 가솔들을 새로 들여 당시 정황을 상세히 아는 이가 없었습니다."

"송월과 홍랑 사이에 필시 무언가가 더 있을 터. 계속해서 알아보아라."

"예."

"이수는 만났고?"

"예. 조만간 오겠다 하셨습니다."

"둘도 없는 죽마고우였다 하니 가짜를 대번에 알아볼 테지. 당장 아버님께 가야겠다."

심열국 또한 방지련에게 같은 보고를 받은 터였다. 가위 심상찮았다. 감찰부에 뒤지지 않는 민상단의 정보원들이 도성 일대는 물론이요 평양 변두리까지 구석구석 뒤졌으나 홍랑의 해월루 이전 행적을 도통 캐내질 못 한 것이다. 작정하고 신분 조작을 하지 않고는 좀처럼 있을 수 없는 일이었다. 지극히 기본적인 몇 가지를 확인코자 했을 뿐인데 일이 이상하게 흘러갔다. 홍랑을 이미 아들이라 인정한 마당에 자칫 뒤를 캐고 있다는 사실이 행수들에게 큰 혼란을 줄 수 있었다. 민씨 부인의 사람들이 눈치라도 챈다면 아예 사달이 날 것이었다. 상전의 눈동자에 들어찬 불안을 방지련은 어렵잖게 읽어내었다.

"크게 후사한다고 하면 분명 입을 여는 자가 나타날 것입니다."

"암암리에 행하여야 할 것이야. 그 누구도 동요하지 않도록."

"이를 말씀입니까."

"한데 송월은 어떤 자더냐?"

"애기 기생으로 해월루에 입적했고 서른 줄에 들어서면서 홍루 살림을 맡았다 합니다. 워낙 수완이 좋은 데다 검계까지 부리는 인물이라 평양에서도 감히 함부로 하는 인사가 없다 합니다."

"명성은 익히 들었다만…… 그리 큰살림에 어찌 우리 상단과는 한 번도 연이 없었을꼬."

방지련이 나가자 애타게 대기하고 있던 무진이 쏜살같이 들어 홍랑에 대한 내용을 소상히 읊었다. 사인검이 사라진, 텅 빈 벽을 인 심열국이 오늘따라 더욱 멀어 보였다.

"쯧쯧쯧. 쓸데없는 짓을 하였어."

"나이도 실종된 도련님과는 서너 살이나 차이가 납니다, 도저히 임진년생이라고는……."

"되었다 하였다!"

"하오나 아버님! 진정 석연찮은 구석이 한둘이 아니니 더 알아볼 필요가 있습니다."

"네가 신경 쓸 일이 아니야."

"아버님!"

"대마도로 가거라."

"예……? 어인 말씀이신지……."

무진의 손끝이 맥을 놓았다. 결국 장기판의 졸로 끝이 나는 것인가.

"면포건 호피건 네가 원하는 것을 가져가서 한번 해보도록 해."

"제가 하던 일들은 마저 마무리 짓게 해주십시오."

"괘의치 마. 석이 아범을 시키면 될 것이니."

석이 아범. 열 살 남짓부터 전국 팔도를 떠돈 잔뼈 굵은 도부꾼. 애써 외면만 한 채 차마 정의 내리지 못했던 자신의 처지를 무진은 이 순간 또렷이 마주했다. 목화솜을 얹은 패랭이만 쓰지 않았을 뿐, 그와 한 치도 다르지 않은 제 모습에 무진은 숨이 막혔다. 오기로 눈을 부라리며 고개를 쳐들었으나 왜인지 울컥 눈앞이 흐려졌다. 원통하고 답답하여 순간 목이 멨다.

"이렇게는 못 갑니다, 아버님."

"답지 않게 어이 몽니를 부리느냐?"

"정녕 저를……."

"강화의 인삼밭을 주랴?"

"예?"

"네 심미안은커녕 서화엔 끝내 까막눈이고 골동을 보는 감식안도 없으니 내어줄 수 있는 게 그뿐이질 않느냐."

"아버님, 어찌!"

"걱정 마. 먹고살 만큼은 셈하여 줄 것이니."

무진의 말쑥한 면부에 황망함이 깃들었다. 부자를 빙자한 주종관계였다. 결국 아들이었던 적도 후계자였던 적도 없었다. 필요로 구입했고 쓰임을 다해 버려지는 것뿐이었다. 폭설을 맞으며 민상단에 발을 들였던 그날, 무진이라는 기막힌 이름을 받았던 그 밤. 안주인이 친절히 일러주지 않았던가. 너는 홍랑의 자리를 표시하는 말뚝일 뿐이라고. 그 자릴 탐내면 사지가 갈가리 찢겨 나갈 것이라고.

망종

까끄라기 같은 소원

돌아가는 길엔 억지를 부리지 않기로 한 재이였다. 북쪽으로 달음박질칠 기회를 엿봐야 하니 더딜수록 좋았다. 외진 산촌마을에 일찌감치 행장을 풀기로 하고 마방에 말들을 건네기가 무섭게 후드득, 굵은 빗방울이 떨어져 내렸다. 대찬 빗줄기는 순식간에 장막처럼 주변을 에워쌌다. 메마른 황토가 속절없이 젖어들었다. 사방에 흙내가 진동했다. 느닷없는 소나기에 홍랑이 널따란 토란 잎사귀를 뜯어와 급히 재이의 머리에 씌웠다. 바짝 몸을 붙인 채, 총총총 마을 어귀로 뛰어 들어가는 두 사람의 뒷모습이 퍽 다정하였다. 다만 사내의 뜀박질이 어딘가 어색한 것은 아무도 눈치채지 못하였다.

"방 있습니까?"

허름한 여각의 대청에 들어서며 홍랑이 묻자 주인 아낙이 뛰어나와 손님을 맞았다.

"그럼요! 장날이 한참 남아 아무도 없어요. 여기 큰방, 저쪽 건넛방, 맨 끝에 구석방. 다 비었으니 둘러보시고 입맛대로 고르세요."

땋아 내린 재이의 뒷머리를 할끔거린 아낙이 넌지시 되물었다.

"두 분이 아직 혼인은 안 했고…… 정인 사이?"

"아니오!"

툭툭 빗물을 털어내던 재이가 득달같이 나서서 대답을 가로챘다.

"무슨 그런 말도 안 되는 말씀을! 대체 우리가 어딜 봐서! 허……!"

빠르고도 강한 그녀의 부정에 홍랑은 피식 웃었다. 아낙이 입을 쌜룩였다.

"아니면 말지, 뭘 그렇게 정색을 해요? 정인 아니면 나야 고맙지, 방 두 개 나가니까!"

잠시 후, 다시 사청해진 하늘을 이고 재이와 홍랑은 평상에 마주 앉았다. 한 푼짜리 국밥으로 이른 저녁을 먹기 위함이었다. 쫄딱 비에 젖어 처덕처덕해진 의복도 개의치 않고 마파람에 게 눈 감추듯 바삐 숟가락만 놀리는 홍랑을, 재이가 물끄러미 바라보았다. 이젠 이렇게 단둘이 마주 보고 상을 받는 일이 익숙했다. 둘 사이에 흐르는 침묵도 어색하지 않았다. 이상한 일이었다. 괴리감이 없었다. 훈김이 가신 제 국밥을 들여다보며 재이는 생각했다. 인연을 맺는 것은 국밥 같은 것이라고. 밥에 국물을 붓고 다시 솥에 따르는 과정을 서너 번 반복하면, 우러 나온 밥의 끈기가 국물과 섞이며 비로소 국밥이 완성된다. 사람 도 그렇게 인연을 만들 때마다 토렴이 되는 듯했다. 작금의 자 신이 그랬다. 재이는 손도 대지 않은 제 몫을 홍랑에게 말없이 디밀었다. 그게 뭐라고, 국물을 그릇째 삼키던 사내가 물기 머 금은 해사한 낯으로 활짝 웃어 보였다. 순간, 방싯 웃는 굵직한 이목구비에 또 어린 홍랑이 덧그려졌다. 심상이 꼬집힌 듯 따끔 하여 재이는 하릴없이 지붕에 흐드러진 박꽃을 쳐다보았다.

"먹지도 못 하는 거 뭘 그렇게 달게 쳐다봐? 우후죽순 난장으 로 핀 게 밉상이구먼."

"난 저렇게 오순도순 무리 지어 핀 꽃이 좋다. 우아하게 홀로 핀 꽃 말고. 저 박꽃도 가까이서 보면 분명 어여쁠 것이야."

"그래?"

어느새 늘큰한 초가지붕 위, 새하얀 박꽃 밭에 올라앉은 두 사람이었다. 한차례 소나기가 훑고 간 터라 십 리 밖이 보일 만 큼 시계가 선명하였다. 동구 너머 녹음이 우거진 산모롱이 하 며, 꾸불거리는 밭고랑들, 번쩍이는 실개천, 오밀조밀 들어선 초가집들까지…… 고요한 촌락 전경이 한 장의 전도마냥 시원 스레 펼쳐졌다. 비에 씻긴 살구 냄새가 뜨락에 가득했다. 사근 사근 살가운 바람이 오갔다. 홍랑이 투박한 주병을 들어 보인 후 어깨를 한번 으쓱하더니 제가 먼저 쭈욱 들이켜곤 재이에게 내밀었다. 국밥엔 손도 대지 않던 재이는 마치 곡주로 허기를 채우려는 듯 그것을 단숨에 들이켰다. 말 그대로 대충 거른 막걸리는 생각보다 진했으나 마실수록 알싸한 단맛이 났다. 금세 주병이 동나자 홍랑이 부리나케 술병을 채워왔다. 주발도 없이 병째로 싸구려 탁주를 나누며 두 사람은 홍시처럼 흐무러지는 해거름을 함께 맞았다. 덩달아 재이의 두 뺨도 붉게 물들었다.

"여름이 되면 남의 집 초가지붕엔 수다한 박꽃이 피고 어김없이 탐스러운 박이 열리는데, 우리 집 지붕은 썰렁하기만 하니 그게 늘 못마땅했지."

"혹시라도! 어디 가서 그런 얘기 하지 마, 알았지? 지랄도 풍년이라고 욕 엄청 처먹는다? 한양에서 내로라하는 기와 장인이 구워낸 윤기 좔좔 흐르는 청기와에 연화문 수막새까지 달고 살면서 뭐? 초가지붕? 박꽃? 환장한다."

"홀로 있으면 별게 다 서러운 법이다."

"부모님은 어쩌고?"

"부모라…… 아버님은 내가 죽어도 상관 안 할 사람, 어머님은 날 죽일 수도 있는 사람. 아니, 난 계모를 아예 그리 생각하였어. 저 여자는 구미호다. 천년 묵은 매구다."

"뭐 그리 무섭게까지!"

"늘 살벌하게 협박했으니까. 아우가 만약 잘못되면 나 또한 죽은 목숨이라고. 친모마냥, 멍석에 말아 까마귀밥으로 보시할 것이라고."

"내가 돌아온 덕에 목숨은 부지했네?"

"쳇."

"그래도 솔직히 투정 부릴 유모까지 두고 금의옥식하며 살았

163

잖아."

"감금된 주제에 비단이며 옥이 다 무슨 소용일까."

"밥 먹듯 월담을 했다면서 얼마나 엉성했으면 한 번을 성공 못 했대?"

"무예가 특출한 가병이 수십인데, 월담을 하는 것은 어째 늘 쉬웠지. 세 번째야 알았다. 어머니가 내 도망을 부추겼다는 거. 부정 탈까봐 날 어쩌진 못 하고 제발 나가 죽으라고 내몰았다는 거."

"그럼 진즉 혼인해서 분가를 했어야지!"

"혼인 따윈 안 할 거다. 간수만 바뀔 뿐, 옥살인 매한가지인 것을."

"그렇다고 허구한 날 줄연초야? 그러다 목에서 가래 끓는 소리 나."

"연초는 못 끊어. 그 흰 연기가 유일한 위로니까."

"그럼 술을 끊든지."

"취했을 때만 행복한 걸 어쩌란 말이냐?"

"하면 차라리 술을 진탕 퍼마시고 시원하게 다 깨부수면서 고래고래 소리 지르고 펑펑 울어. 속이라도 시원하게!"

"말이 쉽지. 계집년이 재수 없게 찔찔댄다고 매나 벌걸?"

"맘대로 울지도 못 하고 산 거야? 마음 아프게?"

"어렸을 때부터 길이 그리 들질 않았다. 아이도 달래주는 사람이 있어야 우는 법이니까. 누구는 태어난 것 자체만으로 장하고 기특한데, 난 정반대니까. 존재만으로도 상서롭지 못한 것, 불운의 징표. 뭣 모르는 것들은 어미 잡아먹은 씨받이 딸년까지 거두었다며 아버님을 추켜세웠지만 아니, 그냥 버리는 게 나았어. 아직도 도망가는 꿈만 꾸니까."

"도망가는 꿈?"

"요암재 담을 넘어서 멀리멀리 내달리는 꿈."

"한참 멀었네. 살 만하단 거야. 아직 희망적이란 뜻이라고. 도망가는 꿈을 꾼다는 게."

"뭐?"

"잡혀오는 꿈을 꾸는 순간 끝이야, 끝! 불안해서 잠도 못 자. 나도 감금이란 거 당해봤거든."

"어디에?"

"됐어. 뭐 좋은 얘기라고."

"누가! 대체 누가?"

홍랑의 머릿속에서 툭, 이름 하나가 튀어 올랐다. 감은 눈 안으로 그 형상까지도 또렷이 재인되었다. 김꿩표. 산속에서 철쭉을 삼키고 까무러친 쥐똥을 발견한 건 인신매매를 업으로 하는 김꿩표였다. 쥐똥은 노새처럼 밧줄에 엮여 끌려가면서도 더 이상 굶진 않겠구나, 오히려 안심하였으나 그것은 큰 착각이었다. 곧 꽃조차 삼킬 수 없는 깜깜한 땅굴에 감금되었으니. 함께 갇혀 있던 수많은 소년들이 어둠과 굶주림에 죽어 나갔다. 그 난리 통에 쥐똥은 또다시 심열국이란 이름 석 자를 들었다. 그 대단한 위인이 김꿩표에게 '새하얀 피부의 남아'를 주문한 탓에 이 흙구덩이가 생겼다고 했다. 쥐똥은 제 이름을 말하면 추노꾼에게 넘겨져 이마에 인두질 당할까봐, 글을 깨쳤다 하면 또 양반집 머슴으로 보내질까봐 겁이 났다. 하여 말귀 못 알아듣는 천하의 반편이 행셀 했다. '모지리'라 불리게 된 것은 모두 그 탓이었다. 토굴에서의 생활은 모지리에게 희한한 재주를 주었다. 어둠 속에서 기를 읽어내고 개안하는 법이었다. 공혈에서 반년을 버텼을 무렵, 얼굴이 새하얗게 벗겨졌다는 이유로 모지리는 종내 심열국에게 팔렸다. 그리고 한평 대군에게 진상되었다. 대군의 별서엔 이미 흰 피부의 소년들이 가득했다. 그러나 그 누구도 이름이 없었다. 배달된 순서대로 육십갑자가 매겨져 구별될 뿐이었다. 진짜 지옥문은 그때 열렸다. 모지리가 '신묘'란 순번을 단 순간이었다.

"말해봐, 말해보라니까!"

뻔득 눈을 뜬 홍랑이 술기운에 상기된 재이를 바라보았다. 당장이라도 못된 놈들을 찾아 나설 듯 씩씩대는 얼굴이었다.

"이젠 기억도 안 나. 여튼 나 험한 꼴 많이 당했다고."

"진짜 말 안 해?"

"왜? 말하면 뭐? 그놈들 찾아가서 패주기라도 하게? 나 대신 반쯤 죽여놓기라도 하게?"

"내가 못 할 줄 아느냐!"

주향을 머금은 달큰한 숨결이 홍랑에게 뒷배가 되어주겠노라, 든든한 편이 되어주겠노라 감히 외쳐댔다. 홍랑의 심곡 한편이 찌르르 조여왔다. 난생처음 느끼는 생경한 통증이었다. 아니, 이 감정의 정체가 통증이 아닐지도 몰랐다. 젠장, 그는 속으로 욕지거리를 뱉어냈다.

"나 뭐 하던 놈이었는지, 못 들었어?"

"아……."

"검계라는 게 저승사자와 다를 바 없어. 명부에 오른 이름에 한일자를 긋는 일이니까. 다만 검계의 명부는 부자들이 쓰는 거지. 염라의 권능을 돈으로 통치는 거라고나 할까. 인명재천? 그것도 다 옛말이야. 제아무리 날고 기는 양반이라도 살생부에 들면 죽음을 피할 방도가 없어. 칼날은 피의 귀천을 따지지 않으니까. 이 살수가 안 한다면 저놈에게, 저놈이 안 한다면 또 다른 검계에게, 그마저 거절되면 청나라 자객이나 왜나라 낭인한테 웃돈이 얹어져 의뢰가 갈 테니까. 노비건 임금이건 명부에선 다 똑같은 한 획이야. 싼 칼에 돼지느냐, 비싼 칼에 승하하시느냐 그 차이뿐, 여튼 죽어."

"누가 네게 그런 짓을 시켰어? 대체 누가?"

"내가 택한 일이야, 내가. 처음엔 살행을 다녀오면 며칠씩 앓았지. 내 비수에 멸구당한 이가 좋은 이인지 나쁜 이인지, 나쁘면 얼마나 나쁜지, 죽음으로 단죄되어야 할 만큼 나쁜지 알 수 없었으니까. 그래서 망자에게 약속하는 버릇도 생겼어. 나도 곧 따라갈 테니 너무 노하지 말라고. 그런데 그게 참 웃겨. 계속하다 보니 이 일에도 사명감이란 게 생기더라고."

"설마!"

"칠점사. 그게 내 별호야. 물리면 일곱 걸음을 못 떼고 죽는다는 맹독사. 누구보다도 잘 죽이는 살수가 되겠단 일념으로, 목 따는 데는 조선 제일이 되겠단 각오로 난 실력을 연마했어."

"도대체 왜?"

"표적이 된 이상, 단칼에 죽는 게 가장 행복한 일이거든. 죽음 앞에서 불필요한 고초를 겪지 않도록, 짐승마냥 도륙되고 참살되지 않도록, 지리멸렬한 고통이 따라붙지 않도록 막는 거. 그게 내 진짜 일이었어. 저승으로 걸어가는 망자의 시신이 깨끗하도록 단칼에, 한 번에, 곱게 보내주는 검귀劍鬼. 내가 맘먹고 비수를 던지면 표적들은 제가 죽는 줄도 몰랐어. 눈앞에서 뭔가 번쩍하는 걸 보고 멈춰서고, 목에서 떨어지는 뜨끈한 게 뭔가 싶어 더듬거리다가 그대로 꼬꾸라지곤 했거든."

해월루 소속 검계단은 본거지를 숨기고 활동할 필요가 없었다. 살수들이 목격자도, 흔적도, 그 어떤 증좌도 남기지 않기 때문이었다. 그중 으뜸은 칠점사였다. 칼이나 활은 몸에 바투 지녀도 사람들의 눈에 띄기 마련이고 결정적으로 흔적이 남아 골치 아픈 뒤처리를 감당해야 했다. 하여 칠점사는 삼십 보 이상의 거리를 두고 철저히 비수만을 사용했다. 맨손으로 사혈을 짚어낼 수도 있었으나 곧 망자가 될 이의 신체에 손을 대기 싫어 삼갔다. 잠복과 미행의 행적까지 지워내기 위해 그는 비 오기 전날 밤에만 일을 치렀다. 늘 모든 것은 빗물에 씻겨 나갔다. 추적술과 은신술도 연마했지만 그것을 써먹는 날은 오지 않았다. 역시 목숨을 관장하는 것은 돈. 칠점사를 부리기 위해선 기와집 한 채 값이 우습게 들었으나 의뢰는 끊이지 않았다.

"분명히 널 사주하고 이용하여 이문을 남긴 이가 있을 터!"

"아니, 감금당한 날 꺼내주고, 입혀주고, 재워주고, 먹여주고 하물며 훈련까지 시켜준 은인이 있을 뿐이지. 검계는 오롯이 내 선택이었어. 그러니 천벌도 내 몫이지."

생낯의 숨을 빼앗고 어찌 편히 발을 뻗고 잤을 것인가…… 재이는 번민으로 마음이 물러져 더 이상 대꾸할 수가 없었다. 얼추 바닥을 드러낸 주병만 거듭 들이켤 뿐이었다. 빈 주병을 빼앗아 내려놓은 홍랑이 그녀의 두 손을 덥석 잡아 올렸다.

"첫. 마음이 따뜻한 것도 아니면서 손은 또 왜 이리 차대?"

홍랑은 작은 두 손에 호호, 뜨끈한 입김을 불어넣곤 곧장 제 얼굴을 감싸게 했다. 사내의 뺨에 머물던 온기가 재이의 손바닥으로 고스란히 옮겨졌다.

"누이는 못된 놈들 찾아서 응징할 생각 말고 내 옆에 그냥 있으면 돼. 그동안 고생이 많았구나, 하면서."

속이 뜨끔해진 재이가 제 손을 떼어내며 읊조렸다.

"그런 위로가 다 무슨 소용이라고."

"그럼 어떻게 해야 위론데?"

"박꽃이 핀 초가가 갖고 싶다고 푸념할 때마다 오라버닌 '다음에 꼭 그런 집을 사주마.' 했다."

먹물 서생 이야기에 홍랑이 힐끗 눈알을 굴렸다. 말투가 심히 뒤틀렸다.

"그래서? 뭐, 정말 사줬습디까?"

"아니."

"거봐. 말은 누가 못 해? 희멀건한 골생원이 주둥이만 살아서."

"집 사준다는 걸 내가 돈으로 달랬다. 되었느냐?"

울긋불긋한 대춧빛 놀구름이 굼뜨게 사라져갔다. 거뭇한 하늘 끝자락에 초롱별이 걸렸다. 겁 없이 들이켠 막걸리의 기운이 이제야 진득하게 도는지 재이의 고개가 점점 무거워졌다. 홍랑이 슬쩍 떠보듯 물었다.

"그놈의 돈 되게 좋아하네. 꼬리별에 빈 소원은 정말 돈이었구나?"

"아니."

"그럼?"

"다음 생을 빌었다."

"뭐? 허, 또 태어나고 싶어?"

"이번 생엔 망조가 들어도 단단히 들었으니 다음 생을 빌 수밖에."

"그래, 다음 생엔 어떻게 잘 살게 해달랬는데? 뭐라고 빌었는데?"

"……."

"얼마나 대단한 걸 빌었으면 말도 못 해? 궁에서 태어나 마마소리 듣게 해달랬어? 아니, 아예 어좌에 앉게 해달라고 빈 거아냐? 금관으로 상투 틀고, 곤룡포 딱 빼입고, 뒤엔 십장생 병풍쫙! 앞엔 허리가 끊어질세라 신하들이 굽실굽실대고, 응?"

"아니. 그 반대. 다음 생엔…… 막딸로 태어나게 해달라고 빌었다. 이런 초가집에 사는 형제가 여덟이나 아홉 정도 되는 대가족에 막딸."

"뭐…… 뭐라고?"

재이가 꼭 끌어안은 제 무릎에 고개를 얹으며 웅얼댔다.

"그리 빌었다. 재이라는 딱 정떨어지는 이름 말고, 아무도 불러주지 않는 그런 인생 말고…… 막딸아, 막딸아. 누군가 하루종일 날 그리 불러줬음 좋겠다고. 끼니마다 찬 쟁탈에 정신이없고, 이부자리에선 다리도 팔도 잔뜩 엉켜서 숨이 막힐 지경에, 언니들의 치마를 물려 입고, 손에 주전부릴 들고 다 같이 저자를 활보하고, 세책점에 들러 유행하는 소설도 빌려 읽고, 마당에선 흑괭이랑 백구랑 부대껴 놀고, 산으로 들로 다 같이 나가 봄엔 쑥을 뜯어 떡을 해 먹고, 여름엔 개울에서 멱을 감고, 가을엔 꽃무릇을 꺾어 화관을 만들고, 겨울엔 강가에서 얼음을 쳐서 빙어를 잡고…… 그렇게 와자지껄, 복작복작…… 투덕거림이 끊이지 않는 집에 막내로 태어나게 해달라고…… 그리 빌었다."

술에 젖은 혀가 여일하게 말했다. 제발 세파에 시달리고 싶다고. 얹을 말을 찾지 못한 홍랑이 꾸물거리는 사이 시린 침묵이 흘렀다. 일생에 한 번 볼까말까 한 꼬리별에게 가난을 소원한 여인이 철없게 보이다가도 한편 애처롭게 느껴진 탓이었다. 어미의 목숨을 빼앗아 살아남았다 여기는 소녀는 철저히 자신에게만 의지한 채 여인으로 자란 듯했다. 달 말고는 올려다볼 것도, 별 말곤 속내를 털어낼 곳도 없었나 보다. 기껏 연초의 연기에 기대 제 삶이 아무렇지 않다고, 다 괜찮다고 자위했으나 그것조차 잘 되지 않은 모양이었다. 뿐인가. 아비의 방치, 계모의 경멸 그리고 아우의 부재가 깊은 외로움으로 사무쳐 범속한 삶과 열 명의 피붙이를 소원하게 하였을 터였다. 그 거대한 상단에 이리도 작은 마음 하나 내려놓을 구석이 없었구나…… 겉으로 말짱해 보이는 여인은 사실 단단히 골병이 들어 있었다. 소슬한 바람이 홍랑의 폐부를 훑고 지나갔다. 물러진 눈빛에 바짝 힘을 주면서 일부러 광대까지 올려붙인 그가 기막히다는 듯 실소를 뱉어냈다.

"참 나, 가지가지 한다! 진짜, 와, 돌겠네. 대체 누구한테 무슨 얘길 들은 거야? 잘 들어, 그런 집안엔 기본적으로 술주정하는 아비에 손찌검하는 오라비가 있어. 노름빚은 당연하고 지붕엔 생쥐, 이불엔 벼룩이 들끓어서 잠도 잘 못 자. 물려받은 의복은 넝마나 진배없으니 입자마자 각설이가 될 거고, 서책을 보겠다고 했다간 뒈지게 처맞기만 할걸. 아니, 애초에 글도 안 가르쳐, 새끼 빨리 꼬는 법이나 삶은 무청 빨리 너는 법이라면 모를까. 끼니때 한 술이라도 더 뜨려고 정신없이 주먹다짐까지 하다 보면 귀여워하던 누렁이가 저녁 밥상에 떡하니 오를 거야. 게다가 아들도 아니고 재수 없는 딸년이면 일곱 살 되기도 전에 보리쌀 두어 되에 팔려도 진즉 팔리지. 잘 풀려야 궁의 무수리고 아니면 사당패나 유곽……."

"야!"

"결정적으로! 아홉째인데 딸이잖아? 막딸이라는 귀여운 이름은 어림도 없어. 종말이, 끝순이, 막년이. 딱 셋 중 하나야."

"뭐라고!"

"살다 살다 이런 거지 같은 염원은 첨이다, 진짜. 안되겠네, 오늘 여기서 밤새워야겠어."

"왜?"

"꼬리별 다시 보고 말도 안 되는 소원 취소해야 할 거 아냐!"

"네가 뭔데 취소하라 마라야?"

"뭐 이렇게 무책임해, 사람이?"

"무책임?"

"누이가 막딸이면, 난? 난 죽었음 죽었지 그런 집 열째는 절대 싫다고!"

"쳇, 그러는 넌 얼마나 대단한 걸 빌었는데?"

"난 누이 소원 꼭 이루어지게 해달라 빌었다고, 젠장!"

홍랑이 초가지붕에 벌렁 드러누웠다. 정말 밤이라도 새울 모양새였다. 재이는 별안간 가슴이 시큰했다. 곧 떠날 자신이 사내에게 몹쓸 죄라도 짓는 양 느껴진 탓이었다. 몽롱한 와중에 또 답 없는 의문 속으로 그녀는 쑤욱 빨려 들어갔다. 이토록 진짜 같은 가짜가 있을 수 있는가? 가짜라면 응당 의심하고 배척하는 자신부터 처리하는 것이 맞았다. 계모를 부추겨 자신을 제주가 아니라 타국의 변방으로 보내고도 남음이었다. 한데 을분어멈 말로는 홍랑이 어머니께 제 파혼을 간곡히 청하였다고 했다. 독기 어린 말로 모멸감을 안긴 자신을 군이 붙들어둔 까닭이 뭘까. 기어코 옆에 두려는 꿍꿍이가 뭘까. 몇 날 며칠 속이 수선스레 들끓었으나 이유를 찾지 못하였다. 재이는 제 양쪽 뺨을 맵게 두들겼다. 산군님처럼 위세를 떨던 의심이 그새 쥐꼬리만큼 줄어든 것이 마땅찮았다. 정신 차리자. 그가 홍랑이라는 또렷한 증좌도 없지 않은가. 아직도 의뭉스러운 것투성이였다. 그놈의 탁주가 머리를 진탕시킨 게 분명했다. 호도독, 후드드득. 한바탕 뇌우가 치려는지 또다시 굵은 빗방울들이 떨어졌다. 재이의 내심마냥 변덕스러운 날씨였다.

홍랑은 잠결에 이불귀를 채잡았다. 주먹이 파들파들 떨렸다. 악몽 속에서 또다시 그날이 시작되고 있었다. 한평 대군의 별서에 처음 들던 날이었다.

처음 경험한 호사스러운 목욕도, 열기를 머금은 살결에 바른 향유도, 구경조차 못 해본 도톰한 비단옷도, 전각처럼 별스러운 단청을 올린 별채도, 제 시중을 드는 어여쁜 시비조차도 신묘에 겐 아무런 의미가 없었다. 그저 제 앞에 당도한 십이첩 독상에 홀딱 넋을 빼앗겼을 뿐이었다. 곡기의 향기가 그를 진절머리 치도록 황홀하게 만들었다. 종지의 간장 한 방울까지 깨끗이 핥은 후에야 저를 쳐다보는 열댓 명 도령들의 면면이 눈에 들어왔다. 그들은 하나같이 시허연 피부에 까막눈인 제가 보기에도 무척 값나가 뵈는 물색 비단을 맞춰 입고 있었다. 한데 어찌 된 일인지 도령들은 각상에 받은 산해진미를 죄다 남긴 채였다. 숫제 손도 안 댄 이도 수두룩했다. 밥상머리에 앉은 그들의 표정이 제사상을 받은 양 침통했다. 무엇을 물어도 답이 없었다. 일동 한없는 묵언 속에 휑한 눈알로 저를 주시할 뿐이었다. 홍랑은 상을 물리고서야 비릿하게 감도는 혈향과 바싹 마른 약초 향 그리고 진한 탕약의 냄새를 감지하였다. 어렴풋이 아픈 귀동들을 위한 호화 요양원인가 짐작하였다. 열외 없이 모두의 턱에 멍이 들어 있어 생각은 확신이 되었다. 갓 생긴 푸르스름한 멍도 있었고 보랏빛의 피멍도 있었으며 아예 새카만 멍도, 시간이 좀 지난 듯 노르스름하게 변해가는 멍도 있었다. 모두 같은 병증을 앓는 듯했다. 퍽도 희한한 증상이었다. 도령들의 의복이 심상찮음을 느낀 것은 그때였다. 응당 앞섶에 있어야 할 옷 매듭이 등 뒤에 가 있었다. 얼핏 보면 저고리를 거꾸로 입은 듯했다. 입고 벗을 때마다 몸종들이 시중을 들어야 할 터이니 몹시도 번거로울 것이라 생각하던 찰나, 맞은편에서 저를 똑바로 응시하던 한 도령의 눈에서 별안간 눈물이 흘러내렸다. 돌에 이목구비를 새겨 넣은 듯 표정 하나 일그러뜨리지 않은 채 그저 커다란 눈에서 굵은 물줄기만 주룩주룩 쏟아져 나왔다. 미동 없는 오열이 여간 괴이쩍은 게 아니었다. 다만 짙은 설움이 한 번에 분출되는 것만 같아 까닭 모를 그 낙루가 극히 섬뜩하였다. 그 참절한 오열에 신묘는 명치께가 확 뻐근해져 숨이 막혔다. 한꺼번에 너무 짓먹어서 체기가 오르는 것일지도 몰랐다. 오랜만의 기름진 음식에 배앓이를 하는 것이리라. 문을 박차고 곧장 마당으로 뛰쳐나간 신묘는 알싸한 찬바람을 들이켜며 습한 우물 안을 들여다보았다.

〈아아아아아악!〉

제 날 선 비명이 웅숭깊은 샘 벽을 타고 다시 제 귀로 들어왔다. 검은 우물에 비친 제 앞섶에 옷고름이 없었다. 수면 위로 찰랑거리는 제 면목이 저들마냥 창백하였다. 뒷걸음친 그가 그대로 주저앉았다. 뭔가 단단히 잘못되었다. 시야가 본능적으로 문 쪽을 향했다. 삼엄하게 경계를 서는 가병들이 뾰족한 대창을 든 채 서 있었다. 끝없이 이어진 정갈한 돌담의 높이가 대갓집의 세 배는 족히 될 정도로 아득하였다.

신묘는 어느새 죽기 살기로 창연한 녹음을 가로지르고 있었다. 목구멍에서 새된 신음이 연신 일었다. 뒤를 돌아볼 엄두조차 나지 않아 공포를 안고 앞으로만 내달릴 뿐이었다. 사방에서 조여오는 추격자들의 말발굽 소리가 각일각 커졌다. 돌차간에 차가운 뱀처럼 제 모가지를 휘감은 것은 소가죽 채찍이었다. 반동으로 몸이 부웅, 뒤로 날았다. 우악스러운 손아귀가 제 어깨를 짓누르더니 입에 재갈을 쑤셔 넣었다. 복면이 씌워졌다. 발목에 불이 닿은 듯 따끔하더니 이내 느낌조차 없어졌다. 다시

복면이 벗겨졌을 땐 익숙한 향이 진동하는 금침 위였다. 또 한 평 대군의 별서로 잡혀온 것이다. 이 호화로운 지옥으로. 낯익은 살풍경에 그만 삶의 의지마저 꺾여들었다. 엎드린 신묘의 시야에 어김없이 하얗고 단정한 대군의 손이 들어왔다. 반지르르한 남빛 소매를 곱게 접어 올린 정갈한 옥수는 여느 때와 같이 은대야에 담긴 청수에 영견을 적셔 신묘의 등마루를 세심하게 닦아내었다. 지극한 손길이 거듭될수록 척추를 따라 파슬파슬 수천수만의 소름이 돋아났다. 곧이어 벌어질 일이 무엇인지 아는 신묘의 두 손이 불안하게 겹쳐지고 손등에 시퍼런 힘줄이 불거져 나왔다. 엎드린 그의 코앞에 드디어 작은 비단 두루마리가 주르륵 펼쳐지고 길이와 두께가 제각각인 수십 개의 침이 진열되었다. 대군의 검지가 은과 금으로 제련한 침을 쭉 훑어내리다가 결심을 굳힌 듯 탁! 가장 굵은 은침을 짚어냈다. 그 순간, 신묘는 발작적으로 솜이불을 틀어쥐었다. 투두둑, 손톱이 부러져 나갔다. 야무지게 물린 재갈 탓에 소릴 내지를수록 숨이 막혀왔으나 비명을 아니 지를 방도가 없었다.

"아아아악…… 흐으아아앗!"

홍랑의 방에서 처절한 신음이 들려온 것은, 재이가 막 길을 떠나려던 찰나였다. 사내의 절규는 듣는 이의 심곡을 갈가리 찢어놓을 듯 처참했다. 악몽에 매인 것이었다. 재이는 봇짐까지 둘러맨 채로 어둑한 방 안에서 초조하게 서 있었다. 귀를 틀어막고서라도, 저는 분연히 떨치고 나가야 했다. 미련 없이 북쪽으로 질주해야 했다. 여비를 마련할 금장도가, 정교한 국경패가, 휘달릴 준마가 있었다. 어둠은 지고 새벽이 밝았다. 비는 그쳤고 날은 개었다. 모든 것이 갖춰졌다. 상황은 완벽했다. 한데 문을 잡아 여는 재이의 팔이 하염없이 굼떴다. 다리가 천근만근이었다.

"흐으으으윽!"

그리고 들려온 것은 차라리 숨죽인 통곡이었다. 끝내 그것을 외면하지 못한 재이는 단박에 문을 박차고 건넛방으로 들어갔다. 쾅! 거친 문소리에도 홍랑은 눈을 꼭 감은 채 홑이불과 가열처절한 사투를 벌일 뿐이었다. 필사적으로 틀어쥔 주먹이 달달 크게도 떨렸다. 놀라 봇짐을 내팽개친 재이가 사내의 팔을 답삭 잡아 쥐곤 마구잡이로 흔들어댔다.

"모든 참상은 꿈이다! 허깨비일 뿐이란 말이다!"

몽중 악귀에게 생죽음이라도 당한 것인가? 그녀의 외침에도 홍랑은 쉽사리 정신을 차리지 못했다. 재이가 그의 가슴께를 세차게 뒤흔들자 땀으로 흥건해진 저고리 자락에서 난데없이 흰색 향낭 하나가 툭 떨어져 나왔다. 건장한 덩치가 흐늘거릴 때마다 향낭 위에 수놓인 박하 꽃이 수줍게 하느작댔다.

"흐윽…… 흐흐흑……."

싸한 박하향이 흐드러지자 몽마에 취한 홍랑의 눈꼬리에서 그예 눈물 한 방울이 흘러나왔다. 무슨 사연인가? 무슨 징표인가? 대체 어떤 여인인가……? 잠시 정신이 팔렸던 재이가 도리질을 치며 잡생각을 뿌리쳤다. 일단 홍랑을 깨워야 했다. 뺨을 사정없이 내리쳤다. 한 대, 두 대, 세 대, 네 대…… 뻣쩍, 홍랑이 눈을 뜸과 동시에 재이의 손목을 낚아채 제 몸 아래에 가

두었다. 오랜 세월 몸에 밴 방어 자세였다. 혼탁한 동공과는 대조적으로 예리한 비수가 그새 재이의 목에 겨눠진 채였다. 순간 두 사람의 눈동자가 질척하게 뒤엉켰다. 야생마의 갈기 같은 홍랑의 머리칼이 재이의 목 주위로 스르르 쏟아져 내렸다. 나비를 한 움큼 집어삼킨 듯 격하게 팔랑거리는 가슴을 억누르며 재이는 고개를 모로 틀었다. 홍랑은 제 손아귀에 들어온 재이의 손목이 곧 또각 소리를 내며 부러질 듯 섬약하여 기이한 가학심마저 느꼈다. 정신을 차리며 암기를 갈무리하던 홍랑은 번뜩 깨달았다. 처음으로 악몽이 중간에 끊겼다는 것을. 음습한 악몽은 언제나 꿈으로 끝나지 않고 현실을 침범해 고통을 유발했다. 한데 이 자그마한 여인이 자신을 현실로 소환해낸 것이다. 짧은 숨을 토해내며 홍랑은 재이에게 이불을 덮듯 제 몸을 무너뜨렸다. 커다란 육체에 여진처럼 남은 잔떨림이 그녀의 가슴을 두드려댔다. 생경한 근육에 꼼짝없이 갇혀버린 재이의 팔이 공중에서 배회하였다.

"어후, 이렇게 아프게 때릴 필요까진 없었잖아. 아주 이때다 싶어 작정을 하고 주먹으로 쥐어팼지, 그치?"

껄센 음성이 장난스레 속살댔다. 그제야 재이는 눅진한 사내의 등 위에 손을 얹고는 토닥이듯 갑작였다. 대관절 무슨 험한 일을 겪었기에 아직도 흉몽을 꾸는 것인가. 재이는 사내의 몸집을 지긋이 물리곤 모로 돌아누웠다. 숫제 제 물건이 되어버린 범 발톱 노리개가 떠오른 탓이었다. 머리는 아우가 아니라는데 가슴은 이미 선연한 죄책감에 점령당한 후였다. 재이가 망연히 허공중을 바라보았다. 이 새벽은 분명 호기였다. 장지문을 열고, 댓돌에 있는 신을 신고, 마방으로 가면 되었다. 평생 소원하던 탈출은 그리 쉽게 이루어질 수 있었다. 하나 이 순간만큼은 그가 누구이건 간에 액막이 노릇을 하고 싶었다. 내동댕이친 보따리에 동창을 통과한 볕뉘가 비쳐들었다. 조각난 햇발에 티끌만 부산하게 피어올랐다.

하지

천기누설

자시가 넘었건만 무진은 잠들지 못하고 금침 위에서 뒤척일 뿐이었다. 마치 새 주인을 반기듯 빛을 내던 사인검, 흔적도 없이 사라진 자객들, 스무 살이 넘었다는 홍랑의 정체. 그리고 귓가엔 가노들의 뒷담화가 끊임없이 맴돌았다. 금일 저녁 집무재를 나설 때였다. 담을 수리하던 가노들의 지껄임이 귓결에 들려왔다. 무진은 걸음을 멈추고 샛담을 사이에 둔 채 숨을 죽였다. 귀에 박힌 게 제 이름자인 이유였다.

〈진짜가 안 나타났어도 결국 이리될 일이었지 뭘. 사실 무진 도련님이 장사치 성정은 아니잖은가?〉

〈도련님한테 언제 기회라도 줬어? 숨도 눈치껏 쉬어야 할 판에 한번 잘해보겠다고 팔 걷고 나서기라도 했어봐. 원칙적으로 하면 인색하다고 혼내고, 신념을 갖고 하면 오만하다고 욕하고, 융통성을 부리면 줏대 없다고 야단치고, 굴욕을 견디면 위엄이 없다고 무시하고…… 뭘 해도 사사건건 피를 말렸겠지.〉

〈미관말직이라도 대쪽 같은 선비질하면 딱인데. 어쩌다 장사 꾼한테 팔려서 뼛골 빠지게 변방으로만 나돌다가 대마도로 내 쳐질 판이니. 쯧쯧.〉

〈그래도 단주 어르신이 좀 너무하셨지. 여직 장가도 안 보내 준 건.〉

〈허울만 좋으니 어떤 집에서 딸을 내놔?〉

〈쟁쟁한 댁 여식과 짝지어주었다간 괜히 도련님한테 힘이 실 릴까봐 마님께서 악착같이 파투 내서 그런 거야. 내가 직접 들 었다니까.〉

〈뭘?〉

〈변변한 집안 여식은 말뚝이 놈 따위에게 날개를 달아주는 꼴이 될까 께름칙하고, 변변치 못한 집안 여식은 상단의 격을 떨어뜨릴까 또 께름칙하다!〉

안쿼 특유의 앙칼진 말투를 누군가가 흉내 내었다. 제법 비슷 하면서도 우스꽝스러워 모두 배를 잡고 쓰러진 모양이었으나 담벼락에 기대어 홀로 피눈물을 쏟은 무진이었다.

〈무진 도련님이 맨손으로 쫓겨날 입성은 아닌데. 어쩌다 겨 울 메뚜기 신세라니, 쯧쯧쯧.〉

〈마님께서 설마허니 호적까지 파내시진 않겠지? 앞날이 창창 한 도련님께서 가문이라도 뜯어먹고 사시려면 파적만은 피해 야 할 것인데.〉

〈행여나 잘도 놔두겠다! 마님께서 요새 아주 집무재에 사신 다던데? 쓰던 말뚝을 내버리는 건 상단 체면에 흠이 되니 적당한 모양새를 갖춰 빨리 없애버리라고 하셨대.〉

〈대마도로 가라는 게 무슨 의미겠어? 가는 길에 죽어 나자빠 지란 소리지 뭐.〉

명실공히 상단의 실소유주는 민씨 부인이었다. 그런 마님의 노골적 멸시를 받는 무진은 가노들에게도 시답잖은 웃전일 뿐이었다. 발톱을 감추고 납작 엎드려 살아온 무진은 기가 막혔다. 아랫것들이 감히 제 뒷얘길 해서가 아니라 그 무지렁이들이 하는 말들이 구구절절 맞는 말뿐이어서 그랬다. 종놈들에게마저 동정받는 제 처지가 참으로 비참했다. 하여 이 시각까지 잠 못 이루고 몸을 뒤스르고만 있는 것이었다. 무진이 쌔무룩이 모로 누운 순간 베갯잇 속의 딱딱한 것이 툭 관골을 찔러댔다. 벌떡 일어난 그가 신경질적으로 쫘악 솔기를 뜯어내기가 무섭게 단단히 접은 쪽지가 떨어졌다. 떨리는 손끝이 주섬주섬 종이를 펼치자 역한 비린내가 풍겨왔다. 선명한 닭 피로 세심하게 그려진 기이한 문양. 신기하게도 생전 처음 보는 그 핏빛 문양이 무진에게 너무 명확하게 전달되었다. 사死. 격노하여 벌떡 몸을 일으킨 그가 한달음에 마방으로 달려갔다. 연무장에서 시퍼렇게 날이 선 장검 하나를 빼어 들고 온 참이었다. 익동마의 빈자리에 잠시 주춤하던 무진은 짜증스레 늙은 흑마 위에 안장을 얹었다. 아닌 밤중에 봉변을 당한 노마가 투레질로 반항하였으나 무진은 고삐를 더 바투 쥔 채 사정없이 말 옆구리를 걷어찰 뿐이었다.

금수들도 꺼린다는 게 풍문이 아니었던 듯, 귀곡엔 으스스한 냉기만 흘렀다. 부영에게 들은 대로 말을 몰긴 하였으나 샛길도 나 있지 않은 터라 진즉 말을 매어둔 채 산기슭을 홀로 걸어 오른 무진이었다. 분노가 공포를 이긴 것일까, 서슴없이 암흑천지를 내딛던 그가 드디어 불빛을 발견했다. 전해 들은 대로 다 쓰러져가는 흙집 앞엔 삼백 살은 족히 되었을 신목 한 그루가 버티고 있었다. 칼을 빼든 무진이 거칠게 문을 박차며 단박에 신당 안으로 짓쳐들었다. 그리고 구석에 쪼그려 앉은 귀곡자를 향해 화를 내질렀다.

　"네 이년! 모리배와 내통하여 아버님과 마님을 기만했으렷다!"

　별안간 목에 칼이 들어왔건만 초연하기만 한 귀곡자였다. 삼척장검을 드리운 무진이 민망하게시리 늙은이는 손끝에 침까지 묻혀가며 몽당 초의 심지를 돋우었다. 그리고 툭툭, 부시를 내려쳐 두 개의 초에 불을 놓았다. 하는 양이 이제 죽어도 그만이라는 듯 심드렁하였다.

　"무슨 대가를 받았기에 그 엄청난 만행을 저질렀느냐!"

　"당집 꼬라지를 보고도 대가 운운하시는 게요?"

　뿌연 애체 너머, 스산한 흙벽 신당이 그제야 무진의 눈에 들어왔다. 마당의 신목에 비해 턱없이 작은 규모였다. 애초에 조잡하게 그린, 그마저도 빛이 바랜 무신도가 걸려 있고 조악한 신탁 위엔 변변치 못한 무구 몇 개만 덩그러니 놓여 있을 뿐이었다. 천장을 뒤덮은 대여섯 가닥의 호졸근한 새끼줄과 귀살스레 늘어진 오색 헝겊도 궁상맞기 짝이 없었다. 미끈한 장검을 쥔 하얀 손에 바짝 힘이 들어갔다.

"받은 게 없다? 하면 어찌 마님께 거머리처럼 붙어 있는 것이냐!"

세상만사 다 귀찮다는 듯, 신탁 위 위패에 턱짓거리도 서슴지 않은 귀곡자였다.

"내 신어미가 생전에 마님과 연을 맺으셨기에 가끔 부르심에 응하는 것뿐이외다."

그때 마당에서 부스럭거리는 인기척이 들려왔다.

"만…… 만신님. 소녀 을분이라 합니다. 민상단 안주인 마님의 말씀을 전하러 왔습니다."

가느다란 목소리가 달달 떨렸다. 음성만으로도 등줄기가 땀에 흠뻑 젖었음을 알 수 있었다. 귀곡자가 저자에 모습을 드러내었다는 풍문에 장정도 아닌 처녀애를, 그것도 홀로 귀곡까지 올려보낸 독하디독한 민씨 부인이었다.

"들어와! 딱한 생들이 어찌 예 다 모인 겐가. 쯧쯧."

만신의 허락이 떨어지기 무섭게 방에 들어선 을분이 장검을 겨눈 무진을 보곤 힉, 소리를 내며 뒤로 나자빠졌다. 대소쿠리에 담겼던 고구마와 감자가 순식간에 방바닥에 나뒹굴었다.

"흥, 개나 소나 죄 드나드는 걸 보니 이 골짜기에서 귀신이 나온다는 것도 다 네가 퍼뜨린 헛소문이렷다!"

"지령地靈의 심술을 내 어찌 알까."

"마님의 시비에게 꼭두새벽부터 수발을 받아? 마님을 꾀어도 단단히 꾄 것이지!"

별안간 예기의 끝이 을분의 목으로 옮겨갔다. 놀란 몸종이 입

184

을 뺑끗거렸다.

"네년이 고하여라. 이 무자가 마님을 어찌 현혹하더냐? 홍랑이 아들이 확실하다고 무슨 요사스러운 언행으로 홀리더냐!"

"아, 아닙니다. 아드님이라 말씀하신 적은 결코 없으십니다."

"들은 대로 읊지 못해!"

"진정입니다. 만신께선 존객이 곧 당도할 것이니 맞을 채비를 하라고만 말씀하셨습니다. 참말 그것이 다입니다. 객이라고만…… 하셨습니다. 아드님이라 하신 적은 맹세코 없으십니다!"

"하면 이것은 무엇이냐? 기껏 객이 오는데 어찌 날 죽이려 드느냐 말이다! 이 늙은이가 네 손에 쥐여주더냐? 곧 송장을 치를 것이니 냉큼 관이나 짜놓으라 하더냐!"

부적을 본 을분이 온몸을 벌벌 떨기 시작했다.

"아닙니다, 그…… 그것은 금광사 주지의…… 부적입니다."

"하여 네년이 나의 금침을 헤집고 쑤셔 넣었더냐!"

나뒹구는 감자를 반둥건둥 주위 담으며 귀곡자가 중얼댔다.

"이젠 하다 하다 그 땡중이 부적 장사까지 하는구먼, 쯧쯧. 도련님도 그만하오. 종년이 하늘 같은 마님 명을 어찌 거절한다고 억지시오. 제 모가지 걸고 꾸역꾸역 예까지 온 걸 보면 모르겠소? 짚신에 적당히 흙 좀 묻히고 다녀왔다 하면 될걸, 순진해 빠진 것이 요령도 없이. 쯧쯧."

"명이라곤 하나, 간악한 저주임을 뻔히 알면서도 행하였을 땐 그만한 각오는 했겠지!"

무진이 곧 내려칠 듯 검을 쳐들자 감자를 한입 베어 문 합죽한 입에서 예사말처럼 공수가 튀어나왔다.

"어차피 제명에 못 살 년, 선수를 쳐 무엇 하누."

누설된 천기에 을분이 벽력처럼 고갤 쳐들었다. 무진은 주춤 거리며 뒷걸음질쳤다. 딱한 중생들이 시퍼렇게 질리는 줄도 모르고 입가의 쭈글살을 씰룩이며 그냥저냥 감자를 씹어대던 귀곡자가 주섬주섬 부적을 펴 살폈다.

"축귀逐鬼 부적이오."

"무…… 무어라? 지금 농을 치는가! 그럴 리가, 그럴 리가 없지 않은가!"

"분명하오, 잡귀 쫓는 부적이오."

"날…… 저주하는 부적이…… 아니란 말인가?"

늙은 꼭두의 탈을 뒤집어쓴 듯 시종일관 무표정이던 만신의 입귀살이 일순 괴괴하게 뻗쳐 올라갔다. 이채를 띤 안광 아래 싯누런 윗니가 훤히 드러났다.

"히히. 왜 아니오, 마님껜 도련님이 상단에 들러붙은 악귀 아니오!"

무진의 만면에 왈칵 사색이 돌았다. 갈앉은 눈동자가 이리저리 방 안을 배회하였다.

"내 도련님 함자를 지은 사람이올시다. 없을 무, 다할 진. 그 뜻대로 사시오. 용을 쓸수록 꼬꾸라지니 아무것도 아닌 듯이 사시오. 하고 좌절의 깊이가 깊다 하여도 끝까지 사시오. 생목숨 내다 버릴 생각 말고."

무진이 말없이 돌아서자 다시 꼭두의 탈을 뒤집어쓴 귀곡자가 느릿하게 덧붙였다. 들으려면 듣고 아님 말란 식이었다.

"부적과 제웅은 같이 없애야 하는 것이외다."

맥없이 나자빠져 있던 을분의 눈이 살푼 떠졌다. 눈 밑이 파르라니 떨렸다.

귀곡자의 말대로였다. 무명재의 주춧돌 밑에서 나온 것은 한 자가 채 안 되는 짚 인형이었다. 제 것과 동일한 옷감으로 도포를 두르고, 놋으로 두들긴 작은 애체까지 쓰고 있었다. 뻣뻣한 머리카락 뭉치로 사지가 옥죄여 있고 그 위론 정체 모를 피가 흩뿌려져 있었으며 결정적으로 녹이 슨 대못이 염통을 관통한 듯 박혀 있었다. 실로 괴기스러워 차마 눈 뜨고 못 볼 형상이었다. 무진은 마치 스스로를 구해내듯 기나긴 대못부터 뽑아내었다. 순간 제 앙가슴이 찌릿하였다. 비로소 피가 돌기 시작한 듯, 애체 안 눈두덩에 시뻘건 노기가 몰려들었다.

소서

서글픈 재회

이틀뿐이었다. 꼬박 이틀만 말을 달리면 한양에 당도한다. 송악산 기슭에 닿은 재이의 마음이 뒤숭숭했다. 연경으로 가겠단 머리와, 홍랑의 곁에 머무르겠단 심장이 아직까지도 충돌하는 탓이었다. 하나 이것이 청으로 갈 수 있는 마지막 기회임은 자명했다. 방심으로 허무하게 놓칠 수 없는 최후의 기회. 아직도 무게의 추를 달아 저울질하고 있다는 것은 홍랑에게 일말의 의심이 남아 있다는 증거가 아니던가. 마침 앞서던 홍랑의 말이 호젓한 산길로 머릴 틀었다. 익동마 위에 앉은 재이도 말없이 뒤를 따랐다.

"잠깐만 쉬어가자. 얘들도 풀 좀 먹이고."

말 갈퀴를 쓱쓱 쓰다듬고는 말고삐를 단단히 묶은 홍랑이 커다란 참나무 밑에 벌렁 드러누웠다. 간밤에 또 잠을 설친 모양으로 몹시도 지친 기색이었다. 아니나 다를까 일각도 채 지나지 않아 그는 단잠에 빠져들었다. 숨소리도 죽인 채 웅크려 있던 재이가, 홍랑의 곤한 얼굴에서 시선을 거두어 저 멀리 갈림길을 바라보았다. 그 너머 어디선가 진짜 아우가 망연히 저를 기다리고 있을 것만 같아서, 홍랑이 귀환했다는 소문에 충격을 받고 앓아누웠을 것만 같아서 마음 한쪽이 아려왔다. 속이 끝끝내 편치 않았다. 재이는 모질게 갈등을 잘라냈다. 그래, 국경으로 달리자. 한달음에 질주할 태세를 취하며 그녀는 말고삐를 홱 틀어쥐었다. 그때였다.

"산촌에 눈이 오니 돌길이 묻혔구나. 사립문을 열지 마라. 날찾을 이 뉘 이시리. 밤하늘 한 조각 밝은 달 그것이 내 벗인가 하노라."

짜르륵 오금이 저려왔다. 재이의 두 다리가 꼼짝없이 못박혔다. 고삐를 잡은 손이 후들후들 떨렸다.

"꽃 지고 속잎 나니 시절도 변하는구나. 물속 푸른 벌레 나비 되어 날아간다. 뉘가 조화를 부려 이처럼 천변만화하는고."

탈탈, 도포 자락의 흙먼지를 털어내며 홍랑이 일어섰다. 발 없는 귀신을 보듯, 얼빠진 재이의 얼굴이 홍랑을 향했다.

"그새를 못 참고 내빼냐, 서운하게. 이러기야, 정말? 억새밭에서 엄청 서럽게 울던 사람이 누군데? 오랜만에 이거 좀 주워볼까 했더니."

펼친 홍랑의 손바닥에 실한 개암 두 개가 들어 있었다. 단둘만의 표식. 오누이만의 추억. 재이의 심곡에 똬리를 틀고 있던 의심들이 삽시간에 흩어졌다. 더 이상 꿈에도 나타나지 않은 이유가 이것이었구나. 왈칵 차오른 눈물에 온 세상이 거꾸러져 재이는 아우를 세차게 끌어안았다. 그리고 등 뒤로 꽈악, 깍지를 꼈다.

"네가 오길 얼마나 빌고 또 빌었는지 아느냐? 얼마나 기다렸는데! 얼마나 보고 싶었는데! 왜 이토록 애를 태웠어, 왜!"

기실 자신에겐 따져 물을 자격이 없었다. 아우는 처음부터 믿어달라고 강요하지 않았다. 홍랑이 준 암시들을, 그 작은 습관들을 외면하고 무시한 건 자신이 아니던가. 원망 대신 사과를 해야 옳았으나 켜켜이 쌓아둔 그리움이 봇물처럼 터져 눈물은 아예 곡이 되었다. 그 심정을 다 안다는 듯이, 아우가 누이를 더 세게 품어 안았다. 시원한 그의 체향이 격앙된 누이의 감정을 천천히 누그러뜨렸다.

"우리 누이는 미안하면 우는구나, 바보같이. 그래. 울어라, 울어. 이참에 실컷 울어. 그동안 못 운 거 몽땅 합쳐서 다 울어. 나 잡고는 그래도 돼."

여일하게 말은 했으나 별안간 가슴에 들어찬 온기에 홍랑은 후끈 몸이 달았다. 누군가 제 품에 달려드는 것이 낯설어서, 또 아우로서 누이를 마주 안는 법을 몰라서 곤혹스러웠으나 한편 이토록 만족스러울 수가 없었다. 드디어 재이를 완벽히 속였다.

광명재에 쌓여 있는 서책 가운데 유난히 손때가 탄 것을 골라내는 일은 어렵지 않았다. 그 사소한 것이 이토록 결정적인 역할을 할 줄은 상상도 못 했다. 그녀의 잘난 자존심은 결국 무릎을 꿇었다. 신이 나 쾌재를 불러야 옳다. 계획대로라면 그래야 했다. 한데 재이가 다시금 얼음장 같은 눈빛으로 자신을 바라보는 걸 상상하는 것만으로도 퍼뜩 몸서리가 쳐졌다. 단 며칠만이라도 이 따스함을 간직하고 싶었다. 너무 험한 삶이었다. 또한 곧 마감될 터였다. 재이와 나란히, 아니 반보 뒤에서 잠시 잠깐 머물 자격이 자신에겐 있지 않은가. 들끓는 충동을 이겨내려고 그는 가녀린 등을 힘껏 마주 안았다. 그러나 한 줌의 여체는 그나마 남아 있던 자제심마저 앗아가버렸다. 찰나의 달콤함에 홍랑은 격하게 젖어들었다. 그것이 비록 혀에서 덧없이 녹아내리는 사탕 같은 것일지라도, 조금 맛보고 싶어졌다. 죽기 전, 잠시 반짝이고 싶은 건 과한 욕심은 아닐 것이다. 그는 처음이자 마지막으로 자신에게 사치를 허했다. 며칠만이다. 며칠만.

오누이가 도착한 곳은 절정의 하백 숲이었다. 기세등등한 여름 햇살 아래 온통 홍화였다. 나뭇가지는 꽃송이의 무게를 감당 못 하고 한껏 휘늘어졌다. 아롱진 꽃잎 사이로 잎사귀는 간신히 푸릇푸릇한 얼굴을 디밀었다. 한차례 비에 씻긴 꽃들의 향이 법석이었다. 세상이 동그란 빛무리에 갇힌 듯 영롱했다.

"와아…… 이런 천국을 알고 있었더냐?"

감탄하는 재이에게 홍랑이 어깨를 으쓱했다.

"개성 근처엔 이런 데가 수십 곳이야."

"난 하백이란 게 있는 줄, 꿈에도 몰랐다."

"여튼 인간이란 게 참 간사해. 눈 속에 핀다고 설중화라느니, 새가 중매를 선다고 조매화라느니 온갖 별칭을 붙여가며 동백을 떠받들어놓고선 생김이 매한가지인 춘백, 하백, 추백은 신경도 안 써. 아예 일 년 내내 피는 꽃인 줄 모른다니까."

"이제부터 내가 신경 쓸 것이다."

하백 숲에 치맛단 끌리는 소리만 수선했다. 재이는 함빡 웃으며 순한 꽃가지를 고르고 골라 꺾어내었다.

"혹여 기억하더냐?"

"뭘?"

"꽃 갈래 땋기."

"아니. 기억 안 나."

"하다 보면 금세 생각날걸? 네가 내 머리타래를 가지고 좀 많이 놀았더냐?"

"이…… 잊어버렸어!"

"해보면 알 거라니까 그러네. 내 장담하건대, 손은 기억하고 있을 것이다."

"아니라고. 정말 기억 못 한다고!"

아우의 외침은 간단히 무시되었다. 히죽 웃은 누이는 나지막한 꽃그늘에 아우를 앉히곤 그의 무릎 위에 여린 꽃송이들을 늘어놓았다. 그리고 제 머리칼을 푸스스 풀어내어 자늑자늑 쓸어내리면서 그 앞에 척 돌아앉았다. 잠시 침묵이 흘렀다. 어디에도 닿지 못한 홍랑의 손이 허공에서 방황하였다.

"무얼 해? 그냥 일단 해보래도?"

설렘을 담은 보챔에 홍랑은 할 수 없이 흘보드르르한 머리칼을 그러쥐었다. 순간 쭈뼛, 제 머리칼이 곤두섰다. 번뜩 깨달았다. 평생 힘을 쓰는 것에만 골몰했지, 지긋이 힘을 빼는 법은 알지 못했다. 꽃가지 그늘에 갇힌 그의 숨소리가 재차 미끈한 머리타래를 흐트러뜨렸다.

"한숨 쉬기는. 예쁘게 안 하면 뭐 내가 널 잡아먹는다니? 그냥 생각나는 대로 해보라는데도."

가녀린 등 뒤에서, 홍랑은 쩌릿한 손을 허공에 재차 털어내었다. 당최 이따위 것이 무슨 대수라고! 얼레빗마냥 손끝을 살짝 구부린 그가 물풀같이 낭창한 머리칼을 소심하게 빗어내렸다. 그리고 머리칼을 세 갈래로 나눈 후, 엄지손가락과 집게손가락을 이용하여 천천히 꼬아 내렸다. 하나 거기까지였다. 흰 목덜미를 덮은 머릿결을 쓸어 올리는 찰나, 상처뿐인 수지 사이로 선뜩선뜩 소름이 돋아났다. 재이의 뒤태에서 아지랑이처럼 피어오른 꽃향기가 진득하게 홍랑의 폐부를 휘감았다. 아우성치는 맥박을 느끼며 그는, 흑단 같은 머리타래를 대충대충 땋아 내렸다. 그리고 성글게 꽃가지를 끼워 넣곤 얼렁뚱땅 매듭지었다. 생그레한 재이가 다시 돌아앉았다.

"어떠하냐?"

손끝으로 제 머리 모양새를 어림짐작하며 그녀가 되물었다.

"역시! 해보니 기억이 난 것이지?"

"그랬던 것도 같고 아닌 것도 같고……."

"너도 해줄까?"

"아니!"

"펄쩍 뛸 것까지 뭐 있느냐? 어렸을 땐 그리 꽃 치장을 해달라 졸라댔으면서."

"기억 안 난다고."

"나게 해줘?"

"싫어, 절대 안 해!"

"정색은, 후훗."

재이는 짓궂게 장난을 치다 말고 푸스스, 제풀에 웃고 말았다.

"동백꽃이 피면 함께 남산엘 가자."

"그……러든지."

"참, 추백과 춘백이 있는 곳도 알더냐?"

"응."

"하면 올가을에도 내년 봄에도 날 데려가다오."

"봐서."

"답이 뭐 그리 시원찮아?"

재이가 여릿한 새끼손가락을 펴 보였다.

"약속해."

"유치하게 무슨 약속이야, 약속은…… 애들처럼."

"꼭 보고 싶단 말이다."

억지로 홍랑의 손을 잡아 올린 재이가 그것에 제 새끼손가락을 마구 얽었다.

"약속한 거다. 응?"

여인이 해끗하게 미소 지었다. 그 곱다란 눈웃음이 홍랑이 수십일간 쌓아 올린 위장의 장막을 와장창 깨부쉈다. 이 순간만큼은 진심이고 싶다…… 홍랑은 생각했다. 그래서 있지도 않은 미래를, 그는 답했다. 아우의 속도 모르고 누이의 입가에 볼우물이 패었다. 처음이었다. 재이에게 볼우물이 있는 줄, 알지 못했다. 신기루를 본 듯 홍랑은 마주 웃었다. 그녀의 귀뺨에 흐르는 잔머리도 찬찬히 쓸어 넘겼다. 마지막 남은 한 송이 하백꽃도 정성스레 꽂아주었다. 불이 번지듯 가녀린 몸피 뒤로, 온 세상이 온통 붉게 타올랐다. 요염하게 흐드러진 홍화향 때문인가. 그의 심장 파동이 오늘따라 유난했다. 온갖 거짓말을 하는 동안 제가 속은 것이다. 엉성한 꽃 치장에도 단려하기만 한 이 여인에게 차곡차곡 마음이 쌓여 스르르 기운 것이다. 막대한 재물도 대단한 권력도 아닌, 한낱 들꽃이 그녀를 웃게 한다면 어쩌면 제가 그녀를 행복하게 해줄 수도 있지 않을까…… 그런 덧없는 망상을, 홍랑은 했다. 새벽안개처럼 흔적도 없이 사라질, 여름날이었다.

여행의 마지막 밤, 동그란 창 너머로 달무리가 짙었다. 촛대에 붙은 화려한 그림자 막이 덕에 흰 벽에 거대한 나비 문양이 돋아났다. 그것을 멍하니 응시하던 재이의 눈이 초승달마냥 얄포름하게 휘어들었다. 헛웃음이 났다. 고급 여각에서 큰돈을 지불하고 잡아놓은 제 방을 놔두고 누이의 방에서 조곤조곤 수다를 떨다가 잠이 들어버린 아우 때문이었다. 어릴 때마냥 양팔을 위로 뻗고 나비잠을 자는 그의 옆에, 재이는 기다랗게 모로 누웠다. 나른하게 펴진 아우의 손바닥에 시선이 먼저 닿았다. 활잡이는 중지 안쪽에, 칼잡이는 손바닥 위쪽에 굳은살이 박이기 마련이다. 한데 아우는 손가락 사이에만 상처가 집중되어 있었다. 기골 장대한 사내가 왜 작디작은 비기祕器만 부린 것일까? 발목의 도반과 상관이 있는 것일까? 대체 누구에게 감금당했던 것일까? 재이는 칠점사의 삶을 감히 상상할 수 없었다. 심곡이 아려 가늠하길 포기했다. 화르륵 타오른 촛불에 나비 그림자가 까막대자 재이는 그림자놀이를 좋아하던 어린 홍랑을 떠올렸다. 누이의 방으로 숨어든 밤이면 어린 아우는 능숙하게 조막손을 겹쳐 흰 벽에 새도 날리고 나비도 날렸더랬다. 주둥이가 긴 강아지는 곧잘 짖었고, 귀가 쫑긋 선 사슴은 뛰놀길 좋아했다. 그 손은…… 희고도 포실했다. 그 거대한 간극에 재이의 가슴이 찌르르 울렸다. 하긴, 비슷한 면이 영 없는 건 아니었다. 감미로운 풀피리를 만들던 손은, 제 손을 포개어 잡고 물수제비를 날리던 주먹은 그리고 제 머릿결에 꽃을 꽂아주던 손가락은 섬세하고도 따뜻했다. 뿌듯하게 미소 지은 그녀는 오래전 그날처럼 아우의 길고 긴 속눈썹을 쓸어내렸다. 간지러운지 미세하게 찡끗대는 미간이 해묵은 향취를 끄집어내려는 찰나, 그가 모로 뒤채며 재이의 품을 파고들었다.

'흡!'

추운지 두 자가 넘는 어깨를 잔뜩 옹송그리며 아우는 시나브로 누이의 턱 밑을 비집고 들었다. 그 선득한 손길에 재이가 쩍 굳었다. 질끈 감은 눈 안에서 홧홧하게 시야가 일렁였다. 바짝 경직된 여인의 손끝이 조심스레 이불을 끌어올렸다. 하나 삽시간에 이불 안을 점령한 박하향은 척추 마디마디를 짜르륵 훑어내리며 그녀를 더욱 격탕시켰다. 빳빳한 등줄기가 뭉근히 젖어들었다. 설상가상 가녀린 목덜미에 훅, 후터분한 남성의 숨결이 들러붙었다. 그 규칙적인 훈풍에 재이의 관자놀이에서 송글한 땀이 배어 나왔다. 어둑한 방 안 가득 은하수가 내린 듯 아찔했다. 늪에 빠진 듯, 사지가 말을 듣지 않았다. 기껏 그녀가 할 수 있는 것이라곤 혈조로 타오른 눈꺼풀을 빠르게 깜빡이는 것뿐이었다. 소낙비를 견뎌내는 들꽃처럼 심장은 제멋대로 팔락거렸다. 실로 영겁 같은 밤이었다.

열아홉 해를 살아온 요암재건만 오늘 아침 풍경은 실로 생경하였다. 다신 안 돌아올 것이라 믿었기 때문이리라. 아니, 무언가 확실히 달라졌다. 요암재를 횡으로 훑던 재이는 창졸간에 까닭을 짚어냈다. 요암재가 더 이상 감옥이 아닌 이유였다. 누군가 담 안으로 들어와 함께 산다면 그곳은 더 이상 옥이 아니다. 아침 햇살을 품은 거미줄마저도 찬란하여 재이는 싱긋 웃었다. 자그락대는 와편 소리도 싫지 않았다. 주인의 기척에 커다란 금빛 조롱을 차지한 빨강이가 유난스레 날개를 퍼덕이며 지저귀었다.

"그리 구슬피 울지 말거라. 다음 나들이 땐 꼭 네 짝을 구해오마."

기약도 없는 다음 나들이를 들먹이며, 아무런 까닭도 없이 재이는 그리 말했다. 을분 어멈이 미심쩍은 세모꼴 눈을 하며 웃전을 따라 방에 들었다.

"참말 허실 꺼여유? 참말로유?"

"응."

"무삽게 왜 이러신대유? 워디 굉장허게 아픈 건 아니쥬?"

유모는 짓찧은 봉숭아를 상전의 손끝에 올리며 고개를 갸우뚱갸우뚱했다. 꼬박 열아홉 해 동안 모셔온 어린 주인이 오늘따라 낯설기만 했다. 이런 것을 진저리까지 쳐대며 싫다던 애기씨였다. 한데 무슨 바람이 불었을까. 장탄식을 연발하던 을분 어멈은 구태여 속엣말을 입 밖으로 내뱉었다.

"사람이 안 허던 짓을 허므는 갈 때가 된 거라고 허든디?"

그때 자그락, 자그락. 익숙한 족음이 들려왔다.

"누이야!"

한달음에 요암재로 달려온 무진의 가슴을 채운 건 못나게도 안도감이었다. 괴란쩍게도 이 생지옥으로 재이가 되돌아왔다는 것이 그를 행복하게 했다. 하나 기쁨도 잠시, 마주 앉은 누이는 무척이나 생경했다. 불과 얼마 전 익동마에 태워 보낸 것은 피죽도 못 먹은 파리한 소녀였다. 한데 돌아온 것은 생기 넘치는 여인. 그 변화가 너무 극적이었다. 배꽃 같은 얼굴로 주홍빛 손톱만 쳐다보느라 그녀는 오랜만에 본 오라비도 뒷전이었다.

"내 이야기 듣고 있느냐? 이수가 곧 온다는구나. 하면 그놈이 꼼짝없이……."

"홍랑입니다, 제 아우."

소스라치게 놀란 무진이 허리를 곧추세웠다. 뒤통수를 후려치는 지독히도 불길한 직감 때문이었다.

"무슨 일이 있었던 것이냐? 회유당한 것이야? 아니, 겁박당하였더냐? 그 천하의 몹쓸 놈이……!"

"아닙니다. 아우도 몰라보는 천치 같은 누이 때문에 오히려 홍랑이 오랫동안 맘고생을 하였습니다."

"누이야!"

"참, 오라버니 화가 많이 나셨죠? 들었습니다. 아버님께서 대마도로 가라 명하셨다고."

"너마저 어찌!"

"괘의치 마세요. 어머님의 뜻을 꺾지 못하시니 그저 잠시 분전에 머무르라는 것뿐입니다. 시찰 갔다 오신다 생각해요, 오라버니."

재이가 쉬이 결론지었다. 별일 아니란다. 진짜인 홍랑은 남고, 가짜인 저는 떠나면 된다 한다. 그럼 모두 해결된단다⋯⋯ 무엇이? 어떻게? 그 사기꾼보다도 무진을 더욱 당혹스럽게 한 것은 누이의 표정이었다. 십 년 동안 단 한 번도 본 적 없는 보드레한 낯빛이었다. 무진은 꽈악, 주먹을 틀어쥐었다. 질투와 원망이 굵은 핏줄로 배어 나왔다. 문밖에서 부영의 다급한 음성이 들려온 것은 그때였다.

"도련님, 도련님!"

"무슨 일이냐?"

"그것이⋯⋯ 막새골에 일이 생긴 듯싶습니다."

익동마를 혹독하게 채찍질한 탓에 그 먼 거리를, 해가 지기도 전에 주파하였다. 모질게 발걸음을 딱 끊은 지 십 년이 지났건만, 마을 어귀부터 산속의 자드락길까지 망설임 없이 단숨에 내달린 무진이었다. 강력한 회귀본능일지도 몰랐다. 하나 꿈에도 그리던 옛집에 당도한 순간 온몸에 핏기가 가셨다. 더위가 이리도 기승인데 숫제 흉가가 되어버린 초가집엔 을씨년스러운 냉기만이 흘렀고, 말라비틀어진 고엽 냄새만 떠다녔다. 툇마루며 마당엔 세간의 흔적이 전혀 없이 흙먼지가 뽀얗게 쌓여 있었다. 작은 뜰을 그득 채웠던 감나무는 덩그러니 밑동뿐이었다. 그루터기가 한껏 무뎌진 것을 보니 그도 꽤나 오래되어 보였다. 늙은 아비가 긴긴 겨울 땔감을 찾지 못해 기어코 베어낸 것이리라. 토란을 심었던 담벼락엔 먹지도 못 하는 잡풀들만 무성했다. 마른 옥수수 하나 걸리지 않은 휑뎅그렁한 처마엔 얽히고설킨 거미줄이 일렁일 뿐이었다. 흙벽은 완전히 바스러져 지붕을 이고 있는 것이 용할 지경이었고, 얼기설기한 이엉지붕은 거무튀튀하게 삭아 벌레조차 꼬일 일이 없어 보였다. 초가를 가득 메운 것이 정히 음기뿐이어서 폐가가 아닌지, 제 아비가 여태 이곳에 사는지조차 의심스러웠다. 그때 섬돌에 놓인 지푸라기 뭉치 두 개가 아프게 눈에 박혀왔다. 담상담상 엮어 간신히 모양만 남은 짚신이었다. 탐스러운 감나무를 추억하던 무진의 눈동자에 그예 노여움이 깃들었다. 기가 찼다. 제 목숨값이 무려 이천 냥이었다. 사대문 안에 기와집을 사고도 남을 돈이었다. 그런 거금을 대관절 어찌 탕진했단 말인가.

묻지도 않은 친부의 안부를, 부영은 이따금씩 전하곤 했다. 무진은 쓸데없는 짓을 삼가라 지청구를 댔지만 그런 수원이 내심 고마웠다. 잘 계신다는 그 말 한마디에 며칠은 편히 발을 뻗고 잤다. 생활이 편편치 않아 보이는데도 돈은 극구 사양한다고 했다. 아들에게 해가 갈까봐 종내 고집을 부리는 걸 부영도 모를 리 없었다. 하여 억지로 돈을 쥐여주고 내빼는 짓은 하지 않았다 했다. 듬성듬성 살이 빠져 흉물스럽게 드러누운 싸리문을 붙들고 무진이 감정을 추슬렀다. 기실 원망스러운 것은 생부가 아니었다. 무슨 잘난 꼴을 보자고 그 긴 세월 진정 연을 끊은 자신이었다. 그 감정의 억변을 지켜보던 부영이 조심스레 무진을 막아섰다.

"돌아가셔야 합니다. 어르신이 아시면 경을 치십니다."

집무재에 가만 들어앉아서도 모르는 일이 없는 심열국이었다. 세상 모든 풍문과 추문은 그에게 밀통으로 전달되었다. 조선 팔도에 깔린 정보원들은 단주의 구미에 맞는 동정을 적극적으로 채집하였다. 포착한 건이 얼마짜리인지 곧바로 계산이 되는 종자들의 쌈빡한 돈벌이였다. 이따금씩 돈을 불리기 위해 몇 날 며칠 뒤를 캐고 사람들을 족쳐 정보에 살을 붙여오기도 했고, 지방에서는 동정을 취합한 첩보첩을 파발로 전달해오기도 했다. 심열국이 첩보만큼은 후하게 값을 쳐줬기에 민상단의 끄나풀을 자처하는 이들은 끊임없이 생겨났다. 이 열악한 산촌에도 그의 눈이 없다고 장담할 수 없었다.

"의원은? 다녀가셨더냐?"

"예, 하나 웬만한 장정들도 장 서른 대면 사경을 헤매는지라……."

매품을 팔았다 했다. 보리 한 말에 장 서른 대를 대신 맞았다 했다. 그러나 뜨신 보리밥은커녕 그길로 앓아누웠다. 허리가 영영 못쓰게 되었다 했다.

안절부절 상전의 소매를 붙잡은 부영을 밀쳐내며 무진이 저벅저벅 마당으로 들어섰다. 댓돌까진 채 서너 걸음이 되지 않았다. 신까지 신은 채로 다짜고짜 이미 다 부서진 방문을 열어젖혔다. 걸쭉한 여름 곰팡내, 눅진한 땀 냄새, 역한 혈향 그리고 노쇠의 냄새가 한데 섞여 무진을 덮쳤다. 섬쩍지근한 기운에 말을 잇지 못하는 사이 불쾌한 침묵이 흘렀다. 엉덩이께가 피딱지로 엉겨 붙어 간신히 모로 누운 노옹의 눈꺼풀이 그제야 힘없이 열렸다. 맷독에 취해 탁해진 눈알이 무례한 객을 올려다보는가 싶더니 창졸간에 흡떠졌다.

"……설 ……설경이냐?"

오래전 사멸한 이름이 불러온 애상을, 무진이 목구멍으로 밀어 삼켰다. 눈이 함빡 온 날에 태어나 그토록 티 없이 살라고 조부께서 설경이라 이름 붙였다. 하나 이름대로 그런 날에 팔려 삶 자체가 하나의 거대한 티가 되었다.

"……설경아 ……정녕 네가 맞느냐? 내…… 헛것을 보는 게냐?"

말을 듣지 않는 몸뚱어리를 추스르려는 듯 노인이 잔약한 팔에 바짝 힘을 주었다. 앉지 못해 엉거주춤 추레한 상체를 일으키더니 꿈이 아님을 확인하듯 아들의 발목을 답삭 잡아챘다. 노옹의 거칫한 면이 홱 자그라졌다. 비쩍 골은 품에 장성한 자식을 성마르게 안고 나서야 섧게 오열하였다. 윤이 나는 푸른빛 비단 당혜에 게저분한 몰골을 묻은 채였다.

"으흐흑…… 아이고, 아가! 아이고…… 내 새끼…….."

"이 꼴이 다 뭡니까, 자식 팔아 한몫 크게 챙겼으면 떵떵거리고 잘 살든가! 바보 천치같이 왜 이러고 삽니까, 예? 왜 이리 사느냐 말입니다. 그 큰돈을 어찌 다 날렸느냐 말이오!"

"아이고 아가, 내 잘못했다, 아비가 잘못했다!"

"꼴에 양반이라고! 날 보낼 때조차 점잔을 빼더니 어쩌다 보리 한 말에 몸까지 파셨소? 그러면서 또 무슨 알량한 자존심에 내 돈은 안 받아! 죽으면 무간지옥으로 떨어질 게 자명한데, 그럼 이승에서라도 호의호식해야지! 이렇게 구질하게 궁상떨며 살 거면 도대체 날 왜 보냈소, 날 왜 팔아먹었소, 왜!"

"흐으윽…… 용서해다오, 내 너에게 진정…… 몹쓸 짓을 했다, 설경아……."

"하나뿐인 아들놈에게 지게라도 지워 나뭇가지라도 꺾어오라 했어야지! 솔방울이라도 주워오라 했어야지! 주막에 나뭇단이라도 대며 같이 살았어야지. 굶어 죽더라도 같이 굶어 죽었어야지! 얼어 죽더라도 같이 얼어 죽었어야지! 맞아 죽더라도 같이 맞아 죽었어야지! 같이, 같이!"

건장한 아들의 몸이 시르죽은 아비에게 서서히 허물어져 내렸다. 아비가 미처 떨치지 못한 가난의 냄새가 진득하게 무진을 덮쳤다. 기억하는 것보다 훨씬 짙어진 채였다. 품 안에 들어온 깡마른 체구가 이루 말할 수 없을 만큼 상하여 무진은 덜컥 겁이 났다. 당장 사자使者의 방문을 받는다 해도 이상하지 않을 정도로 피골이 상접하였다. 육친을 너무 세게 껴안지 않으려 아들이 안간힘을 썼다. 목이 메어 울음조차 나지 않았다.

대서

타오르는 것, 타들어가는 것

만개한 연꽃들을 비집고 연못에 가녀린 초승달이 피어났다. 그윽한 밤 풍취에 작은 오목눈이 한 마리가 풀피리 소리로 울어 댔다. 광명재에는 시원한 밤바람이 오고 갔으나 회화나무 밑에 쪼그려 앉은 홍랑의 이마는 굵은 땀방울로 번들거렸다. 등롱을 앞에 두고 거북과 씨름을 하는 중이었다. 을분 어멈이 한쪽 팔을 엉성하게 늘어뜨린 채 느린 걸음으로 다가왔다. 그러곤 연못 옆 너럭바위에 질펀하게 엉덩일 걸쳤다.

"귀공 등짝을 긁으면서 뭐를 구시렁거려유? 쬐껜할 땐 그분을 시상 무서워하시드니."

말 못 하는 금수라 하나 이백 살도 넘은 영물에게 깍듯이 존대하는 유모였다.

"얠 무서워했다고? 내가?"

"혀서 살가운 이름도 읎이 그냥 거북이 놈, 거북이 놈 하셨잖
어유."

"에잇, 더 이상은 못해먹겠다!"

신경질적으로 거북을 놔준 홍랑이 그대로 벌렁 드러누웠다.
내내 시달렸던 귀공은 금세 풀숲으로 사라졌다. 거북치곤 꽤나
빠른 걸음이었다.

"조동이나 심심찮게 놀리시라고유. 여태 이거 좋아하쥬?"

광목에 싼 누룽지를 본 도련님의 상체가 다시 휙, 튀어 올랐
다. 짜증스럽던 면에 어느새 양순한 동자 미소가 어렸다. 누룽
지 한 주먹을 크게 입에 처넣고 실실대는 모양새가 저자의 반편
이와 진배없었다.

"맛있다, 흐흐!"

"누가 뺏들어 먹는 것도 아닌디, 천천히 드셔유. 그르케 와구
와구 처넣으면 입안에 생채기 나유, 하나씩 자셔유, 하나씩."

"근데 누이는 여태 정인도 하나 없었어?"

"하이고, 정인이 다 뭐래유, 대거리할 벗 한 명 읎었쥬. 게다가
혼인은 절대 안 허신다 혔어유. 거래에 인질처럼 팔리는 거 죽
기보다 싫다고유."

"원녀로 늙어 죽게 부모님이 내버려 둔대?"

"긍께유. 언제부턴감 바깥소식을 전해드리면 자꾸 뉘댁 도령
부고訃告가 안 들리냐 물으셨어유."

"왜?"

"영혼식靈婚式을 올리면 낭군입네 허고 족자 하나 떨렁 걸고

혼자 살 수 있응께 그렇쥬. 그치만 쎄빠지게 일허는 천것들이나 확확 죽어 나가지 귀헌 도령님들이 워디 잘 죽남유?"

"곧 죽어도 양반집 귀신이어야 된다?"

"아니쥬. 있는 집 도령이여야 마님도 두말 않고 보낼 테니께 유. 상단에 보탬이 되는 집안이면 구신이 아니라 뿔 달린 도깨 비래도 냉큼 보낼 마님 아니어유."

"다행히 여직 죽어 나간 권세가 댁 자제는 없었군."

"마님께서 혼처를 멀고 먼 지방으로만 수소문허니 지 맴도 영 그랬쥬. 오죽허면 작년엔 왜나라 유황광산 댁에 줄을 댔었대니 께유."

"참 멀리도 알아봤다."

"그려도 애기씨도 짝을 얼렁 봐야쥬. 중추절 능금같이 고운 것도 한철이유, 금방 쭈글탱이 대추 껍데기 된다니께유."

까맣게 탄 가마솥의 중앙 부분은 제외하고, 맨들맨들 둥글려 진 가장자리의 얇고 바사삭한 누룽지만 골라 온 유모였다. 그것 을 다시 한 움큼 입에 욱여넣은 홍랑이 고른 치열을 드러내며 씩 웃었다.

"도련님이 고로코롬 또로록한 이를 갖게 된 것도 다 이년 덕 분인 거 알쥬? 유치가 빠지는 족족 까치가 잘 물어가라고 지가 요 광명재 지붕 위로 야무지게 던졌잖어유."

태생이 그렇다 보니 노비들은 절대 일을 만들어 하지 않았다. 시키면 시키는 대로 주어진 일만 할 뿐이었다. 그마저도 상전 에게 한번 잘보이겠노라 열성으로 덤벼들면 다른 종들에게 미 운털만 박혀 신세가 고달파진다. 하여 웃전의 불호령이 떨어지지 않을 딱 그 정도로만 일을 했다. 천것의 피가 흐르면 이미 대여섯 살에 '딱 그 정도'가 어느 수준인지 감을 잡게 된다. 하물며 쉰을 훌쩍 넘긴 을분 어멈이야 말해 무엇 하랴. 한데 이 삼복에 굳이 제 발로 그 갑갑한 찬간에 들어 아궁이에 다시 불을 지핀 유모였다. 무슨 대단한 일품요리도 아닌데 쓸데없이 고급진 불땀 기술을 요하는 것이 누룽지다. 타지는 않되 밥의 수분은 바짝 날려서 노골노골허니 바삭하게 만들고 고소한 풍미까지 살려내려면 가마솥 앞을 바짝 지키고 서서 누룽지 장인마냥 부지런히 불쏘시개를 놀려야 했다. 동절이면 자늑자늑한 불 앞에서 찌뿌드드한 관절이라도 녹인다지만, 삼복에 두 식경을 꼬박 그 짓을 했더니 진이 다 빠지고 온몸이 땀범벅이었다. 성치도 않은 몸으로 자처한 생고생이 다 칠푼이 같은 저 웃음 한 자락을 보기 위함이었다. 연신 해대는 손부채질에도 식을 기미가 없는, 차라리 익어버린 새빨간 뺨을 하고서도 유모의 기분은 상쾌하기만 하였다. 다음엔 아예 엿을 고아볼까도 생각하였다. 하여 도련님의 고른 치열이 제 덕분이라는 희한한 유세까지 떨며 밤새 늘푼수 없이 깨방정을 치는 을분 어멈이었다.

끊어질 듯 희미하게 밤벌레 소리가 이어졌다. 창틀에 턱을 괸 재이의 정수리로 요요한 월광이 내려앉았다. 곱게 무르익은 달조차 아우를 못 알아본 누이를 질책하는 듯했다. 그간 떨어져 지낸 긴 세월을 벌충하듯, 재이는 앉으나 서나 홍랑 생각뿐이었다. 그리고 자꾸 신경이 쓰였다. 그가 고이 품고 있던 향낭이. 얼마나 쓰다듬었는지 손때가 묻어 있던, 솜씨 좋은 자수가 놓인, 청량한 박하향을 내뿜는, 음전한 여인이 은애하는 이에게 주었을 법한…… 흰 향낭. 재이는 애써 그것을 머릿속에서 밀어냈다. 중요한 건 그게 아니다. 실로 중한 건 홍랑과 옴살로 함께 살고 싶다는 것이었다. 누군가와 한 지붕 아래 같이 잠든다는 것은 참으로 행복한 일이었다. 제가 갖고팠던 온기의 실체가 바로 이것이었다. 불현듯 홍랑의 은근한 눈동자가 밤하늘을 점령했다. 곧게 뻗은 콧마루와 또렷한 입술선 그리고 달뜬 숨결이 그 뒤에 따라붙었다. 한참을 질주한 듯 바싹 폐부가 졸아든 건 한순간이었다. 불쾌함인 듯 설렘인 듯 지독히도 생경한 감회가 밀려들었다. 감정의 천변만화에 잇새로 헛웃음이 튀어나왔다가 또 난데없이 코끝이 맵싸하게 아려왔다. 정신을 차릴 수 없어 애꿎은 두 손을 꽈악 마주 잡은 그녀는 퍼뜩 자문했다. 한 번도 형체를 부여한 적은 없었으나 정인이란 이런 느낌이 아닐까 하고. 언젠가 한번, 들어봤던 말이기도 했다.

〈정인…… 사이?〉

눈두덩으로 핏물이 확 쏠렸다가 순식간에 썰물처럼 빠져나갔다. 이명이 일 정도로 쩽한 어질증에 재이는 급히 창틀에 몸을 기댔다. 기이한 탐심과 허망한 망상 사이에서 그녀는 자꾸 휘청댔다. 아니, 아니다. 그래, 핏줄이 당긴다는 것이야말로 이런 느낌일 것이다. 그녀는 황급히 결론지었다. 이게 다 풀벌레 때문이다. 그 울음이 감수성만이 깨어 있는 밤의 허점을 교묘히 파고든 탓이다. 재이는 어둠 속을 쏘아보았다. 한낱 미물 따위가 감히 인간의 심부를 지나치게 감상적으로 휘저어놓아 언짢을 뿐이었다. 그때였다. 자륵, 자르락…… 자르락, 자륵자륵. 난데없이 희한한 와편 소리가 울렸다. 사람의 것도 아닌, 그렇다고 산짐승도 아닌 난생처음 듣는 기척이었다. 정신이 번쩍 들었다. 재이는 눈을 가늘게 뜨고 사위를 살폈다. 창졸간에 허공중에 자그마한 불빛이 떠올랐다. 도깨비불인가! 겁을 집어먹고 바짝 얼어붙은 그녀 앞에 유유히 모습을 드러낸 건 거북의 주름진 대가리였다. 등껍질에 납작한 밀초가 얹어져 있고 그 위로 작지만 밝은 불이 타오르고 있었다. 실소가 터졌다. 단단한 귀갑에 촛농으로 은잔을 붙인 뒤 그 위로 밀초를 붙여서 설령 초가 다 타더라도 뜨겁지 않도록 영물을 배려한 것이 그나마 다행이었다. 재이의 입가에 엷은 웃음 한 자락이 걸려들었다. 어렸을 땐 귀공을 보고 그리 질색팔색하더니 이젠 저런 짓을 잘도 한다. 그녀의 뺨에 볼우물이 파였다. 보내고 싶지 않은 계절이 이렇게 저물어가고 있었다.

농염한 불볕이 광명재 후원을 점령했다. 반짝이는 연못 위로 잉어들의 파동이 동글동글 번져 나갔다. 팔각지붕을 인 누대에 기대앉은 재이는 모처럼 새뜻하게 차려입은 채였다. 연지를 바른 입술이 붉었다. 살그머니 다가온 홍랑이 다짜고짜 재이의 치자꽃빛 치마를 베고 벌렁 드러누웠다. 건방지게 재이의 손을 잡아채 허공에 띄우기까지 했다. 황당한 표정도 잠시, 순순히 제 손바닥을 햇발 가리개로 허락한 누이가 한 뼘 그늘이 드리워진 아우의 얼굴을 가뭇없이 훑었다. 한번 홀린 시선은 쉬이 거둬지지 않았다. 청수한 이목구비에 눈동자가 붙박인 동안 자신이 자꾸 혀를 놀려 입술을 적신다는 걸, 재이는 알지 못했다.

"돈을 내."

"뭐……?"

"돈을 내라고, 그렇게 뚫어지게 쳐다보려면."

"내, 내가 언제?"

재이가 뻔뻔스레 제 허벅지를 차지한 건장한 어깨를 홱 밀쳤으나 손쉽게 버텨내는 홍랑이었다. 이번엔 아우의 눈동자가 누이의 입술을 집요하게 헤집었다.

"근데 아까부터 궁금했는데, 입이 왜 그래? 누구랑 싸웠냐? 맞았어?"

화난 눈씨를 하며 재이가 입술을 닦아내려는 듯 확, 제 소매를 들어 올렸다. 순식간에 그 팔을 제압한 홍랑이 제 엄지손가락을 뻗어 재이의 입술연지를 살짝 문질러냈다. 샛노란 치마폭에 머리를 둔, 거만한 자세를 유지한 채였다.

"이렇게 시뻘건 앵도색, 안 어울려. 연한 복숭아빛이라면 모를까."

감미로운 차양을 잃은 홍랑이 미간을 찡끗하더니 훔쳐낸 연지를 제 입술에 쓱쓱 펴 발랐다. 소꿉놀이를 하는 동자마냥 익살스러운 동작이었으나 백설 피부의 핏빛 입술 사내는 전혀 우습지 않았다. 그 섬뜩한 입술에 잡아먹혀도 좋겠단 괴이한 생각을, 재이는 했다. 난만한 폭양 때문이리라.

"이것 봐. 홍화라고 다 같은 붉은색이든? 꽃을 그리 좋아하면서 그건 왜 몰라?"

"여인의 화장법까지 꿰고 있더냐?"

"그런 표정도 지을 줄 아네?"

"어떤?"

"나 좀 봐달라고 떼쓰는 표정."

"말도 안 돼!"

어이가 없다는 듯, 또르르 눈동자만 굴린 재이가 하릴없이 당과를 한입 베어 물었다. 쓴지 단지 당최 맛을 느낄 수가 없었다. 염치없는 아우가 또 누이의 섬섬옥수를 예사로 당겼다. 꽃이 서서히 만개하듯 사내의 붉은 입술이 열린 것은 그때였다. 재이의 잇자국이 선명한 당과는 일찰나 그 입속으로 빨려 들어갔다. 반박할 틈을 주지 않으려는 듯 발간 입이 노골적으로 여인의 손끝에 남은 꿀을 빨았다. 화낼 찰나를 놓친 여인의 눈이 살푼 커졌다. 매끈한 혀의 감촉이 실로 적나라했다. 마치 주술을 부려 재이의 손끝을 물들이려는 양, 요사스럽기까지 했다. 젖은 손이 달아나려는 순간 손등이 뒤집히고 흉하게 졸아붙은 손바닥이 드러났다. 그 추한 화상 위에도 사내의 달콤한 입술이 찍혔다. 마음이 아려 차마 바라볼 수 없다는 듯이 홍랑의 눈이 감겼다. 부챗살 모양의 긴긴 속눈썹이 왜인지 잘게 떨렸다. 재이의 심중에 풍랑이 휘몰아쳤다. 입안이 버석 마르고 내심이 질퍽질퍽 흐무러졌다. 별안간 매미가 사방에서 버겁게 울어젖혔다. 후뜻후뜻 여름 볕뉘가 정수리를 쪼아댔다. 온몸이 아릿했다. 그녀가 스르르 제 손을 잡아 뺐다. 턱에 고였던 진득한 땀 한 방울이 기어이 가슴골을 타고 흘러내렸다. 휘청거리던 시선은 가까스로 정자 아래 핀 엉겅퀴꽃을 부여잡았다. 언제 어디서 왔는지 모를 홀씨가 조용히 뿌리를 내리고 냉큼 싹을 틔워 자줏빛 꽃까지 피워냈다. 하물며 볕 한 줌 들지 않는 응달이었다. 태연하게 제 다

리를 베고 누운 이 사내가 꼭 그랬다. 정이 든 모양이라고, 그녀
는 생각했다. 남매란 응당 그런 것이 아니던가.

"뭐 보는 거야, 또 꽃이야?"

"잡초."

"잡초가 가끔은 약초도 된다."

홍랑은 말캉한 허벅지에 뺨을 비비며 모로 누웠다. 그의 눈매
에 설핏 주름이 잡혔다. 매 순간이 마지막 같아서 더 이상 이 짓
거리가 신이 나지 않았다. 처음엔 얼음가면을 쓴 듯한 재이의
얼굴에 복잡한 속내가 비치는 것이 우스웠다. 절대 닿을 수 없
을 듯 냉정했던 여인이 속수무책 딸려오는 게 재밌기도 하였다.
그런데 이젠 가슴이 시렸다. 가엾고 딱했다. 문득 남의 아픔과
불행까지 가늠하는 자신이 홍랑은 곤혹스러웠다. 세상 제일 재
수 없는 놈이 자신이어서, 세상 제일 박복한 게 저여서 다른 이
의 좌절은 상상조차 해본 적 없었다. 한데 재이란 기쁨을 만나
슬픔을 알게 되었다. 그 달갑잖은 감회를 매섭게 쳐내며 홍랑은
고집스레 입술을 닫아 물었다. 저에게 슬픔은 사치다. 지난 며
칠, 자신은 그저 생의 경로에서 잠시 이탈했을 뿐이다. 순간순
간 그녀가 애달팠던 건 그저 변덕일 뿐이다. 기이한 욕망이 만
든 물거품 말이다. 그는 철저히 흉심을 털어냈다.

"나 곧 장가든대."

남 이야기하듯 홍랑이 제 혼사를 내뱉은 순간, 베개를 자처했
던 허벅지가 딱딱하게 경직되었다. 땅을 디딘 발가락 끝에 잔뜩
힘이 실린 탓이었다. 가분가분 봄 길을 걷다가 훅, 나락으로 곤
두박질친 듯 재이는 잠시 멍했다.

"어머니가 그러시더라. 이미 점찍어놓은 여인이 있다나 뭐라나."

입안이 텁텁하여 재이는 입술을 뗄 수조차 없었다. 당연한 일이다. 홍랑의 안정적인 정착을 위해서 민씨 부인이 혼사를 서두른 것은 지당하다. 여상한 척하였으나 곧게 뻗은 등줄기가 빳빳하게 굳는 것까지 통제할 순 없었다. 부질없음을 알면서도, 만약이라는 가정이 솟아올랐다. 만약 눈앞의 사내가 아우가 아니라면, 평범한 사내라면…… 불과 얼마 전까지만 해도 홍랑의 속내를 알 수 없어 답답했건만, 이젠 제 마음을 모르겠어서 재이는 복장이 터졌다. 무심하게 눈을 감고 다시금 햇살을 즐기는 홍랑의 얼굴을, 그녀가 물끄러미 내려다봤다. 백일몽의 끝자락에서, 그 면부가 뭉근히 제 심장을 쥐었다. 아우의 긴 눈썹을 쓰다듬는 게 재이는 고통스러웠다. 그럴 리 없건만 보드라운 눈썹이 손끝을 따갑게 찔러댔다. 통증은 곧장 심곡까지 파고들었다. 심장이 저릿저릿했다. 홍랑과 나란히 선 여인의 형체를 떠올리는 것만으로 숨통이 조여들었다. 홀로 사는 삶으로 돌아가는 것이 두려웠다. 동시에 이런 자신이 실망스러웠다. 오랫동안 고대하던 아우의 앞날을 축복해주지 못하는 것이 한심했다. 살아서 돌아와만 준다면 그 무엇이라도 하겠다 다짐한 세월이 십 년이었다. 한데…… 핏기 잃은 손가락을 그녀는 세차게 쥐었다 폈다. 그리고 아우에게 다시금 그늘막을 만들어주었다. 매미들도 모다 쉬는지 진득한 침묵이 이어졌다. 구름도 숨어버린 무더위였다.

끼이이이익, 정적을 박살낸 것은 중문의 묵직한 마찰음이었다. 꽃나무 사이로 촘촘히 깔린 백석을 밟으며 광명재에 들어선 무진이 에헴, 하고 기척을 냈다. 뒤에 이수를 달고 온 참이었다. 당황한 재이가 간신히 아우의 입술에서 벌건 연지를 훔쳐내었다. 하나 제 치마폭에 싸인 그의 머리통까지 떼어낼 순 없었다. 힘을 줘 떠밀수록 더욱더 완고하게 자세를 고수하는 홍랑은 어느새 긴 팔로 팔짱을 끼고 다리까지 꼰 상태였다. 무진의 눈에서 불꽃이 튀었다.

모두가 정좌하자 냉차를 올린 을분 어멈이 천연덕스레 정자 끄트머리에 궁둥이를 들이밀고 앉아 손부채질을 해댔다. 귀는 커다랗게 일행을 향해 열어놓은 채였다.

"춘당께서 자넬 상흔으로 알아보았다 하니 참으로 기이한 일이야. 소매 좀 걷어보시게. 나도 좀 보세."

슬쩍 소매를 걷어 올린 홍랑의 손목에 오래된 상흔이 선명했다.

"자네와 목검 놀이를 하지 않았다면 어쩔 뻔했어."

홍랑이 호쾌하게 말하였으나 십 년 만에 조우한 죽마고우의 면목이 순간 굳어졌다.

"기해년의 일을 그리 여기고 있었던가?"

"하면?"

"겨울 감을 따다가 가지에 박힌 것이잖은가? 누님 주려고 감나무를 탔다, 이실직고를 하였다간 자당께 크게 한소리 들을 테니 또 날 팔았던 게로군."

"그랬던가……."

을분 어멈이 찻상을 정리하며 껴들었다.

"죄껜헌 도령들이 엎어지고 자빠지고 허는 것이 일상인디 감나무 탄 게 뭐 대수라고 죄 기억허고 있겠어유."

214

을분 어멈의 구시렁에 이수가 맞장구를 쳤다.

"하긴 그렇지. 아, 마침 좋은 생각이 났네! 자네와 나 둘만의 비밀 말이야. 저 소나무가 저리 아름드리가 됐군."

이수가 제 후원인 양 앞장서 걸어갔다. 다들 엉거주춤 일어나 소나무 아래로 모였다. 을분 어멈이 마지막으로 빠끔히 면상을 들이밀었다.

"여기에 노랑이를 묻었잖은가. 근사한 오동나무 관까지 짜서. 값진 물건을 함께 넣으면 꽃참새가 봉황으로 환생할 거라고 자네가 기어코 내 물건까지 갈취해가지 않았던가."

"그……랬었던가."

"작은 황조 따위가 호강도 아주 그런 호강이 없었지. 그게 자네가 실종되기 불과 며칠 전이었지?"

이건 도저히 기억이 안 날래야 안 날 수가 없다는 듯, 이수가 말을 이었다.

"내 그날 어머님께 눈물이 쏙 빠지게 혼쭐이 났었네. 신고 있던 녹피혜를 참새 무덤에 넣고 맨발로 집에 돌아왔다고. 자네는 무얼 넣었더라?"

꼭 답을 받겠다는 듯 침묵하는 이수를 향해 홍랑이 입만 뻥긋 거렸다.

"설마 내 신까지 벗겨가놓곤, 자네가 무얼 넣었는지는 기억도 못 하는 겐가?"

"팽이라든가…… 뭐…… 그런 것이 아니었겠는가."

"자네가 어디 그런 것 가지고 놀았었는가? 방 안에 들어앉아 서책이나 넘기든지 기껏해야 누님 뒤꽁무니나 쫓으며 꽃이나 꺾고 하였지. 그렇죠, 누님?"

재이가 가볍게 고개만 끄덕하였다.

"참말로 노랑이가 환생을 하였는지 십 년 후에 파보기로 나와 약조하지 않았는가. 오늘 한번 파보기로 함세. 자네가 무엇을 넣었었는지도 직접 확인하고 말이야. 어떠한가?"

을분 어멈이 오두방정으로 손사래를 치며 앞으로 나섰다.

"흐미, 도련님두! 암만 손바닥만 헌 새 새끼라도 으디 무덤을 파헤친다 혀유? 쉰소리 말구 언넝 사랑채로 드서서 씨원헌 냉국에 밥이나 말아 자셔유, 얼릉유."

"네가 결정해. 어쩔 테냐? 이대로 물러나 냉국이나 들이켜겠느냐?"

무진이 도발하기 무섭게 홍랑의 손에 단도가 들렸다. 지체 없이 땅을 파내자 금세 축축한 흙을 머금은 오동나무 함이 나타났다. 기껏 벼루만 한 크기였다. 고작 동자들이 파묻었으니 얼마나 깊게 묻었겠는가만은 십 년이란 시간의 밀폐는 결코 호락호락하지 않았다. 작은 관짝은 밀봉되었던 것마냥 쩍 소리까지 내며 힘겹게 열렸다. 모두들 머리를 맞대고 목함 안을 주시했다. 한쪽엔 앙증맞은 녹피혜가, 또 한쪽엔 숨이 죽은 고급 선지가 단정하게 놓여 있었다. 새의 사체였다. 한데 그뿐이었다. 궁금함을 못 이긴 이수의 손이 쑥 들어와 심상하게 상자를 흔들어댔다. 바로 그때, 골빙하가 쏟아져 내린 듯 해괴한 정적이 일었다. 놀라 손등으로 입을 틀어막은 재이가 휘둥그런 눈으로 홍랑을 질렀다. 무진의 입가엔 미소가 어렸다. 곧 모두의 눈에 뒤집어진 박쥐 문양이 생생하게 박혀들었다. 신비한 푸른빛. 비취염주였다.

秋

입추

엇갈린 명운

소쩍소쩍. 밤의 적막을 깨고 소쩍새가 울어댔다. 그 밤새 소리가 인회에겐 어째서인지 아픈 비명으로 들렸다. 진청색 두루마기까지 걸쳐 입성을 고친 홍랑이 벙어리 의제義弟에게 체념하듯 반복하였다.

"해월루 뒤뜰 화단의 매화나무. 송월 객주 처소가 한눈에 내려다보이는. 알았냐고?"

숙여진 인회의 고개는 끝끝내 들리지 않았다. 촛불에 비친 옆모습만으론 도통 녀석의 표정을 가늠할 수 없었으나 엽엽한 체구가 살짝 떨리는 것을 홍랑은 놓치지 않았다. 그런 동요를 애써 외면하며 그는 인회를 더욱 채근해댔다.

"뭐 내가 너한테 못 하는 말을 하래디? 고개 한번 끄덕이는 게 그리 힘들어? 두고 봐, 내가 애먼 곳에 묻혀서 객귀가 되면, 너부터 찾아가서 괴롭힐 테니까."

대답 듣길 포기한 홍랑이 백자 그릇을 잡아 들자 꼼짝 않던 인회가 그제야 지그시 의형의 팔을 누르며 저지하였다.

"왜 또 그래, 새삼스럽게. 그리 많은 업을 짓고도 뻔뻔하게 산다면 그건 금수지. 난 인간으로 죽을 거다. 좀 도와주지?"

홍랑이 차분히 인회의 팔을 떼어낸 후 단번에 꿀물을 들이켰다.

"크으, 달다."

그가 일어서며 인회에게 서찰 하나를 건넸다.

"송월 객주에게 전해. 이대로 하되 서둘러달라 이르고. 적어도 사흘 뒤엔 도성에 소문이 쫙 깔리게. 그럼 개떼들이 여기저기서 짖어댈 테지."

자그마한 등짐을 챙긴 홍랑이 미련 없이 장지문을 나섰다. 흑돌 같은 인회의 눈동자가 덩그러니 놓인 빈 그릇을 응시하였다. 그토록 염원하던 끝이건만 의형은 점차 피폐해져갔다. 그가 가혹하리 만치 스스로를 다잡는 연유를 인회는 알았다. 불현듯 심장을 갖게 된 까닭이었다. 무릇 심장을 잃고는 그 누구도 살 수 없다. 설령 칠점사라 해도. 인회는 깊은 한숨으로 어깨를 떨어뜨렸다. 말 못 하는 입안이 썼다. 소쩍소쩍. 미물은 나지막한 울음을 끊임없이 토해내고 있었다.

처음 제 발로 어미를 찾아온 아드님을 맞아들이며 감격에 젖기가 무섭게 민씨 부인은 무언가 크게 어긋났음을 느꼈다. 빳빳하게 다림질된 도포 차림으로 정성을 다해 큰절을 올리는 귀동의 모양새가 흡사 하직을 고하는 듯해서였다.

"돌아가겠습니다. 평양으로."

민씨 부인은 소스라쳤다. 바로 이것이었다. 그토록 두려워하던 것이. 어찌하여 저를 잃어버렸는지 다그쳐 묻는다면 입이 열 개라도 할 말이 없었다. 과거를 떠올리려 할수록 어미에 대한 미움이 커질까 싶어 기억을 좇는 일조차 쉬엄쉬엄하라 타이른 터였다. 한데 최악의 상황이 오고야 말았다. 민씨 부인은 자신도 모르게 무릎을 꿇으며 자세를 고쳐 앉았다. 필시 석고대죄의 형상이었다.

"어미가 잘못했습니다. 못난 어미가 귀한 아드님을 놓쳐 오랜 시간 고초를 겪게 하였습니다. 하나 이제 곧 모든 것이 제자리로 돌아갈 것이요. 말뚝은 말끔히 뽑힐 것이고 상단은 아드님 차지가 될 것이니 이 어미를 믿으세요!"

"그것은 중요치 않습니다. 그저 모두들 아니라 하니……."

"비루한 말뚝이 놈입니까 아니면 상스러운 요암재 년입니까?"

"아닙니다. 그저 기억은 더디고 손에 잡히는 것은 아무것도 없으니…… 이곳에 정을 붙일 수가 없습니다."

"오늘 광명재에서 있었던 일 때문에 상심하셨습니까? 부디 괘의치 마세요. 이 어미가 아드님을 곧 행수 자리에 앉혀드릴 것입니다. 머지않아 단주 자리에도 오르셔야지요."

"하나 저 스스로도 더 이상 확신이 서질 않습니다."

"확신! 이 어미가 합니다. 제가 확신한다질 않습니까!"

집무재에 홀로 앉은 심열국은 비취염주를 바라보며 골몰 중이었다. 무진이 득달같이 갖다놓은 것이었다. 홍랑에 대한 의심의 부스러기가 여기저기서 끊임없이 떨어져 나왔다. 조짐이 좋지 않았다. 고심이 깊어졌다. 분기탱천한 민씨 부인이 쳐들어온 것은 그때였다. 부군의 안광에 들어찬 갈등을 보곤 그녀는 바락, 악을 써댔다.

"그깟 게 대관절 무엇이간데 다 죽어가는 표정을 하십니까!"

"문양이며 빛깔이며 확실합니다. 군대감께 하사받은 진품이 맞습니다."

"해서요? 그것이 어찌 아드님을 의심하는 단서가 된답니까? 대체 아드님께 왜 이러십니까! 감히 어찌 이러십니까!"

대노한 민씨 부인이 다짜고짜 법구를 집어 들곤 대차게 내동댕이쳤다. 십 년 만에 세상에 나온 염주는 알알이 터지며 사방으로 튀어 굴렀다.

"제가 여직 이승에 숨을 붙여놓았던 단 하나의 이유가 아드님이십니다. 용서를 빌고자 우격다짐으로 목숨 줄을 틀어쥐고 버텨낸 것입니다! 또 한 번 놓친다면 이젠 구전성명苟全性命하지 않을 작정입니다. 미련 없이 이 목숨 줄을 끊어버릴 것입니다!"

"말씀이 지나치십니다."

"회합을 소집하세요, 당장!"

차라리 명령이었다. 서안 아래로 불끈 쥔 심열국의 주먹에 툭툭, 힘줄이 미어졌다. 그는 가까스로 흉심을 다잡으며 손을 펼쳐 허벅지에 땀을 닦아내었다.

"모든 것엔 때와 절차가 있는 법입니다. 아직은……"

"내 명이 때이고, 내 뜻이 곧 절차입니다! 아드님께 당장 최고 행수의 자리를 주세요!"

"부인!"

"하면 단주의 자릴 내어주실 겝니까? 행수들 앞에서 기어코 내 재산들을 모두 아드님께 분재기 해야겠냐 이 말입니다!"

협박이었다. 민반효로부터 시작된 재산은 상단의 뿌리이며 정체성 그 자체였기에 승계권이자 임명장으로서의 가치를 지닌 것이었다. 그 열쇠패를 갖기 위해 평생을 바친 심열국은 몸서리를 쳤다. 민씨 부인의 전 재산이 홍랑에게 넘어간다면 자신이 종이호랑이로 전락하는 것은 시간문제일 터였다.

"어찌하여 답이 없으십니까!"

민씨 부인의 쇳소리가 허공을 찢었다. 뾰족해진 눈씨가 부군에게 박혀들었다. 제 옥동을 상심케 하는 그 어떤 것도 그냥 보아 넘길 수 없었다. 그것이 설령 부군이라 해도.

사잇문을 모두 연 장방형 집무재에 홍랑이 들어서자 좌우로 도열한 서른두 명의 행수들이 일제히 머리를 조아렸다. 품계대로 좌정한 조정의 문무백관들이 왕세손을 알현하는 양 하나같이 경건한 표정들이었다. 민씨 행수들은 노회한 고개를 주억이며 충신 흉내에 여념이 없었다. 감격스러운 듯, 눈물을 찍어내는 이도 있었다. 회합을 통보받지 못한 최고 행수, 무진의 자리만 텅 비어 있을 뿐이었다. 홍랑이 그 자리에 덥석 앉았다. 그리고 행수들과 한 명 한 명 눈인사를 나누었다. 순간, 말단에 앉은 김꾕표는 펄쩍 뛰어오른 제 심부를 부여잡았다. 염소수염을 단 그의 고개가 홱 수그러졌다.

'이게…… 도대체 어찌 된 일인가!'

그는 꿀꺽 마른침을 삼켰다. 옛일을 되짚으려 바삐 머리를 굴렸다. 찢어진 뱀눈이 힘을 보태려는 듯 좌우로 빠르게 움직였다.

잠시 후 무진이 허겁지겁 집무재에 들어섰을 땐 이미 회합이 파하여 행수들이 흩어지는 중이었다. 정신없이 그들을 거스르며 안으로 뛰어 들어간 무진은 막 자리를 뜨려는 심열국 앞을 다짜고짜 막아섰다.

"어찌하여 홍랑을 그리도 믿으십니까!"

"목소릴 낮춰라!"

얼핏 무진의 뒤를 일별하며 집무재가 싹 비워진 것을 확인하곤 심열국이 답했다.

"믿지 않아."

"하면……!"

"적어도 너만큼 섬섬하고 유약하진 않으니 그것으로 족하다."

"마님의 비위를 맞추려 이렇게까지 하시는 것입니까!"

"이런 무도한 것!"

"지난 십 년간 아버님께서 명하시는 대로 무엇이든 했습니다. 돌림병이 창궐할 때도 빠짐없이 분전을 돌았습니다. 청과 외교 문제로 시끄러울 때도, 왜와 전운으로 뒤숭숭할 때도 서슴없이 국경을 넘었습니다!"

"봇짐장수 흉내가 그리 힘들었더냐? 네 깜냥이 딱 그 정도인 것을!"

"아버님!"

"날 아비로 여기긴 했더냐!"

"예?"

"앓아누운 막새골 생원은 어찌하고?"

쩌억, 무진의 얼굴에 균열이 갔다.

"쯧쯧쯧. 이래서 너는 아니 되는 것이지! 강단지게 연 하나 끊어내질 못 하니! 내달 보름이다. 최행수가 대마도 길에 오를 것이니 따라나서라!"

"아니 갑니다, 못 갑니다! 아버님, 아버님!"

나가려다 말고 뒤돌아본 심열국이 의외의 따스한 음성으로 양자를 불렀다.

"무진아."

"예."

"경거망동 말거라. 사사로운 감정에 생을 망치면 쓰겠느냐."

심열국이 쌩하게 나가자 털썩, 무진이 흐무러졌다. 사약을 받은 죄인의 몰골이었다. 넋 나간 면에 박힌 두 눈에 시뻘건 불꽃이 일었다.

그 시각, 얇은 옻칠을 서너 번 입혀 남다른 광택을 뽐내는 아롱아롱한 자개함이 홍랑의 손에 떨어졌다. 궤를 연 그가 정갈하게 접힌 수십 장의 문서들을 보곤 함빡 웃었다. 제 의도대로 한 치의 어긋남 없이 행해준 민씨 부인에 대한 비웃음이었다. 그 시커먼 속도 모르고 어미는 청미한 아들의 면을 흡족하게 바라볼 뿐이었다. 모자만의 비밀이 생겨 마냥 기꺼울 따름이었다.

온 저잣거리가 들썩들썩했다. 갑작스레 터져 나온 흉흉한 풍문 탓이었다.

"거 들었나? 민상단의 가품 얘기 말일세."

"군대감 마마께서 승하하시곤 완전 끈 떨어진 연 신세가 되었으니 돈왕이 아주 발악을 하는 게지."

"아냐, 가품 제작을 옛날 고릿적부터 했대. 것두 아주 조직적으루다가. 싸구려 백자는 도토리 우린 물에 넣고, 청자는 썩은 지푸라기 끓인 물에 달포간 담구면 유물이 따로 없다더만. 본 사람이 그러는데 아주 감쪽같대."

"지방 분전에선 아예 모사꾼들을 수십 명씩 기거시키면서 유명 서화들을 베끼게 한다더라고. 얼마나 정교한지 원작자도 속아 넘어가는 지경이라더만."

"아이고 고소해라. 거금을 들여 산 게 기껏 위작이니 고상한 척하려다가 화병 난 양반놈들이 수두룩허겠네. 낄낄낄."

"그건 약과야. 진짜 충격적인 게 뭔 줄 아나? 민상단에서 통용하는 은괴랑 금괴 말야. 그걸 가지고 있다가 낭패를 본 양반놈들이 그렇게나 많대."

"그건 또 무슨 말인가?"

"아랫목에 소중히 보관하였다가 얇은 은박과 금박이 몽땅 녹아내려 식겁을 한 게지."

"허허, 하면 그것마저 가짜란 말인가?"

"민상단 장도릿배는 아예 밀무역용이라더군. 막대한 이익이 남으니 국경 수비대에 콩고물 좀 떼어주는 게 어디 일이겠나?"

충격적인 낭설로 저자는 한바탕 난리였다. 상인들은 이 흥미로운 소문으로 쑥덕공론을 벌이느라 생업을 잊을 정도였다.

처서

찬 빗물이 고인 자리

사랑채 장지문 너머에서 방지련이 고했다.

"어르신, 행수 김꾕표가 뵙기를 청하는데 어찌할까요?"

김꾕표라…… 참으로 달갑잖은 이였다. 심열국은 대답 대신 엄지와 검지로 우뚝한 제 콧대를 지그시 눌렀다.

오래전부터 상단에서 한번 쓰고 버리는 일회성 인사들이 필요할 때마다 행수들 사이에서 김꾕표가 거론되었으나 심열국은 인신매매를 업으로 하는 치를 감히 상단 일에 엮으려 한다며 노발대발 호통을 쳤다. 상단의 격과 품위의 문제였다. 그러나 그 발언은 머잖아 번복되었다. 한평 대군과 손을 잡은 지 일곱 해가 지났을 무렵, 대군이 본심을 드러낸 탓이었다. 정기적으로 공급받고 싶은 물목이 있다 하였다. 흰 피부의 남아였다.

유일 대군인 그는 옥좌를 위협하는 빌미를 만들지 않겠다며 후사도 잇지 않았다. 세상이 그 충정에 감복하였으나 다른 속사정이 있는 모양이었다. 오죽 미동이 고왔으면 치명적인 치부까지 드러낼까 싶어 심열국은 토기가 몰렸으나 결정적 비밀을 나눔으로써 관계는 한층 견고해질 것이었다. 군대감은 소년들을 '소품'이라 칭하며 안정적으로 공급받게 된 것을 기꺼워했다. 심단주가 골머리를 앓게 된 것은 그때부터였다. 돈으로 샀건, 납치했건, 주웠건 간에 아무 뒤탈 없는 사내아이를 꾸준히 공급한다는 게 실로 보통 일이 아니었다. 어쩔 수 없이 김굉표와 거래를 텄으나 잡혀오는 천하의 비렁뱅이들 중 흰 피부를 찾기란 사실상 불가능일 터, 큰 기대는 않았다. 하나 호기롭게 두당 천 냥을 부른 김굉표는 계약이 성사되자 산기슭에 뚝딱 북향 움막을 하나 지었다. 창도 뚫지 않은 이 흙집엔 기묘하게도 방바닥에 문이 하나 나 있었다. 깊이가 열 척이 넘는 땅굴의 유일한 출입구였다. 김굉표는 남자아이들을 잡아들이는 족족 그 속에 처넣고 석 달마다 한 번씩 표백된 것들을 분리해냈다. 그렇게 떡살에서 떡을 찍어내듯 생산된 소품들은 육십갑자로 순번을 매겨 한평 대군 사저로 배달되었다. 계약은 단 한 번의 차질도 없이 약정 그대로 이행되었다. 대군이 급서할 때까지 장장 십 년이었다. 대군의 승하로 김굉표와의 계약도 종료되는 듯했으나 해가 바뀌기도 전에 심열국은 다시금 그와 손을 잡아야만 했다. 서양의 영향으로 서책의 표지를 가죽으로 싸는 배피제본背皮製本이 성행했고 고관대작들 사이에 급기야 인피人皮가 유행했기 때문이다. 대놓고 장정의 피부를 원한다든지, 피를 염료로 사용하라든지, 혹은 처녀의 허벅지 피부로 하되 무두질은 많이 하지 말라 등등 점점 더 구체적이고 까다로운 주문서가 도착하였다. 조선의 막강 실세들의 의뢰는 사실상 명이었으므로 거절이 불가능했다. 다만 억만금을 청구해도 두말 않고 즉각 지불되었다. 자신밖에 답이 없음을 거듭 확인한 김굉표는 행수 자리를 청하였다. 인신매매를 국법으로 다스린다는 나라님의 엄명이 내려진 터라 신분 세탁이 필요했던 것이다. 그렇게 서른두 명 중 마지막 서열이긴 하나 그가 행수 자리를 꿰찬 것이 꼭 반년 전이었다.

심열국은 지끈한 머리를 억지로 쳐들며 하명하였다.

"들이라."

연신 찻종을 만지작거리며 심열국은, 깍듯이 절을 하고 착석하는 김굉표를 빤히 쳐다보았다. 딱히 문제가 있었던 것도 아니건만 희한하게 저치만은 꺼려졌다. 알랑꼴랑한 몰골이며 한미한 상판대기, 특히나 저 비릿한 염소수염은 영영 익숙해지지 않을 성싶었다. 길경차 한 모금으로 입술을 적신 심열국이 마지못해 입을 떼었다.

"김행수가 본전에 드나든 지 얼마 안 되어 아직 낯선 것이 많을 것이오. 이곳 방식이 평양과는 많이 다르니."

"고저 고거이 문제가 아니라……."

"어려워 말고 편하게 말씀하시게."

"고거이…… 아드님에 관한 이야기를 사신다고 들었습네다."

야비함이 밴 입술에서 예기치 않은 인물이 튀어나온 순간 심열국은 모골이 송연해졌다. 손톱에서부터 치솟은 괴괴한 불길함이 순식간에 진땀이 되어 망건 속에 흘러내렸다. 지독히도 흉한 생각이 엉켜들었다.

"무엇을, 알고 계신가?"

"내래 숨통을 걸어야 할 정도루다가 기막힌 얘기라서 값을 알아야 말씀 올릴지 말지 결정을 할 수 있을 것 같습네다."

"진위를 가린 다음에 셈을 하네만. 특별히 원하는 것이 있으신가?"

"담배전 정도면은……."

"세 개 중 이미 점찍어둔 점포가 있으신 게로군."

"어르신, 어찌 저를 객쩍은 놈 취급이십네까? 지가 고하려는 것이 굳이 택일을 해야 할 정도의 사담이 아닙네다."

"어허! 감당할 수 있는 말씀만 하시게나!"

"배짱놀음이 아닙네다. 뉘 앞이라고 감히 장난질을 놓겠습네까? 이놈은 당장에 삼자대면도 할 수 있고, 공개적으루다가 관아에서 고변을 할 수도 있습네다, 물론 영원히 무덤까지 가지고 갈 수도 있디요. 틈막이는 걱정 마시디요. 요상헌 소문까지 까불치는 마당에 지가 너불너불 주둥일 놀리갔습네까? 이놈도 이젠 한솥밥 먹는 식구가 아닙네까, 식구."

"패를 꺼내시게."

"고저 약조하신 것으로 알고 아뢰겠습네다. 이놈, 평생 인간 장사 외길 인생입네다, 아시디요?"

꾀죄죄한 면을 쳐든 김굉표가 한층 가늘어진 턱수염을 매만지며 뜸을 들였다.

"노망이 아닌 다음에야 요 손을 거쳐 간 놈을 착각할 수가 없단 말씀입네다. 일전에 집무재서 뵌 도련님 말씀입네다. 고저 아무리 봐도 똑 그놈이니……."

"뭣이라!"

"평양 어깃골에서 빤두름한 아새끼들 채집하던 시절이었으니까는…… 무술년이었습네다. 고 아새끼를 주웠을 땐 말길도 못 알아먹는 반네미에 딱 봐도 비렁뱅이였음다."

"이름은?"

"이름자도 모른대서 '모지리'라 불렀습네다. 고저 그때가 단주 어르신께서 아드님을 도둑맞으시기 한 해 전이었단 말입네다. 똑때기 기억합네다. 아이 그래도 기해년에 도련님 용모파기가 나붙었을 때 거참 모지리 놈이랑 비슷하다 감탄까지 했었단 말입네다. 고론데 고저 나이가 영 달랐습네다. 내래 인간 분류하는 데 이골이 났단 말입네다. 그때 벌써 모지리 놈이 키가 삐죽한 게 제 어깨만치 올 정도였으니 장담하건대 적어도 열 살은 족히 되었더랬습네다."

안 그래도 볍씨같이 찢어진 눈을 더 얇실하게 뜨며 김꿩표는 상전의 안면을 살폈다. 단주의 면목이 숫제 흙빛이었다. 동그란 손톱 끝은 텅 빈 찻종을 연신 두들겨댔다. 그 언짢은 소음이 제 귀엔 들리지 않는 듯했다.

"어릿광이 하날 주워도 앵간만 하며는 탁주 두어 말이라도 받고 국밥집 수동으로라도 짤까닥 팔아치울 궁리부터 합네다. 헌데 모지리 놈은 고저 개굴창에서 막 지렁이 잡다 튀어나온 것처럼 게저분해서리 일없었단 말입네다. 아새끼가 하도 포족족허니까 역병에 걸렸을지도 모른다고, 값새는커녕 송장 치기 전에

231

날래 내버리자고 제 밑에 놈들이 난릴 쳤단 말입네다. 그른데 내래 그 아새끼 면상이 하도 딱해서리 샛방에 넣어놓고는 밥도 주고 물도 주고…….”

“하여! 어찌했단 것인가!”

찻종을 서안에 내리꽂으며 심단주는 버럭 악을 질렀다.

“북향 움막…… 들어보셨디요? 고저 아새끼들 세탁하는.”

마른침이 꿀꺽, 심열국의 울대를 울리며 목구멍을 타넘었다. 갑갑증이 몰려왔다.

“거기에 모지리 놈을 콱 처넣고선 새까맣게 잊어버렸드랬지 뭡네까. 어느 날 꺼내보니까네 고저 그놈 낯짝이 허여멀거니 싹 뱃겨지고 눈깔도 똘랑똘랑한 게 공집사한테 선뵐까부다 싶드란 말입네다.”

“소품을 말함인가!”

“허연 데다 어리가리허기까지 허니 딱 아닙네까. 순번이 신묘였나…… 신미였나…….”

“엄청난 토설엔 엄청난 증좌가 따라야 하는 법!”

“지당하신 말씀입네다. 고거이…… 군대감께서 애끼는 소품엔 은밀헌 표식을 하셨습네다.”

“표식?”

“문신 말입네다. 고저 딴거 없습네다, 모지리 놈 옷만 깡그리 벗겨보시믄 대번에…… 어이쿠, 어르신! 어르신!”

귀를 때리는 이명에 심열국이 서안 귀퉁이를 부여잡으며 눈알을 부라렸다. 안화眼花가 피어나 눈앞의 왜소한 남자가 별안간 안개에 먹혀들었다. 귀가 먹먹했다. 천장이 빙그르르 돌았다. 버텨내려 뻗은 굵다란 팔은 휘적휘적 허공만 가를 뿐이었다. 김굉표가 허둥지둥 심열국에게 다가서자 뛰어 들어온 방지련이 그의 몸을 막아섰다.

"어르신, 엄의원을 부르겠습니다."

"……소란 ……떨지 마. 어질증일 뿐이니."

이미 장사를 파한 저자에 휑한 어둠이 내리고 있었다. 모퉁이에 숨어든 홍랑의 눈이 흑립(옻칠을 한 갓) 아래 맹수마냥 번뜩였다. 그 살벌한 눈초리에 먼발치의 김굉표가 잡혀들었다. 그가 한산한 골목으로 꺾어져 들어가기가 무섭게 홍랑이 소매 춤에서 잘 벼려진 비수를 하나 골라 들었다. 십 년 전에도 저 하찮은 뒷모습을 바라본 일이 있었다. 북향 흙집으로 내몰린 바로 그날이었다.

모지리는 곧바로 땅굴에 감금되어 죽지 않을 만큼 풀만 씹었다. 행여 달빛에라도 탈까 싶어 김굉표는 그믐 새벽녘에만 문을 빠끔히 열어 숨구멍을 틔웠다. 어둠에 눈만 그렁해진 소년들이 절망에 울부짖다가 죽어 나갔다. 역병이 돌아 토굴 안에 콩나물시루처럼 들어앉아 있던 서른 남짓이 떼죽음을 한 일도 있었다. 시체를 치우지 않아 쥐들은 점점 비만해졌다. 채 죽지도 않은 아이 앞에서 숨이 끊어지기만을 기다리고 선 쥐들까지 생겨났다. 그 공혈 안에서, 삶과 죽음은 종이 한 장을 사이에 두고 모지리를 희롱하였다.

홍랑은 저도 모르게 코앞에서 손을 휘적거렸다. 해묵은 기억이 역한 시취屍臭를 소환한 탓이었다. 각일각 굶주림마저 되살아나 배 속이 깡그리 빈 듯 헛헛했다. 저치를 진즉 죽였어야 했다고 후회하는 것은 아니었다. 그런 식으로 살생을 하였다면 저자에 사람이 남지 않게 되었을 테니. 인간매매라는 김굉표의 업에 새삼 분개할 이유는 없었다. 다만 오래전, 이미 후한 값새로 팔아치운 물건을 재탕해 먹는 건 파렴치한 짓이었다. 자신을 아직도 그 모지리로 알고, 아예 팔자를 고치려고 덤비는 꼴을 보니 속이 뒤집힌 것뿐이었다. 홍랑은 다시금 비수를 단단히 그러쥐고 단타의 동작으로 주변을 훑었다. 사람 코빼기 하나 보이지 않았다. 멀어져가는 등짝에 암기를 날리려는 찰나, 반대편 골목에서 날랜 인영 하나가 확 튀어 올라 왜소한 김굉표 앞을 가로막았다. 삽시간에 그의 목이 와드득, 꺾였다. 짤따란 사지가 길게 늘어졌다. 흑영은 망자의 몸통을 심상히 처마 밑에 앉히곤 유유히 왔던 길을 되짚어 나갔다. 피 한 방울 나지 않아 날이 밝더라도 거나하게 취한 취객으로 보일 터, 이삼일은 지나야 사자로 판명 날 것이었다. 홍랑이 흑립을 벗어들었다. 기이했다. 민씨 부인의 개 육손이 어찌 예 있는가? 어찌하여 주인에게 김굉표를 데려가긴커녕 바로 물어 죽였을까. 왜? 돌차간에 풍향의 역류를 느끼며 홍랑이 획 뒤돌아섰다. 눈앞에 칼자루를 쥔 손가락이 보였다. 여섯 개, 육손이었다. 발도가 되지 않은 검을 확인하곤 홍랑은 제 비수를 갈무리하며 그를 살폈다. 차돌 같은 면상에선 역시나 그 어떤 감정도 읽어낼 수가 없었다.

"어머니의 명인가?"

"아니다."

육손의 망설임 없는 하대에 홍랑은 바짝 긴장하였다. 일이 어

234

찌 돌아가고 있는 것인가?

"그분이 널 아들로 여기는 한, 넌 그분의 것이다. 네 아무리 뛰어난 검계였다 하여도 이젠 몸을 사려야 할 것이다."

"몸을 사리라……?"

"도반으로 범자를 역추적하는 것은 어렵지 않다. 고수라면 감별은 더 쉬워진다. 함부로 스스로를 드러내지 마라."

"나에게 지금, 살수의 기본을 읊는 것이냐?"

"홍랑이란 이름으로 위험을 자초하지도, 분란을 만들지도 말란 것이다. 이건 경고다."

제 할 말만 하곤 육손은 사라졌다. 홍랑은 얼핏 상황 정리가 되지 않아 그의 말을 곱씹었다. 민씨 부인이 인정하는 한, 제 실체는 중요치 않다는 것이었다. 그만큼 그녀가 저를 믿고 있다는 반증이기도 했다. 뭔가 재밌게 돌아갔다. 홍랑이 피식 웃었다. 저 등치로 육손은 나름 순정파인 모양이었다.

백로

흰 이슬 눈가에 맺히고

"사람을 불렀으면 말을 해. 왜 말을 안 해? 불안하게시리."

홍랑을 불러 앉혀놓고는 당최 입을 열지 않는 재이였다. 홍랑이 심드렁하게 항변했다.

"뭐가 문제야? 애틋해 죽겠는 오라비가 떠나는 게 싫은 거야? 그 자릴 뺏은 내가 싫은 거야? 아님, 둘 다인가?"

"……."

"내가 문제구나? 이 아우가."

홍랑이 자리를 박차고 일어난 순간, 미동 없이 앉아 있던 재이가 무언가를 툭 내던졌다.

"이게…… 무얼까?"

난데없이 튀어나온 범 발톱 노리개를, 홍랑이 바라보았다. 웬

만한 집 여식들은 하나씩 지니고 있을 물건. 다만 큼지막한 발톱 끝이 순은으로 마감되어 있고 칠보장식까지 있는 것이 궁의 여인들이 지닐 만큼 격 있어 보이긴 하였다. 무슨 사연이 있는 것인가. 액운을 벽사하는 부적이 어째서인지 홍랑에게 불길함을 안겼다.

"꼭 알아야 하는 건가 보네, 내가?"

재이의 불안한 안광이 정체 모를 사내를 쏘아보았다. 절대 모를 수 없는 물건. 그녀는 애꿎은 제 치맛자락을 꽉 비틀어 쥐었다.

"너…… 누구야?"

그 말에 습벅습벅 물기가 배어 나왔다. 홍랑은 차분하게 숨을 들이켰다. 지금이 그 순간임을 직감한 때문이었다. 민낯을 드러내야 하는 순간. 촌극에 마침표를 찍을 순간. 재이를 나락으로 떨어뜨려야 하는 순간. 모멸. 멸시. 그리고 등골이 싸하도록 날카롭게 파고드는 천대의 눈빛을 모다 돌려받아야 하는 순간.

"내가…… 누구냐……?"

홍랑이 조용히 되물었다. 글쎄, 누구였을까? 누가 되고 싶은 것이었을까? 차라리 재물을 탐하는 파렴치한으로 끝났으면 하고 그는 바랐다. 암담한 건 아직 더 큰 가면이 남아 있다는 사실이었다. 창황한 낯빛을 지워내며 홍랑이 짓궂게 웃었다. 일찰나 그의 눈알이 혼탁해졌다. 무릇 야비한 사기꾼은 최후에 이런 얼굴을 할 터였다.

"내가 누구였음 좋겠는데?"

재이의 흉부에 광폭한 번개가 내리꽂혔다. 그녀는 제 눈시울이 뜨거워짐을 느끼고 빠짝 눈에 힘을 주었다. 바닥난 자존감에 대한 반박이었다. 하나 온몸이 떨려와 눈을 온전히 치뜨는 것도 쉽지 않았다. 걷잡을 수 없는 분노와 참담함에 치가 떨렸다.

"왜! 최고 행수 자리까지 꿰차고 나니 이제 더는 우길 필요가 없더냐! 이 상단을 곧 통째로 갖게 될 터이니 나 따윈 어찌 되어도 상관없더냐! 또 지껴여봐! 기억을 잃었을 뿐이라고, 아무것도 생각 안 난다고 뻔뻔스럽게 우겨봐! 그럴듯한 요설로 날 꾀어보라고, 또!"

"왜 그래야 되는데? 번다하게시리."

뻔뻔하게 정체를 밝힌 홍랑이 냉소하며 일어섰다.

"슬슬 지겹더라고. 아우 놀이."

나가려는 홍랑의 옷자락을 재이가 거칠게 채잡았다.

"어머니도 아버지도 다 잘 속였으니 네가 원하는 그 돈! 얼마든지 갈취할 수 있지 않더냐! 한데 굳이 왜 나를 끌어들였어? 왜 제주로 떠나는 날 붙잡았어? 왜 날 함월까지 데려갔어? 왜 그토록 필사적으로 아우 행세를 하였느냔 말이다! 왜!"

답을 주겠다는 듯, 홍랑이 성큼 다가섰다. 단박에 양팔을 뻗어 재이를 벽 사이에 가두고는 쐐기를 박듯 지껴였다.

"재미로."

생각지 못한 일격에 재이는 숨을 멈췄다. 경악하는 그녀의 목덜미를 다짜고짜 끌어당긴 홍랑이 거칠게 입술을 덮쳤다.

"흐읍!"

"이제 똑똑히 알겠지? 눈앞에 있는 사람, 사내인지 아우인지."

"이 미친놈!"

"아직 모르겠어?"

인두의 형벌처럼 입맞춤은 반복되었다. 입술에, 뺨에, 귓가에, 목덜미에. 지독한 덫에서 헤어 나오려고 재이는 용을 썼다. 그 럴수록 홍랑은 더욱더 포악하게 그녀를 잡아 쥐고 입술 도장을 찍어댔다. 일말의 심술이었다. 약이 오른 것이었다. 쉬이 날려 버릴 수 있는 향기라고, 자신은 착각한 것이다. 눈앞에 있는 여 인이 밉고 또 야속했다. 그녀가 대체 뭐기에 자신을 이렇게 비 참한 꼴로 만든단 말인가! 재이의 눈빛은 그저 경멸을 담은 예 전의 것이 아니었다. 숫제 해괴한 짐승을 보는 눈이었다. 그 뾰 족한 눈초리는 생각한 것보다 몇천 배 더 아프게 심장을 난도질 했다. 이제 돌이킬 수 있는 건 아무것도 없었다. 홍랑은 영원한 고통 속으로 철저히 재이를 밀어붙일 뿐이었다.

"살면서 단 한 순간도 재밌었던 적 없었거든. 그래서 그랬어. 재미로. 답이 됐나?"

"이 더러운 망종!"

"사냥은 죽이는 맛에 하는 게 아냐. 사냥감을 쫓고, 찌르고, 상 처를 내고, 피를 보고, 종국에 멱을 따는 그 과정을 즐기는 거지. 목덜미를 붙들린 토끼가 눈을 동그랗게 뜨고 아등바등 사지를 휘적거리는 걸 구경하는 재미라고. 지금 너처럼."

"천하에 몹쓸 종자!"

홍랑을 가까스로 뿌리치며 재이가 옆에 놓여 있던 경대를 집 어 던졌다. 콰장창! 파경破鏡이 신랄하게 흩어졌다. 눈썹 하나 꿈 쩍 않은 홍랑을, 재이는 노려보았다. 한때 빙글빙글 웃음 지었다 는 게 도무지 믿기지 않는 살벌한 안광이었다. 재이는 퍼뜩 이해 할 수가 없었다. 왜 그의 눈에 걷잡을 수 없는 증오가 어려 있는지. 힐난이 들어 있는지. 저 눈빛은 내 것이어야 하지 않던가. 홍랑이 삐뚜름하게 웃으며 입을 열었다. 목소리마저 잔인하였다.

"더 재밌는 거 알려줘? 상단에서 제일 속이기 쉬운 게 누구였는지 알아? 너!"

"함부로 지껄이지 마!"

"귀한 외동딸. 유일한 피붙이. 한데 금지옥엽은 개뿔, 그냥 망령 취급받는 천덕꾸러기더라고. 그런 딸년 죽어 나가도 심단주는 눈 하나 깜짝 안 할 것이고, 계모는 기뻐 춤이라도 출 테세니 콩가루 집안이지, 아주."

"네깟 게 대체 무얼 안다고!"

"왜 몰라? 다음 생엔 기껏 어느 초가집에서 막내로 태어나 귀여움이나 듬뿍 받고 싶은 게 네 진심이잖아. 흙발로 걷어차여도 그저 좋다고 꼬리치는 똥개랑 다를 바 없지."

"입 닥쳐!"

"솔직히 말해봐. 네가 진짜 원했던 게 뭐야? 국경을 넘어 연경에 가는 거? 거기에서 아우를 찾는 거? 웃기지 마. 너 그럴 용기 없어. 넌 그냥 방구석에서 한 자락 온기를 나눌 사람이 필요했던 거야. 사랑받고 사랑할 사람이 절실했던 거라고."

"검계가 이렇게도 사람을 죽이는구나! 정녕 네놈이 칼밥을 먹는 살귀가 틀림없구나!"

"누굴 탓해? 네가 하도 관심받고 싶어 하길래 난 준 것뿐인데."

"뼛속까지 교활한 악귀! 네놈의 악행을 만천하에 알릴 것이야!"

"분수를 모르고 까불다가 제 명줄 끊어먹는 놈들을 수태 봤거든, 내가. 날지도 못 하는 닭이 죽을힘을 다해 담장을 넘으면 어찌 되게? 살쾡이들 잔칫날이지 뭐. 세상에 무서운 사람 천지다, 네가 몰라서 그렇지."

"반드시 네 죗값을 치르게 될 것이다!"

"그래, 그럼 난 그때까지 꿈틀대는 지렁이에 소금이나 뿌리면서 기다리지 뭐. 그 꽁생원 말야. 네 가짜 오라비."

"……!"

"기대 마. 그놈과 나, 둘 다 사는 법은 없으니까. 한쪽이 죽어야 끝나는 개싸움이라고, 이거."

"오라비를 건드리면 내 널 가만두지 않을 것이야!"

"청소의 미덕이 뭔 줄 알아? 소멸된 건 말이 없다는 것이지."

당장이라도 재이의 목을 내리칠 듯이, 시꺼먼 홍랑의 눈알이 그녀를 찍어 눌렀다. 지극히 혐오스러운 면상이었다. 그 소름 끼치는 살기가 재이의 뼈 마디마디를 시리게 했다.

"감히 내가 어디까지 잔혹해질 수 있는지 시험할 생각 마. 네가 짐작할 수 없다는 건 확실하니까."

써늘하게 홍랑은 뒤돌아섰다. 그리고 한 발짝, 두 발짝…… 면경의 파편들을 그대로 지르밟으며 걸음을 뗐다. 핏빛 발자국은 금세 장지문 뒤로 사라졌다.

돌연 방 안 가득 침묵이 들어찼다. 붉은 밀초에서 핏빛 촛농만이 진득하게 흘러내렸다. 홍랑과 한 피로 이어지지 않았단 증거가 참으로 극악하고도 잔인하여 재이는 몸서리쳤다. 지난 날들은 송두리째 가작된 것이었다. 돈을 위한 광대놀음일 뿐이었다. 악질 중에 악질! 흉포한 왈짜! 배신감과 혐오감에 부아가 치밀었다. 처음 제 직관을 신뢰했어야 했다. 돌이켜보면 흔들릴 일이 아니었다. 흉흉한 눈초리는 분명 아우의 것이 아니었다. 도대체 무엇이 심중의 빗장을 뽑아내었는가? 무엇이 단단히 세워놨던 벽을 허물어뜨렸는가? 어찌 같잖은 사술에 그리 쉬이 현혹되었는가? 왜 생각 없이 낯선 사내의 독배를 받아 마셨던가…… 메뚜기 떼가 덮치듯, 광풍에 휩쓸리듯, 그에게 빠진 것은 한순간이었다. 간사한 꾐에 넘어간 것이, 속수무책 속은 것이 분했다. 마음을 기울이고 애달파했던 것이 억울했다. 한기 서린 재이의 눈동자에 아직 아우를 찾지 못한 슬픔까지 덧씌워졌다. 아득한 진짜 아우의 귀환에 휘청거리던 그녀는 사기꾼이 이기죽댄 말들이 진실일까봐 덜컥 겁이 났다. 아우를 찾으려 연경에 간다는 건 핑계일지도 몰랐다. 그저 끝없는 외로움으로부터 도망치고 싶은 것일지도 몰랐다. 진정 이 사달은 제 고독이 만든 비극일지 몰랐다. 재이는 느리게 눈꺼풀을 감았다. 다시 뜨면 모든 게 꿈이길 간절히 바라면서. 그러나 도처에 흩어진 파경들은 핏물을 쓰고 더 예리한 살기를 띨 뿐이었다. 날카로운 조각 하나를 집어 든 재이는 설핏 경악했다. 격분한 머리와는 정반대로 반응한 심장 때문이었다. 이건 분명 안도감이었다. 그럴 리가. 그럴…… 리가. 홍랑이 피붙이가 아니라서 다행이라는 참담한 생각에 진저리가 쳐졌다. 파경을 멀리 던져버린 손 끝에서 핏방울이 떨어져 내렸으나 아픔을 느낄 겨를이 없었다. 이미 흘러버린 감정이 쉬이 전복되지 않을 것이란 불길한 직감 때문이었다. 파류 속에서 그녀의 심장이 정처 없이 표류했다.

홍랑의 버선이 점차 핏빛으로 물들어갔다. 제 간사한 영혼에게 벌을 주고 싶었다. 재이를 욕보인 건 자신인데 비참함도 제 몫이었다. 어금니를 사리문 채 홍랑은 자문했다. 어찌하여 한낱 유락이 그녀를 베는 것이 되었을까. 결국 자신을 베는 일이 되었을까…… 그래, 너무 깊이 빠져버린 건 난생처음 유희를 가져서이다. 그저 여인이 뿜어대는 춘양에 속수무책 이끌렸을 뿐이다. 사지이자 전장인 이곳에도 봄이 온다는 것을 간과한 것뿐이다. 그뿐이다. 홍랑은 계속 핑곗거리를 찾아 중얼거렸으나 심병처럼 뻐근해진 심곡은 외면할 도리가 없었다. 파멸은 계획대로 진행 중이건만 대단한 차질이 생긴 것마냥 가슴 한쪽이 빠드등하게 조여왔다. 풀어야 할 난제는 없다. 단순 명료하다. 심열국을 멸하고 자신을 멸한다. 그뿐이다. 도륙을 재차 다짐하였건만 이 순간만큼은 알량한 죄책감이 복수심을 이겨먹었다. 그리고 무망한 것들이 심중을 비집고 들어왔다. 이를테면 홀로 남은 재이를 달래주고 싶다는 이율배반적인 감정 같은. 그녀에게 구구절절한 제 변명을 하고 싶어졌다. 제가 무지했다고. 인간의 감정이라는 게 얼마나 거대해질 수 있는지, 얼마나 벅찬 것인지 경험한 적 없어서 멋모르고 덤빈 것이라고…… 홍랑은 조소했다. 기껏 연정 비스무리한 감정에 빠져 허우적대는 제 꼴이 가관이었다. 일순간 그의 목에 메스꺼운 묵향이 감겨들었다. 아니나 다를까 무진이었다.

"크크크큭. 호제虎蹄 노리개를 모른다? 을분 어멈을 족쳐서라도 그것만은 숙지하였어야 했거늘. 쯧쯧. 하긴 그 귀물의 존재조차 몰랐으니 어찌 물을 수 있었을까."

"짐이나 싸. 대마도까진 갈 길이 멀고도 험할 텐데."

"왜? 내 뒤를 밟아 야산에서 목이라도 치려느냐?"

"쥐새끼 뒷덜미엔 관심 없어."

"뻔뻔한 그 가면을 곧 벗겨낼 것이다."

"가면을 벗기든, 가죽을 벗기든 좀 서두르시지?"

사기꾼의 꼬락서니에 무진은 토악질이 나올 지경이었다. 지나쳐 가는 그를 향해 무진이 목소릴 높였다.

"너와 연이 닿은 모든 이들을 찾아내어 만천하에 널 까발리게 할 것이다! 돈 몇 푼에 목에 핏대를 세워가며 너를 부정하고 또 부정하도록 만들 것이야! 몇 푼 더 얹어주면 관아에 가서 고변하겠다 서로 아우성을 치도록 내 꼭 그리 만들고 말 것이야!"

"아이고, 무서워라. 송장 여럿 치게 생겼네. 내 과거를 아는 놈들이 어찌 되었는지 알아? 육손의 손에 꽥. 무슨 말인지 감이 안 와? 나 그냥 아들 아냐. '아드님'이야. 그런 날 부정했다간 그날로 인생 종치는 거라고. 아버님께 큰절 올리고 곱게 떠나시지?"

"송월이 한양에 당도한 건 아느냐?"

뜻밖의 이름이 놈의 입에서 튀어나오자 홍랑이 멈칫했다. 어째서 송월까지 불러들인 것인가? 어쩌자고 송월은 예까지 온 것인가!

"궁금하구나. 송월이 아버님께 뭐라 고할지. 하긴 뭐라 하든 무슨 상관이겠느냐. 네 말에 따르면 결국 그이도 육손에게 목이 꺾일 테지. 팔자 한번 뒤집는 게 참으로 쉽지 않구나, 그렇지 않더냐?"

"그래, 쫓겨날 날도 며칠 안 남았으니까, 열심히 용써봐."

"내 끝내 대마도로 간다 하여도 홀로는 아니 간다. 네놈의 역겨운 광대짓을 더 이상은 참을 수 없다고 분개하고 있으니 재이는 날 따를 것이야."

"건드리지 마, 이 집안의 그 어떤 것도!"

홍랑이 별안간 무진의 멱살을 채잡아 담벼락으로 거칠게 밀어붙였다. 담담하게 애체를 고쳐 쓰는 무진의 입가에 빙긋한 미소가 떠올랐다. 드디어 제가 이 협잡꾼의 기분을 상하게 한 모양이었다.

"이거 놓아라. 내 상단에서 쫓겨나면 재이와 혼인한다 하여 이상할 게 무엇이냐?"

"혼인?"

"제사도, 재산도 못 받았으나 재이만은 내 사람이다, 그 말이다. 네놈은 재이가 친누이라 끝까지 우겨라. 혼인은 생판 남인 내가 할 터이니."

"감히 내 것에 손대면, 죽는다."

"마음까지 재물로 살 수 있다더냐? 재이가 스스로 집을 나설 것이고 마님은 골칫덩이 나간다며 어깨춤을 출 터인데 어찌 나에게 패악질이야? 딱한지고."

"닥쳐!"

"재물에 눈이 멀어 친자를 자처하였건만 결국 스스로 재갈을 물고 금사망을 뒤집어쓴 꼴이라. 크크큭."

홍랑의 손아귀를 힘겹게 뿌리친 무진이 다시금 구겨진 옷깃을 바르게 폈다.

"누이의 낭군이니 형님이 아니더냐? 형님께 멱살잡이라니 쯧쯧쯧. 역시 천출은 어쩔 수가 없는 것이지."

"이놈이!"

"우리가 떠나면 그토록 원하던 네 세상일 터. 돈왕 행세나 실 컷 해대면서 그 많은 재물을 죄 껴안고 한평생 잘 뒹굴어보아."

무진이 선비마냥 음전하게 중문을 넘어 나오자 대기하고 있 던 부영이 모습을 드러냈다.

"저놈이 조만간 송월을 보러 나설 것이다. 기회 그때뿐이야."

"예."

"필시 생포해야 함을 명심하여라."

죽일 순 없었다. 이대로 죽어 없어지면 진실로 그는 친자가 될 터였다.

추분

잔인하고도 끔찍한 박하향

  청지기가 홍랑을 안내한 곳은 호화롭기로 소문난 수렛골 역원에서도 최고급 객실이었다. 미닫이문이 열리자 송월이 점잖게 저고리 매무새를 가다듬고 뭉게구름 같은 치맛자락을 갈무리하며 일어났다. 미소를 띠지도 않았건만 한껏 휘어진 반달 모양 눈썹이 깨끗한 낯빛과 어우러져 도통 나이를 가늠할 수 없었다. 고아한 옥색 치마에 남색 저고리를 받쳐 입고 투명한 옥비녀로 단정히 쪽을 지은 자태가 참으로 우아하고 기품 있었다. 그 청표한 맵시를 한 번이라도 본 사람이라면 그녀가 경진사화로 사사된 전 대사성의 딸이라는 소문을 믿지 않을 도리가 없었다. 안내를 한 청지기 또한 여인의 지긋한 자태에 잠시 넋을 놓았다. 그녀가 홍루의 주인이라는 사실은 꿈에도 모른 채 어찌 정경부인이 홀로 여각에 머무르시나 호기심이 동하여 눈치껏 일별하며 돌아설 뿐이었다.

"네가 여긴 어찌 알았누?"

주칠을 한 주안상 위에 표찰이 붙은 세 개의 술병이 놓여 있었다. 송월은 심상히 빈 잔에 백화주를 따랐다. 홍랑은 산해진미도 거부한 채 연거푸 술만 들이켰다. 온갖 꽃향을 음미할 새도 없이 술병이 쉬이 비었다. 송월이 먼저 입을 열었다.

"설욕하라 했거늘 어찌 애먼 데 마음을 뺏긴 것이냐?"

"빌어먹을. 어디까지 꿰뚫어 볼 건데?"

"독주에 되레 정신이 맑아지니 다른 이유가 있을까."

"당장 돌아가. 민상단에 발 들일 생각 말고. 죽을 수도 있어."

"내 명줄 끊길까 심려되어 예까지 온 게냐? 돈왕이 필시 그림자를 붙여두었을 텐데도?"

"그럼 죽게 내버려 둬? 은인을?"

"그런 적 없다 누누이 말했느니."

나긋한 섬섬옥수가 이번엔 감홍로를 따르자 홍랑이 그 찰랑거리는 표면을 조용히 응시하였다. 취기 오른 눈두덩에 아릿하게 옛일이 되살아났다.

한평 대군의 외별채에서 신묘는 매일 산해진미를 먹었으나 하루가 멀다 하고 혼절해 실려 나오는 소품들을 목도하며 살이 더 내렸다. 신묘 역시 극심한 통증에 실신하여 첫날의 기억을 잃었다. 내리 열흘을 앓아누웠다. 대단한 보양식을 먹고 귀한 약재를 마셨으나 몸뚱어리를 추스르면 다시 사랑채에 들어야 했기에 영원히 앓길 염원하고 또 염원하였다. 그렇게 딱 한

248

철을 보내면 어떤 소품이든 반쯤 미쳐 목숨을 걸고 탈출을 감행하지 않을 수 없었다. 기해년 봄, 신묘는 이른 새벽 담을 넘어 도망하였으나 바로 잡혀와 두 발목의 힘줄로 그 값을 치렀다. 대군이 애완하는 소품이라 달리 흠을 낼 수 없었던 모양이었다. 일 년간 앉은뱅이 생활을 하고도 사 년의 세월을 더 보냈다. 모든 것을 체념한 신묘가 젓가락 하나를 품에 갈무리하던 날, 새 소품이 들어왔다. 모처럼 대군의 눈에 쏙 든 그가 본의 아니게 신묘를 살렸다. 그러나 한방을 쓰는 그가 자신의 전철을 밟는 것을 지켜보는 일 또한 못할 짓이었다. 매일 밤 신묘는 잡혀오는 악몽을 꾸었다. 깨어나면 시름시름 앓는 새 소품이 제 팔을 붙잡고 늘어졌다. 신묘는 괴수의 아가리에 꾸역꾸역 먹이를 처박는 돈왕을 저주했다. 그의 끊임없는 공급은 한편 대군에게 망설일 틈도 주지 않았다. 차고 넘치는 진상에 소품들은 서슴없이 유린되고, 망설임 없이 폐기되었다. 대군보다 끔찍한 것이 바로 그의 광기에 불을 붙이고, 기름을 붓고, 부지런히 풀무질을 하는 심열국이었다. 대군의 관심이 멀어진 소품들은 즉각 폐기되었다. 그 출폐黜廢가 대숲의 생매장이란 걸 신묘는 제 차례가 되어서야 알았다. 하여 팔목을 그었다. 다시 눈을 떴을 때 어떤 여인이 저를 내려다보고 있었다. 송월이었다.

마치 그때처럼, 홍랑은 맞은편에 앉은 여인을 곧게 응시했다. 예나 지금이나 그 참한 용태엔 변함이 없었다.

"난 성공적으로 잘 죽은 줄로만 알았지. 눈앞의 여인이 항아님처럼 아름다웠으니까."

"무슨 말이 하고 싶어 그토록 꺼리던 묵은 날들까지 헤집느냐?"

249

"차가운 객주가 유독 나한테만은 따뜻하니까, 너무 정성을 쏟으니까…… 죽으려는 날 너무 필사적으로 살리려고 안달복달하니까…… 어느 순간 그런 생각이 들더란 말야. 풍문처럼 혹시나, 진짜 아들인가…… 하는."

대답을 구하는 양 홍랑이 탁한 눈알로 송월을 바라봤다. 그녀의 조신한 육신이 휘청휘청 두 개로 겹쳐 보였다. 감홍로마저 바닥나자 그는 마지막 주병의 긴 모가지를 잡아챘다. 귀한 면천 두견주였으나 그에겐 저주스러운 진달래일 뿐이었다. 그 달큼한 액체를 단숨에 목구멍으로 쏟아부은 홍랑은 다시금 눈두덩에 힘을 주어 송월을 바라보았다. 기필코 답을 듣고야 말겠다는 집요한 눈빛에 그녀가 담담히 입을 열었다.

"홍랑아. 계묘년에 내, 물건을 하나 샀다. 살 의지도 없거니와 발목이 다쳐 제대로 걷지도 못 하고 등이 다쳐 바로 눕지도 못 하는 쓸모를 다한 완구였지. 불쌍히 여겨 구제한 것도, 인심이 동해 거둔 것도 아니었다. 그건 뭐랄까. 일종의 투전판 놀음 같은 것이었지. 그래. 대군 댁 공집사가 턱없이 싼 가격을 부른 것도 한몫하였다. 물건이 해월루에 배달되어 온 날, 난 그것에 홍랑이란 새 이름을 붙이고 시간과 돈을 들여 잘 가꾸었다. 왜 하고많은 이름 중에 그것이었을까?"

〈무지개 홍에 밝을 랑. 넌 앞으로 그리 살아라.〉

배달된 소품에게 송월이 처음 건넨 말이었다. 이름이란 삶을 결정짓는 것이었다. 여러 이름은 가졌으나 모두 터무니없는 방임으로 점철된 것들이어서, 한 번도 제대로 된 성명을 가져본 적이 없어서, 하물며 이토록 아름다운 뜻까지 지녀서 쥐똥은,

모지리는, 신묘는 그것이 제 것이라 실감 못 했다. 송월이 특유의 나긋한 음성으로 자신을 부를 때면 일부러 대답을 않기도 했다. 하면 홍랑아, 홍랑아, 하고 연이어 두세 번 부름을 받을 수 있었다. 그것이 심열국 아들놈의 이름자인 것을 알았을 때, 홍랑은 되레 울컥했다. 그렇게라도 삶의 투지를 불태우라는 송월의 깊은 뜻이리라, 순진하게도 그리 여겼을 뿐이었다. 한데 거기에 무슨 속내가 있었던 것인가? 다음 말을 기다리던 홍랑은 괜한 불길함에 제 목구멍으로 화주를 콰르르 쏟아부었다. 송월의 매끈한 입술이 다시 열렸다.

"물건을 말끔히 수리하고 슬쩍 소문을 흘리니 역시 독개가 날 찾아왔지. 내 그 물건을 흥정도 없이 비싼 값에 되팔았으니 운이 나쁘지 않았음이야. 역시 사람 장사가 가장 많은 이문을 남기는 법이지."

"그게…… 무슨 말이야?"

"재물을 불려줬을 뿐만 아니라 원수까지 갚아주니 어찌 기껍지 않을까."

"무슨 말이냐고!"

"나도 너 못지않게 이름이 많았다. 소싯적엔 꽃님이라 불리었지. 심열국이라는 잘난 정인도 있었고."

망연한 홍랑을 앞에 두고, 송월의 이야기는 이십 년 전으로 거슬러 올라갔다.

다행인지 불행인지 민씨 부인에게 금자를 받고 꽃님을 죽이기로 했던 도부꾼은 몇 푼 더 챙길 요량으로 그녀를 해월루에 팔아넘겼다. 그렇게 여염집 처자는 창졸간에 기적에 명이 올라

기녀가 되었다. 언젠가 저자에서 구경하였던 씨름판의 매치기 한판처럼 한 인생이 나락으로 처박힌 건 실로 순식간이었다. 모진 세월을 거친 후 해월루의 여객주로 직접 검계까지 양성하게 된 그녀였으나 어쩐지 심열국과 민씨 부인에겐 제 수족들을 보낼 수 없었다. 한 방의 칼침은 그들에게 너무나 과분한 죽음인 때문이었다. 그들이 급사하면 숫제 거상으로 추대될 판이었다. 절대 그리 둘 수 없었다. 비루한 꼴로 땅바닥을 기며 천것들의 비웃음을 사고, 살아 있는 매 순간 공포에 떨어야 마땅했다. 어느 봄날, 양반들을 대동하고 꽃놀이를 갔던 송월은 최상질 비단을 입고 필사적으로 도망하는 어느 도령을 목격했다. 그리고 단번에 소년이 저 같은 헛껍데기임을 알아보았다. 부잣집 공자의 행색임이 틀림없었으나 송월의 눈엔 보였다. 새하얀 얼굴에 유독 까맣게 멍든 턱이 그것을 증명했다. 서슴없이 채찍을 휘두르는 가병들이 다시금 그의 처지를 확인시켜주었다. 두건을 뒤집어쓰기 직전, 소년의 얼굴을 들여다본 순간 송월은 그만 말을 잊었다. 실종된 심열국의 아들, 홍랑과 너무나도 닮아서였다. 찰라 송월의 뇌리에 기막힌 계획이 스쳤다. 저 도령을 앞세운다면 극상의 복수를 할 수 있을 것이란. 자신을 죽이라 사주한 민씨 부인과, 그것을 묵인한 심열국에게 말이다. 신묘를 손에 넣기 위해 송월은 장장 두 해 동안 공집사와 은밀히 교섭하였다. 비록 고물이 다 된 상태였으나 계묘년 정월 초하루에 드디어 물품을 인도받을 수 있었다. 공식적으로 신묘는 그날 죽림에 폐기되었다.

　복수를 실행하려면 홍랑이 먼저 심열국의 친자를 자처해야만 했다. 산전수전 다 겪어 세상물정을 다 안다 여기는 홍랑은 실상 한없이 여린 소년이었다. 그런 애송이 하나를 설득하는 것은 송월에게 대수가 아니었다. 다만 닳고 닳은 심열국이 홍랑을 제 아들이라 인정해야만 했다. 하여 비싼 선생을 들여 홍랑을 혹독하게 가르치며 품격을 덧입혔다. 그리고 세뇌를 시켰다.

〈어찌 꽃 같은 인생을 버리려 하느냐? 한평의 아가리에 끊임없이 먹이를 처넣는 돈왕이야말로 생악귀다. 그가 피를 토하고 죽어가는 꼴을 보면 네 흉중의 응어리가 조금 풀어지지 않겠느냐? 그가 목숨보다 중히 여기는 재산을 모두 빼앗으면 좀 후련해지지 않겠느냐? 유린당한 소품들의 원혼을 너만이 달래줄 수가 있다.〉

머잖아 홍랑은 해원解冤이라는 목표를 갖게 되었다. 발목 인대가 잘렸던 탓으로 하체에 힘이 들어가지 않아 검사劍士가 되지 못한 그는 표창과 비수 등 작은 비기를 부렸고 독을 익혔다. 그리고 곧 생낯을 향해 숱하게 죽음을 날리며 칠점사로 거듭났다.

〈왜 살행을 나가는지 알고 있더냐?〉

〈돈왕의 복수를 위한 습련입니다.〉

〈하니 너는 표적이 누군지, 왜 멸구되는지 알 필요도 없고, 알려고 하지도 말아라.〉

〈혹여 제가 실패하면 어찌 되는 것입니까?〉

〈그따위 실력으론 돈왕을 이길 수 없으니 복수를 포기하여라. 돌아올 필요도 없다. 난 너를 모르고, 너도 나를 모르는 것이다. 우리 둘은 다신 만나지 못할 것이다.〉

뼛속까지 인귀人鬼가 되진 못 하여 손에 피를 묻힐 때마다 홍랑은 악몽에 시달렸다. 그런 그에게 송월은 손수 향낭을 만들어주었다. 박하향이 열심히 혈향을 지워낼 때마다 홍랑은 다짐했다. 거사를 치르고 나면 민상단의 재산을 모두 빼앗아 어미와 진배없는 송월에게 바치리라. 그리고 저는 생낮의 숨을 거둔 죄로 스스로 세상과 절연하고 그녀의 처소를 굽어보는 매화나무 아래 묻히리라. 말 못 하는 인회를 붙들고 제 뒷자리를 그렇게나 당부하고 또 당부하였던 것은 그런 까닭이었다.

텅 빈 술병을 주안상에 쾅! 내려놓으며 홍랑은 악을 썼다.

"왜 속였어, 왜 진즉 말하지 않았어? 다 알았더라도 난 기꺼이 했을 텐데! 더 열심히 했을 텐데! 왜, 왜!"

"손안에 굴리는 호두알이 너무 매끈하면 아니 되지. 정이 실리면 칼날이 무뎌지기밖에 더하겠느냐. 엿가락 같은 비수를 어디에 쓸까?"

"내가…… 기껏……!"

"돌아가. 손 떠난 물건은 괘의치 않는 것이 상도. 내, 옛 정인을 보러 한양에 온 것이 아니다. 또한 그자가 널 내칠지 혹은 죽일지, 내 알 바 아니지. 야밤에 괜한 걸음을 했어."

역시 나붓한 음성이었다. 홍랑의 등골에 검센 전율이 흘러내렸다. 그 섬뜩한 골한骨寒에 이가 갈렸다. 시퍼런 면을 모지락스레 뭉개며 연거푸 마른세수를 한 그가 벌떡 일어났다. 쨍하게 곤두선 머리와 달리 힘줄이 잘렸던 그때처럼, 발목이 자꾸만 꺾여들었다. 홍랑은 힘겹게 백통장식 문고리를 쥐어뜯을 듯 잡아당겼다. 나가려다 말고 번뜩 뒤를 돌아본 그가 제 품을 뒤적여 흰색 향낭을 뜯어냈다. 그리고 송월의 그림 같은 미태에 태질하였다. 싸한 박하향이 비수가 되어 그녀의 심장에 냅다 꽂혔다.

한로

떨칠 수 없는 한기

몽롱한 밤낮이 수없이 바뀌었다. 며칠이 갔는지도 알 수 없었다. 그저 모든 것을 떨쳐내고 싶었다. 독주를 퍼마시는 수밖엔 도리가 없었다. 비치적비치적 암흑을 타고 방황하던 홍랑이 문득 사위를 살피며 실소했다. 지덕림至德林의 한가운데 휑뎅그렁하게 서 있는 것을 자각한 탓이었다. 저도 모르게 분노의 발걸음이 한평 대군의 묏자리로 향하고 있었다. 언젠간 참된 복수를 하리라 다짐했다. 그것이 오늘인 모양이었다.

일 년 전, 대군의 급서로 비통에 잠긴 임금이 군왕지지君王之地를 하사했다. 역모의 싹을 자르겠다며 후사도 잇지 않은 결연한 충정을 치하하며 제 묏자리로 점찍은 명당 중 명당, 천자만손千子萬孫의 길지를 내놓은 것이다. 후사 없는 대군이 들기엔

과한 대명당이라 관상감의 부정과 첨정, 판관에서 주부에 이르기까지 모두 들고 일어났으나 임금은 오히려 대규모 산릉도감을 차리고 조선팔도에서 만 명의 징역자를 징집하여 위패를 모실 사당을 지으라 명했다. 인격이 덕의 극치에 이르렀다는 뜻의 '지덕'이란 이름을 하사하고 그 현판을 손수 쓸 정도에 이르러서는 아무도 더 이상의 사족을 달지 못하였다. 근처에 금표를 치고 송림이 아닌 망자가 평소 아끼던 죽림까지 조성하였다. 그뿐인가. 손수 제 구장복까지 하사한 탓에 숫제 왕의 대례복을 입고 영면에 든 대군이었다. 홍랑은 분개했다. 천하의 금수만도 못한 것이 호사스러운 명묘에 금박 수의를 입고 유유자적 나자빠져 있다니, 그의 죄악이 하늘에 닿지 않았다. 아니, 하늘이 있었다면 애초에 제 운명이 이리되지도 않았을 터였다.

차지게 퍼지는 취죽의 향내가 또 신묘의 기억을 헤집었다. 무작정 퍼마신 화주의 향이 한데 뒤섞여 그예 쓴물로 올라왔다. 토악질을 해댔다. 음산한 바람이 그의 등을 두어 번 쓸어내렸다. 써늘한 죽향을 들이마시며 허리를 편 순간, 그의 눈빛이 가늘어졌다. 나무 하나가 묘하게 심기를 건드리는 까닭이었다. 오가는 바람에도 홀로 흔들리지 않는. 파사사삭! 천공에서 불길한 인영이 쏟아져 내린 건 찰나였다. 새카맣게 내려앉은 괴한들은 가볍게 땅을 짓치며 돌차간 포위망을 좁혀왔다. 얼핏 예닐곱 명은 되어 보였다. 살기를 감지하지 못했다는 자책도 잠시, 사납게 침을 뱉어낸 홍랑은 소매로 입가를 훔치며 씨익 웃었다. 죽음의 기회는 항시 반가웠다. 술기운이 아니었다. 울고 싶어 죽겠는데 마침 뺨을 때려주니 핑계가 좋았다. 이참에 실컷 피를 보리라. 깊은 동공이 희번덕거렸다. 그러나 홍랑이 소매 안의 비기를 쥐기 무섭게 그의 턱 밑에서부터 삐죽이 검광이 뻗어 나왔다. 일곱 자는 너끈히 되어 보이는 장검이었다.

"칼을 버려."

"쳇, 고작 일곱이라. 골샌님 소갈머리 하곤."

흉흉한 기세였으나 자색 복면인의 칼 겨눔으로 보아 죽이지 말라 명받은 것이 틀림이 없었다. 홍랑의 잇새로 소태가 흘렀다. 최대한 처참히 죽이라 명해도 모자랄 판에 말랑한 샌님은 생포를 명했다. 굳이 발치에 무릎 꿇리고 대가리를 주억거리며 죄를 실토하는 모습을 만들어내고 싶었으리라. 끝까지 양반 놀음이었다. 순순히 그리고 천천히 무릎을 굽혀 손에 쥔 비수를 내려놓는 척하던 홍랑이 우지끈, 자색 복면의 발등을 찍어 누르며 튀어 올랐다.

"끄아아악!"

놀란 밤새들이 일제히 푸드덕 날아올랐다. 살귀의 장검이 한 박자 늦게 허공을 내리 갈랐다. 첨예한 살성이 번져 나갔다. 다섯 근은 족히 될 검을 단도로 겨우 받아낸 홍랑이 미간을 일그러뜨렸다. 가공할 공력에 손이 짜르르 울렸으나 온 힘을 그러모았다가 일순 힘을 뺐다. 발에 치명상을 입은 자색 복면이 중심을 잃고 휘청대는 순간 홍랑은 최대한 몸을 물려 거리를 벌렸다. 그때였다.

"흐억!"

희끗하게 공중제비를 돌아 들어온 두 개의 검이 홍랑의 옆구리와 허벅지를 베어냈다. 홍랑이 뱅그르르 몸을 돌려 빠져나오기가 무섭게 또 하나의 서슬이 그의 어깨를 그어 내렸다. 검들은 얕았으나 홍랑이 직접 대적하기엔 역부족이었다. 거리를 벌려 암기를 날릴 순간을 포착해야 했다. 민첩하게 발을 물리며 그는 생각했다. 지닌 비수는 고작 다섯 개. 허투루 날릴 수가 없었다. 그의 지략을 간파한 그림자들은 각일각 홍랑을 압박해왔다. 목을 따려고 안달인 것을 보니 샌님 딴엔 꽤 돈을 들인 모양이었다. 점잖은 오라비, 선량한 도덕군자로 위장한 채 재이에게 눈독을 들이던 위선자가 떠올라 역겨움이 솟구쳤다. 제 신체 곳곳에서 울컥 피가 터져 나온 줄도 모르고 홍랑은 분풀이를 하듯, 팍 두 손을 내뻗었다. 네 개의 시린 섬광들은 밤을 횡으로 찢으며 괴한들의 신체에 정확히 박혀들었다. 도처에서 느껴지던 집요하고 완고한 살기는 은백의 칼날에 소리 없이 스러졌다. 발도에 좀 더 신중했어야 했는데…… 소맷귀에 딸려온 주향을 들이켜며 칠점사는 뒤늦게 후회하였다. 일곱이었던 인영이 다섯으로, 또 셋으로 줄어든 것을 확인한 순간 번쩍, 홍랑의 코앞에 살기등등한 검선이 짓쳐들었다. 육중한 대검이 바람마냥 민첩했다. 챙! 마지막 비수를 던져 서슬을 쳐낸 홍랑이 대차게 나동그라졌다. 턱선을 타고 뚝뚝 핏방울이 흘러내려 빠르게 가슴팍을 적셨다. 그가 멈칫하자 더 이상 암기가 없는 것을 눈치챈 세 명의 격검꾼들이 이른 승리를 자축하며 서로 눈빛을 교환했다. 고개를 빳빳이 쳐든 채 눈알만 내리깔아 홍랑을 보는 자색복면의 눈두덩이 빙긋이 웃었다. 숨만 간당하게 붙여놓으면 될 일, 급소와 대혈관만 피해 함부로 베고 찌르겠단 심산이었다. 일촉즉발의 상황에 홍랑은 손에 잡히는 대로 날카로운 돌

멩이를 주워들었다. 살수가 검을 두 손으로 고쳐 들고 홱 치켜
든 순간, 홍랑은 아무 소용이 없을 줄 알면서도 둔탁한 돌을 비
수마냥 날렸다. 마지막 발악이었다. 상대의 날붙이에 번쩍 조각
달이 스민 찰라, 피잉! 피잉! 콰과광! 죽림 곳곳에 벼락 화살들
이 내리꽂혔다. 허리가 꺾인 취죽들이 엇갈려 쓰러지며 빽빽한
대숲을 찍어 눌렀다. 흉포한 바람이 휘몰아쳤다. 우왕좌왕하는
살수들에게도 신랄한 살대가 날아들었다. 납작 엎드린 홍랑의
얼굴에 확, 피가 번졌다. 자색 복면의 피보라였다. 광속으로 날
아온 화살은 살수의 목울대를 관통한 것으로 모자라 그 건장한
육체를 냅다 땅에 내리꽂았다. 속수무책 흩날리는 댓잎 아래 세
상이 일순 궁벽해졌다. 분분히 갈앉는 댓잎을 걷어내며 다가온
것은 맥궁을 든 인회였다. 제 화살을 차분히 갈무리하며 의제는
날카롭게 살풍경을 훑었다. 축축한 핏덩이들이 모두 북망객이
되었음을 확인한 후, 그는 곧장 의형의 핏빛 얼굴에 면포를 가
져다 대었다. 쇠독에 좋은 회화가루를 뿌린 것이었다. 조심스레
관절들을 살핀 인회는 골상骨傷은 아니어 다행이라는 듯 가뭇없
이 한숨지었다. 그 손을 쳐내며 홍랑이 일어섰다. 생과 사의 경
계에서도 더러운 기분이 떨쳐지질 않았다. 또 살아남은 불쾌감
일지도 몰랐다. 대숲의 청량함 위로 습습한 혈풍이 고여들었다.
송월의 소름 끼치도록 우아한 면목이 다시금 스쳐갔다. 시체로
산을 쌓고 피로 강을 내어야 그 눈초리가, 단아한 살성이 뇌리
에서 떨어져 나갈 듯싶었다. 홍랑은 대충 옷매무새를 추스르곤
발길을 재촉했다. 지덕사 방향이었다. 자괴감뿐인 그 뒷모습을
바라보는 인회의 심정이 복잡했다. 그가 덥석 홍랑의 팔뚝을 잡

아챘다. 그리고 신경질적으로 몸을 뒤튼 의형에게 사인검을 내밀었다. 정녕 그뿐이었다.

한평 대군을 사몰시키던 밤, 그의 별서는 기가 찰 만큼 경비가 허술했다. 자신을 선량하다 여긴 대군의 굳센 믿음 덕분이었다. 왕좌를 꿈꾼 적 없으니 군왕의 심기를 건드릴 일도, 조당에 발을 들인 적 없으니 특정 당파에 원한을 살 일도 없었다. 가여운 민초의 고혈을 빨아 배를 불리는 무식한 짓은 더더욱 한 적이 없었다. 일생을 고결하게 서화에 바친 자신을 추앙하면 추앙했지 누군가 해할 까닭이 없다고 그는 생각했다. 험악한 가병을 세워 별서를 무장하지 않은 것은 그런 이유였다. 덕분에 잠입은 모든 것이 함정이라고 느껴질 만큼 쉬웠다. 홍랑이 마치 초대받은 객처럼 사랑채에 들었을 때 예견한 상황이 펼쳐져 있었다. 며칠 밤을 지새워 정신마저 흐릿한 대군 앞에 초죽음 상태인 소품 하나가 묶인 풍경이었다. 저와 한방을 썼던, 바로 그 아이였다. 홍랑은 장검을 즉각 발도하여 선혈이 낭자하게 뭇칼질을 하고픈 욕망을 억누르는 게 실로 고역이었다. 대군이 비명횡사하면 심열국 또한 태세를 갖출 터라 이 죽음은 반드시 자연사로 위장되어야만 했다. 게다가 소품들을 구출할 시간을 벌려면 소란도 일으켜선 아니 되었다. 결국 홍랑은 염을 하여도 발각되지 않도록 대군의 정수리에 가느다란 장침을 하나 꽂아 넣는 것으로 일을 마쳤다. 금수에겐 실로 과분한 죽음이었다. 하나 곧바로 찾아간 외별채는 이미 싹 비워진 후였다. 대단한 거름을 주었는지 죽원竹園만 몽땅 갈린 채였다. 이제야 그 의문이 풀렸다.

예기치 못한 변수로 인해 혹여 홍랑의 신변에 문제가 생길까봐 송월이 먼저 손을 쓴 것이었다. 결국 그날 홍랑이 구한 소품은 단 한 명, 인회뿐이었다.

그 밤의 기억을 짓씹으며 만신창이가 된 홍랑은 어둠을 뚫고 지덕사로 들어섰다. 참으로 요상한 밤이었다. 구덕한 먹구름이 망주석을 덮는가 싶더니 그가 능원 위로 올라섰을 땐 을씨년스 럽게 가을비가 내리기 시작했다. 망자를 호위하듯 십 척은 족 히 넘는 문인석 한 쌍이 두 손을 공손히 그러쥐고 서 있었다. 홍 랑은 그 앞에서 보란 듯이 사인검을 발도하였다. 그리고 단박 에 연화문을 새긴 둘레석을 지르밟으며 봉분 위로 올라섰다. 망 설임 없이 파묘가 시작되었다. 영역을 침범당한 금수처럼 홍랑 은 억척스레 달려들었다. 허리가 꺾일 듯, 팔이 부러질 듯 거듭 된 난도질에 불꽃이 일고 광폭한 쇠비린내가 진동하였다. 그의 복수를 거들기라도 하듯 가느다란 빗줄기가 한여름 소나기마 냥 굵직하게 변했다. 십 척 깊이로 겹겹이 밀봉된 묘실은 빠르 게 허물어져 내렸다. 능이 일개 대도로 무너질 리 없건만 봉인 된 지 얼마 안 되어 회灰는 물렁했고 숯가루는 쉬이 씻겨 나갔 다. 곧 공혈이 생기고 석관이 무너졌다. 마침내 금빛 수의를 걸 친 철천지원수가 모습을 드러냈다. 홍랑은 한참이나 혈기 충만 한 짐승의 눈알로 시신을 물어뜯을 듯 노려보았다.

"한평! 네놈의 사지를 갈가리 찢어놓으러 왔다! 기어이 축귀 같은 네놈을 가루로 만들고 말 것이야! 아무리 왕의 의복을 입 고 명당에 묻었다 한들, 온전한 육신 없인 결코 승천하지 못할 것이다!"

외침은 호기로웠으나, 어째서인지 홍랑의 육신은 부들부들 떨려왔다. 짓무르고 부패된 쭉정이일 뿐인데, 반쯤 썩어 문드러진 시체일 뿐인데, 그것도 제가 발아래로 뭉개며 내려다보고 있는데, 사랑채에 들던 그때처럼 사지가 제 맘대로 발작했다. 훈련된 고통은 순차적으로 되살아났다. 극심한 흉통과 현기증, 구역질, 호흡곤란. 막판엔 질식감이 엄습할 터였다. 통째로 도려내고 싶은 지옥의 날들은 늘 잠복해 있다가 이렇게 예고 없이 풀쑥풀쑥 고개를 쳐들었다. 격앙된 만면에 모멸감이 들어찼다. 이 축귀의 껍데기 앞에서까지 나락으로 떨어질 순 없다. 반쯤 삶은 이 시체를 철저히 짓밟을 것이다. 홍랑은 사인검을 아귀세게 그러쥐곤 높이 쳐들었다. 그리고 간악한 해골을 단박에 으스러뜨렸다. 갈비뼈도 낱낱이 해체하였다. 잡놈의 사지를 조각조각 토막 쳐 끊어내었다. 숨이 턱 끝까지 차오르고, 살수들에게 당한 상처마다 거뭇한 핏덩이가 지도록 그의 뭇칼질은 멈추지 않았다. 기름기가 빠진 금수의 뼛조각은 결국 가루가 되어 바스러졌다. 사력을 다해 대군을 벌하며 지옥살이를 복기할 때마다 왜인지 재이가 떠올랐다. 대군의 소름 끼치는 눈깔보다 경멸을 담은 가짜 누이의 눈동자가 더 날카롭게 심부를 찔러왔다. 아무리 베고 또 베어도 여인의 얼굴은 다시금 소환되었다. 눈앞의 허상과 무의미한 드잡이를 해대던 홍랑은 검게 젖은 하늘을 향해 포효했다.

"아아아아악!"

심간에 매달린 추가 너무 버거워 홍랑의 오금이 절로 꺾였다. 사인검을 땅에 박은 채 신체를 의지하려 하였으나 기력을 다한 몸뚱어리는 그만 허물어졌다. 이게 끝이라면 차라리 좋겠다. 그러나 생각과는 반대로 재이와의 작별을 떠올리는 것만으로 벌써 오장육부에 써늘한 냉기가 들어찼다. 곧 아비를 잃고 천애고아가 될 그녀의 고통은 그 누구도 아닌 제가 만들어내야 하는 것이었다. 빗물인지, 핏물인지 혹은 눈물인지, 홍랑의 시야가 뜨겁게 흐려졌다. 스스로를 멸해야 하는 자신이 딱해서였다. 제 운명을 결정짓는 판단과 선택은 단 한 번도 제 몫인 적이 없었다. 지금에서야 자멸의 선택권만이 주어졌을 뿐이다. 여태껏 괜찮다고 아무렇지 않다고 자위했으나 그런 비극마저 극복하는 것은 불가능이었다. 끝내 아우의 자격을 상실한 사내가 세찬 빗소리를 뚫고 끅끅, 원통한 곡소리를 냈다. 울음이 쇠었다.

"너마저 날 농간해! 그따위 말을 내 또 믿을 성싶으냐?"

무진이 와락 집어던진 서진이 부영의 이마를 때리곤 방바닥으로 곤두박질쳤다. 두 개의 핏줄기가 잔주름을 타고 눈알로 스며들었으나 면목이 없어 고개만 숙인 수원이었다.

"사실입니다. 도련님."

"지금 자객 일곱을 그놈 혼자서 해치웠다 말하는 게냐! 그러하냐?"

"어찌 제가 거짓을 고하겠습니까. 해월루 최고 살인검이라는 게 허명이 아니었습니다."

"네…… 결국 마님의 사람이었더냐?"

부영의 벌건 눈이 휘둥그레지며 결백을 외쳐댔다.

"도련님! 어찌 그런 말씀을……."

263

"너도 민가 놈들과 한통속이렷다, 그렇지? 다들 날 이 집에서 못 쫓아내 안달이 난 게야, 아니 그러하냐!"

"도련님!"

무진을 장장 십 년간 모신 부영이었다. 참한 인격을 지닌 약관의 주인은 항시 몸가짐이 정가롭고 정제된 언사만을 썼다. 상단에선 기회도, 인정도 받지 못했으나 고고한 학처럼 약자가 되어도 결코 잃지 않는 위엄과 품위가 있었다. 속일 수 없는 것이 진짜 양반의 핏줄이구나 매 순간 체감한 부영이었다. 한데 진정 처음 보는 표정이었다. 평정심을 잃고 한순간에 처절하게 무너져 내린, 흉한 몰골이었다. 불혹의 수원은 찢어진 제 이마 때문이 아니라 찢어진 상전의 마음 때문에 코끝이 시큰했다. 눈앞의 청년은 남을 죽이겠단 앙심 따위 없었다. 살려는 본능뿐이었다. 그저 제집에 붙어 있겠다 발악을 하는 것이었다.

하루는 엿가락처럼 늘어졌다. 무른 가을 햇볕이 굼뜨게 뒷걸음치며 요암재에 긴 낙조를 드리웠다. 지붕에 누운 재이의 시선이 천중에 머물러 있었다. 배신감, 분노, 울분. 그 뒤에 자꾸 꺼림칙한 감정이 따라붙었다. 저벅, 저벅, 저벅. 익숙한 족음에 순간 재이의 숨이 멎었다. 멍하니 풀어져 있던 시선이 홱 마당으로 내리꽂혔다. 아수라장에서 갓 튀어나온 사자死者처럼, 아니 사냥당한 짐승처럼 피 칠갑을 한 홍랑이었다. 재이는 발딱 튀어오른 제 몸을 가까스로 주저앉혔다. 시정잡배보다 못한 저 졸렬하고 사악한 파렴치한이 죽든 말든 나와는 상관없다. 아니, 거짓 웃음을 흘리며 사람의 마음까지 희롱한 악인은 죽어야 마땅하다. 네놈 따위 아무것도 아니다. 해괴망측한 농간 따위에 휩쓸리지 않을 것이다! 머릿속으로 온갖 모진 말을 뇌까렸으나 뻥 뚫린 가슴에 다시금 균열이 갔다. 기가 찼다. 의연함을 지키고 싶었다. 철저히 외면하고 싶었다. 하나 어림도 없었다. 이미 재이의 발은 마당을 딛고 있었다.

선혈이 낭자한 괴귀怪鬼는 그새 툇마루에 드러누운 참이었다. 창에 꿰인 양 강인한 육신은 한껏 휘늘어졌다. 침전하는 핏빛 석양 때문인가. 나른하게 눈을 감은 야차(두억시니)의 모습이 혼은 날아가고 껍데기만 남은 듯하여 재이는 덜컥 겁이 났다. 이대로 아스라이 사라져도 이상하지 않을 성싶었다. 새삼 안온한 분위기가 불안을 조장했다. 근원을 알 수 없는 핏방울이 꺼칫한 손을 지나 바닥으로 점점이 떨어져 내린 탓이었다. 박하향은 진즉 소멸되고 비릿한 피땀과 한참을 방황한 듯한 흙내만이 뿜어져 나왔다. 창졸간에 벌어진 일에 앙다문 재이의 턱이 미미하게 떨렸다.

"의원을…… 부른 게지, 그렇지?"

여인의 혀가 바싹 마르도록 꾹 닫힌 사내의 입은 열리질 않았다. 두툼한 팔을 잡고 조심스레 흔들어보기도 하였으나 육중한 덩치가 기우뚱할 뿐 반응이 없었다. 새파래진 여인의 손에 끈적끈적한 피가 옮겨붙었다. 재이의 목구멍으로 마른 숨이 넘어갔다.

"대답해. 대답하라고!"

그녀는 다급한 마음에 장정의 어깨를 잡아 쥐곤 꺽세게 흔들어댔으나 고요가 속을 새까맣게 태울 뿐이었다. 도저히 회생이 불가능해 보이는 사내는 흡사 시체 같았다. 돌연 눈앞이 뿌예졌다. 후드득 떨어진 눈물이 흡혈된 사내의 앞섶을 다시 적셨다.

"이리 죽으면 가만두지 않을 것이야."

토해져 나온 제 진심을 갈무리하듯 재이는 급히 숨을 들이켰다. 촉박해진 손길이 사내의 답호 끈을 잡아 풀었다. 피떡 진 매듭을 풀어내고 겉섶을 젖힌 그녀가 나삼 고름과 옷끈을 난폭하게 열어젖혔다. 드디어 붉게 얼룩진 사내의 맨 가슴이 드러나자 그녀가 조심스레 제 귀를 가져다 댔다. 정상의 범위를 한참 벗어나 아예 타는 듯한 체온이 뺨을 타고 전해졌다. 두근두근······ 두근두근······ 기묘했다. 완전히 멈춘 듯 보였던 홍랑의 심장이 이상하리만치 거세게 폭주하였다. 딱 혈기 방장한 청년의 것이었다.

살기뿐인 제 심장에 눈꽃처럼 시원한 피부가 와 닿은 순간, 홍랑의 목울대가 크게 울렁였다. 제 몰골도 자각하지 못한 채 홀린 듯 요암재에 든 이유가 이것이었나 보다. 자신을 망각할 몰두가 필요했던 것이다. 끈덕한 피를 뒤집어쓰고서야 겨우 흉심을 추스른 스스로가 더없이 혐오스러운 참이었다. 한데 그런 자신을 구명하려는 열렬한 몸부림이 심상에 한 점 파문을 일으켰다. 일생 아무도 저를 위해 울어주지 않았기에, 누구도 제 목숨에 가슴 졸이지 않았기에 그녀의 초조함이 심부를 단박에 함락시켰다. 이 실체 없는 온기에 목을 매면 비참해질 걸 뻔히 알면서도, 순간 말캉하게 숨통을 조이는 여인의 무게감에 홍랑은 전율했다. 다른 세상으로 온 듯한 착각이 일었다. 이 순간을 영원히 잊지 못할 거라고, 그는 생각했다. 홍랑은 저도 모르게 늘어져 있던 두 팔을 들어 올려 품에 들어온 작은 얼굴을 끌어안았다. 불가항력이었다. 주저하던 손끝은 감귤 빛으로 무르녹은 여인의 머릿결을 감미롭게 쓸어내렸다. 코끝에 청량한 찔레향이 묻어났다. 재이가 별안간 눈을 홉떴다. 천천히 상체를 일으켜 아연하게 사내를 일별한 여인이 귀면鬼面이라도 본 듯 소스라치게 놀라 뒷걸음질쳤다. 그제야 모리배가 왼팔로 제 머리를 괴어 받치며 건방지게 모로 누웠다. 시망스러운 웃음이 만면에 번졌다.

"좀 웃지? 지금 무지 못생겼는데?"

"……!"

"여튼 재밌다니까! 살맞은 고라니처럼 발발 떨면서 닭똥눈물까지 뚝뚝 흘리니 누가 보면 진짜 누이인 줄 알겠네."

"……!"

"가만 안 둔다더니 막상 나 죽으면 슬플 것 같지? 쯧쯧쯧. 딱해서 어째. 그게 다 외로워서라니까? 아무리 없이 살아도 제 목 따러 온 망나니한테까지 정을 주는 건 좀 아니지. 하여튼 병이야, 병. 몹쓸 병."

"……!"

"뭘 멍하니 섰어? 쌍욕을 하면서 홍두깨로 내리치건, 사기꾼 잡아가라 관아에 발고를 하건, 하다못해 꺼지라고 바락바락 소리라도 치지 않고?"

재이가 푸스스 몸을 떨었다. 악귀가 제 심장을 손에 쥐고 조물조물 갖고 노는 듯했다. 얄망궂은 허깨비에게 또다시 놀아났다는 한심함에 참을 수 없는 불쾌감이 엄습했다. 저를 기망한 대가를 꼭 치르게 하겠다는 저열한 분노는 어이없이 눈물로 차올랐다. 그렇잖아도 제가 무너지는 꼴을 보며 기뻐했을 이 무뢰배의 흥을 또다시 돋우진 않겠단 다짐으로 그녀는 끝끝내 눈을 치떴다.

"대체 날…… 얼마나 더 곤혹스럽게 할 것이냐? 얼마나 더 해야 속이 후련하겠느냐!"

눈물을 보이지 않으려고 재이는 제 혀를 짓씹었다. 더 이상 부서지고 깨질 여력도 없건만, 풍랑에 휩쓸리는 수초처럼 심장이 또다시 갈피를 잡지 못하고 철썩대었다.

상강

슬픈 천형

"이게 다 무엇이냐! 무슨 광언망설이냐!"

심열국의 호령에 두 명의 행수가 다급하게 머리를 조아렸다. 그들 앞엔 개성, 제물포, 광주, 동래 등 사방에서 빗발친 서찰들이 너저분하게 널려 있었다. 하나같이 민상단의 어음은 물론이고 '민' 자가 찍힌 금괴와 은괴도 일절 거절한다는 내용이었다.

"상단의 금괴나 은괴를 모두 녹여서 금전과 은전으로 만들려면 아시다시피 배보다 배꼽이 더 큰지라…… 딱히 대책이……."

왼편의 행수가 잔뜩 웅크리며 말끝을 흐리자 이번엔 오른편의 행수가 눈치를 보며 또 한 다발의 서찰 뭉치를 들이밀었다. 심열국이 주먹으로 서안을 내리쪘었다.

"이건 또 무엇이야!"

"이 의주 발 서찰은 백자 주문을 무기한 보류하겠다는 것이고, 이것은 선적을 마친 장도릿배가 제물포항과 원산항에 발이 묶여 있다는……."

"어찌, 어찌, 어찌! 누구 마음대로 그따위 통보들을 한단 말이냐!"

"뿐만 아닙니다. 지난달 노안도 팔곡병풍을 구매하였던 연진사 어른께서 환불을 요구하며 사람을 보내왔고, 주왕의 글씨와 당금선생의 조충도鳥蟲圖를 구입하려던 김역관 또한 매매를 물리겠다 합니다. 가품이 의심된다는 이유입니다."

"가관이로고! 격이라곤 쥐뿔도 없는 것들이 헛소문엔 가장 빨리 반응하는구나! 가서 전해, 위조의 증좌를 가져오라고! 증좌가 없다면 내가 그들을 겁박죄로 관아에 고발할 것이라고! 감히 누가 이 심열국을 상대로 그런 헛소문을 퍼뜨리고 다닌단 말이냐! 같잖은 것들이 감히 누굴 모사꾼 우두머리 취급을 해! 민상단을 어찌 보고! 이런 마당에 어찌 밀통은 단 하나가 없단 말이냐? 당장 더 많은 정보원들을 풀고 닦달을 해! 값을 배로 쳐준다 하고! 이 흉계를 꾸민 것들이 밝혀만 지면 내 아주 아작을 내어 만천하에 본을 보일 것이다!"

두 명의 행수가 잽싸게 꽁지를 내빼자 곧바로 방지련이 들었다.

"명하신 대로 군대감 댁에 다녀왔습니다. 한데 그것이…… 간밤에 지덕사에 참담한 일이 있었다 합니다."

"어인 말이냐?"

"괴한이 능을 파헤치고…… 군대감을…… 훼손했다 합니다. 사저가 난리도 아니더이다."

"누군가 한평을 참시하였다?"

방지련이 괴이한 일을 아뢰며 설핏 미간까지 찌뿌렸으나 심열국은 눈썹 하나 까딱하지 않았다. 밀려든 주문 파기 통보서에서 눈도 떼지 않은 채였다.

"하여 공집사 밑에서 일했던 놈도 못 만났더냐? 이름이……."

"염길이라 합니다. 그치를 직접 만나 확인하였는데 그것이……."

"그것이?"

"홍랑이 맞는 것…… 같답니다. 별서에서 햇수로 오 년을 지냈다 하더이다."

"한낱 소품이! 어찌 화랑을 걸어 나왔다는 것이야! 어찌!"

애써 평정을 가장했던 심단주의 주먹이 마른벼락처럼 서안을 때렸다. 절대 일어나지 말아야 할 일이 일어나고야 말았다. 어쩌면 저자의 헛소문보다도 소품이라는 비밀이 민상단에겐 백배 천배 더 위험한 요소일 터였다. 인신매매를 국법으로 엄히 금하는 현시점에서 한평까지 죽고 없으니 기밀이 새어 나갔다간 본보기로 화를 당할 것이 자명했다. 살아서 버젓이 저자를 활보하는 소품이라니! 심열국은 창졸간에 극심한 두통을 느꼈다. 대군의 외별채에서 열댓 명의 가병을 거느리고 소품들을 감시, 관리한 것은 철두철미한 공을령이었다. 누구보다 날래고 일머리가 깔끔한 인사였다. 한데 어찌 그의 감시망을 뚫고 담장을 넘은 소품이 있을 수 있단 말인가! 도대체 몇 개의 소품이 세상에 누락된 것인가! 심열국은 별안간 공집사를 제 손으로 멸구한 것이 후회되었다. 따져 물을 사람 하나 없다는 사실이 심열국의 신경을 콕콕 조여들게 하였다.

"염길 그자가 확언을 하더냐? 제 목을 걸 만큼?"

"일전에 군대감께 아라사의 패분 안료를 진상한 일, 기억하시는지요?"

"그게 어쨌다는 게야!"

"김굉표의 말이 맞았습니다. 군대감께서 그것으로 소품에 표식을 새기셨다는 말을, 염길도 들은 적이 있다 합니다. 패분 안료로 뜬 문신은 절대 지워지지 않으니 분명 남아 있을 것이라 하더이다."

"어떤 문신이라 하더냐?"

"실제로 본 이는 아무도 없는지라……."

"군대감 성정에 농완하는 완호지물玩好之物에 노비 자문을 새길 리는 만무하고……."

"가문 인장을 입묵入墨하신 게 아닐지요? 자두꽃 말입니다."

"홍랑, 아니 그놈을 데려와, 당장! 내 직접 확인할 것이다."

어둠이 내린 요암재 문설주에 홀로 기대어 앉은 홍랑이었다. 무르익은 소절의 아득한 정취 속, 고요함만이 감돌았다. 주인의 부재와 드센 사내의 기운에 새들조차 조롱 속에서 숨을 죽인 채 눈만 껌뻑일 뿐이었다. 홍랑의 입에서 한숨이 흘러나오자 놀란 귀뚜라미가 찌르르 울어댔다. 예기만 다루던 투박한 손이 야드르르한 살굿빛 댕기를 어색하게 만지작댔다. 언젠가 목장도를 건너며 갈취한 닳고 닳은 댕기와는 색만 같을 뿐 비교 불가한 귀물이었다. 찬란한 금박을 물리고 또 안감에 은사로 이름까지 수놓은 사치품은 가히 탄일 선물다웠다. 재이의 홀보들한 머

272

릿결을 떠올리며 천 오라기를 길게 쓸어내린 홍랑이 괜스레 댕기에 코를 박고 향을 들이켰다. 어떠한 체취가 느껴질 리 만무했건만 갓 지은 새 능라의 향이 어째서인지 찡한 현기증을 선사했다. 이것만 몰래 놓아두고 요암재를 나올 작정이었건만 제 핏빛 가슴을 지긋이 압박하던 몸결과 숨결이 잊히질 않아서 홍랑은 자꾸 당치않은 낭만에 젖어들었다. 잠시라도 좋으니 그녀의 얼굴을 보고 싶었다. 성난 눈빛이라도, 진저리치는 목소리라도 듣고 싶었다. 낡은 댕기를 풀어내던 그 밤처럼, 새것으로 직접 댕기치레를 해주고픈 헛된 욕심마저 들었다. 허망한 사념 위로 낯간지러운 가을바람이 오았다. 홍랑은 달아오른 제 마음을 식히려고 서늘한 추풍에 휘파람을 불어 얹었다. 꽃나무는 고사하고 풀포기 하나 없는 요암재에 분분한 꽃비가 흩날렸다. 삽시간에 화우는 설국을 펼쳐 보였다. 황홀감에 절로 감긴 두 눈이 부드러운 실바람에 파르르 떨렸다. 그토록 싫어하던 꽃잎이었건만 이 순간엔 싫지 않았다. 싫지 않다. 싫지…… 않다라? 멍하니 넋을 놓았던 홍랑이 댓돌을 박차며 발딱 일어섰다. 동시에 손에 감겨 있던 댕기를 뱀 떨쳐내듯 진저리치며 패대기쳤다.

"빌어먹을! 빌어먹을!"

한껏 풀어졌던 눈동자가 일순 먹색으로 갈앉았다. 그리고 어둠보다 더 깊게 침전했다. 얼토당토아니한 열기에 완전히 침몰당한 자신이 역겨웠다. 살면서 그 무엇에도 동요하지 않을 수 있다 자부했다. 그 어떤 것에도 무덤덤할 수 있으리라, 능히 무시할 수 있으리라 여겼다. 그것은 거짓이고 오만이었다. 스스로를 향해 무섭게 화가 치솟았다. 어찌 예 있는가! 재이의 마음을 철저히 부서뜨릴 땐 언제고 이제 와 다시 보상하겠다 하는가? 이 위선의 정체는 대체 무엇인가? 미쳤다, 미쳤어…… 홍랑은 제 눈알을 숫제 파낼 듯이, 엄지와 검지로 꾹꾹 찍어 눌렀다. 그래. 평생 자신은 누군가의 도구였다. 가꿔지고, 사용되고, 닳고, 폐기되었다. 자신을 보호하려는 본능은 그래서 늘 예민하게 작동됐다. 재이를 유린하고 짓밟고 모욕을 준 건 두려움 때문이었다. 겁박하였다, 겁박당하지 않으려고. 독사처럼 굴었다, 그녀의 독에 당하지 않으려고. 이 모든 건 그저 본능이 만들어낸 모순이었다. 이젠 그녀에게 원수 말곤 그 무엇도 될 수 없는 자신을 인정해야만 했다. 울화가 치밀었다. 돌아가자. 어서 이곳을 나가자. 파렴치한 감정을 털어내며 홍랑이 급히 댓돌에서 내려섰다. 그때 막 요암재로 들어선 것은 예상치 못한 인물, 무진이었다. 뺨이 발그레한 요암재 주인을 업은 채였다. 얄팍한 재이의 두 다리가 철없는 도령마냥 허공중에 휘적휘적 반동을 하였다. 오라비의 목을 두 팔로 꽉 끌어안고 달아오른 뺨을 맞댄 것은 시야가 어지러워서였다. 세상이 빙글빙글 도니 기분이 좋아 꺄르르 웃음이 터져 나왔다. 제발 조용히 하라는 무진의 곤혹스러운 당부가 또 웃겨서 앙다문 입에서 희한한 소태가 그릉그릉 삐져나왔다. 그녀의 뺨에 진한 볼우물이 파였다.

"탄일에 귀한 이강주도 맛봐 죽력고도 맛봐, 아주 행복해서 눈물이 다 날 지경입니다."

"진짜 선물은 아직인데, 뭘 벌써 감격스러워하느냐?"

누이를 등에서 사뿐히 내려놓은 오라비가 품에서 목각 패 하나를 꺼내 건넸다.

"호패입니까!"

와락, 재이가 무진의 목덜미를 끌어안았다. 순간 무진은 훅, 헛숨을 들이켜며 굳어버렸으나 곧 단술 향이 밴 재이의 몸태를 손으로 쓸어내리듯 마주 안았다. 알싸한 황홀감이 덮쳐왔으나 곧 불안이 덧씌워졌다. 한 폭의 그림같이 몸을 포갠 남녀를 보며 홍랑이 요란하게 침을 뱉어냈다. 오라비란 작자의 눈빛이 음험하여 배알이 뒤틀렸다.

"칵, 퉤!"

"어…… 어찌 네놈이……! 외간 놈이 감히 예가 어디라고 숨어들었더냐!"

"외간 놈? 누이 엉덩이를 끈적하게 더듬는 품새가 그쪽도 혈족은 아닌데 뭘."

"더러운 입 닥쳐!"

"정곡을 찔려서 불쾌하신 모양이야?"

"마님을 믿고 뻗대려거든 광명재 안에 틀어박혀 있을 것이지, 어찌 요암재에 얼쩡대느냐! 근본 없는 것의 위패한 짓거리가 도를 넘었구나!"

"오라버니, 저 괴망한 놈 좀 치워주세요. 상종도 하기 싫으니."

"그래. 수틀리면 바로 칼부림이나 하는 왈패 놈과 우리가 말을 섞을 이유가 무엇이냐?"

그새 한편을 먹은 오누이의 축객에 홍랑의 눈초리가 사납게 일그러졌다.

"진짜 무서운 건 저쪽이야. 내 목 따오라고 두 번이나 살수를 보낼 땐 언제고 그새 다정한 오라비 행세라?"

술에 젖었던 재이의 면상이 일순, 설마 하는 표정으로 오라비를 향했다. 무진이 괜스레 애체를 고쳐 썼다.

"허튼소리! 만약 그랬다면 칼질이 업디던 네놈이 날 가만두었겠느냐!"

"그럼, 가만둘 거야. 단 하나뿐인 벗을 잃으면 누이가 슬퍼할 테니."

"누이라 부르지 마! 소름 끼치니까!"

재이의 악다구니에 흐뭇해진 무진은 그녀의 오른팔을 감아잡았다. 마치 재이와 자신은 한편이라고 과시라도 하듯이.

"누이야, 들어가자꾸나."

"아니, 들어가지 마."

재이의 왼손을 홍랑이 낚아챘다.

"그 손 놓지 못할까!"

무진이 뺏기지 않겠다는 듯, 재이의 팔을 꽉 눌러 잡은 채 호령했다. 억짓손을 뿌리치려고 안간힘을 쓰던 재이가 힘으로 대적할 수 없자 홍랑의 손등을 앙칼지게 물어뜯었다.

"헛!"

"놔! 상스러운 네놈의 장난질에 또 놀아날 줄 아느냐!"

잇자국이 난 제 손등을 보며 홍랑이 배릿하게 웃었다. 그때, 불쑥 얼굴을 들이민 건 방지련이었다. 대동한 가병을 보곤 세 사람 모두 필시 큰일이 터졌음을 짐작하였다.

"어르신께서 들라 하십니다."

요암재의 주인이 아닌, 홍랑에게 명이 갔다. 뒤이어 가병이 우악스레 홍랑의 팔을 잡아챘다. 심상찮음을 느낀 재이와 무진도 뒤를 따랐다.

"한평 대군을 모셨으렷다!"

홍랑을 보자마자 자리를 박차고 일어나며 심열국이 소리쳤다.

"대군? 흥, 그런 고매한 인사를 내 무슨 수로? 비단 두른 광견이라면 또 모를까."

"저…… 저것이!"

"천하의 돈왕이 제 진상품도 못 알아보니 실망스럽네. 차라리 죽이고 끝을 냈음 좋았잖아. 살기 싫다는데 기어코 힘줄만 끊어 네 발로 기어 다니게 해놓곤 정작 하명한 놈은 기억도 못 하니 억울해서 어째. 몸소 찾아와 상기시켜줄 수밖에."

안면 몰수한 천한 말투가 거침없이 터져 나오자 일순 집무재에 사나운 침묵이 흘렀다. 풀썩 주저앉은 심열국이 관자놀이를 꾸욱 짚었다. 재이의 고개가 쌔무룩이 수그러들었다. 복수였구나. 제 아비에 대한 앙갚음이었구나. 그렇다 할지라도 가혹했다. 천한 신분의 사람들은 곧잘 사고 팔렸다. 혹여 제 아비가 힘든 노역을 지워 원망이 있었더라도, 그 딸자식까지 얽어 복수할 일이란 말인가. 단 한 번도 살가운 적 없던 아비였다. 그 피를 이은 대가치곤 너무 악독했다. 그래, 미친 말의 광패에 휩쓸렸다 치자. 괴악한 사갈蛇蝎을 밟았다 치자. 그러나 신산스러운 삶에 또 하나의 비극이 닥쳤다는 것만은 자명하였다. 그것도 탄일에. 역시나 사나운 팔자였다. 무거운 정적을 깬 것은 의외의 웃음소리였다.

"크크크큭. 기껏…… 색동이었더냐, 네 정체가!"

무진이 내뱉은 그 혐오스러운 단어에 재이는 일순 멍했다. 반대로 무진은 희열을 느꼈다. 앓던 이를 잡아 뺀 것마냥 개운해졌다. 이토록 비루한 놈인 줄 진즉 알았다면 그리 속을 끓이진 않았을 터였다. 웃음이 터졌다. 진정 순수한 웃음이었다.

"미개한 것이 하늘 같은 왕족의 은혜를 입었으면 황송하게 여길 것이지 앙심을 품고 누구 행셀 해! 그러고도 살길 원하느냐!"

"고상한 척하는 놈이 알고 보면 속은 더 난잡하다니까."

"하면 네 달리 어찌 쓰였을까? 주제에 복수를 꿈꿨더냐? 이제 네놈은 아버님과 상단을 기만한 죄로 의금부에서 치도곤을 당하게 될 것이다!"

"요란스레 판을 한번 벌여보시겠다? 잔치를 열어 나를 차기 단주로 공표까지 한 양부의 낯짝에 똥칠을 할 셈이야? 저리 시국을 못 읽으니 개처럼 팽이나 당하지. 어차피 먹지도 못 하는 상단, 이참에 아주 풍비박산을 내려고? 주인인 내가 그리 놔두긴 한대?"

애써 기력을 추스르던 심열국이 놀라 상체를 곧추세웠다.

"무슨 소리냐! 설마……!"

"그토록 사양을 했건만 민씨 부인이 당신 재산을 죄 안기시더이다. 강화도 토지대장만도 수백 개에, 사대문 안 기와집과 점포가 또 수십 채, 영파의 은광 채굴권에 인삼 무역권, 장도릿배에 세곡선까지…… 많기는 더럽게 많더라고."

심열국이 서안을 모퉁이를 깨부술 듯 잡아챘다. 무진의 이목구비가 불쾌함으로 이지러졌다. 아버님이 그것을 손에 쥐려고 얼마나 민씨 부인에게 충성하였는지 잘 아는 그였다.

"착각 마! 그깟 종잇조각을 쥐었다 하여 행수들이 널 따를 성
싶으냐?"

"쯧쯧쯧······ 아직 내가 상단을 탐하여 예 있다 여기는 거야?
깡그리 싹 밟아 가루로 만들 거란 생각은 안 들고?"

"누구 마음대로!"

무진이 다짜고짜 홍랑의 목을 틀어쥐었다. 그 목구멍에서 쉰
소리가 삐져나왔다.

"더 이상 위조품 따위를 유통하는 민상단에서 작품을 살 미
친놈은 없어. 곧 상단 어음은 불쏘시개가 되고 금괴는 돌멩이가
될 거라고. 죽여! 컥······ 안 그래도 망할 상단, 쥔까지 없어지면
사방천지 개떼들이 좋다고 달려들겠네. 컥······ 그런 꼴을 보고
싶거든, 죽여!"

"네놈이더냐! 괴소문을 퍼뜨린 것이!"

"송월 객주도 한몫했지. 아니, 꽃님이라고 해야 알려나?"

심열국은 눈앞이 하얘지는 것을 느끼곤 다시금 눈을 부릅떴
다. 또렷이 떠오르는 해사한 얼굴을 지우기 위해서였다. 방지련
이 뒤엉킨 무진과 홍랑을 간신히 떼어놓았을 때, 심열국의 묵직
한 명이 떨어졌다.

"저놈의 의복을 벗겨라."

휑뎅그렁한 재이의 눈빛이 어찌 된 영문인지 묻자 방지련이
답하였다.

"군대감께서 소품에 표식을 하셨다 합니다."

재이가 그 괴상한 단어들을 곱씹었다. 색동, 소품 그리고 표식.

"어서 벗기지 않고 무엇 해!"

장하게 노한 상전의 명에 방지련이 홍랑의 어깨를 틀어쥐었다. 그 거슬거슬한 손을 뿌리치며 홍랑이 재이를 향해 소리쳤다.

"넌 나가. 잘난 네 아비가 그예 끝장을 보겠다 하니."

"감히 누굴 나가라 마라냐! 홍, 꼴에 재이에겐 끝까지 사내이고 싶더냐!"

무진의 조롱에 홍랑의 눈빛이 섬뜩하게 돌변했다.

"제 아비가 더 이상 사람으로 보이지 않을 것이니 하는 말이다!"

"당장 벗기라 하였다!"

"더러운 손 치워! 내가 할 것이다."

스스로 벽을 보고 홍랑은 돌아섰다. 저고리 옷고름을 부여잡은 손이 제멋대로 떨려와 잠시 흰 벽을 초점 없이 응시한 그였다. 언젠간 이런 순간을 맞닥뜨리리라 생각하였다. 머지않았음도 짐작하였다. 한데 대창에 복부가 꿰뚫린 듯 속이 뒤틀렸다. 이토록 치욕적인 방법으로, 절대로 보이고 싶지 않은 단 한 사람에게 종내 치부를 드러내야 했다. 재이에게, 제가 차라리 돈이나 탐하는 모리배이길 얼마나 바랐던가. 단전에서 솟구치는 따가운 숨을 집어삼키며 홍랑은 저고리를 뒤로 젖혔다. 그리고 느슨해진 소매에서 천천히 팔을 빼내었다. 길게 드리워진 머리칼이 한쪽으로 쏠리며 너른 사내의 등이 고스란히 드러난 순간, 적막에 모진 소름이 깃들었다. 장내가 얼어붙었다. 고요는 찰나였다. 두꺼운 매얼음이 쫙 갈라지듯 곧 경악의 탄식이 공간을 집어삼켰다. 춘화도였다.

공들여 무두질한 맹수의 가죽처럼 뻔들거리는 등. 그 위에 펼쳐진 것은 적막강산에서 기이하게 얽혀 춘흥을 즐기는 남녀였다. 심열국은 믿기지 않는 광경에 넋을 놓았다. 무산지몽巫山之夢이라니! 문신이라니! 한평이 괴짜임은 알았으나 이리 해괴한 짓거리까지 해대었을 줄 감히 상상치 못하였다. 정녕 고금에 없는 일이었다. 심열국은 기가 막혀 말을 잊었으나 관골만은 따갑게 타올랐다. 작품에서 차마 듣기도 민망한 색정적 탄성이 들려오는 듯 느껴진 때문이었다. 풍경에 파묻혀 작게 그려진 인물이건만 이목구비가 가히 혼몽하여 살을 섞는 남녀의 재촉과 애원이 오롯이 느껴졌다. 화폭의 섬세한 근육이 잘게 떨릴 때마다 서로를 희롱하듯 얽히고설킨 그림 속 연인이 격정적으로 흐늘거리는 착시마저 일었다. 자신감 넘치는 유려한 필선과 생생한 묘사가 정히 나무랄 데 없는 세밀화였다. 한겨울의 스산한 산새가 주는 공허함과 절정을 향해 치닫는 남녀의 충만함이 관능적으로 어우러진 걸작 중 걸작이며 전대미문의 역작이었다. 품격을 높인 건 지금 막 그려낸 듯 생생한 패분 안료였다. 하나 아무도, 그토록 쨍한 색감을 위해 수만 번 살갗을 도려내고, 피를 뽑고 또 그 자리에 다시 안료를 주입하였단 생각엔 이르지 못하였다.

남색이 아닌 광인이었다. 한평 대군은 지필묵에 유별나게 집착하였고 특히 화폭에 광적으로 탐닉하였다. 수입 종이도 마땅찮아 한동안 종이를 만드는 관청인 조지서의 사지司紙를 들들 볶아 별별 희한한 선지를 만들어 썼으나 성이 차지 않기는 매양 같았다. 그의 관심은 곧 옷감으로 그리고 가죽으로 옮겨갔

다. 갖은 기법으로 말리고 무두질을 해봤으나 갈증만 부추길 뿐
이었다. 그러던 중, 안료를 개는 몸종의 팔뚝에 그림을 그려본
대군은 단박에 인피에 빠져들었다. 생 화폭이 주는 따스한 느
낌, 보드라운 감촉, 붓질에 반응하는 잔 근육, 촉촉이 배어 나와
색감을 반전시키는 땀까지. 모든 게 기꺼워 미칠 지경이었다.
곧 세 가지 기준이 세워졌다. 화폭답게 흰 피부가 필수였고, 작
품을 완성할 만큼 폭이 나와야 했으므로 여인은 적합하지 않았
다. 또 가죽 특유의 땀구멍을 최소화시켜야 했기에 장성한 사내
는 곤란했다. 심열국은 그 비현실적인 욕구를 쉬이 해결해주었
다. 미동이라면 그래도 인간 취급을 받을 터였다. 하나 대군에
게 소품은 말 그대로 물건이었다. 작업은 붓이 아닌 칼과 바늘,
정과 끌, 인두와 쇠꼬챙이로 이루어졌다. 넓은 부위 채색엔 대
침과 장침, 좁은 부위 채색엔 봉침과 피침을 사용하였고, 안료
를 듬뿍 먹인 실을 바늘에 꿰어 살을 한 땀 한 땀 꿰매기도 하
였다. 수묵화의 경우엔 다양한 크기의 인두를 만들어 살을 지졌
다. 특히 예리한 칼날로 피부를 깊게 절개하거나 끌로 저민 후
지혈이 되면 불에 태운 송진을 덧바르는 기법을 애용하였다. 벌
겋게 드러난 속살이 부풀어 올랐다 아물면서 우둘투둘한 종양
이 생기기 때문이었다. 소품의 회복이 더디고 감염에 취약한 단
점에도 작품에 입체감을 살릴 수 있어 대군은 이 기술을 오랫
동안 연마하였다. 형벌체계에 관한 청나라와 왜나라의 고문헌
도 섭렵했다. 강도나 살인범에게 먹물로 글자를 새겨 넣는 묵형
墨刑과 '산 채로 천 번 살을 발라내고 만 번 뼈를 발라낸다' 하여
천도만과로 불린 과형剮刑을 참고하기 위함이었다. 점차 안료가

늘어났고 방대한 양의 도구가 갖춰졌다. 정물과 풍경을 그리던 화풍도 점점 바뀌어갔다. 생피엔 역시 생동감 있는 주제가 어울렸다. 한동안 화조도와 화접도에 몰두하였으나 결국은 풍속화에 그리고 마침내 춘화에 탐닉하였다. 살아 숨 쉬는 화폭에 도취된 한평 대군은 걷잡을 수 없는 희열을 느꼈다. 완벽주의자였던 그가 인피에 한 작품을 완성하려면 최소 이삼 년이 기본이었다. 그 과정이 참으로 지난했고 격심한 공이 들었다. 그러나 그것이야말로 대군이 생 화폭을 쓰는 진짜 이유였다. 이런 단계를 고되게 수행할 때만이 비로소 피가 들끓었다. 지글지글 피어오르는 흥분에 자칫 선이 무너질 것을 경계하여 작업 내내 여유로운 가락을 읊조리는 버릇까지 생겼다. 소품 앞에서 그는 늘 온 힘을 다하여 역작하였다. 스스로를 시대를 앞선 예인이라 정의 내렸다. 천하의 망나니가 된 것을 알지 못했다.

처음 사랑채에 들 땐 신묘도 몽환제를 먹었다. 목욕을 마치면 곧장 탕약이 들었고 그길로 맥없이 꼬꾸라졌다. 비복들은 축 늘어진 소품을 사랑채의 보료 위에 엎어놓고 사지는 물론이고 목과 허리도 결박했다. 대군이 오랜 시간 작업을 하는 탓에 신묘는 중간에 깨어나 괴성을 내지르고 발악을 하며 근육을 뒤틀기 일쑤였다. 그럴 땐 또 한 사발의 탕약을 엎드린 채 삼켰다. 그렇게 서너 번이 반복되어야 끝이 났다. 어느 날부턴가 사랑채에서 소품들이 죽어 나왔다. 목욕 후 탕약이 들지 않자 신묘는 그제야 이유를 가늠하였다. 몽환제 복용이 늘어날수록 상처의 회복이 더뎠다. 열흘이면 아물 것이 스무날이 가도 말끔치 않았다. 상처에 새살이 돋고 딱지가 떨어져야 비로소 채색의 상태를 가늠하여 덧작업을 이어나갈 수 있었던 괴수는 약을 금했다. 그 해 대서大暑, 신묘는 사랑채에 처음 제 발로 걸어 들어갔다. 창은 물론 덧창까지 모두 잠그고 커다란 격자 창틀에는 한겨울에나 쓰는 피륙 문염자門簾子까지 쳐놓은 탓에 한여름 대낮에도 황초 두 개만이 방을 밝힐 뿐이었다. 바람 한 점 없는 방에 습한 기운이 몰려 신묘의 신체가 바투 묶이고 재갈이 물렸을 땐 이미 온몸이 땀으로 범벅이 되어 있었다. 숨도 제대로 쉬어지지 않았다. 영견에 찬 미안수를 묻혀 소품의 등을 세심히 닦아내고 꼼꼼히 백분까지 펴 발라 기름기를 완벽히 제거한 야수가 도살장의 백정마냥 갖가지 연장을 쭉 펼쳤다. 곧 예리한 끝이 신묘의 등골 한가운데로 매섭게 꽂혀들었다. 그것을 시작으로 일정한 간격을 두고 살을 저미는 격통이 척추를 무자비하게 파고들었다. 곧 피 냄새가 방 안을 점령하였다. 흡혈된 면포가 발라낸 살점을 매단 채로 눈앞에 끊임없이 쌓여갔다. 혼을 도려내는 주술사처럼 야수의 입에선 느린 가락이 한없이 뽑아져 나왔다. 신묘는 제가 참는 것에 이골이 났다 여겼으나 신체를 조각당하는 고초엔 참을 재간이 없었다. 재갈을 문 괴성이 연신 터져 나왔다. 꽉 묶인 사지 때문에 할 수 있는 것이라곤 제 턱을 바닥에 찧어대며 고통을 견디는 것뿐이었다. 기어이 턱 끝이 깨지고 붉은 피멍이 올라오기 시작했다. 인백정의 손놀림이 운율을 타고 반복될수록 꺼져가는 촛불마냥 시선이 까막거렸다. 의식의 끈을 스스로 놓을 수 없음을 원통해하며 신묘는 지독한 무력감에 빠져들었다. 그 누구도 구원해줄 수 없는 공간에 묶여 그저 생에 대한 증오와 환멸을 곱씹을 뿐이었다. 까닭 없는 고초만큼 몸서리쳐지는 것이 없어 끊임없이 자신을 책망하고 비하했다. 그러고 나면 결국 이 모든 사달은, 천한 제 팔자 탓일 따름이었다. 그때였다.

〈군대감마님, 명하신 것을 들이겠습니다.〉

갑자기 문이 열리고 삼복에 어쩐 일인지 후끈한 화로가 대령됐다. 약순가락과 유병 그리고 숯가루가 얼핏 신묘의 혼곤한 시야에 잡혀들었다. 점잖은 가락이 뚝 끊겼다. 심상찮은 신호였다. 신경이 올올이 되살아나 전에 없이 민감하게 곤두섰다. 침묵이 퍼뜨린 공포가 푸줏간을 숨 막히게 메웠다. 일순 극악한 화마가 날름, 척추로 스며들었다.

〈으아아아아아아아아악!〉

더 이상 내지를 비명이 없다 여겼거늘 거대한 괴성이 피로 토해져 나왔다. 단전에서 솟구친 악다구니였다. 피로 흥건한 재갈을 뱉어내며 신묘는 바득바득 이를 갈았다. 곧 금이 갔던 어금니가 바스러지는 것이 느껴졌다. 끊겼던 음률이 다시금 들려오며 영원히 끝나지 않을 억겁의 시간을 펼쳐냈다. 잡된 금수의 살육이 이어졌다. 살 타는 냄새가 기어코 비릿한 피 냄새를 이겨먹었다. 간헐적 신음조차 서서히 멈추며 드디어 몽롱하게 세상이 흐려졌다. 고행하는 승려마냥, 끝 간 데 없이 혹사되었을 때 정신이 육신에서 분리되었다. 지리멸렬한 고통의 극한을 견디어내면 비로소 찾아오는 반가운 증상이었다. 고대하던 대로, 관짝에 누운 듯했다. 영면에 드는 것인가. 눈이 감겼다. 영원히 떠지지 않기를 신묘는 바라고 또 바랐다. 생의 종장에 다다랐음을 깨달은 그의 심중에 일말의 화락이 들어찼다. 입가가 기다랗게 늘어졌다. 웃음이 배어들었다.

며칠 후, 외별채에서 다시 깨어났을 때 신묘는 모골이 송연하였다. 제가 미약한 숨을 붙들고 있었다. 생존의 황당함에 치가 떨렸다. 심히 비천하여 저승도 날 마다하는가. 쇠털같이 많은 날들이 또다시 제 앞에 펼쳐지려 하였다. 지체 없이 혀를 깨물었다. 그러나 만신창이가 된 몸에 또 하나의 상처만 보탠 꼴이었다.

참절하기 이를 데 없었던 지옥계를 복기하며 홍랑은 천천히 저고리를 추슬러 입었다. 느긋하게 고름을 묶어내며 그는 자신을 휘감은 소슬한 기운들을 모조리 털어냈다. 이내 무감한 면으로 홍랑은 다시 돌아섰다.

"어디, 안채 마님께도 눈 호강 한번 시켜드릴까? 상단을 통째로 받았는데 이깟 것쯤이야."

"천하디천한 소품이 확실하구나, 자존심 따윈 없는 걸 보니."

무진이 뇌까렸다.

"아직 내게 그런 것이 남아 있을 거라 생각해? 이 지경을 하고서?"

홍랑이 자조했다. 기진한 심열국이 서안을 내리치며 쉰 목소리로 하명하였다.

"다들 똑똑히 들어! 내 직접 나서기 전까지는 홍랑에 대해서 일절 함구해라. 재산증서를 회수하고 이 사태를 수습할 동안 저놈은 수장고에 넣어 보관할 것이다."

"수장고라니요!"

재이가 소스라치며 비명을 내질렀으나 심열국은 아랑곳 않고 말을 이었다.

"지련! 민씨 놈들 귀에 이 일이 들어가지 않게 각별히 주의해야 할 것이야, 알았느냐?"

"예. 한데 마님께는 어찌……."

"의주 분전에 일이 생겨 홍랑을 보냈다고 적당히 일러둬."

놀란 무진이 양부의 서안 앞으로 다급히 옮겨갔다.

"아니 됩니다, 아버님! 당장 저놈을 형조에 넘기셔야 합니다! 저것이 비루한 사기꾼이었음을 밝히시는 것이 순서입니다! 민상단을 기만하면 어찌 되는지, 괴소문으로 상계를 어지럽힌 자의 최후가 무엇인지 만천하에 똑똑히 본을 보이셔야 합니다!"

"토 달지 마."

"아버님을 속이고 민상단을 속인 놈입니다! 홍랑을 사칭한 놈이란 말입니다!"

"수장고에 넣으라 했다!"

"마님의 재산증서 때문입니까! 저놈을 추달하고, 압슬을 가하면 금방 토설을 할 것입니다! 저 추한 것의 모가지에 칼을 씌우면……."

"닥치지 못할까!"

"마님께서 척을 질까 그것이 두려우십니까! 아니면 민씨 행수들의 비웃음을 살까 그것이 걱정이십니까! 아버님!"

"그만, 그만, 그만! 이래서 네놈이 안 된다는 것이야!"

끝 간 데 없이 격앙된 심열국이 서안 위의 장부를 거칠게 내던졌다. 무진의 면상을 가격한 장부가 나달나달 낱장이 되어 사

287

방에 흩날렸다. 무진의 충혈된 눈초리가 나뒹구는 장부를 노려보았다. 재이 앞에서 당한 어처구니없는 치욕에 아비에 대한 혐오감이 뻗쳐 나왔다. 섬쩍지근한 느낌이 쉬이 감추어지지 않았으나 이젠 애써 감출 것도 없었다. 그 적개심 가득한 양자의 눈초리가 기어이 양부의 화를 돋웠다. 심열국이 단전을 쥐어짜며 호통을 쳤다.

"한평의 유일무이한 유품이란 말이다! 문신기법으로 인피에 새긴! 무려 살아서 걸어 다니는 생화生畵란 말이다! 저것이 기우는 상단을 다시 일으켜 세울 희귀품임을 너는 정녕 모르겠느냐! 한편에 새겨진 '동몽童蒙'을 보지 못했느냐! 유인과 낙관조차 보지 못했느냔 말이다!"

'어린아이마냥 무지하다'는 군대감의 호 '동몽'과 인두로 찍은 유인이며 낙관은 홍랑이 짊어진 춘화도가 논란의 여지 없는 진품이자 명실공히 완성품이라는 것을 증명하고 있었다. 다 죽어가던 심열국의 눈깔이 희번덕댄 건 다 그 때문이었다.

"지금 말뚝이 네놈이 해야 할 일은 오직 저 보물이 훼손되지 않도록 잘 지키는 것뿐이다. 무지한 네놈에게 다시 한번 읊겠다! 빛은 불만큼이나 해로우니 철저하게 차단하고 수장고에 숯을 더 채워 작품이 상하거나 들뜨지 않게 하되 오랏줄로 포박하거나 매질을 해선 절대 아니 될 것이다. 네 목숨보다 귀한 작품이니 손상되지 않도록 조심, 또 조심해야 할 것이다. 알아들었느냐!"

날카로운 호통에 재이가 휘청거렸다. 하찮은 이름자는 상관없었다. 성씨가 문제였다. 왜 하필 심가인가. 아비의 죄와 홍랑의 죄를 저울질하는 것은 더 이상 무의미했다. 홍랑은 제 신체에 천형을 짊어졌다. 감당할 수 없는 진실 앞에 그녀의 허리가 꺾여들었다. 비척비척 방바닥을 짚은 손에서부터 진득하게 회오리쳐 올라오는 감정은 아비와 군대감에 대한 증오와 환멸뿐이었다. 그들이 한 짓은 인신공양이었다. 불가뭄의 기우제에 산 사람을 제물로 바쳤다는 수천 년 전의 설화를, 재이는 읽은 적이 있었다. 한데 제 아비는 돈을 위해 그짓을 했다. 그것도 신체를 훼손하는 것이 가장 극악한 형벌인 조선에서 말이다. 지체가 높을수록 대역 죄인이라 하여도 필경 목을 치지 않고 사약을 받았다. 신체발부만은 보존하라는 마지막 배려였다. 이런 세상에서 어찌 산 사람의 몸통을 저토록 갈기갈기 찢어 망가뜨린단 말인가! 철저히 헐어서 영혼까지 못 쓰게 만들 수 있단 말인가! 재이는 이미 망자가 된 한평 대군과 제 아비를 향해 분노심이 치솟았다. 눈앞의 사내를 얼마나 살벌하게 다뤘을 것인가. 피눈물 흘리게 하였을 것인가. 사지로 내몰았을 것인가.

〈잡혀오는 꿈을 꾸는 순간 끝이야, 끝! 불안해서 잠도 못 자.〉

〈왜? 말하면 뭐? 그놈들 찾아가서 패주기라도 하게? 나 대신 반쯤 죽여놓기라도 하게?〉

〈표적이 된 이상, 단칼에 죽는 게 가장 행복한 일이거든. 죽음 앞에서 불필요한 고초를 겪지 않도록, 짐승마냥 도륙되고 참살되지 않도록, 지리멸렬한 고통이 따라붙지 않도록 막는 거. 그게 내 진짜 일이었어. 저승으로 걸어가는 망자의 시신이 깨끗하도록 단칼에, 한 번에, 곱게 보내주는 검귀.〉

세상의 끝을 간신히 딛고 선 듯, 홍랑의 몸이 잘게 떨리는 것이 느껴졌다. 이 사내도 떠는구나. 재이는 억장이 무너졌다. 관계의 끝을 이런 식으로밖에 선언하지 못한 홍랑에게 동정심이 일었다.

"소품을 이동시키지 않고 무엇들 해!"

심열국이 빽 소릴 내질렀다. 순순히 방지련에게 붙들려 나가던 홍랑은 다시금 허리를 반듯하게 펴고 고개를 쳐들며 철저히 재이를 외면했다. 비참한 건 딱 질색이다, 너에게만은 동정받고 싶지 않다, 라고 말하듯이. 끝까지 텅 빈 눈빛은 재이의 시선을 칼같이 쳐냈다. 철컹. 둘 사이의 문이 영원히 닫혔다. 홍랑의 뒷모습을 응시하던 재이의 등마루에 일순 소름이 번졌다. 그의 손목에 감겨 있는 천 조각 때문이었다. 옛 댕기! 콱, 무언가가 제 명치를 틀어막았다. 격탕된 감정을 숨기려고 재이는 필사적으로 제 앞섶을 부여잡았다. 이 순간 자신이 퍽도 요상한 표정을 짓고 있다는 사실은 알지 못했다.

"저놈 수중에 사인검이 있다, 당장 빼앗아야 할 것이야!"

무진이 방지련의 등에 대고 다급하게 명을 얹었으나 홍랑이 답했다.

"내다 버렸어. 짐승 사체를 헤집고 나니 더러워서 어디 갈무리할 수가 있어야지."

"범능적犯陵賊이…… 네놈이었더냐!"

"조용히 하고 다들 물러가, 당장!"

심열국의 불호령에 모두가 물러갔다. 돌차간에 집무재가 고요해졌다.

"아하하하하하하…… 으히히히히히힛!"

290

빈 공간에 난데없이 괴망한 웃음이 울려 퍼졌다. 기력이 쇠한 듯 보였던 심열국이었다. 흉할 정도로 이지러진 안면은 환락으로 터질 듯했고, 붉은 눈알은 야욕으로 번들거렸다. 김굉표를 독대한 직후부터 얼마나 더 많은 소품들이 살아 있을지 몰라 며칠째 잠도 설친 그였다. 방지련에게 살아 있는 소품을 발견하는 족족 그 자리에서 잡아 죽이라 하명까지 하였다. 한데 홍랑의 등을 본 순간, 모든 게 역전되었다. 심열국은 속으로 숫제 만세삼창을 불렀다. 저런 소품이라면 하나라도 더 남아 있어야 했다. 하나라도 더 포획해야 했다. 얼마나 많은 소품들이 담장을 넘었을까 전전긍긍하던 염려는 단박에 기꺼운 근심으로 바뀌었다. 제발 많아야 할 것인데. 달랑 홍랑 하나뿐이면 아니 될 터인데. 신바람이 난 심열국의 머릿속이 화려한 계획들로 난잡해졌다. 생화라니, 문신이라니! 위기의 상단을 부활시킬 절호의 기회였다. 얼마를 받고 팔아야 하나? 경매에 부칠까? 아니다. 희귀작이니 소장을 해야지, 암! 엄선한 고빈들만 초대하여 은밀히 관람시키면 평생 앉은자리에서 돈을 벌 수 있을 것이다. '대군의 조력자이자 작품 소장자인 자신이 장장 십 년간 값비싼 생인피와 패분 안료를 진상하며 한평의 예술혼에 불을 지폈노라.' 뒷이야기까지 곁들이면 금상첨화이리라. 이 비밀스럽고 발칙한 작품에 대한 소문은 눈덩이처럼 불어 너도나도 금덩일 싸 짊어지고 와 한 번만 구경시켜달라 제 발 앞에 머리를 조아릴 것이다. 청과 왜를 돌며 타국인들에게 관람시켜도 큰 돈벌이가 될 터였다. 그렇지! 청 역관 진희량이 사신단을 모시고 한성부 관청에 머물고 있었다. 조선 상계가 뒤숭숭하니 그부터 만나 구경

값을 타진해보는 게 안전할 것이다. 문제는 홍랑이 호락호락 제 손에 놀아날 놈이 아니란 것이었으나 해결책은 있었다. 민씨의 뜻을 거스르면서까지 재이의 혼사를 막은 그가 아니던가. 피 끓는 청춘과는 항시 거래 트기가 쉬운 법이다. 남색으로 오해하여 속으로 경멸했던 한평에게 슬그머니 고마운 생각이 들었다. 그의 장례도 들여다보지 않았던 것이 이제야 마음에 걸렸다.

冬

입동

얼어붙은 불덩이

수장고엔 빛 한줄기 들어오지 않았다. 벽에 걸린 등불 하나만이 병풍이며 화첩이며 지도며 탁본이며 자기며 금관이며…… 겹겹이 쌓인 귀물들의 윤곽을 희미하게 비출 뿐이었다. 그중 최고의 보물은 양손이 머리 위로 결박된 채 가장 후미진 곳에 걸려 있었다. 대들보에 건 쇠사슬 족쇄가 어찌나 빠듯한지 건장한 반라의 몸뚱어리가 엄지 발끝 하나에 간당간당, 겨우 지탱되었다. 영락없이 푸줏간에 내걸린 육고기 형상이었다. 며칠 밤이 지났는지 알 수 없었다. 오늘도 어김없이 무진의 채찍이 날아들었다. 홍랑의 흉부에 서서히 실뱀 모양의 핏자국이 배어나왔다.

"재산증서, 어디 있어? 어디 있냐고!"

"물렁한 샌님이 오늘도 역시 힘을 못 쓰시네? 비장한 표정이
다 아깝게."

"쓸데없는 소리 집어치우고 증서의 행방이나 말해!"

"태웠다고. 다 태워버렸다니까?"

"증서를 내놓지 않으면 넌 죽은 목숨이다."

"이렇게 길길이 날뛰는 게 우습지 않아? 나한테 뺏기는 게 왜
억울해? 네 것도 아니잖아. 말해봐. 그 재산증서 중 네 몫이었던
게 단 한 장이라도 있는지! 아니, 애초에 이 집구석에 네 것이었
던 게 단 하나라도 있는지!"

쫘악! 촤아악! 대답 대신 기다란 가죽 편초가 정신없이 홍랑
의 덩치를 휘감았다. 어째서인지 매질을 하는 무진의 숨이 더
거칠게 뿜어져 나왔다. 육체가 궁극의 고초를 견딜 때 비로소
영혼이 편안해지는 것을 진즉 체득한 홍랑이었다. 저릿한 고통
이 차라리 상쾌했다. 실로 오랜만에 정신이 가뿐해졌다.

"심열국이 흉수를 두었어. 투미한 등신을 사와서 손수 말뚝질
까지 했으니."

흥분한 무진이 홍랑의 등을 내려치려다가 잠시 멈칫했다. 갈
등을 이겨내려 안간힘을 써대는 눈매가 호롱불에 이리저리 일
그러졌다. 홍랑의 입매가 삐뚜름하게 휘어들었다.

"옳지, 그래야지. 참아야지. 이 잘난 작품에 손대면 넌 정말 끝
이야. 돈왕이 값을 매기느라 기꺼이 대가릴 굴리고 있을 테니.
좀 더 신기한 것, 희귀한 것, 기이한 것, 괴상한 것을 수집하려는
별종들 천지인 건 익히 알잖아? 인피에 새긴 작품은 말야, 아주
희귀하거든. 하물며 인화人畵면 수집광들이 소장하고 싶어 침을

질질 흘리겠지. 거기에 그 고결하신 한평 대군의 유품이라고. 뿐인가? 정물도 산수도 아닌 춘화란 말야. 속된 춘화. 그것도 유일무이한. 이제 좀 감이 와? 하니 이 지경이 되어서도 내가 너보다 한 수 위일 수밖에."

"네놈이 주둥이에 기어코 인두질을 당하고 싶은 게지!"

격노한 채찍질에 홍랑의 고개가 무참히 꺾였다. 몸뚱이가 축 처진 탓에 손목을 결박한 족쇄 밑으로 야들한 살구색 천이 드러났다. 단박에 그것을 알아본 무진의 눈에 광기가 어렸다.

"감히 재이의 댕기를 훔쳤더냐!"

"손대지 마! 죽고 싶지 않으면!"

몇 날 며칠 신체를 결박당하고도 짱짱하기만 했던 홍랑이 모지랑이 천 쪼가리에 해까닥 이성을 잃고 악을 써댔다.

"더러운 손 떼, 당장!"

"어디서 사람 흉내야! 소품 따위가 제 댕기를 지니고 있다는 것을 알면 누이가 얼마나 역겹겠느냐?"

무진의 만면에 미소가 피어올랐다. 드디어 홍랑의 치부를 건드린 듯했다. 쇳덩이를 아작내기라도 할 듯, 홍랑은 덫에 걸린 야수처럼 포효할 뿐이었다. 소품이 제풀에 지쳐 한풀 꺾여들자 무진은 전리품을 낚아채듯 표독스레 댕기를 잡아챘다. 하나 어찌나 바투 잡아매었는지 쉽지 않았다. 홍랑은 댕기가 제 목숨줄이라도 되는 양 그것만은 빼앗기지 않으려고 다시금 온몸이 으스러지도록 몸태질을 해댔다. 요란스레 출렁인 사슬이 팔목을 파고들며 살성을 자아냈다. 무진은 그 버둥거림을 즐기며 기다란 천 오라기를 태질할 기세로 바싹 잡아챘다. 그때였다. 홍랑이 제 팔을 결박한 쇠사슬에 되레 힘을 실어 매달렸다. 그리고 허리를 접으며 힘껏 두 다리를 들어 올렸다. 공중에 뜬 다리가 무진의 목을 옥죈 건 실로 순식간이었다.

"커컥…… 켁…… 켁……."

눈 깜짝할 새에 옴짝달싹 못 하게 된 무진의 면에 울혈이 울멍졌다. 그는 제 숨통을 죈 두꺼운 허벅지를 쳐내려 안간힘을 써댔으나 손에 든 채찍마저 무용했다. 두 사내를 매단 사슬이 폭발 직전의 화산처럼 으르렁댔다. 눈을 부라린 홍랑이 제 다리 사이에서 붉어져가는 무진의 낯짝을 찍을 듯 내려보며 호령했다.

"감히, 내 것, 탐하지, 말라, 하였어!"

무진의 눈이 허옇게 뒤집어지는 찰나, 뛰어 들어온 부영이 기다란 금촛대로 홍랑의 뒤통수를 가격했다. 그대로 정신을 잃고 축 처진 홍랑 앞으로 무진도 쓰러졌다.

"헥…… 으헥……."

"괜찮으십니까?"

한참이나 괴상한 쉿소릴 내며 주저앉아 있던 무진이 뻣뻣해진 목을 부여잡고 비틀대며 일어섰다. 홍랑의 손목에 붙어 있는 댕기를 잡아채기 위함이었다. 핏줄이 터진 억실억실한 눈알에, 그제야 천 귀퉁이의 엉성한 박음질이 잡혀들었다. 이 미친놈이 그예 재이의 물건을 제 살갗에 단단히 꿰맨 것이었다. 진정 무덤까지 가져갈 심산이었다. 피가 거꾸로 솟은 무진은 곧 손가락에 댕기를 둘둘 감고는 되알지게 떼내었다. 우드득 소리와 함께 홍랑의 팔목에서 피가 솟구치듯 뿜어져 나왔다. 상전의 억짓손에 부영의 미간이 좁아들었다. 댕기를 오롯이 손에 넣은 무진은 나달나달 딸려온 살점도 아랑곳 않은 채 그것을 품에 갈무리했다.

"죽여야겠다."

갈린 목소리는 진심이었다.

"아니 됩니다! 절대 아니 됩니다!"

부영의 만류는 필사적이었다.

"하면 내가 죽을까!"

"직접 손을 대시면 정녕 어르신께서 용서치 않으실 겁니다!"

"누가 이 역겨운 물건에 손을 댄다더냐! 사고! 그래, 사고다. 삭풍에 거화가 넘겨져 이곳에 불이 옮겨붙었고! 구석에 놓여 있던 소품 하나가 소실된 것이다! 그뿐이다!"

"이 수장고의 물건들이 어떤 것들인지 모르십니까! 게다가 증서의 행방 또한……."

"재산이 문제야!"

"어르신께서 지금쯤 장통교를 건너셨을 것입니다. 일을 크게 만들지 마세요, 어르신께서 절대……!"

"심열국인들! 돈왕인들! 시커먼 시체를 어쩔 것이냐? 제가 아무리 대단한들! 죽은 목숨까지 되살릴 수가 있다더냐!"

곧 수장고 주변에 부산한 발걸음이 오갔다. 불길이 치솟았다.

매캐한 그을림이 사방을 장악했다. 스러지는 나무와 갈라지는 대지의 아우성이 멀리서부터 들려왔다. 샌님이 제 손에 피 묻힐 용기도 없어 차라리 불을 놓은 모양이었다. 이런 가뭄엔 불이 금방 번질 터. 한참 느려진 제 맥박을 몽롱하게 느끼면서도 화마가 혹여 요암재까지 번지지 않을까 하는 쓸데없는 걱정을, 홍랑은 했다.

　살지도 죽지도 못 한 채 생과 사의 경계에서 근근이 이어진 삶이었다. 인성은 완전히 파괴되고 영혼은 극도로 곤궁해져 절명만을 염원하였다. 질기고 질긴 제 목숨 줄을 확인할 때마다 분노와 살의는 무섭게 짙어져갔다. 연명은 결국 자신에게 천벌을 내린 귀축들을 멸하고 또 자멸하기 위함일 뿐이었다. 그런 생에 덜컥 누군가가 끼어들었다. 재이였다. 단 한 순간도 빛난 적 없는 생이었기에, 반짝이는 그녀를 처음 본 순간 홀린 듯 손을 뻗었다. 분명 본능은 경고를 했다. 죽을힘을 다해 밀어내라고. 심열국의 핏줄이어서가 아니었다. 갈망이 걷잡을 수 없이 깊어져 채우려 들수록 망가질 것이란 직감 때문이었다. 지붕 위의 재이를 화살촉으로 겨누던 찰나, 예감은 현실이 되었다. 장한 변수였다. 욕심은 착실히 커져갔다. 어차피 곧 마감될 생, 갈증이나 양껏 채워보자고 맘먹은 날도 있었다. 한데 그 뒤에 꼬리를 문 생각은 어이없게도 그녀가 받을 상처였다. 아비의 무덤 앞에 혈혈단신 부복한 채 곡을 하는 재이를 상상하는 것만으로 뼈마디가 아려왔다. 영원한 소멸은 어떤 기분일까 짐작한 적 없었건만 남겨진 이의 심정이 정히 근심거리로 남았다. 그녀에게만은 원망받고 싶지 않았다. 그녀에게만은 아픈 존재이고 싶지 않았다. 여인의 존재가 점점 버거워서 과거를 지울 수 있는 망각환을, 기억을 베어낼 수 있는 검을 망상하였다. 언제부턴가 제가 살아가고 있는 것인지 죽어가고 있는 것인지 혼란스러웠다. 감정이 맘먹은 대로 되지 않아 심부가 넝마가 되었으나 그것이 부당하다 여겨지지 않았다. 한낱 누군가의 재산, 하나의 소품이었던 주제에 재이가 측은했다. 결국 척살을 위해 잠입한 적지에서 만난 건 청춘을 도륙당하고 삶을 감금당한, 애달픈 자신의 모습이었다.

꽝! 콰광꽝! 일순 지축이 뒤틀렸다. 돌연 홍랑의 벗은 살갗에 화끈한 열기가 들러붙었다. 벽을 뚫고 나온 거대한 불덩이를, 그가 꿈처럼 바라보았다. 아가리를 벌린 맹염의 혀끝에서 튀어 나온 것은 의형제를 맺은 벙어리 놈이었다. 찬물을 흠뻑 뒤집어 쓴 그의 손에 남은 폭약이 들려 있었다. 이글거리는 홍염을 걷어내며 단칼에 홍랑의 족쇄를 잘라낸 인회가 묵직하게 내려온 의형의 덩치를 낚아채었다. 황량한 두 눈이 훼손된 몰골을 훑어 내리며 재차 괜찮으냐고 다그쳐 물었다. 바짝 마른 입술을 애써 늘이며 쓴웃음으로 화답한 홍랑이었다. 인회는 다급히 젖은 암청색 무복을 한 꺼풀 벗어 축 처진 홍랑의 팔에 꿰어 입혔다. 그러곤 휘늘어진 의형을 반쯤 둘러업은 채로 시뻘겋다 못해 푸르스름한 불구덩이를 거침없이 헤쳐나갔다. 간신히 수장고 뒤쪽으로 빠져나오자 인회가 제 등에 짊어졌던 협도를, 아직 매가리 없이 늘어진 홍랑의 손아귀에 단단히 쥐여주었다. 비수 몇 개도 날래게 그의 발목에 욱여넣었다. 그 자신도 허리춤에 꿰었던 쇠자루칼을 발도하였다. 그 비장함이 적이 지천에 깔렸다 알려오고 있었다. 홍랑이 다리에 힘을 주어 일어선 순간, 독기를 흩뿌리며 회갈색 복장의 무사들이 마구잡이로 달려들었다. 눈알을 까뒤집으며 매몰차게 대검을 내리긋는 이들은 가병이 아니었다. 무공이 고절한 살수였다. 흐트러짐 없는 깔끔한 품새에서 쉭쉭, 농후한 살기가 뻗쳐 나왔다. 샌님이 이제야 제대로 된 검계들을 산 듯했다. 검세에 감탄하는 사이, 빡빡한 불귀가 그들과 협공을 펼쳤다. 설상가상 한껏 솟아 있던 수장고의 대들보와 서까래가 폭삭 주저앉으며 홍랑의 등 뒤로 불바다가 피어났다. 불티를 다급히 쓸어내리며 홍랑이 주춤하자 인회가 그를 돌아보았다. 쉽지 않은 싸움이란 걸 예감한 듯, 서글픈 눈망울이 담담히 고했다.

'제가 이들을 막을 것이니 그 틈을 타 빠져나가십시오, 부디……'
대꾸할 기회도 주지 않고 인회는 무사들에게 돌진하였다. 칼부림이 일었다. 그 틈에 홍랑은 수장고 모퉁이를 간신히 돌았으나 살수들의 검로는 그를 향했다. 민첩한 은빛 궤적이 코앞을 스쳤다. 쟁, 채챙! 검이 엉겼다. 흩어지는 기를 재차 모았으나 홍랑은 썰물처럼 빠져나가는 힘을 자각할 뿐이었다. 자꾸만 주저앉으려는 몸뚱이를 간신히 가누며 끝을 직감한 순간, 홍랑의 손목이 꺾였다. 설상가상 협도는 홍염 속으로 날아가버렸다. 발목께의 비수를 꺼내야 하건만 지금 상태로는 먼저 목이 잘릴 터였다. 홍랑은 무릎을 접어 의제가 갈무리해둔 암기를 꺼내 들면서 모든 관절이 둔탁하다 여겼다. 이 단순 동작을 수년 동안 연마한 것이 무색할 정도였다. 이때쯤이면 벌써 무도한 날붙이가 자신의 뒤통수를 반으로 가르고도 남았으리라. 서슬을 그러쥐고 일어섰을 때 그러나 벌렁, 뒤로 나자빠진 것은 고목처럼 버티고 섰던 살수였다. 가슴에 쇠자루칼을 꿴 채였다. 의제의 유일무기! 다급히 뒤를 일별한 홍랑의 눈에 인회가 잡혀들었다. 이미 고개가 앞으로 훅 꺾인 해괴한 형상이었다. 홍랑이 본능적으로 뿌린 비수는 다행히도 살인귀의 뒷목을 정통으로 꿰뚫었으나 이미 두 개의 반월도가 인회의 복부와 가슴을 관통한 후였다. 말 못 하는 입에서 쿨럭 핏덩이가 쏟아져 내렸다. 그가 제 몸에서 스르르 칼을 뽑아내었다. 이승에서의 마지막 행동이었다. 시퍼런 불길이 홍랑의 눈동자로 옮겨붙었다. 인회가 서서히 꺼꾸러지는 것이 어째서인지 아주 느리게 보였다. 별안간 섬뜩한 불벼락이 여기저기에 내리꽂혔다. 지척의 무사들은 날름 불 악귀에 먹혀들었고 살아남은 자들은 무자비한 화세에 비명을 내질렀다. 지옥문이 열린 듯했다. 아비규환에도 아랑곳 않고 홍랑은 널브러진 살수의 시체에서 인회의 쇠자루칼을 뽑아 들었다. 그리고 불길을 베어내며 허겁지겁 인회를 향해 달렸다. 숫제 화마의 아가리에 머리통을 들이미는 꼴이었으나 그냥 둘 수 없었다. 이런 끝을 보자고 데려온 아이가 아니었다. 홀로 두지 않기로 약조하였다. 아직 이팔도 되지 않은 놈이었다. 감히 아우가, 형도 맛보지 못한 죽음을 먼저 맛볼 순 없었다. 쿠르르 콰광쾅! 순간 귓전을 때리는 꾕음과 함께 무시무시한 불기둥이 솟구쳤다. 뺑뺑 돌리다 놓쳐버린 쥐불처럼, 홍랑의 몸뚱어리는 순식간에 저만치 튕겨 나가떨어졌다. 그는 곧 제가 큰 노송과 샛담 사이에 꺼꾸러진 것을 알았다. 순간 성마른 광풍이 휘몰아치고 검붉은 파도가 두 사람을 휘갈랐다. 먼발치에서, 참화에 사로잡힌 의제가 엎드린 채 고개를 꺾어 저를 바라보고 있었다. 이제 더 이상은 건너갈 수 없는 광염의 성역이었다. 불 장막 속에 이지러진 인회의 눈빛이 처연하게 웃는 듯도 하였다. 그의 육신 위에 꽃비처럼 불티들이 내려앉았다. 타들어가는 인회의 무복 사이로 존재를 드러낸 것은 오색 찬연한 화접도였다. 차마 그것을 목도하지 못하고 홍랑은 질끈 눈을 감았다. 처참히 문드러지는 인회의 등에서 팔랑팔랑, 새하얀 모시나비 한 마리가 고아하게 떠올랐다. 그리고 탐스럽게 만발한 홍화 사이를 우아하게 유영했다. 금싸라기를 흩뿌리며 소용돌이치는 불꽃바람에 곧 수십의 나비들이 일제히 날아올랐다.

임인년 어느 밤이었다. 한평 대군의 외별채에서 일하는 나이 지긋한 찬모에게 한 소품이 목숨을 구걸하며 막무가내로 매달렸다. 가노들과 절대 말을 섞으면 안 되는 지엄한 법에도 불구하고 반빗간(찬간)에 뛰어든 소품은 이판사판으로 제 저고리를 찢어발겨 등 전체에 새겨진 광란의 흔적부터 내보인 터였다. 일한 지 삼 년 만에 진상을 마주한 중년 여인은 기함을 토했다. 아무리 귀머거리, 장님, 벙어리로 조리만 한다는 맹약이 있었으나 학대로 점철된 여윈 등을 보자니 절로 치가 떨렸다. 자그마한 소품은 넉넉한 그녀의 품에 안겨 한참을 울었다. 하나 그것이 끝이었다. 여인은 그길로 사라졌고 소품은 감히 비밀을 발설한 죄를 세 치 혀로 대신하였다. 모든 소품들이 보는 앞에서였다. 외별채에 드나드는 의원은 신통방통한 명의였다. 돈을 받으면 재깍재깍 잘도 살려내었다. 표구 장인마냥 구멍 난 부분을, 찢겨 나간 부분을 귀신같이 복구해냈다. 스스로 끊은 목숨도 희한하게 이어 붙였다. 소품이기에 삶도 죽음도 소유자의 하명 없인 영 불가능이었다. 혀를 잃고도 살아난 소품은 애석하게도 글을 몰랐다. 필담도 여의치 않아 처절한 침묵 속에서 숨만 쉴 뿐이었다. 영혼이 죽어갈수록 등엔 더없이 찬란한 나비가 새겨졌다. 대군의 관심을 단번에 독차지하여 신묘를 조금 편하게 해준 아이였다. 그게 고마워 가르쳐달라 한 적도 없는데 신묘는 언문을 가르쳤다. 반응 없는 허깨비를 앉혀놓고 꾸역꾸역 설명을 하고 또 했다. 석 달이 지난 어느 날 사랑채에서 실려 나와 사흘을 내리 앓던 신묘의 손바닥에, 그가 검지로 두 글자를 썼다. 인회. 제 이름자였다. 한평 대군을 멸구하던 날, 홍랑은 만신창이가 된 인회를 들쳐업고 해월루로 왔다. 그리고 송월 앞에 무릎을 꿇고 인회를 거두어달라 읍소하였다. 인회와 홍랑의 생김이 형제마냥 똑 닮은 것이 흡족했던 송월은 지체 없이 그러마, 했다. 난생처음으로 홍랑은 진심을 다해 큰절을 올렸다. 그땐 송월의 시커먼 속을 알지 못했다. 기실 인회는 송월의 차선책이었다. 홍랑의 친자사칭이 들통날 경우, 또 다른 홍랑으로 둔갑시킬 대체품. 말까지 못 하니 오히려 홍랑보다 쉬울 터였다. 그런 본심을 간파한 인회는 홍랑이 민상단으로 들어가자마자 일부러 그곳에 드나들며 제 얼굴을 비쳤다. 송월이 자신을 이용하지 못하도록. 의형에게는 차마 추악한 그녀의 정체를 알리지 못하였다. 그에게도 살아야 할 이유가 하나쯤은 필요했기에. 하나 송월의 처소를 굽어보는 곳에 묻어달라는 의형의 유일한 청엔 끝끝내 답하지 아니하였다.

결국 화형火刑으로 스러진 인회였다. 등에 짊어진 극형을 벗는 길은 역설적으로 그것뿐이었을지도 몰랐다. 난맥을 추스르지 못한 홍랑의 심곡에 거듭 불똥이 튀어들었다. 심화를 다잡으려는 듯, 탈수 상태인 육체가 격렬하게 피눈물을 짜냈다. 커다란 체구가 둥글게 말려들었다. 분노를 악으로 삭이려 드니 입에서 불덩이를 뱉어내듯 자꾸 끄윽끄윽, 앓는 소리가 났다. 화마에 되려 골한이 든 것인지 사지가 바들바들 떨렸다. 곧 혈루는 말라붙고 까슬한 입술 하나 적시지 못할 만큼 기갈이 났다. 완전히 연소된 횅한 눈동자가 맥없이 천중을 향했다. 뒤틀린 바람을 타고 솟구치는 홍염의 아지랑이 속에 불현듯 환각이 일었다. 그날. 그 밤. 억새밭에 서 있던 여인. 요동치던 흑발. 그리고 물 향기. 기억은 범람하는 강처럼 그를 덮쳤다. 그슬리고 터져 멍멍한 작금의 손끝을 일순 찌릿하게 만들었다. 중독이었다. 떨치려 하였건만 기억은 몸 여기저기에 기생하다가 기습적으로 재생되었다. 더 아름답게 왜곡되고 더 찬란하게 덧그려졌다. 한층 짙고 은밀한 의미가 부여되었다. 더 치명적으로 포장되었다. 그밤의 향취가 소환될 때마다 한참 검을 휘두른 것마냥 가쁜 숨이 튀어나왔다. 누군가에게 마음을 기울이는 일이 이렇게 큰 대가를 치러야 하는 것임을 몰랐다. 꽃잎으로 허기를 채우는 것보다 더 고프고, 살을 도려내는 쓰라림보다 더 절망적이었다. 향수는 고통스러웠다. 주제넘는 추억을 간직하려 드니 자꾸 목이 졸리는 것이리라. 홍랑에게 죽음은 늘 안락함이었다. 혈혈단신의 삶은 죽음의 비애를 느낄 기회조차 주지 않았다. 하나 재이로 인해 그 단어에 깃든 비극을 알아버렸다. 단절. 죽음이 처음으로 두려워진 그였다. 일순, 흉심이 바락바락 고개를 쳐들었다. 빌어먹을 팔자도, 처절한 운명도 그녀로 인해 더욱 짙어지고 뚜렷해지는 이유에서였다. 증오심이 솟구쳤다. 감히 허락도 없이 삶을 통째로 흔들어놓은 그녀가, 죽음 이외엔 그 어떤 것에도 현혹되지 않았던 자신을 꾀어낸 그녀가, 죽도록 미웠다. 생과 사의 경계에서 갈등하는 자신을 목도하는 것도, 허황된 희망을 싸늘히 억누르는 것도 이젠 지쳤다. 홍화 같은 불티들이 다시금 가시처럼 박혀들었다. 살점이 뜯긴 텅 빈 손목을 더듬던 홍랑의 눈동자가 요암재 지붕에 가 닿았다. 호리호리한 여체가 발칙한 자세로 누워 있던 그 자리였다. 그 모든 것이 꿈인 양 아득하였다. 당장 그녀를 봐야만 했다.

매캐한 잿가루를 몰고 요암재에 들어선 홍랑은 대뜸 암기부터 날려댔다. 비말처럼 날아간 예기가 초 심지에 정확히 박혀들며 세 쌍의 불꽃이 순차적으로 멸하였다. 초라한 제 꼴을 내보이기가 죽기보다 싫은 까닭이었다. 서안 위의 몽당 초 하나만이 간신히 목숨을 부지하곤 근근이 요암재를 밝혔다. 침의 차림의 재이가 이불을 밟고 벌떡 일어났다. 필시 무슨 일이 터진 것이었다. 그렇지 않고는 사람에게서 이런 탄내와 살기, 그리고 가늠조차 할 수 없는 비애가 흘러나올 리 없었다. 순간 재이는 덜컥 겁이 났다. 머릿속 수십의 거미들이 제각기 다른 속도와 방향으로 겹겹이 물레를 돌려댔다. 요상한 사념으로 진탕이 된 가슴을 억누르며 그녀는 곧장 널따란 소매에서 벽조목 비수를 꺼내 들었다. 암기를 틀어쥐었으나 감히 겨누지는 못 한 채 그녀는 홍랑을 노려보았다.

"돌아오면 죽인다 하였다!"

"거참 잘됐네! 그래, 제발 좀 죽여! 네 아비가 선사한 이 생지옥, 더는 살기 싫으니까! 아주 지긋지긋하니까! 죽여!"

"진정 죽일 것이야!"

"그럼, 죽여야지. 죽어버리면 안 되지!"

바닥을 향해 숙여진 검을, 사내의 뜨거운 손이 덮어 다잡았다. 그 열감에 여인은 당황했다.

"이래서 죽일 수가 있겠어? 하여튼 징그럽게 말도 안 듣지! 이리 쥐면 안 된다고 몇 번을 말했어? 이렇게 단단히 쥐라고, 단단히!"

재이의 손을 재차 고쳐 잡은 홍랑이 자신의 빗장뼈 사이로 첨단을 겨누었다.

"여기라고. 찔러! 깊이! 뭘 망설여? 어서 찌르지 않고!"

단도가 홍랑에게 딸려가자 재이의 흑안이 난하게 뒤흔들렸다. 온 힘을 다해 오히려 그녀가 사내의 힘을 저지하고 있었다. 떨리는 그녀의 손목을 타고 핏빛 술이 찰랑댔다.

"그래. 첨엔 다 그래. 사람 찌르는 게 어디 쉽겠어? 근데 넌 할 수 있어. 그 대단하신 심가 핏줄 아냐? 그럼 아무렇지 않게 잘하게 되어 있다고. 그러니까 걱정 말고 찔러!"

"단지 심가란 이유로 날 이리 못살게 굴었더냐?"

"넌 아무 잘못이 없다? 아니! 네가 누린 모든 게 내가 당한 천형의 대가야! 진짜 몰라?"

"놔!"

"홀로 깨끗한 척 사시겠다? 이 썩어 빠진 상단에서 끝까지 고고한 척하시겠다? 어림없어. 찌르라고! 네 손에 피를 묻히고 직접 끝을 내라고!"

"싫어!"

"그럼 적선하는 셈 치고 찔러. 그럼 쉽잖아!"

"왜 죽어! 억울하잖아, 너도 억울해 죽겠잖아!"

"억울해서 기필코 죽어야겠다고!"

재이가 힘에 부친 듯 시큰한 눈동자를 빠르게 깜빡였다. 그 틈에 벽조목이 바짝 끌어당겨졌다. 홍랑의 살갗에 닿은 채 더 이상 나아가지 못한 칼날이 사정없이 떨렸다. 재이가 몸을 획 뒤틀었다.

"더 이상 날 희롱하지 마!"

단도를 쥔 재이의 손을, 홍랑은 거칠게 뿌리쳤다. 대신 더 거칠게 그녀의 팔뚝을 채잡았다. 거슬한 목소리는 낮게 으르렁댔다.

"희롱이 무언지 똑똑히 봤잖아! 인간을 매매해서 족쇄를 채우고, 광인에게 소품으로 진상하고, 심심풀이 완구로 만들고, 도망가면 잡아오고, 찢어지면 수리하고, 싫증 나면 폐기하고, 또 다른 소품을 진상하고! 네 애비가 한 짓이 희롱이라고!"

아직 결정 못 했다. 이 여인을 어찌할지. 분노와 증오, 동정과 애틋함 그리고 괴이한 동질감과 일말의 굴욕이 한데 뒤엉켜 억센 손끝에 모여들었다. 홍랑은 애꿎은 재이에게 악까지 써가며 화풀이를 해대는 자신이 역겨웠다. 한데 도무지 노기가 사그라들지를 않았다. 자신의 정체가 까발려진 탓이었다. 죽어도 아우일 수 없는, 그렇다고 사내일 수도 없는.

"네 아우가 단순히 실종된 걸까? 넌 또 왜 한평생 갇혀 살았을까! 네 아빈 왜 비싼 가병들을 수백씩 거느렸을까! 이젠 똑똑히 알겠지?"

"군대감을 참시한 것으론 부족했더냐?"

"죽여도! 시체를 찢어도! 그보다 더 심한 무슨 짓을 해도 성이 안 차, 분이 안 풀려!"

"설마…… 군대감을 망부에 올린 것도 너였더냐?"

"왜 아니겠어?"

"그리 처참히 갚았으면 모두 잊고 잘 살 것이지 어찌!"

"어떻게 잊어! 어떻게 잘 살아! 착각하지 마, 숨이 붙어 있다고 다 살아 있는 건 아니니까. 넌 그저 살았겠지, 난 살아냈어. 그건 천지 차이지. 나 천출이야, 천한 씨종의 자식."

"……!"

"어째 내 등을 보았을 때보다 더 놀라는 것 같다? 부모가 맞아 죽는 걸 보고, 도망노가 되고, 인신매매단에 잡혀가서 시체들과 뒤섞여 잠을 자고! 그런 것쯤은 아무것도 아닐 만큼 비루한 놈이었다고, 내가! 한데 심열국이, 네 아비란 작자가 아예 인간도 아닌 그렇다고 짐승도 아닌 물건으로 만들었어. 말하는 소품! 그때부터 죽고 싶어 환장을 했지. 저승길을 재촉하려고 별의별 짓 다 했으니까! 젓가락으로 가슴팍을 찔러도 봤고, 혀를 깨물어도 봤고, 손목을 썰어도 봤는데 죽음을 구걸할 때마다 네 아비가 날 기필코 살려냈어. 왜? 제 진상품이니까!"

"그만해!"

"천하의 돈왕이 얼마나 많은 아이들을 그 지옥으로 떠밀었게? 신체 한구석이 괴사한 채로 목숨만 붙어 있는 소품들이 얼마나 많았게? 물 밖에서 토막 난 물고기처럼 제 비늘이 메말라가는 것을 지켜보면서 죽기만을 염원한 아이들이 수십이었어! 눈알이 뽑힌 놈, 귀가 잘린 놈, 인대가 잘린 놈, 발뒤꿈치가 잘린 놈! 열 손가락이 몽땅 잘렸는데도 자꾸 제 옷자락을 움켜쥐는 놈! 입이 찢겨서 슬퍼도, 화가 나도 웃기만 하는 놈!"

"그만!"

"그 끝이 생매장이었어, 알아? 시퍼런 혼령이 되어서도 이승과 저승 사이의 대밭에 매여 해탈도 승천도 못 하고 구천을 떠돌면서 지금도 피눈물만 흘리고 있다고! 혀가 잘려 말을 잃은 놈은! 오늘, 결국, 네 오라비 손에 죽었어! 그 멍청한 등신이 매수한 살수들한테 목이 꿰이고 가슴이 찢겨서!"

"설마!"

"그래도, 난 그 말뚝 원망 안 해! 왜? 결국 그놈도 심열국이 구매한 소품일 뿐이니까! 내 등짝의 작품도 구경했겠다, 어때? 나 이 정도면 심단주를 증오하고, 경멸하고, 저주할 만하지! 그 죗값 받으러 올 자격 충분하지? 어린 원혼들의 한을 죄다 풀려면 돈왕의 혼령을 앞세우는 방법밖엔 없겠지? 그렇지? 대답해, 그렇잖아!"

사내의 처참한 토로에 재이는 경악했다. 그 켜켜이 쌓인 울분 앞에서 그녀는 대답하길 포기했다. 부질없이 벽조목 단도를 꽈악 그러쥐고 서 있을 뿐이었다.

"사람 죽이는 거? 하나도 안 힘들어. 죽이고 싶어 죽겠는 놈 살려두는 거, 그게 힘들지! 내가 얼마나 가슴을 졸였게? 내 차례가 오기도 전에 심열국이 애먼 놈 손에 뒈져버릴까, 번개에 맞아 진사라도 할까 얼마나 노심초사했게! 괜한 걱정을 했지 뭐야, 돈왕께서 행여 일말의 죄책감이라도 느끼시면 어쩌나, 혹시 참회라도 하시면 어쩌나! 한데 날 수장고에 처넣고 신나 날뛰니 안심이 되더라. 단칼에 안 죽여. 댕강 모가지만 잘라 신나게 저자 구경시켜주는 아량 따위 난 없어. 적어도 죽어가는 공포가 뭔지, 죽을 수 없는 공포가 뭔지, 후회하고 또 참회해도 소용없는 무력감이 뭔지 그놈도 느껴야지. 인간도 아닌 것이 어찌 복수하는지 똑똑히 봐, 생지옥을 선사할 작정이니까. 네 아비의 사지가 하나하나 썩어 문드러지는 꼴을 기어코 볼 거야. 혹 자진이라도 한다면 시신 모가지에 화살 줄을 칭칭 감을 거야. 역질로 뒈진 놈 뼈를 관짝에 같이 처넣을 거라고. 온몸이 얽은, 목 졸린 객귀로 영영 구천을 떠돌게! 이래도 나 못 죽여? 이래도 안 죽여?"

"사라져! 당장!"

"자신은 있고? 또 혼자 살 자신! 날 그리워하지 않을 자신!"

"너 따위를 내가 왜?"

"마음을 기울였잖아. 헤프게!"

"홍랑인 줄 알았으니까!"

"그뿐이야? 진정 날 혈육으로 대했을 뿐이다?"

"그래!"

"좋아, 어디 견딜 수 없을 때까지 그렇게 지껄여봐!"

"낡아 빠진 댕기 따위를 간직한 건 네가 아니더냐?"

재이의 일격에 홍랑의 얼굴에 만감이 스쳤다. 사지인지 극락인지 천지 분간을 못 하고 휩쓸렸던 건, 제가 맞았다. 죽음이란 대전제에 사로잡혀 감정 따위를 우습게 여겼다. 영원히 살지 않음으로 하여 연을 맺지 않았어야 했거늘. 죽음이 오고 있으니 더 모질게 끊어냈어야 했거늘.

"복수 때문이라 변명할 테냐? 하나 지난 모든 날들이 통째로 거짓일 리는 없다, 아니 그러냐? 대답해봐, 아니 그러하냐!"

그랬다. 재이는 떨어지는 칼날이었다. 잡으면 벨 것을 뻔히 알면서도, 사내의 심장은 상처를 감당하겠다 겁 없이 덤벼냈다. 놓지 못하고 붙든 건 자신이었다. 그 깨달음에 별안간 인내가 바닥났다. 표정도 더는 숨겨지지 않았다. 하필 이 순간, 한 뼘 거리에서 단도를 틀어쥔 여인의 몸태는 너무 고왔다. 홍랑은 그녀의 손에서 우악스레 비수를 뺏어 들었다. 재이가 눈을 치켜뜬 찰라, 훅 숨이 꺼진 것은 요암재의 유일 불빛이었다. 갑작스러운 암전에 재이가 가슴께를 틀어쥐며 숨을 몰아쉬었다. 홍랑은 애먼 곳에 제 감정을 폭발시켰다.

"잘난 척은 혼자 다 하더니 있지도 않은 어둑시니에 왜 겁을 먹어! 왜 이깟 어둠에 골골대? 날 쏘아봐! 죽일 듯이 쏘아보라고!"

"비겁한 것! 당장 나가…… 죽여버리기 전에!"

재이는 오장육부에 타는 듯한 쓰라림을 느끼곤 바락바락 눈을 흡떴다. 어찌하여 이런 순간까지도 어둑시니가 절 괴롭히는지 야속할 뿐이었다. 미지의 공포에 휘둘리지 않으리라. 혼절하지 않으리라…… 이를 으무는 찰나, 까물까물 앞이 점멸하고 오금이 꺾여들었다.

"날 죽이려면 최소한 살아 있긴 해야 할 거 아냐!"

여인의 허물어지는 등을 홍랑이 와락 낚아챘다. 그리고 마른 입술을 한달음에 내리눌렀다. 제 의지보다 몸이 먼저 움직인 것에 대해 그는 놀랐다. 습윤한 사내의 숨결이 기도를 타넘어 들어오자 재이는 반항할 여력도 없이 그것을 허겁지겁 받아 삼켰다. 곧 또로록, 그녀의 눈꼬리에서 독기 어린 눈물이 삐져나왔다.

침의 속의 몰랑한 살결이 홍랑에게 열증을 안겼다. 견고히 쌓아냈던 마음의 둑은 한순간에 터졌다. 너덜너덜해진 육체와는 별개로 감각은 지독히도 예민하게 치솟았다. 돌연 감은 사내의 눈 안으로 윤슬보다 눈부셨던 나신이 떠올랐다. 그 새벽, 모닥불을 지피던 홍랑은 마침내 강물로 뛰어들어 동이 트도록 찬 물살을 거스르고 또 거슬렀다. 그때마냥 끓어오르는 흉심을 그는 모질게 다잡았다. 차마 맘껏 탐할 수 없었다. 연약하고 야들한 꽃잎은 위험천만한 독화였다. 팽그르르 돌며 저무는 낙화처럼 애련을 가장하고 있을 뿐이었다. 치명적 향취에 홍랑은 미간을 찌푸렸다. 여기까지, 여기까지다. 정신을 차리지 않으면 진정 사달이 날 것이었다. 마지막 숨을 부여한 그가 독가시에 찔리지 않도록 자근자근 여인을 떼어내었다. 그 순간, 모지락스레 홍랑의 입술을 다시 감아 문 것은 재이였다. 질겁한 홍랑이 급류에 휩쓸리지 않으려고 사지를 힘껏 허우적댔다. 그러나 기살 센 여인은 한 줌의 숨이라도 더 탐하려고 고개까지 비틀며 사내의 속입술을 검질기게 빨아댔다. 삼삼한 몸씨는 버들가지마냥 낭창하게 휘었고, 작은 버선발은 금침 뭉치를 밟고 올라서고도 모자라 종아리를 팽팽히 늘리며 한껏 까치발을 디뎠다. 머리는 완전히 뒤젖힌 채였다. 가녀린 손가락이 홍랑의 가슴팍에 닿자 들끓는 사내의 심장이 한계를 고해왔다. 정수리에 몰려 있던 얼얼함이 사지로 확 뻗쳤다. 기실 저돌적인 여인은 그저 숨을 토해내라 협박 중이었다. 알면서도 홍랑은 맹독한 여체에 혹렬히 녹아들었다. 주변의 소음은 완벽히 사라지고 현실은 저만치 꼬리를 흐리며 달아나고 있었다. 생기가 부여된 여인의 가슴이 과격하게 오르내리며 사내의 심장을 마비시켰다. 빼애액! 홍랑의 머릿속에서 뿔고동이 울린 건 그때였다. 여인의 찬 손이 홍랑의 뜨거운 등을 감싼 찰나, 장대한 어깨가 홱 튀어 올랐다. 담금질을 하던 쇠붙이에 찬물을 끼얹은 듯, 자글거리던 피가 삽시간에 식어내렸다. 홍랑의 머릿속에 망각했던 제 처지가 또렷이 각인되었다. 천형을 진 인귀. 그 오연한 정체가 눈앞을 진탕시켰다. 돌차간, 현실로 끌려온 몸뚱어리가 소스라치며 재이의 몸피를 억지로 잡아 떼어냈다. 어둠에 완벽히 적응한 여인은 언뜻 꿈을 꾸듯 혼몽하였다.

"빌어먹을! 난 목숨을 거두지, 살리진 않아! 추잡한 심가의 핏줄이라면 더더욱!"

핏발 선 사내의 눈동자가 느슨하게 숨이 트인 여인을 쏘아보았다. 적막이 그들 사이를 훑었다. 별안간 재이의 눈망울이 억울함을 호소하며 또다시 홍랑을 향해 짓쳐들었다. 이번엔 생존이 아닌 진심이었다. 사내가 급히 제 고개를 외틀었다. 열꽃이 핀 여인의 얼굴이 당혹스러워서였다.

"숨이 아니라 사내가 고팠군."

쫘악! 홍랑의 귓뺨이 아릿했다. 심중의 불씨가 끝내 시멸됐다. 잔열이 남은 입술을 말아 물며 그가 등을 돌렸다. 절대 돌아보지 않겠다는 굳은 결기와는 별개로, 숨길 수 없는 슬픔이 그 뒷모습에서 묽게 떨어져 나왔다. 장지문을 나서던 홍랑이 설령의 끈을 잡아당겼다. 땡그랑, 댕그랑…… 방 안 가득 진하게 감돌던 여운을 쨍한 방울 소리가 깨부수었다. 끝이었다. 재깍 을분 어멈이 방에 들어 초에 불을 놓았다.

"하이고, 워째 이리 한꺼번에 훅 갔대유? 애기씨, 거 알어유? 수장고에 불이 나서 멸화군까지 당도혔……!"

재이는 다급히 중지를 제 입술에 가져다 대며 침묵을 명했다. 하나 죽음은 진즉 사라져 향방조차 가늠할 수 없었다.

청 역관 진희량의 긍정적 반응에 희희낙락 휘파람까지 불며 솟을대문을 넘던 심열국이 뿌연 괴화에 대경실색하였다. 수장고 쪽이었다. 마침 그와 맞닥뜨린 가병들은 귀신을 본 듯 놀라 뒷걸음질쳤다. 방지련이 막아서자 다짜고짜 읍소하는 그들이었다.

"홍랑 도련님께서 사라지셨습니다. 잡아 죽이라는 명이 떨어졌기에 수색 중이었으나 진심으로 해칠 작정은 아니었습니다요, 진정입니다!"

"예, 그렇습니다! 명에 불복종하면 목을 벤다고 무진 도련님이 하도 올러대서서 어쩔 수 없이 붙은 놓았으나 저희끼리도 그렇게 말을 맞췄습니다. 진짜 도련님을 상하게 하면 절대 아니 된다고요. 한데 갑자기 월도를 든 살수들이 살벌하게들 몰려와서……."

"지련! 홍랑을 찾아내라, 당장! 꼭 찾아야 한다, 꼭! 무슨 일이 있어도! 알았느냐!"

허옇게 질린 심열국이 숫제 잿더미가 된 수장고 앞에 당도했을 때 무진은 홍랑을 놓친 가병들을 족치는 중이었다. 늘 선비마냥 점잔을 빼 갑갑하기만 하던 놈이었건만, 이 순간만큼은 괴망하게 아랫것들에게 악다구니를 질러대고 있었다. 처음에는 아이답지 않게 올곧은 심성이 좋았다. 하나 그런 고지식한 소년을 돈 한 푼에 목숨을 걸고 재물 앞에선 죽는 시늉도 마다 않는 장사치로 만드는 건 애초에 불가능한 일이었다. 그런 성정은 닦달과 꾸짖음으로 터득되는 것이 결코 아니었다. 심지어 매질도 먹혀들질 않았다. 그 아둔한 고집이 기어코 사달을 내었다. 역시 양반 놈의 피는 혐오스러운 것이었다. 홍랑이란 희귀품을 손에 넣고 꿈에 부풀어 있던 심열국은 나락으로 떨어져 발광하였다.

"무진, 네 이놈!"

그는 벗어 든 소가죽 장갑으로 무진의 뺨을 사정없이 후려쳤다.

"네가 진정 제정신인 것이냐! 그 귀물을 대체 어찌했느냐! 그게 도대체 얼마짜린 줄이나 알고 일을 벌였더냐! 감히 수장고에 불을 질러! 감히 네놈이! 감히 말뚝 따위가!"

무진의 애체는 저만치 날아가 땅에 처박히며 쩌억, 금이 갔다.

"제가 어떻게든 그놈을……."

"네 등을 내어놓을 것이냐! 채색 문신이라도 뜨겠느냔 말이다! 네놈이 소품이 되겠느냐! 그렇게라도 홍랑의 자릴 네가 메울 것이더냐!"

"어찌 그런 황망한 말씀을 하십니까! 제가 기필코 홍랑을 잡아오겠……."

"닥쳐라! 내 평생 장사치로서 가장 헛되게 쓴 돈이 바로 이천 냥, 네놈의 몸값이다! 내 너를 고 대감에게 팔아넘기고 푼돈이라도 챙겨야 속이 풀릴 것이야!"

"반편이 아씨와 혼례라니요, 데릴사위 노릇이라니요!"

"암우한 것! 여직 주제 파악 하날 못 했더냐! 그 모지란 딸년에게 머슴이 필요하다니 네놈이 안성맞춤이라 이 말이다!"

소설

손돌바람에 마음 아리고

"내 아드님을 어찌하신 겁니까? 어디로 보낸 것입니까? 의주
에 보내지 않은 것을 압니다! 어이하여 돌아오질 않으십니까!
예? 어찌하셨느냔 말씀입니다!"

사지를 떨어대며 부군에게 악악대는 민씨 부인의 꼴이 말이
아니었다. 연둣빛 비단을 두른 비쩍 마른 몸은 사마귀마냥 징그
러웠고, 거푸시시한 흰 머리채는 빗지도, 묶지도 않은 산발이었
다. 알 굵은 진주 뒤꽂이를 꽂은 채 방구석에 널브러져 있는 가
체가 한층 기괴한 분위기를 조장하였다. 육손이 을분을 잡도리
하여 외부 소식을 철저히 차단한 탓에 근자의 격동을 전혀 모르
는 민씨 부인이었다. 그런 상황에서 홍랑이 의주로 갔다는 방지
련의 말과 돌변한 심열국의 태도가 불안을 부추겼다.

"혹여 아드님을 의심하셨습니까? 하여 다그치셨습니까!"

"……."

"어찌 말씀이 없으십니까! 내, 절대 용서치 않을 것입니다. 아드님을 당장 내 눈앞에 모셔오세요, 당장!"

안 그래도 요사이 천당과 지옥을 오가며 피가 마를 대로 마른 심열국이었다. 말뚝이 놈이 불만 지르지 않았더라면, 부인이 홍랑에게 분재기만 하지 않았더라면, 송월이 괴소문을 내지 않았더라면…… 사방이 적이었다. 오늘도 아침부터 여러 뒷수습을 하느라 진을 다 뺐다. 홍랑과 재산증서를 찾는 한편, 일단 애먼 놈 하나를 잡아들여 민상단에 대한 헛소문을 퍼뜨렸다 자백을 받아낼 작정이었다. 수장고가 전소된 일로 가솔들 사이에 흉흉한 말이 오가는 것도 단속과 입막음이 필요했다. 무엇보다 제 피를 말리는 건 홍랑이 검계란 사실이었다. 어느 새벽에 홀연히 나타나 제 숨통을 끊어놓을지 알 수 없었다. 무공이 뛰어난 가병들로 급히 싸울아비를 꾸린 것도 그 때문이었다. 이런 마당에 태깔스러운 부인까지 상종하고 싶지 않아 심열국은 묵묵히 뒤돌아섰다.

"내 말이 아니 들리십니까! 내 아드님을……!"

"그 주둥이 닥쳐!"

"이…… 이게…… 대체…… 무슨 해괴한 언사이십니까!"

"땡전 한 푼 없는 것이! 감히 한 번만 더, 나에게 이래라저래라 같잖은 명을 하면! 그땐 정녕 무사치 못할 것이야!"

우두망찰하게 부군을 바라보던 민씨 부인의 낯이 기이하게 일그러졌다. 분재기! 심열국이 내내 존중했던 것은 자신의 재산이었다는 걸, 번뜩 각성한 민씨 부인이었다. 잔약한 팔이 흐늑대며 치맛자락을 움켜잡았다.

"망발 마세요, 대감! 도대체 지금 제정신인 겝니까? 감히 뉘에게! 내가 아니었다면 어느 촌구석의 꾀죄죄한 첨지로 늙어가고 있을 하찮은 인사가 아니시오! 거한 집에 들여 과람한 대우를 해주었더니 결국 간물이 되셨습니다!"

"아니, 민반효의 아들이 되었을 것이다. 교만한 네년만 없었더라면!"

불끈 쥔 주먹으로 순식간에 벽을 아작낸 심열국이 억실억실한 안광으로 부인을 찍어 눌렀다. 꽉 쥔 손안으로 끈끈한 핏방울이 고여들었다.

"네년의 알랑꼴랑한 감정 때문에 내가 허깨비 데릴사위로 전락한 것을 잊었더냐! 상단의 모든 것이 본디 내 것이었단 말이다!"

"대감!"

"내 어찌 네년과 혼인하였는지 아느냐? 내 정인을 모지락스럽게 떼어낸 그 표독스러움에 차라리 그리하기로 결심하였다. 저런 악랄한 계집이라면 재산을 모다 뺏고 내쳐도 죄책감 따윈 없으리라!"

민씨 부인의 교활함은 상상 이상이었다. 시아버님을 저자의 무지렁이 취급하였고, 씨받이는 숨통을 조여 죽였다. 하씨가 산욕열에 죽은 게 아니라는 것을 심열국은 산파에게 들었다. 그 반발심에 재이를 거두겠다 한 것이었으나 후회가 막심하였다. 어린 것을 향한 민씨 부인의 갖은 횡포는 일말의 망설임도 없이 자행되었다. 요암재 중문에 대못질을 한 것은 심열국 자신이었다. 그것 말곤 미쳐 날뛰는 부인에게서 딸을 지킬 방도가 없었다. 재이를 향한 제 측은지심이 그녀의 경멸을 부추겼기에 발길도 끊었다. 죽은 하씨 여인과 망령처럼 사는 딸이 가슴에 피멍울로 맺혔다. 그럴수록 악착같이 상단 일에 매달렸다. 민상단이 아닌 심상단으로 현판을 바꿔 달고 독살스러운 민씨 계집을 내치기 위해 물불을 가리지 않았다. 그러나 재산은 쉬이 넘어오지 않았다. 심열국은 앵속을 사들여 그녀에게 안겼다. 온양에 가 있는 동안에도 끊임없이 보냈다. 민씨 부인은 수면 시에만 흡입하던 것을 곧 밤낮 가리지 않고 태웠다. 담배처럼 뻐끔대던 것을 아예 향로에 피워 방 안 가득 들이마시기 시작했다. 중독은 순식간이었다. 이동 시에도 가마 속에서 앵속을 피워야 할 정도로 인이 박였다. 재이를 자유롭게 하는 방법이, 자신이 열쇠패를 넘겨받을 방법이 그뿐이었다. 응당 제가 누렸어야 옳을 그 부를 넘겨받기 위해 심열국은 가면 아래 비위를 팔아가며 장장 스무 해를 견뎠다. 한데 저 민씨 년은 오만한 작태로 재산을 넘길 듯 넘길 듯 간만 보다가 결국 애먼 놈 손에 그것을 쥐여줬다. 피로 얼룩진 주먹을 부르르 떨며 치욕을 삼킨 심열국이 입을 열었다.

"네년이 낳은 남아가, 홍랑이! 내 핏줄이긴 했더냐?"

놀란 듯 민씨 부인의 고개가 쳐들렸으나 꽉 다문 입은 종내 열리지 않았다. 결국 답을 듣지 못한 심열국이 방을 뛰쳐나갔다. 얇실한 입술을 잘근거리는 그녀의 표정이 괴망하였다. 심열국이 미쳐 날뛰는 건 상관없었다. 하나 자신의 성급한 분재기가 아드님을 위험에 빠뜨렸다면 큰일이었다. 을분이 날래게 청동

향로를 들고 들어왔다. 알싸한 연기가 꾸물꾸물 퍼져 나갔다.

"웬 쓸데없는 짓거리야!"

"방금 어르신께서…… 마님의 심신이 불안하시니 앵속을 아낌없이 태우라고……"

앵속으로 날 죽일 셈이었구나! 안 그래도 시허연 민씨 부인의 면에서 핏기가 깡그리 빠져나갔다.

"당장 내다 버려, 하나도 남김없이 싹!"

널브러지다 말고 민씨 부인의 눈이 대번에 휘둥그레졌다. 을분이 나간 문으로 꼬장꼬장하게 들어선 귀곡자 때문이었다.

"아니, 이 사람아! 어찌 이제사 오는가! 어찌!"

노쇠한 엉덩이를 바닥에 붙인 만신은 늘 그렇듯 인사치레도 생략한 채 거두절미하고 요점만 고하였다.

"집안에 화火가 차고 넘치니 막힌 안채의 우물부터 뚫으십시오."

"물길을 내란 말인가?"

"예. 하면 영식께서 귀환하실 것입니다."

뱀허물처럼 늘어져 있던 민씨 부인이 꼿꼿하게 척추를 바로 세웠다. 사색이 된 만면에 돌연 희색이 감돌았다. 방도가 있단다. 귀애하는 옥동을 되돌아오게 할 방법이 있단다. 민씨 부인은 귀곡자에게 바싹 다가가 앉았다.

"내 샘굿이라도 한판 벌일까? 사람들 여럿 사다 우물에 치성이라도 드릴까?"

"물길만 찾으면 아드님은 오십니다."

"진정 그러한가? 내 혈육이, 내 하나뿐인 아드님이…… 진정

오시겠는가!"

"예. 하니 마님께선 횡액橫厄이 끼지 않도록 몸가짐을 단정히 하십시오. 원성을 살 일을 금하시고 상단 안에선 밀도살도 삼가십시오. 마음을 곱게 쓰시라는 말씀입니다."

늘 그렇듯 제 할 말만 하고 벌떡 일어난 만신이 평소답지 않게 반절을 올렸다.

"영식께서 곧 돌아오실 테니 더 이상 이년이 필요치 않으실 겝니다."

갑작스러운 하직인사에 민씨 부인은 당황하였으나 그것이 아들의 귀환을 확언하는 뜻으로 들려 되레 감격스러웠다. 퍼석하게 마른 입가에 비죽비죽, 괴기한 웃음이 새어 나왔다.

귀곡자가 방을 나서 툇마루를 가로지르는 사이, 을분은 나달나달한 짚신을 곱게 털어 가지런히 댓돌에 올렸다. 그 지극한 손을 만신이 돌연 잡아 올렸다. 놀란 을분의 손바닥에 은전 하나가 굴러들었다.

"맛난 거 사먹고, 쨍한 꽃신도 하나 지어라. 하는 김에 네 어미 옷도 한 벌 사고."

세상천지 어미랑 저 둘뿐이라 을분은 제가 시집을 가버리고 나면 적적해할 어미가 불쌍하여 혼사를 미루고 또 미루었다. 그것이 내달 말일이었다. 한데 그것을 만신께서 어찌 아셨을꼬. 감씨 같은 귀곡자의 눈엔 정녕 과거와 미래가 훤히 보이는 모양이었다. 하니 나라님도 탐을 내셨던 게지. 마님께서 만신님의 손에 억지로 돈을 쥐여주신 모양이었다. 공돈을 갈무리하며 을분이 히죽 웃었다. 일단 어미가 죽고 못 사는 곶감을 왕창 사야겠다고, 그녀는 생각했다.

　동절 햇발에 냉기가 진동했다. 요암재 대청에서 마른걸레질
을 하던 을분 어멈은 커다란 금빛 조롱이 텅 빈 것을 발견하곤
눈이 휘둥그레져 냅다 소릴 쳤다.

　"흐미흐미, 애기씨! 큰났어유! 빨강이 놈이……! 애기씨!"

　급한 제 성미를 못 이기고 벌컥 웃전의 방문을 열어젖힌 유모
가 소리쳤다.

　"글씨 애기씨가 물고 빨던 빨강이 놈이 글씨 온데간데……"

　"내 놓아주었다."

　을분 어멈의 경망에도 불구하고 웅등그린 재이의 면은 한 뼘
바닥에만 머물러 있었다.

　"뭐유? 워째……서유? 무진 도련님이 굉장헌 값을 치르고 어
렵게 구해온 놈 아녀유?"

　"호들갑 말아."

　"그려두 누리끼리헌 놈도 아니고, 울긋불긋한 놈은 참말 귀한
것인디…… 참, 홍랑 도련님이 의주에 가신 게 맞대유, 아니래
유? 무진 도련님은 제주로 장가를 가신대유, 워쩐대유?"

　"상단 일을 내 어찌 알아."

　"이게 왜서 상단 일이여유, 집안일이지."

　"그만 나가."

　"예? 예. 참, 근디 요게 장지문 틈에 있었구먼유."

　참하게 접힌 살굿빛 댕기가 방에 놓였다. 문이 닫혔다. 재이
는 짐작이 갔다. 저 물건이 무엇일지. 제 심상마냥 화로 안 불

덩이는 화르르 성을 냈다 잦아들기를 반복했다. 재이는 충동적으로 벽장 안에 두었던 국경총도를 꺼내 들었다. 보물처럼 이고 지고 귀이 쓰다듬던 것. 단 하나의 미래이고 희망이었던 것. 이 순간 그 모든 게 부질없었다. 왜 이것에 그토록 목을 맸는지 그 이유조차 알 수 없었다. 멍하니 멈춰 있던 손은 그것을 그대로 화로에 던져 넣었다. 불나방의 날갯짓마냥, 귀물의 가장자리는 금방 붉은 실금으로 오그라들었다. 꿈같은 지명들은 각일각 검댕으로 부스러졌다. 불귀의 다음 제물은 호패였다. 초까지 먹인 나뭇조각은 옹골지게 먹혀들었다. 마지막은 전서구가 가져온 작은 두루마리였다. 정작 통째로 소각시키고 싶은 것은 따로 있었다. 촘촘하게 켜를 이루며 쌓인 여름날의 기억들이었다. 붉디붉은 하백 숲을 망각하고 싶다 생각한 찰나, 역설적으로 방 안 가득 홍화가 흐드러졌다. 고구마 줄거리를 캐내듯 그날의 온도가, 바람이, 웃음이, 손길이, 음성이 줄줄이 엮여 나왔다. 순간 여린 꽃잎들이 제 심부에 따끔한 생채기를 내었다. 은근한 꽃향기마저 뾰족하게 폐부를 찔러왔다. 재이는 풀썩 주저앉았다. 눈동자에 어릿한 감회가 차올랐다. 손가락을 꽉 말아 쥐곤 재차 눈을 비볐다. 매운 연기 탓이다. 탄내 때문이다. 다른 이유는 없다. 모다 야속했다. 홍랑도, 그에게 천벌을 내린 아비도. 하나 전광석화같이 뇌리에 박혀든 충격은 전혀 예상 밖의 것이었다.

'그가 나를 속였다고 분노하는 것은 정당한가? 능욕당한 것은, 조롱당한 것은 정녕 나인가!'

질문을 되뇌던 끝에 다다른 것은, 쉬이 마음 한 자락을 내어준 자신에 대한 열패감이었다. 아니, 허상에게 준 것은 마음 한

자락이 아니었다. 마음의 전부였다. 그가 화마를 뚫고 제게 왔던 밤, 바로 이곳에서 자신이 갈구한 것은 생존을 위한 호흡이 아니었다. 애정이었다. 창졸간에 혀끝에 달궈진 숨결이 느껴졌다. 타오르는 불을 삼킨 그런 맛이었다. 기이하게도 그 숨은 어둠을 견디게 했다. 처음이었다. 걷잡을 수 없는 분노와 참담함, 기이한 죄책감과 억울함 그리고⋯⋯ 온갖 감정의 부스러기들이 한꺼번에 터져 나와 명치끝을 대차게 억눌렀다. 질척질척 흉부가 짓물러갔다. 기껏 이불을 붙든 손등에 잔뜩 핏줄이 비어져 나왔다. 습한 숨소리는 금세 앓는 흐느낌으로, 또 애끓는 울음으로 바뀌었다. 슴벅슴벅 눈가에 물기가 배어 나오는가 싶더니 기어코 걷잡을 수 없는 폭포를 쏟아냈다. 행여 소리가 새어 나갈세라 여인은 솜이불에 제 얼굴을 파묻었다. 그러곤 아예 뒤집어썼다. 묵은 목화가 미욱한 오열을 먹고 서러운 얼룩을 뱉어내었다. 무덤 같은 이불 채가 자갈밭을 지나는 가마마냥 끊임없이 들썩였다.

지붕에 오른 재이가 얼음장 같은 기와에 등을 뉘었다. 그새 부쩍 야윈 달빛이 알싸하게 뼛속을 파고들었다. 그러나 퀭한 눈동자는 한기에도 아랑곳 않고 바삐 밤하늘만 헤집어댈 뿐이었다. 이토록 간절하건만 창공의 이쪽 끝에서 저쪽 끝까지 빽빽하게 붙박인 별들은 어느 하나 꼬리를 늘이며 떨어지지 않았다. 연초가 필요했다. 능숙하게 수키와 한 장을 빼고 급하게 비밀공간으로 들어간 손이 움찔하였다. 낯선 물체가 잡힌 까닭이었다. 호젓한 적막 속에서도 재이는 반사적으로 고개를 돌려 주변을 살폈다. 조심스레 꺼내 안은 상자는 야삼경에도 자개 무늬를 뽐낼 만큼 매끈하였으나 열기가 망설여졌다. 또 나를 얼마나 곤혹스럽게 할 것인가? 또 얼마나 내 속을 휘저어놓을 것인가! 그녀의 근심을 달래기라도 하듯, 딸깍 열린 틈새로 돌연 맑은 옥빛이 돋아났다. 주위가 환해질 만큼 영롱한 푸른빛. 말로만 들었던 야명주夜明珠였다.

"아아……."

감탄에 퍼져 나온 제 입김이 또렷이 보일 만큼 투명한 녹빛을, 재이는 품어 안았다. 안간힘으로 떨쳐내려던 단 한 사람이 이렇게 또 스며들 듯 가슴을 장악했다. 어둑시니에 대적할 무기를 건넬 이가 세상에 단 한 명뿐이라서, 심중에 어지러운 파문이 일었다. 맘을 진정시킨 여인은 가분가분 상자 안을 살폈다. 정갈하게 접힌 수십의 종이들은 모두 민상단의 재산증서들이었다. 그중 한 장을 펼쳐 든 손끝이 파들파들 떨려왔다. 현 소유주가 민씨 부인도 홍랑도 아닌 이유였다. 문서 끄트머리에 박혀 있는 것은 이지러질 재, 떠날 이. 밉살스러운 제 성명이었다. 팔도의 점포와 별채, 세곡선, 장도릿배, 인삼 판매권 그리고 은광 채굴권까지…… 펼쳐보고, 또 펼쳐보아도 문서 말미에 모조리 제 이름자가 쓰여 있었다. 맥박이 잘게 튀었다. 이것이 홍랑의 부고를 뜻함인가. 그때 반짝, 별 하나가 붉은빛을 냈다. 사람을 데려간다는 흉별, 살성인가? 가슴이 덜컥 내려앉았다. 애꿎은 동짓달을 흘긴 그녀가 냅다 궤를 닫았다. 마치 열어보지 않은 양, 제 것이 아닌 양, 저는 모르는 일인 양 기왓장 밑에 다시 밀어 넣었다. 전 주인이 찾으러 올 것이다. 아니, 꼭 그래야만 했다. 중얼거리던 재이는 기겁했다. 제가 홍랑을 기다리고 있었다! 기다림이란 것에 사람은 말라 죽는 법이다. 참담한 일출과 허망한 일몰에 결국 숨이 막히는 것이었다. 한데 그 고독 지옥은 제 의사에 반하여 이미 시작된 듯했다. 누구에게 기댄다는 건 참으로 위험한 일이었다. 의지했다가 다시 버려지는 건 더더욱 그랬다. 재이는 그 상실의 크기를 이제야 실감했다. 원래 혼자였건만 다시금 고독이 밀려들었다. 두려울 만큼 허했다. 사위가 고요하여 이명이 이는 듯했다.

홍랑도 똑같은 밤하늘을 올려다보고 있었다. 담을 빙 둘러 대나무가 심어진 한평 대군 저 지붕 위였다. 쏴아아아…… 신랄한 칼바람에 댓잎이 한참이나 진저리를 쳐댔다. 그 소리에 맞춰 홍랑도 응어리진 잡념들을 일사분란하게 떨쳐냈다. 비수를 꺼내 든 손은 즉각 그것에 흰 쪽지를 꽂아 날렸다. 망설임도 군더더기도 없는 날렵한 동작이었다. 몸을 돌려 길을 되짚어 나가는 것 또한 그랬다.

난데없이 박혀든 계서에 조용했던 군대감 저가 발칵 뒤집혔다. 사내종들은 그제야 문단속을 하고 거화를 만들어 담벼락을 수색했고 여종들은 대청 밑이며, 장독대 뒤까지 집안 곳곳을 뒤졌다. 도반이 찍힌 계서는 곧바로 안채로 전달되었다. 그것을 읽어내리는 군부인의 사지가 뻣뻣하게 굳었다. 자신이 그토록 외면했던, 살아생전 군대감의 괴 행적이 상세히 기록되어 있는 탓이었다. 뒤를 이은 것은 몇몇 소품의 탈출과 발견으로 인해 이 일이 곧 세상에 들어날 것이란 경고였다. 끝맺음은 심열국이

이 모든 것을 '한평 대군의 명을 받잡아 어쩔 수 없이 행한 것'이라고 주장하기 위해 사람들을 규합하고 증거를 조작하고 있다는 고변이었다. 흉한 글씨를 곧장 화롯불에 밀어 넣은 군부인은 타들어가는 계서를 지켜보다 말고 문뜩 몸을 떨었다. 언젠가 몸종 참말이가 별서에 어여쁜 것이 자랐다며 홍죽紅竹을 가져온 일이 떠올라서였다.

무술년. 별서 안 대밭에 외별채가 완성되자 부군은 귀작을 위한 화랑이라며 아무도 들지 말라는 엄명을 내렸다. 그 '아무도'에 자신이 포함된 것에 격분한 군부인은 별서에 드나드는 의원을 포섭했고 곧 실체를 마주했다. 소품의 용도를 전해 들은 그녀는 기함을 토했다. 온갖 흉흉한 추측을 다 했건만, 실상은 상상을 초월했다. 계절마다 새 소품이 들어오나 폐기되는 것도 많아 외별채의 규모는 좀처럼 늘지 않는다 했다. 몰래 찾아가본 별서엔 무서운 속도로 자란 취죽들이 몇 년 새에 거대한 대숲을 이루고 있었다. 그리고 정말, 군데군데 새빨간 대나무가 솟아 있었다. 괴괴한 음기에 군부인은 직감하였다. 내쳐진 소품이 대밭에 매장된다는 것을. 어여쁜 홍죽은 실상, 한 서린 혈죽血竹이라는 것을.

열일곱에 시집와 마흔다섯에 과부가 되기까지, 그녀가 한평 대군과 마주 보았던 건 기껏 혼례 날 합환주를 마시던 짧은 찰나뿐이었다. 첫날밤부터 소박을 맞아 아랫것들에게조차 비웃음을 샀고, 자손을 생산치 못해 종묘사직에 죄인이 되었다. 그토록 허깨비 같은 부군이 죽어서까지 제 발목을 잡는 꼴은 절대 볼 수 없었다. 이 추악한 사실이 세상에 드러나면 온몸으로 치욕의 파장을 견뎌야 하는 것은 그 누구도 아닌 자신이 아니던가. 별서의 죽원만 헤집어도 당장 수십 구의 시신이 나올 판이었다. 군부인은 옥판선지 한 장을 빳빳이 펼쳤다. 먼저 떠나보낸 형제를 애달파하여 여직 상복도 벗지 못한 금상에게 보내는 서찰이었다.

　톡톡…… 토토톡…… 설핏 잠이 들었던 재이는 동창을 두드리는 소리에 확 눈을 떴다. 사지가 황랍처럼 굳었다. 설마 꿈일까 하는 의문도 잠시, 곧바로 기립하여 지체 없이 창을 열어젖혔다. 창틀에 앉은 건 분명 순백의 전령이었다. 꿀꺽, 생침이 굴러들었다. 침착하자, 침착하자…… 수십 번을 중얼거렸으나 그리될 리 만무했다. 전서구의 가슴팍을 살뜰히 쓰다듬을 여력이 그녀에겐 없었다. 연약한 짐승의 다리를 마구 헤집어댔으나 어디에도 두루마리는 없었다.

　"하아아아……."

　맥이 풀린 손이 힘겹게 창을 닫았다. 하나 염치없는 새는 생떼를 쓰듯 자꾸만 부리로 창틀을 쪼아댔다. 재이는 그것을 안아 들곤 손수 하늘을 향해 날렸으나 허공을 동그랗게 돌아내린 비둘기는 제 몸을 의탁하듯 다시금 창틀에 내려앉았다. 창공을 가르는 짐승이 어찌 주인 하나 찾아가지 못할까? 혹여 이것이 홍랑의 부재를 의미함인가? 왜 자꾸 그의 물건들이 하나둘 자신에게 흘러드는지 알 길이 없었다. 비둘기는 구슬프게 울었다. 불길함을 떨쳐내려고 재이는 그제야 새를 꼭 껴안았다. 푸석해진 깃털과 야윈 날개 탓에 더 이상 길조의 기운은 느껴지지 않았다.

무진의 서안 위에 부영이 송구스레 수낭 하나를 내려놓았다. 안에 든 돈 꾸러미가 묵직했다.

"고인께서 품에 지니고 계셨다 합니다."

그 짧은 한마디가 미처 끝나기도 전에 금이 간 애체 아래로 굵은 눈물방울이 뚝, 떨어졌다. 이 수박빛 수낭을 어찌 잊을까. 심열국을 따라나서던 그 모진 엄동설한에, 생부에게 떨어진 제 몸값이었다. 생때같은 아들을 판 거금으로 어찌 삶을 역전치 못하고 그리 비루하게 사느냐, 대관절 뭐 하는 데 그리 큰돈을 홀랑 날려먹고 결국엔 매품까지 팔아 그예 사달을 내었느냐 친부에게 윽박을 질렀더랬다. 그것이 불과 두 계절 전이었다. 진정 몰랐다. 그 긴 세월 아비는 수낭 매듭 한번 풀르지 못한 채 아들의 몸값을 벽장 깊숙이 넣어두기만 하였다는 것을. 아무리 배를 곯아도, 죽을 만치 아파도 그저 꺼내 보고 또 꺼내 보기만 하였다는 것을. 당신도 십 년 전엔 미처 알지 못했으리라. 차라리 매품을 팔지언정 감히 금쪽같은 소생의 몸값을 축낼 순 없으리라는 것을.

"이럴 거면…… 상단 대문에 돈 꾸러미를 죄 내던지며 내 아들 토해내라 난동이라도 부렸어야지…… 청지기 바짓가랑이라도 부여잡고…… 아들내미 면상이라도 보게 해달라 억지라도 썼어야지…… 으흐흑!"

곧 죽어도 양반 체면이 중하여 아니, 아들이 당할 괄시가 두려워 끝내 골방에서 언 가슴만 내리치다 생을 하직한 육친이었다.

"장례만은 내 손으로 치를 것이다."

"도련님, 일을 그르치지 마십시오. 제가 계율사에 위패를 모시겠습니다. 곤관으로 살필 테니……."

"단 한 번이라도 자식 된 도릴 해야…… 나도 살 수가 있질 않겠느냐."

"그 가짜 놈, 돌아오지 않을 것입니다. 죽었을지도 모릅니다. 혹 모든 것이 예전으로 돌아갈 수도 있으니 부디 자중하셔야지요."

"하여 생부의 마지막마저 외면하란 것이냐? 어찌 모두들 나에게만 이리 박정한 것이냐, 어찌!"

무진이 금이 간 애체를 벗어들고 연거푸 시린 눈두덩만 찍어 댔다. 터럭만큼이라도 판세를 뒤집을 가능성이 존재한다면 어떻게라도 붙잡고 늘어져야 했다. 그러려면 이미 고인이 된 친부보다는 눈 시퍼렇게 뜨고 살아 있는 양부를 따르는 게 맞았다. 다만 그것이 말처럼 쉽지 않았다.

"생부께서 돈벌이로 도련님을 보냈겠습니까? 귀한 친자가 비록 장사치가 되어서라도 호의호식하길 바란 부정을 진정 모르십니까? 역사가 유구한 문중의 대문을 손수 닫으셨습니다. 그마저도 죄스러워 차마 수낭에 손도 대시지 못한…… 그 하해와 같은 아비의 심곡을 부디 헛되게 하지 마셔야지요, 도련님."

수낭의 매끈한 자태가 무진의 가슴을 휘저었다. 차마 그것을 만질 용기가 없어 서안째로 부영에게 들이민 무진이었다.

"큰스님께 정성껏 모셔달라 당부하여라. 사십구재엔 무슨 일이 있어도 내 직접 갈 것이라 이르고."

망자의 유품을 고이 품어 안은 채 수원이 뒷걸음으로 멀어졌다. 문이 닫히기 무섭게 천애 고아가 된 사내가 섧게 울었다. 지난 세월이 참으로 무상하였다.

대설

새 아침, 마지막 밤

큰 아궁이가 놓인 산막의 흙방. 기다란 돌배나무 탁자 위에 벌러덩 드러누운 건 술에 취한 홍랑이었다. 나뭇결에 켜켜이 밴 각종 산짐승 냄새가 그의 코끝을 파고들었다. 사십 평생 사냥꾼이자 가죽장이로 산 몽돌은 곰발 같은 손으로 세심하게 담비 가죽을 손질하며 심드렁히 말했다.

"개울에 살얼음 낀 지가 언젠데 네놈이 왜 안 오나 했다."

"올 때마다 꺼지라고 그렇게 난릴 치더니 은근 기다리셨나 보네?"

"백날 짐승들만 설쳐대는 산중에서 사람 구경이 어디 쉬운 줄 알아? 특히 너같이 희한한 종자면."

"그 희한한 놈 소원, 오늘은 들어줘야겠어."

"또, 또, 또! 아 글쎄, 내 손에 사람 피는 안 묻힌다고! 또 그 얘길 꺼낼 작정이면 썩 꺼져, 이놈아. 괜히 부정 타게 해서 남 밥줄 뚝 끊어놓을 생각 말고."

"벌써 해 다 져서 못 내려가. 아니, 이번엔 정말 안 내려가."

"그 큰 등껍질을 죄 벗겨내면 며칠 못 산다니까 그러네. 내가 몇 번을 말해? 싱싱한 돼지껍질을 붙여놓는다 해도 어찌 될지 장담 못 한다니까!"

"누가 장담하래? 죽어도 상관없다고, 죽어도."

"이런 염통에 털 난 놈을 봤나! 어디 나한테 송장까지 치라고! 아우 놈은 오늘따라 왜 이리 늦어? 지금쯤이면 네놈을 들쳐 업느라 실랑일 벌이고도 남을 텐데!"

"안 와, 그놈. 그놈은…… 그놈은 좋은 데 갔어."

"내 그럴 줄 알았다! 그럼 그렇지. 누가 고집만 센 너 같은 놈한테 시집오겠냐? 동생 놈처럼 진득허니 과묵한 낭군 모시고 싶겠지."

홍랑이 품에서 묵직한 박달나무 상자를 꺼내 탁자 위에 보란 듯 내려놓았다.

"일전에, 소 한 마리 값은 받아야 된다고 했지?"

"이…… 이놈이! 그거야 그때 얘기고! 그게 대체 몇 년 전인데! 씨알도 안 먹힐 소리 그만하고 도로 넣어! 당장 집어넣어, 당장! 억지 부릴 생각일랑 말고!"

"소 열 마리 값이야."

"뭐? 열…… 마리?"

"그럼 부정 타서 더 이상 사냥 못 해도 괜찮잖아. 이참에 아예 마을로 내려가서 아들놈들하고 같이 살든지."

몽돌이 툭툭한 손으로 제 검은 얼굴을 재차 쓸어내렸다.

"이 귀신같은 놈! 고놈들 줄줄이 장가보내야 되는 건 또 어찌 알고!"

"손주들한테 가죽신이나 만들어주며 살면 좀 좋아?"

"에라이, 거참⋯⋯."

"사람답게 살라고, 이제."

"에잇, 못된 놈! 기어이 일을 치게 허네, 일을. 에잇, 징한 놈! 끈질긴 놈! 징그러운 놈! 펄펄 끓는 팥죽에 담갔다 빼도 살아남을 놈!"

"칭찬은 그 정도로 됐고, 바로 시작해. 이미 술도 진탕 퍼마시고 왔으니."

"옷 벗는 게 아니라 껍질 벗는 거야, 이놈아! 이 정도 취해선 어림도 없어. 인사불성에 애비 애미 못 알아보는 지경이 되어서도 빨딱 빨딱 일어나 몸부림치게 돼 있다고!"

"알아보고 자시고 할 애비 애미도 없으니 빨리 시작이나 하시라고."

"분명히 해! 네 목숨 따위 어찌 되어도 난 모른다. 엉?"

"알았다니까. 왜 이리 말이 많아. 이제 일 좀 하자."

"소름 끼치게 도중에 그만하자고만 했단 봐! 죽어도 그 꼴은 못 본다. 알았어, 엉?"

찰랑찰랑. 어깨가 널따란 술동이가 대령됐다. 아궁이 앞, 패다 만 장작에 쪼그려 앉아 무감하게 제 입으로 술을 부어 넣고 있는 홍랑을, 몽돌이 씁쓸하게 바라보았다. 두려움인지 홀가분함

인지, 처연함인지 비장함인지, 정체 모를 감정들이 그의 등 뒤로
사납게 어른거렸다. 세상천지 피장이가 어디 한둘이던가. 하물
며 궁이나 관청 소속의 장인들도 있고 요샌 암암리에 전문적으
로 인피만 벗기는 백정들도 있다 들었다. 꼭 살려놓으란 것도 아
니고 몸 주인이 죽어도 그만이다 얘기하기까지 하니, 값만 맞으
면 서로 벗겨주겠다 나설 판이었다. 한데 어찌 저놈은 몇 년 동
안 이 험한 산새까지 찾아와 날 곤혹스럽게 할까. 몽돌은 짐작했
다. 말은 죽어도 그만이라지만, 실은 죽을 만치 살고 싶은 건 아
닐까 하고. 탈피하여 새 사람으로 다시 태어나고 싶은 건 아닐까
하고. 몽돌은 서둘러 산막의 싸리문 앞에 향을 피우고 갓 잡은
담비 살 한 조각을 내어놓았다. 산신령에게 이놈 거둘 생각일랑
은 말고 고기나 한 점 잡숫고 가시라, 고하는 것이었다. 궁둥이
따수울 겨를도 없이 산이나 헤집는 이 험한 일을 아들놈들에게
대물림하기 싫어 홀로 산중에 남은 터였다. 그놈들 연달아 장가
보낼 걱정을 늘어지게 하던 차라 마지못해 결심은 하였으나 몽
돌은 돈을 허투루 받을 생각은 요만큼도 없었다. 땡전 한 푼까지
톡톡히 제값을 하리라. 깜깜한 개울에서 능숙하게 물을 긷는 그
를, 하늘의 갈고리달조차 지켜보는 듯했다. 흙방으로 돌아온 몽
돌은 닳고 닳아 칼날과 칼자루의 경계마저 모호해진 난쟁이 연
장들을 주욱 펼쳤다. 눈을 감고도 쓸 만큼 손에 익은 것들이었으
나 짐승 가죽을 벗겨내던 것을 함부로 사람 몸에 댈 순 없었다.
그는 펄펄 끓는 가마솥 안으로 은빛 칼날들을 호되게 내던졌다.
금수의 핏물에 인이 박인 손끝이 자못 결연하였다.

　희붐하게 동살이 잡혀왔다. 빽빽한 소나무 사이로 새벽의 미

명을 거스른 빛 한줄기가 모로 들었다. 남실남실 번져가는 광명 아래 홍랑이 혼미하게 미소 지었다. 생애 처음으로 등에 짊어졌던 천형을 정면으로 마주한 때문이었다. 그 탈피에 원통함과 환희가 동시에 솟구쳐 가슴이 먹먹했다. 저승의 울타리 안으로 발을 들이는 것이, 이제는 조금 수월하리라. 저승귀가 되어서도 천형을 벗어내지 못한 소품들이 자신을 질투할 것도 같았다. 찬 빛살이 어느새 바닥에 아질아질한 무늬를 만들어냈다. 꼭 만개한 동백꽃 같았다. 그 안에 재이, 그녀가 떠올랐다. 손끝만 닿아도 파스스 허물어져버릴 모래 탑처럼 그녀는 서 있었다. 눈물이 그만 목에 걸려 홍랑은 다시 눈을 감았다. 선지에 먹물이 번지듯, 세상이 거뭇하게 물들어갔다. 목청 좋은 산닭이 우렁차게 아침을 알렸다.

저승에 발을 딛는 양 곤혹스레 방에 든 부영이 무진을 향해 머리를 조아렸다.

"어르신께서…… 어르신께서 명하시길…… 내일 아침 동이 트는 대로 떠나라 하십니다."

"아니 간다."

"버티시면 가병들을 동원하여 끌어낸다 하셨습니다."

"아니 간다 하였어. 여기가 내 집이다, 도대체 나한테 어딜 가란 말이냐!"

"제주에서 후일을 도모하시면 될 일입니다. 설마 고 대감께서 도련님을 머슴으로 부리시겠습니까? 말도 안 됩니다. 지금은 고 대감께 의탁하시는 게 맞습니다. 예서 무작정 버티시다간 진정 큰일 치르십니다, 도련님!"

"왜! 아버님이 호적에서 날 파낸다 하시더냐? 내 호패를 말소
시킨다 협박이라도 하시더냐!"

"그 정도가 아니란 말입니다. 제발 고집을 거두시고 이번 한
번만, 딱 한 번만 제가 모시는 대로 가주십시오, 도련님! 제가
앞으로도 평생, 그곳이 어디든 성심성의껏 보필할 것입니다. 하
니 한 번만 저를 믿으시고……."

부영이 말을 하다 말고 홀로 울컥하여 입을 꾹 닫았다. 억세
게 겹쳐진 입술이 덜덜 떨렸다.

"무슨 말을 들은 게로구나."

차분한 상전의 한마디에 수원이 탄식처럼 설움을 쏟아냈다.

"방지련에게…… 명이 떨어졌단 말입니다, 도련님!"

요암재 마당에 들어선 무진은 저를 반겨야 할 홍조의 울음이
들리지 않자 고개를 틀었다. 재이에게 준 가장 값진 선물이었
다. 소연한 한기를 들이켜며 대청 쪽을 살핀 무진은 순간 경악
했다. 한낱 전서구 따위가 감히 홍조를 내쫓고 금빛 조롱을 차
지한 탓이었다. 그 장면이 기묘한 불안을 조장했다. 꼭 소품 따
위에게 자리를 뺏긴 제 모습 같아서였다. 들끓는 분노를 억누르
지 못한 무진은 조롱을 틀어쥐고 우악스레 흔들어댔다. 그것으
로도 모자라 발아래 널린 수많은 기와 조각 중 유난히 날카로운
것 하나를 찾아 들었다. 조롱을 열어젖힌 그는 기력 없는 비둘
기를 움켜쥐었다. 곧 하얀 깃털에 검붉은 선이 돋아났다. 짐승
의 피를 묻히기 싫어 황급히 손을 뗀 무진은 순백의 길조가 검

붉은 홍조로 뒤바뀌는 것을 끝까지 지켜보았다.

재수 없는 사기邪氣를 툭툭 쳐내며 그가 방에 들었을 때, 재이는 커다란 총도 앞에 못박혀 있었다. 삼단 같은 머리 아래로 드리워진 새 댕기가 어쩐지 그의 심기를 거슬렀으나 벼랑에 핀 달맞이꽃처럼 아스라한 누이의 뒤태를 보며 애써 웃는 오라비였다.

"누이야, 내 이제 약조를 지키마. 연경으로 가자."

수척한 뒷모습이 꼼짝을 하지 않았다. 그 싸한 기운에 무진의 목소리가 바드등해졌다.

"옷가지나 몇 벌 챙기면 된다. 연경에 도착하면 큰 연못이 있는 집을 구하자. 공작도 한 쌍 사주마. 어서 진짜 아우를 찾아야지 않겠느냐."

연경은 요술 같은 단어였다. 그 지명을 언급하는 것만으로 누이의 눈을 반짝이게 할 수 있었다. 한데 참으로 괴괴한 밤이었다.

"누이야……."

"아니 갑니다."

불벼락이 떨어졌다. 그 단호한 꼭뒤에서 오라비가 마른침을 삼켰다.

"아우 찾기를 포기했더냐?"

"다만 지금은 때가 아닙니다."

"하면 난? 다신 날 볼 수 없어도 상관없더냐? 정녕 그러하더냐? 이제 헤어지면 다신, 다신 못 볼 것이야. 심가와 인연을 끊고 살라는 아버님의 명이시다. 언젠간 이곳이 내 집이라 하시더니 이젠 또 그게 아니라 하시는구나."

"……."

"너 없인 견디지 못했을 것이야. 날 끝없이 경멸하는 마님과 부초처럼 떠돌게만 한 아버님을 너 하나로 참아내었다. 그래, 단 한 번도 아들로 인정받은 적 없으니 참으로 다행이지 않느냐? 네게 오라비이고 싶은 마음, 애초에 없었다. 그놈의 남매, 아무것도 할 수 없는 오라비! 나도 이제 진절머리가 난다."

"……."

"내, 너를 무척 아낀다."

"……."

"은애한다. 널."

멍하니 총도 속 산등성이를 배회하던 재이의 눈이 살푼 떠졌다. 다시금 갈앉은 시선이 느릿하게 돌아섰다. 드디어 그녀와 눈을 맞춘 무진이 작심한 듯 고했다.

"늘 심장이 제멋대로 널을 뛰었다. 별것 아닌 너의 말이 가슴에 파문을 일으켰다. 네가 울고 웃을 때마다 내 목숨 줄이 끊겼다 이어졌다 수없이 반복하였다. 이 치열한 속내를 감추려 먼 길을 떠나고 또 떠났다. 떨쳐지기를 바라고 또 바라면서. 떠나오곤 늘 후회했다. 마님이 널 억지로 시집보내진 않을까, 너의 도망을 묵인하진 않을까, 다시 잡아와 어두운 광에 가두진 않을까 불안해서 견딜 수가 없었다. 돌아와 해사하게 웃는 네 얼굴을 보면 오라비라는 굴레가 날 더 괴롭게 했다. 수천 번 생각했다. 천륜이고 상단이고 모두 끊고, 다 내려놓고, 그냥 미친 척…… 네 마음 한 자락을 떼어달라 할까, 멀리 도망가자 할까……."

말릴 틈도 없이 털썩, 무진이 무릎을 꿇었다. 심히 비장하였다. 제 심부를 갈라 보이지 않는 한, 이토록 간절한 진심을 달리 어떻게 표현할 수가 없었다.

"이추가 설경이다. 내 진짜 이름."

"왜 이러십니까?"

"청혼하는 것이다."

"일어나세요, 오라버니."

"나와 가자. 내 이렇게 빌마. 무슨 짓이든 하마. 제발 나와 이 지긋지긋한 곳에서 벗어나자."

"아니 갈 것입니다."

"연경에서 아우를 함께 찾잔 말이다! 불쌍한 아우는 이제 맘에도 없더냐! 평생 소원하던 것을 내 이루어준다 하지 않아! 약속을 이제 지킨다잖아!"

"그만하세요!"

"네가 데리고 떠나달라 했을 때 그리했어야 옳았다. 절벽 밑에서 널 데리고 곧장 국경으로 달렸어야 했다. 함월에 간다 할 때, 익동마를 빌려주는 대신 그것을 타고 함께 도망했어야 했다. 그땐 내, 그럴 용기가 없었다. 하나 이젠……."

"제가 그토록 간청할 땐 눈도 깜짝 안 하시더니 어찌 이제 와 이러십니까! 상단에서 쫓겨나게 되니 그제야 솟아난 그 용기, 전 안 믿습니다."

"나의 연심을 곡해하는 것이냐? 그래. 네 말이 맞는다. 하나 상관없다. 네 소원을 믿어라. 그리하면 될 것이 아니냐? 내가 널 연경으로 무사히 데려다주고, 아우를 찾게 도울 것이야. 그뿐이다. 날 길라잡이라 생각하면 될 터!"

"안 갑니다."

341

"왜 이리 매정하게 구느냐? 너와 나는 진정 그 무엇도 아니었 더냐? 그저 네 아비가 남아를 사왔기에 오라비라 부른 것뿐이 더냐? 허울 좋은 법도에 묶인, 한낱 그런 사이였더냐, 우리가!"

"그만 좀 하세요!"

"그 가짜 놈 때문이냐? 홍랑 때문이냐 물었다!"

고작 이름 하나에 순간 아연해진 재이를 보며 무진이 으드득, 이를 갈았다.

"기껏 소품이었던 놈이다. 그 추한 몸뚱이를 보고도 네가……!"

"야만의 짓을 한 것은 아버님이시고 군대감이십니다!"

"하여 그 무도한 마물이 딱하더냐? 측은지심이 들더냐?"

"예! 그랬습니다!"

"설, 설마…… 그놈이 호제 노리개를 못 알아보길 바랐더냐!"

전순간 재이가 크게 헛숨을 삼켰다. 그래, 처음부터 그랬던 것일지도 몰랐다.

"죽었다. 그놈."

"그럴 리 없습니다."

"내가 죽였다."

"오라버니는 그런 분이 아니십니다!"

"내가 그리하였어!"

"거짓말!"

"살아 있다면 어찌 그놈의 전서구가 예까지 왔겠느냐? 왜 마 님께서 앓아누우셨겠느냐? 천하의 육손이 수백의 가병을 끌고 나가서, 어찌 그깟 놈 하나를 못 찾아 저 안달이겠느냐! 아니, 그놈이 살아 있다면 왜 아버님을 살려두었겠느냐? 왜 이 모든 것을 까발리지 않았겠느냐? 어찌 이리 조용하겠느냔 말이다!"

"아니야!"

"참이다! 그 죗값으로 난 빈손으로 이 집을 나갈 것이야. 하나 너만은 잃지 않아. 너만은 내 것이다, 너만은!"

벌떡 일어선 무진이 재이를 억지로 부둥켜안았다. 인내가 끝이 났다. 십 년의 세월이 와르르 무너져 내렸다. 비굴하게 무릎을 꿇고 애원을 해도, 구걸을 해도 아니 된다면 무력으로 빼앗는 수밖에 더는 도리가 없었다.

"나에게 너를 다오!"

"놓으세요! 놓으란 말입니다!"

무진의 손이 아귀세게 재이의 허리를 휘어 감았다. 몸을 한껏 비튼 재이는 이 상황이 역겨워 이를 앙다물었다. 유약한 몸씨가 허수아비마냥 팔랑댔다.

"놔! 당장 멈추지 않으면 다시는, 다시는! 오라비를 보지 않을 겁니다!"

섬뜩한 선전포고가 도리어 무진이 겨우 잡고 있던 이성의 끈을 툭, 끊어내었다. 마지막으로 남아 있던 실낱같은 자존심이, 또 희망이 물거품처럼 사라졌다. 고까움과 야속함으로 희번덕대는 사내의 안광이, 빗금이 간 채 그녀를 쏘아보았다.

"너만은…… 내 편이어야 하지 않더냐!"

무진이 성난 해일처럼 재이를 덮쳤다. 지난날들이 추억으로 남을 수 없다면 그녀에게 생채기라도, 흉터라도 남기리라. 가는 팔을 상스럽게 휘어잡은 악력이 무지막지했다. 징그러운 벌레를 떼어내듯 뒤채는 몸부림이 무진의 심곡을 가차 없이 난도질

했다. 진저리까지 치며 악착같이 자신을 밀어내는 것은 저를 절망하게도, 황홀하게도 한 여인이었다. 불행히도 그녀에겐 자신을 향한 신뢰도 하다못해 일말의 연민도 존재하지 않았다. 하나 왜일까. 못난 심장은 이 비통함마저 그녀에게 위로받고 싶다고 외쳐댔다. 무진은 그예 가녀린 목덜미에 제 고개를 파묻었다. 숨 쉴 곳이, 기댈 곳이 정히 그곳뿐이었다. 이 품을 원했다. 수많은 날 수많은 밤, 갈구하고 또 갈망하던 체향이었다. 어째서인지 눈물이 날 것만 같아 그는 얇은 살갗을 답삭 베어 물곤 포악스레 헤집어댔다. 파르스름하게 팔딱이는 핏줄 위로 영역표시를 한 듯 빨긋빨긋 표식이 생겨났다. 허공을 향해 턱이 쳐들린 재이는 목이 졸린 듯 가쁜 숨을 몰아쉬었다. 그런 그녀가 제 앞섶을 틀어쥐고 발악을 할수록 무진의 심중에 환락과 가책이 기묘하게 얽혀들었다. 파르라니 떨리는 여체에 자신을 각인시키고 싶다는 치졸함이, 해묵은 연정을 해소하고픈 열망이 무진의 척골을 관통했다. 습한 숨결이 곧장 가슴께를 타고 내렸다. 허리를 감아 든 손가락이 기어코 의복 안을 헤집는 순간, 사력을 다해 몸부림치던 재이가 반항을 멈추었다. 죽자 사자 어깨를 밀쳐내던 팔이 툭 떨어졌다. 딸깍. 심상찮은 소리가 허공을 갈랐다. 헐떡이던 무진이 번뜩 상기된 면을 들어 올렸다. 열기로 탁해진 눈초리에 자신을 향해 날이 선 단도가 잡혀들었다. 찰나, 그의 폐부를 찌른 건 의외의 것이었다. 재이의 손에 들린 것이 용문 금장도가 아니라 서 푼도 못 받을 만큼 조악한 물건이라는 사실이었다. 그 얄궂은 목장도가 뉘에게서 왔는지 짐작이 갔다. 또 그놈이었다. 천출, 사기꾼, 소품. 무진의 면목에 기이한 조소

344

가 차올랐다. 진한 피로감이 몰려들었다. 세상에 단 하나뿐이었던 제 편이 허무하게 사라지고 있었다. 아니, 애초에 제 편이 아니었을지도 몰랐다. 단지 무진은 위안을 받고 싶었다. 제 삶의 유일한 온기였던 여인에게. 자신은 재이라고, 무진이라는 이름쯤은 아무것도 아니라고 말해주었던 그 밤처럼. 하나 이제 둘 사이에 남은 것은 진정 작별뿐이었다.

"하아……."

짧은 한숨을 내어쉰 무진이 안녕을 고하려 잿빛 면을 드는 순간, 뾰족한 흑요석이 마침내 그의 빗장뼈 사이에 닿았다. 얼음으로 깎은 양 첨단에 한기가 흘렀다. 제 명줄의 심지가 모두 타버렸음을, 그는 자각했다. 그리고 벙긋거리던 입을 꾹 다물었다. 푸스스 된서리가 내려앉은 제 몸뚱이도 한 발짝 뒤로 물렸다. 석별의 슬픔은커녕 재이에게까지 핍박받으며 쫓겨나는 자신의 모습에 환멸이 몰려왔다. 피폐해진 영혼을 추스르듯 그가 느릿느릿 옷매무새를 가다듬었다. 그리고 금이 간 애체를 바르게 고쳐 썼다.

"너에게 난, 무엇이었느냐?"

"……."

"너도 날, 한낱 말뚝으로 여겼구나."

나지막한 원망에 천공을 찌르고 있던 비수 끝이 떨려왔다.

"그래. 이마에 낙인만 안 찍혔을 뿐, 종놈과 내 다를 바가 무엇이냐? 하나 너마저도 날 그리 여기는 줄은 정녕 몰랐구나. 너마저도……."

무진의 어깨에 지독한 무기력이 내려앉았다. 이토록 잔인한 허무와 무의미를 더는 견딜 수가 없었다. 비척비척 장지문을 넘던 그가 고개를 돌려 누이를 바라보았다. 곧 붕괴될 듯 위태로운 그 모습을 재이는 끝끝내 외면했다. 그것이 이별이자 고별인 것을 알지 못했으므로.

달빛이 찼다. 달무리는 얼어붙었다. 어스레한 월영뿐인 무명재에 삼경을 알리는 종소리가 들려왔다. 묵묵히 허공을 주시하던 방 쥔이 분연히 일어났다. 흰 도포를 두르고 정갈하게 고름을 바로 묶었다. 빈손으로 왔기에 들고 나갈 것 또한 없었다. 괴나리봇짐도 하나 없이 그저 옷깃을 빳빳이 여미는 것으로 떠날 채비를 마친 무진이 빈방을 둘러보았다. 설원처럼 결빙된 공간은 제 심정마냥 말끔히 정리된 채였다. 구석구석 켜켜이 쌓인 설움과 고독은 그도 어찌할 도리가 없었다. 장장 십 년이었다. 앓아누울 수조차 없는 주제를 혹독하게 각성한 탓에 변변한 병치레 한번 없었던 기구한 나날이었다. 처절하였으나 이 정도면 묵묵하게 잘 살아내었다고, 아무도 위로해주지 않아 스스로 도닥인 무진이었다. 다시금 머리와 옷매무새를 가다듬은 그가 동쪽을 향해 정가로이 절을 올렸다. 생부의 위패를 모신 계율사 방향이었다. 담결하게 예를 다할 작정이었건만, 두 번째로 허리를 굽혀 머리를 조아렸을 때 전신이 요동쳐왔다. 바닥을 짚은 두 손 위로 눈물이 뚝뚝 떨어져 내렸다. 그 위에 묻은 면목이 망측하게 일그러졌다. 육신을 일으킬 도리가 없어 한동안 그대로 있던 무진은 결국 제가 친부와 한 치도 다르지 않았다는 걸 인정했다. 무엇 하나 투쟁하여 취한 것도, 이뤄낸 것도 없었다. 막연한 헛 희망을 품고 미련하고도 치열하게 고역 같은 시간만 꾸역꾸역 견뎌내었을 뿐이었다. 십 년 전 폭설이 쏟아지던 그날, 친부의 바짓가랑이를 꽉 붙들고 끈덕지게 늘어지며 절대 안 간다, 죽어도 못 간다 목이 터져라 생떼를 부렸어야 했다. 그렇게 불효를 했어야 옳다. 하면 애초에 어여쁜 누이가 생기는 재수도 없었을 것이요, 허무히 빼앗기는 재앙도 없었을 것이다. 행과 불행 사이에서 끝없이 좌절하고 애태우던 덧없는 날들 또한 없었을 것이다. 무진에게 재이는 굄돌이었다. 그것을 빼면 삶은 무너질 수밖엔 없었다. 한참을 끅끅대며 질긴 울분을 삭인 무진이 남은 슬픔마저 오독오독 짓씹어 꿀꺽 삼켰다. 코끝에 맺힌 한 방울 낙루를 빠르게 훔쳐내며 그예 꼿꼿이 일어섰다. 그러고는 희게 웃었다. 재이와 조우하던 그 밤을 애써 떠올린 까닭이었다. 고혈한 신체를 따라 쓸쓸한 먹내가 방 안을 배회했다. 먹먹한 정적 속에 나지막이 부엉이 소리가 들려왔다. 우-우우. 우우우우. 익숙한 미물의 울음이 오늘따라 허무한 곡처럼 들려 심이 아린 무진이었다. 우-우우. 우우우우…… 탁! 휑한 방바닥으로 피나무 의자 하나가 고꾸라졌다.

출발을 재촉하는 부엉이 당도한 것은 동창이 채 밝기도 전이었다. 애타는 수원과는 별개로 안에선 기척이 없었다. 심상찮음을 직감한 그가 벌컥, 문을 열어젖혔다.

"도…… 도련님! 도련님, 도련님! 어흑, 도련님!"

사십 줄을 넘긴 부엉이 아이처럼 통곡하였다. 절망에 목이 졸린, 상전의 뜬 다리를 부둥켜안은 채였다.

마른 우물을 파는 동안 횡액이 끼지 않도록 각별히 조심하라 이른 귀곡자의 마지막 말에 매사 동동촉촉하며 옥동의 무사귀환만을 빌고 또 빌던 민씨 부인이었다. 하니 이른 아침 흉문을 접하자마자 그 죽음의 연유를 따져 묻지도 않은 채 즉시 내다 버리라 노발대발한 것이 당연했다.

"명석도 아까우니 낡은 거적때기나 하나 덮어 내다 버려, 당장! 그리도 죽고 싶으면 비루한 몸뚱이를 바닷물에 내던지건, 첩첩산중에서 호랑이 밥이나 될 것이지 미거한 것이 예가 어디라고 함부로 변사한단 말이더냐! 감히 인간도 아닌 말뚝 따위가 어찌 집안을 뻐개고 사사건건 아드님의 앞길에 훼방을 놓아!"

을분이 진즉부터 마당에 소금을 뿌리고 있었다. 안채 마당이 메밀꽃밭마냥 새하얘지는데도 그만 되었다는 상전의 명은 떨어질 기미가 없었다. 부영만이 버석한 소금 위에 우직하게 꿇어 앉아 염장이를 청하여달라 거듭 간청할 뿐이었다. 분격한 민씨 부인의 입에선 놀라운 말이 튀어나왔다.

"감히 어디서 훼사를 놓아! 김꾕표를 부를까! 근자에 가장 값나가는 물건이 무엇인지 네놈도 잘 알렸다!"

인피! 염은커녕 무진의 껍질을 벗겨내기 전에 썩 꺼지라는 으름장이었다. 그럼에도 부영은 물러나지 않았다. 도리어 언 땅에 이마를 조아리고 두 손을 그러모아 싹싹 빌기 시작했다. 그 읍소가 퍽도 간절하였건만 보고 선 비복들의 가슴은 바짝바짝 졸아들었다. 마님을 거스르는 치는 실로 간만이어서 불똥이 튈까 모두들 전전긍긍이었다. 잽싸게 튀어 들어온 육손이 부영의 어깻죽지를 우그러뜨릴 듯 잡아채곤 무자비하게 끌고 나갔다.

"마님, 염장이를 허해주십시오! 제발 염장이만은 들여보내주십시오, 마님!"

굵은 소금을 온몸으로 쓸어대며 갖은 모질음을 다 쓰면서도 부영은 그저 그 한마디뿐이었다. 소란이 계속되자 심열국이 새무룩이 모습을 드러냈다. 성긴 눈썹을 짜부라뜨린 채였다. 부영의 하는 양을 보니 참으로 아까웠다. 조악한 말뚝을 사올 것이 아니라 진즉 저 듬직한 놈을 곁에 두고 크게 키울 노릇이었다고 심열국은 늦은 후회를 했다.

"염장이를 들여라!"

그는 권속들 앞에서 민씨 부인의 명을 손바닥 뒤집듯 번복하곤 유유히 사라졌다. 안쥔은 벌써 시취가 코끝에 진동한다며 길길이 날뛰다가 염장이들이 들자 이젠 그들을 을러댔다. 꼴도 보기 싫으니 대충 염하여 어서 썩 꺼지라, 되알지게 닦달을 해댄 것이다.

막 입관을 마친 염장이 둘이 서둘러 관구를 내어가려던 찰나였다. 행랑채의 방문을 온몸으로 막으며 재이가 소리쳤다.

"관을 열어라! 내 오라버니가 맞는지 확인하기 전엔 아무 데도 못 간다! 내 눈으로 직접 봐야 믿을 것이야! 열어!"

"애기씨! 으찌 이래유!"

눈시울이 이미 붉어질 대로 붉어진 을분 어멈이 한 팔로 상전의 한 줌 허리를 붙잡았으나 역부족이었다. 요 며칠 곡기도 시원찮게 자셨건만 동삼을 삶아 먹은 듯 장사같이 힘을 쓰는 애기씨였다.

"어서 열어! 빨리 열지 않고 무엇들 해!"

"왜 이래유! 왜서!"

"오라버니가 아니지? 그렇지? 그럴 리가 없잖아, 말해봐! 아니지?"

"지발 진정혀유, 애기씨!"

"열어! 당장 열래도! 당장!"

"즉시 관구를 내어가야 합니다, 아니면 저희가 죽습니다요."

목하의 참상에도 염장들은 제 모가지 달아날까 볼멘소리를 했다.

"애기씨, 끝까정 요래 소란을 피우면 도련님이 으찌 편하게 눈을 깜어유. 팽생 시름이 깊었는디 황천길이라도 맘 편케 가시게 돼유, 지발."

"예. 이러시면 고인께도 예가 아닙니다. 진정하셔요, 애기씨."

"어서 열어보라지 않느냐, 어서! 내 오라버니께 마지막 절이라도 올려야 하지 않겠느냐……."

재이가 냉골에 놓인 목관을 부여잡고 쓰러졌다.

"상단이 뭐라고! 단주가 뭐라고! 대체 내가 뭐라고…… 으흑흑."

아무리 민씨 부인이 눈씨를 부라리고 있다 해도 을분 어멈은 오누이에게 적어도 고별의 시간은 필요하다 여겼다. 인정스러운 그녀가 눈치껏 두 명의 염장이를 달래 데리고 나갔다. 홀로 남은 재이가 오라비의 초라한 저승집을 자꾸만 자꾸만 쓸어내렸다.

"오라버니는 처음부터 그랬습니다. 고작 저보다 두 살 많은데 아이 같지가 않았습니다. 마치 태어나면서부터 어른이었던 것처럼, 한 번도 아이였던 적 없었던 것처럼 항시 의젓하고 음전했습니다. 오누이의 연을 맺듯 차를 나누고 떡을 나눈 그날, 그 순간부터 저에게 오라버니는 부모고, 형제고, 하나뿐인 벗이었습니다. 단 한 순간도, 정말이지 단 한 순간도 의지하지 않은 적이 없었습니다."

그러지 말걸 그랬다. 의지하지 말걸 그랬다. 피 한 방울 섞이지 않은 남이니 거리를 둘걸 그랬다. 자신과 연을 맺으면 모두 재수가 없었다. 저와 얽힌 사람은 하나같이 끝이 험했다. 생모가 죽었고, 아우가 실종됐다. 이젠 오라버니마저 저를 떠났다. 민씨 부인의 말마따나 모두가 제 삿된 팔자의 희생양일지도 몰랐다. 재이가 언뜻 제 목 언저리를 더듬었다. 거꾸러진 오라비의 흔적이 무른 살갗에 시퍼런 멍으로 남아 있었다. 심부에는 더한 피멍이 멍울져 있었다.

두서없는 음풍이 무명재를 할퀴어댔다. 상단 최고 행수의 죽음이건만 북문으로 향하는 관짝 뒤엔 재이와 부영을 포함한 열 명 남짓이 전부였다. 초라하고 엉성하다는 말로는 부족할 만큼 보잘것없는 행렬이었다. 아니, 실상 행렬이랄 것도 없었다. 상단에선 자체 상여를 제작하여 곳간에 보관하며 권속들의 장례마다 사용하였다. 몸채는 단청으로 화려하게 채색하고, 네 귀에는 흰 비단포를 드리운 거대 상여였다. 망자를 태우면 지붕을 흰 연꽃으로 빽빽하게 채워 넣고 가운데 휘황찬란한 봉황장식을 얹었다. 저자에서 가게 하나를 책임지는 점주의 장례만 해도 이런 웅대한 꽃상여에 관을 안치하고 서른 명 남짓의 상두꾼을 동원하여 장지로 모셨다. 앞소리꾼이 운을 떼면 상두꾼들이 만가를 합창하며 하관할 때까지 왁자지껄하게 망인의 넋을 달랬다. 한데 명색이 심열국의 수양아들이며 최고 행수였던 무진이 상여도 타지 못한 채 앙상한 관짝째로 떠밀려 쫓겨나는 중이었다. 대역죄인의 시신을 빼돌리는 것도 이보단 나을 것이라며 비참함에 다들 혀를 찼지만 그 누가 민씨 부인의 명을 거스를 수 있으랴. 무진이 순 허깨비였다는 것을 증명이라도 하듯 상단은 평소와 다름없이 돌아갔고 수백의 권속들 중에서도 마지막 예를 갖추는 이를 찾기 어려웠다. 사자死者가 자액한 탓에 괜한 부정이 탈까 싶어 거리를 두고 애써 외면하는 참이었다. 실상 호졸근한 관에 보일 듯 말 듯 목례를 취한 이들이 있긴 하였다. 하나 그 역시 상전에게 올리는 마지막 격식은 아니었다. 그저 쯧쯧쯧 혀를 차며 딱한 인간의 말로를 안타까워하는 측은함일 뿐이었다. 결국 목 놓아 서럽게 울부짖는 건, 마방 구석에 묶인 익동마뿐이었다. 상단을 가로지르는 건 고사하고 이름 없는 제 별채만 스산하게 돌아본 관구가 북문을 나설 때였다. 바짓가랑이에 각반을 차고 머리에 흰 띠를 맨 두 명의 상두꾼이 약속이나 한 듯 동시에 걸음을 딱 멈추었다. 부영이 평소 같지 않게 버럭 언성을 높였다.

"어허! 어째서 들 이러시는가! 상여금은 내 두둑이 챙겨준다 하지 않았나! 어서 뫼시게, 어서!"

앞 상두꾼이 볼멘소리를 내었다.

"아이고, 곡해 마십시오! 쉰네들이 더 죽겠습니다요. 망자가 이승에 미련을 두고 거동치 않으시는 걸 소인들인들 어쩌겠습니까요!"

뒤 상두꾼도 거들었다.

"망자가 한이 많으면 가끔 이런 일이 있습죠. 꽃상여는커녕 곡하는 요령잡이 하나 없이 도망하듯 쪽문으로 내빼니 어찌 안 서럽겠습니까."

서너 명의 장정이 바삐 관을 나누어 짊어졌으나 궁상맞은 목관은 석관이 된 양 꼼짝을 않았다. 상두꾼들의 말은 틀림이 없었다. 망연자실한 채 섰던 부영이 마침내 곡을 선창했다.

"북망산천 머다더니 내 집 앞이 북망일세, 이제 가면 언제 오나…… 오실 날을…… 일러주오……."

끊어질 듯 곡을 하던 사자의 심복이 그예 흉하게 이목구비를 일그러뜨리며 눈물 콧물을 쏟아내었다. 나머지 사람들 역시 꽉 잠긴 목소리로 상엿소리를 받았다. 하나 한스러운 곡소리에도 시구屍軀는 미동이 없었다. 부영이 점점 더 격하게 곡조를 높였으나 꼼짝 않긴 매한가지였다. 재이의 눈이 그제야 상단 구석구석을 훑었다. 망자의 넋을 부를 때 저승의 사자使者를 대접하는 명목으로 채반에 세 그릇의 밥을 담아 놓아두는 것이 관례였다. 한데 담 옆도, 지붕 모퉁이도 그저 감감하기만 했다. 아무리 웃전이 무섭기로서니 그 많은 가솔들이 어찌 사잣밥 한 그릇을 내오지 않았단 말인가. 참담함에 고개가 절로 떨어졌다. 박대받은 사자가 벌써 오라비를 괄시하는 모양이었다. 울음을 참아내던 재이가 늘 그렇듯 만만한 오라비에게 빽 소리를 내질렀다.

"넌덜머리 나는 상단에서 나가자고요, 오라버니 말대로 제발 벗어나자고요! 그리 싫다면서 왜 지박령이 되려고 해! 종놈처럼

부리고 내치는데 왜 죽어서까지 말뚝 노릇이야, 왜! 영영 벗어나
자고, 이 끔찍한 집에서 나가자고! 제발 여기 좀 떠나자고, 좀!"

붉은 띠로 남은 막판의 석양 위로, 세상에서 가장 서글픈 바
람이 불어왔다. 제 허리 제가 꺾은 말뚝을 선산에 둘 수 없으니
내다 버리라 한 민씨 부인의 야박함이 오늘만은 감사하였다. 덕
분에 무진은 다시금 양반 이가의 핏줄이 되어 육친 옆에 묻혔
다. 눈으로 뒤덮인 얼음골 산등성이였다. 아비의 묘가 풀포기
하나 없는 흙무덤이었다. 그가 불과 얼마 전 절식하였다는 것
을, 그것도 생돈을 부둥켜안고 곡기를 이어나가지 못해 매품을
팔곤 그리되었다는 것을 오늘에서야 알게 된 누이였다. 부영이
애써 애기씨를 위로하였다.

"도련님께서 생전에 못다 한 효도가 천만년 한이 되어……
부친의 저승길 길라잡이를 자처하셨나 봅니다."

도련님이 들창에 걸어 목을 맨 건 애기씨의 댕기였다고, 삼도
천을 건너는 도련님의 손에 그것을 쥐여드렸다고…… 그 무지
근한 말만은 그예 삼킨 부영이었다. 대신 내민 것은 무진이 한
데서 잠을 잘 때마다 모아 적어 내린 기담총서였다. 점잖고 단
정하다 못해 얌전하기까지 한 오라비의 필체를 받아 든 재이의
무릎이 참절하게 꺾여들었다. 그가 신실히 적은 어떤 기담보다
도 기구한 삶을 산 무진이었다. 상복 가장자리에 너풀너풀 풀어
져 나온 삼베 시접 사이로, 억누르지 못한 슬픔이 줄줄 새어 나
왔다.

동지

떠난 적 없는 회귀

계율사에 오라비의 위패를 모시고 돌아오는 것이 마치 피안의 경계를 넘어갔다 온 듯했다. 해진 엄짚신으로 힘겹게 솟을대문을 넘었을 때 골바람 한줄기가 재이의 뒷목을 훑어내렸다. 단박에 느껴졌다. 무언가가 어긋났다! 상단 전체가 싹 비워진 듯했다. 지나다니는 가솔 하나 없는 것은 그렇다 치고 대문을 지키고 있어야 할 가병들조차 보이질 않았다. 적막이 답삭 그녀의 숨통을 잡아챘다. 기력을 완전히 소진했던 육신이 단번에 튀어올랐다. 곧장 집무재로 달려간 재이는 제 눈을 의심했다. 누르컴컴한 마당이 차라리 추국장이었다.

횃불을 등진 권속들의 칼눈이 일제히 한곳에 꽂혀 있었다. 그 경멸이 고인 곳에 한 사람이 있었다. 고신이 계속된 듯 나무 의자에 결박된 이는 피범벅이었다. 재이는 단단히 뭉친 인파의 틈바구니를 비집고 들어갔다. 성난 거화가 죄인의 뭉개진 안면을 비추었으나 그 꼴이 심히 처참하여 정체를 가늠할 수 없었다. 이미 호된 압슬을 당한 듯 허리 아래는 온통 핏물 범벅이었고 덜덜 체머리를 떨어대는 탓에 눈구멍, 콧구멍, 입구멍, 귓구멍에서 눈물이며 침이며 피가 끊임없이 흘러내리고 있었다. 차마 죄인의 면상을 똑바로 보지 못한 재이의 시선이 땅으로 꺾였다. 한데 거기에 무언가가 있었다. 진흙을 머금은 천 조각이었다. 대충 물에 씻긴 채였다. 저것이 무엇일까 자문한 순간, 번뜩 떠오른 어느 날의 기억이 털썩, 그녀를 주저앉혔다. 엄동설한에 피로까지 겹친 무릎이 어릿어릿했다. 머리에 묶였던 포총이 스르르 흘러내렸다. 저것으로 자신의 눈물을, 이마의 식은땀을 훔쳐주었더랬다. 사근사근한 손길. 을분 어멈이었다.

재이가 계율사로 떠난 직후, 안채 마당에서 막힌 우물을 뚫던 인부들이 새파랗게 질렸다. 파낸 진흙더미에서 삭은 비단과 자그마한 인골을 발견한 탓이었다. 나이 든 시비들은 함께 나온 천 조각을 쉬이 알아보았다. 목화에서 실을 뽑아 베를 짠 후 삶는 작업을 반복하여 겹겹이 덧댄 고급 광목이었다. 흡수와 보온에 탁월하나 길쌈 값이 만만찮아 가노들은 엄두도 내지 못하는 것이었다. 민씨 부인은 자신이 옷을 짓고 남은 조각 천을 을분 어멈에게 주곤 하였다. 아드님을 돌보는 유모를 나름 대우한 것이다. 자투리 천이라 의복을 짓진 못 했으나 솜씨 좋은 유모는 항시 그것으로 자신과 딸의 손수건을 만들었다. 겨울철엔 늘 그것을 목에 둘렀으니 모두들 모녀를 부러워했다. 득달같이 을분 어멈이 잡혀오고 추국이 시작되었다. 형틀에 묶여 주리가 틀렸건만 생때같은 을분의 목숨이 달려 있기에 입은 쉬이 열리지 않았다. 하나 생살이 타들어가는 인두엔 어미도 별수 없었다.

재이의 혼미한 눈빛이 엉망진창이 된 을분 어멈을 바라보았다. 아니, 정확히는 그 너머의 시꺼먼 허공중을 본 것이었다. 피떡이 된 유모의 입술이 열린 건 그때였다.

"인부들헌티…… 새참을 전달허고…… 돌아오니께 그땐 이미…… 즌작에…… 제가 그런 게 아녀유! 증말 아녀유!"

"제대로 고하지 못할까!"

심열국이 호령호령하였다.

"도련님께서는…… 안채 처마에 달린 제비집을 구경허시다가…… 사다리에서…… 사다리에서 까꾸러진 모냥새로…… 뒤통수에 피를 철철 흘리시면서…… 땅바닥에…… 으흐흑…… 이년이 다급허게 요 손수건으로 지혈을 혔어유. 혔는디 도련님께선 진즉 맥을 완전 놔버린 뒤였어유. 이년이 죽인 것이 아녀유, 진짜 아녀유, 절대 아녀유. 지는 그저…… 누명을 쓸까 겁이 나서…… 마침 인부들까정 우르르 몰려오니께 식겁을 혀서…… 그려서 그만……."

"해서! 그 어린 것을 그대로 우물에 처넣었단 것이냐!"

십 년 전 기해년. 민씨 부인이 금광사에 다녀오던 날이었다. 재이에게 금족령이 내려진 탓에 을분 어멈은 하루 종일 홍랑의 뒤꽁무니를 쫓느라 제정신이 아니었다. 산해진미를 앞에 두고도 새 모이만큼 깨작거려 항시 마님의 애를 태우는 도련님이었다. 먹은 것도 없는데 어째 저리 빨빨거리고 잘 돌아다니시는가, 늙은 유모는 신기할 따름이었다. 안 그래도 다망한데 찬간 숙수가 큼지막한 광주리를 들이밀며 일꾼들에게 좀 내어가달라 볼멘소리를 했다. 초봄이면 곱절로 바빠지는 게 찬간이었다. 겨우내 미뤄뒀던 보수작업이 한꺼번에 시작되면서 날품인부들의 참까지 해대느라 북새통이 되는 것이었다. 제 코가 석 자건만 사정을 뻔히 아는 을분 어멈은 광주리를 받아 얼른 옆구리에 꿰어 찼다. 어차피 안채로 가는 길이니 야박하게 굴 일이 아니었다. 그때에도 시선만은 안채로 쪼르르 달려가는 도령의 뒷모습을 쫓았다. 한데 진정 눈 깜빡할 찰나에 일이 터졌다. 새참을 전달하고 안채 마당으로 들어섰을 때 눈앞에 펼쳐진 광경은 피바다였다. 도련님의 철쭉 빛깔 의복이 상황을 더욱 과장되게 보이게 하였다. 다른 데도 아닌 뒤통수에서 무섭게 번져 나온 피가 이미 축축하게 흙을 적신 후였다. 그녀는 경악하여 목에 둘렀던 손수건을 얼른 풀어내었다. 도령은 이미 숨도 맥도 없었다. 조그만 머리통을 지혈하는 을분 어멈의 손이 달달달 떨려왔다. 의원을 청하려 벌떡 일어난 그녀의 시야에 높다란 사다리가 들어왔다. 그 끝, 처마를 올려다보니 야무지게 흙으로 지은 제비집이 보였다. 째재재잭! 쩍쩍! 날래게 어미 제비가 돌아오니 새끼들이 앞다투어 아우성이었다. 그 절체절명의 순간에 유모는 멈칫하였다. 퍼뜩 떠오른 제 딸년 때문이었다. 고작 눈앞의 도령보다 두 살 많을 뿐이었다. 줄줄이 유산을 하다가 사십 줄에 들어 느지막이 본 귀한 딸내미. 긴 병치레를 한 아비를 고작 다섯 살 때 여읜 불쌍한 것. 아비를 땅에 묻고 돌아오던 날 을분이 말했다. 귀한 저에게 험한 간병을 시키기 싫어 아버지가 그렇게 서둘러 가셨나 보다, 하고. 저보다 더 속이 깊은 아이를 부둥켜안고 한참을 울었다. 을분 어멈은 유모가 되곤 도련님이 남긴 귀하디귀한 곁두리 음식을 늘 속치마 안에 챙겨 넣었다. 다행히 차고도 넘치는 상단이었다. 박하게 구는 이도 없었건만 당당하게 들고 올 낯짝은 아니 되어 슬쩍슬쩍 눈치껏 가져왔다. 그럴 때마다 을분은 억지로 어미의 입에 그것들을 먼저 밀어 넣었다. 뿐인가, 쑥쑥 잘도 컸다. 짤따란 저를 닮지 않고 다행히 제 아비를 쏙 빼닮아 사지가 길쭉하고 야리야리한 것이 고왔다. 무엇보다 그 또래답지 않게 숨덤벙물덤벙 호들갑 떠는 일이 없고 연삭삭하게 몸을 놀리니 열 살도 아니 되어 민씨 부인의 시비가 되었다. 괴벽한 쥔어른 모시는 게 힘이야 들었지만 그만큼 얻어 쓰는 게 많아 살림이 피나 보다 하며 좋아하던 모녀였다. 풍을 맞아 못 쓰게 된 어미의 팔을 아침저녁으로 주무르던 살가운 아이였다. 그런 을분을 생죽음시킬 순 없었다. 더 이상 생각하고 말고 할 게 없었다. 사색이 된 유모는 축 늘어진 도련님을 한 팔로 안아 들곤 주위를 둘러봤다. 안채라서 누구 하나 얼씬거리는 이가 없었다. 한참 우물을 메우느라 흙이며 자갈이 무덤처럼 쌓여 있었다. 입술을 앙다문 을분 어멈의 낯짝이 눈물을 머금고 괴귀마냥 이지러졌다. 곧 도령의 작은 몸이 우물 속으로 꼬꾸라졌다. 둔탁한 추락음과 동시에 성한 그녀의 한쪽 팔이 우물 안으로 날래게 흙을 퍼부었다. 땀과 눈물로 범벅이 되어 눈앞이 맑지 않았건만 양팔을 쓰는 양 거침이 없었다. 뉘엿뉘엿 지는 해를 등지고 마당의 핏자국 위에 고운 흙을 다시 깔고 그 위로 공사 자재들을 대충 쌓았다. 마님의 가마가 들어선 것은 그때였다.

앞장선 을분이 보였다. 그 먼 거리를 걸어서 다녀왔건만 곤한 내색 하나 없었다. 뿐인가. 가마가 땅에 닿기가 무섭게 품에 안고 있던 마님의 신발을 다시 한번 탁탁 털어 곱게 대령했다. 끔찍이도 지성스러웠다. 잘한 일이다, 잘한 것이다. 을분 어멈은 주술을 걸 듯 자위하며 피 묻은 손을 재차 씻어내렸다. 상단이, 도성이, 아니 조선 전체가 홍랑의 실종으로 발칵 뒤집히고 나서야 그녀는 소리 내어 펑펑 울었다. 그제야 제가 무슨 짓을 한 것인지 실감이 났다. 하나 새벽마다 을분의 머리를 매만지며 안도하는 것은 어쩔 수 없었다. 기꺼이 천벌을 받겠다. 다만 제 욕심에 이년 시집가는 것은 보고 갔음 싶었다. 한데 결국 그 혼례를 삼일 앞두고 이 사달이 난 것이었다. 자포자기한 을분 어멈이 피곤죽이 된 얼굴로 이실직고를 하자 마당을 빼곡히 메우고 있던 가솔들 사이에 드글드글 소란이 들끓었다.

"마님이 넋을 잃고 도련님 찾아 헤매는 것을 젤루 가까이서 지켜본 게 을분 어멈 아녀. 인두껍을 쓰고 워째 저런 짓거릴 혀, 사람이!"

"홍랑 도련님이 마 떡하니 집에 돌아왔을 때, 그르케 미주알고주알 일러주면서 싸고돌드니 그게 마, 다 지 맴 편할라고 한 짓인갑네예?"

"하면 그놈도 가짜 거야?"

"을분 어멈하고 그 가짜 도령하고 아예 짝짜꿍으로, 마 작당해서 벌인 일 아닐까예? 아이고, 무서바라."

"맞다! 밤나무골 무당!"

"어머, 어머! 맞네, 맞아! 어휴, 소름 끼쳐!"

권속들은 바로 이 자리에서 있었던 애동이 무당의 희한한 죽음을 기억해냈다. 쌍작두 꼭대기에서 쉽게 오열하던 무당은 몇 번이나 휘적휘적 허공중을 내저었었다. 설핏 눈물범벅인 면에 야릇한 미소도 걸렸더랬다. 그것이 처마 안 새끼 제비를 들여다보며 기꺼워하던 도령의 모습인 줄, 그땐 아무도 알지 못했다. 창졸간에 땅으로 꼬꾸라진 무당의 쪽머리 뒤로 뜨끈한 피가 번졌더랬다. 을분 어멈이 실토한 도련님의 마지막 모습이었다. 웅성대던 비복들 사이로 어수선한 시선들이 엇갈렸다. 소름 돋은 팔뚝을 재차 쓸어대며 절레절레 고개를 흔드는 이들이 여럿이었다. 그때 청지기 윤 영감이 무언가를 조신하게 들고 와 천천히 심열국 앞에 놓았다. 진흙이 말끔히 닦인 백골이었다. 재이는 그것을 차마 목도하지 못하고 미어지는 가슴을 부여잡은 채 을분 어멈을 노려봤다. 젖어미이자 자신을 키워주고 안아주고 보살펴준 유일한 사람. 그 모든 정성이 제 죄책감을 덜기 위함이었던가. 일순 골한증이 밀려들었다. 윗니와 아랫니가 절로 부딪치며 불쾌한 마찰음을 냈다. 머리가 터질 듯 지끈거려 그녀는 눈을 꽉 감았다. 다음 순간 심열국이 작게 읊조렸다.

"저것의 딸년을 끌고 와."

"으르신! 워째 그러셔유! 우리 을분인 암것두 몰라유, 증말 몰러유! 참말이어유! 천벌은 지가 받어야쥬, 지가 죽일 년이어유, 지가! 으르신! 으르신!"

종잇장처럼 펄럭대며 끌려온 을분이 웃전 앞에 무릎 꿇렸다. 혼례를 목전에 둔 새 신부였다. 언 땅 위에서 허물어지는 다리를 추스르던 을분은 이 지경이 되어서야 귀곡자가 쥐여준 은전을 떠올렸다.

〈맛난 거 사먹고, 쨍한 꽃신도 하나 지어라. 하는 김에 네 어미 옷도 한 벌 사고.〉

심열국이 손수 환도를 뽑아 들었다.

"아버님!"

재이의 비명이 들리지 않는 양 심열국은 장검을 높이 쳐들었다. 몇몇 여종들은 눈을 질끈 감고 고개를 휙, 외틀었다. 을분은 눈까풀을 재차 껌뻑이며 겁 질린 눈동자로 제 어미를 바라볼 뿐이었다. 무지근한 정적에 휩싸인 집무재 마당에 타닥타닥, 홰의 불티 소리만 울려 퍼졌다. 심열국이 맵차게 칼날을 내리그었다. 휘익! 데구르르르…….

"흐아아아아악!"

피울음을 토한 을분 어멈의 발끝으로 굴러온 것은 그리도 쓰다듬던 작은 머리통이었다. 잔머리 하나 없이 야무지게 땋아 내린, 눈을 채 감지 못한 을분의 것이었다. 죄 많은 어미는 그 자리에서 까무룩 정신을 놓았다.

"날이 밝는 대로 이년을 회령의 소금 노역장으로 끌고 가! 절대 죽지 못하도록 재갈을 단단히 물려야 할 것이다."

심열국이 써늘하게 하명하였다. 점점이 튄 핏방울들이 그의 얼굴에서 주르륵 흘러내렸다.

급히 집무재를 빠져나와 싸늘한 담 그림자에 쓰러지듯 기댄 것은 육손이었다. 항시 망망대해의 무인도처럼 굳건했던 그가, 오장육부가 뒤틀리는 절분에 그만 몸이 기울었다. 무엇이든 참고 견디는 데 이골이 난 그였으나 그 무서운 참을성이 지금만은 무용했다. 차돌바위에 균열이 가듯 그의 얼굴이 무너져 내렸다. 형형하던 눈두덩은 자글자글 경련했다. 거친 눈썹은 전에 없이 휘늘어졌다. 꽉 물린 입매도 감사납게 뒤틀렸다. 도련님의 백골을 목도한 동공에 시퍼런 한이 고여들었다. 단 한 번도 살갑게 안아주지 못한 제 아들이었다.

여섯 개의 손가락을 가졌단 이유만으로 태어나면서 버림받은 육손을 거둔 것이 민연의였다. 덧손이 있으니 다른 싸울아비들 보다 더 세게 검을 잡을 수 있겠지, 라고 그녀는 말했다. 그제야 비로소 육손은 제가 괴물이 아닌 사람이란 걸 알았다. 그렇게 모시게 된 웃전은 아름다웠으나 외로웠다. 부모와는 연이 박했고, 부군에게도 사랑받지 못했다. 세상 모든 것을 가진 듯 보였으나 사실 그 무엇도 가지지 못한 상전에게 육손은 바칠 것이 없었다. 하여 제 몸뚱이를 바쳤다. 그 덕에 아들을 보게 된 민씨 부인은 그를 항시 곁에 두었다. 도련님이 태어나자마자 손가락이 다섯 개인지, 그것부터 살폈던 육손이었다. 갓난아이는 걱정 말라는 듯 육손의 험한 손가락을 꼬옥 감아쥐곤 빵끗 웃었다. 그 새뽀얀 얼굴이 다시금 떠올라 육손은 천불이 난 흉부를 쥐어뜯다 말고 거세게 내리쳤다. 시신조차 손수 거둘 수 없는 무기력이 죄스러워 못난 아비의 몸집이 그예 담벼락을 타고 허물어졌다. 질긴 설움이 날카로운 콧선을 따라 뚝뚝, 피눈물로 떨어져 내렸다. 돌아온 홍랑의 과거를 모두 알면서도 내치긴커녕 보호한 육손이었다. 도리어 가짜의 출현이 감사했다. 십 년 만에 마주한 민씨 부인의 미소 한 자락이 육손에게 진한 투지

를 심어주었다. 그녀를 살아가게 하는 것이, 웃음 짓게 하는 것
이 가짜 홍랑이라면, 진짜로 만들면 될 일이었다. 무슨 일이 있
어도 가짜를 지켜내리라 필사의 다짐을 했다. 집무재에서 있었
던 작금의 일 또한 세상 모두가 안다 해도 민씨 부인만은 몰라
야 했다. 진실을 감당하지 못할 터였다. 다시 지옥으로 걸어 들
어가는 그녀의 뒷모습을 바라볼 자신이, 그리 허망하게 제 여인
이 절명하는 걸 지켜볼 자신이, 육손은 도저히 없었다. 아들의
한주먹 백골을 떠올리며 육손은 더 철저히 상전의 눈과 귀를 막
아 세상과 단절시키리라 다짐했다. 무엇보다 하루빨리 홍랑을
찾아 웃전의 눈앞에 데려다 놔야 했다. 하나 그 전에 해야 할 일
이 있었다. 범접할 수 없는 귀태가 풍기던 제 주인을 괴악스러
운 고목으로 만든 것이 바로 귀곡자였다. 아들이 살아온다는 희
망 고문을 가해 그녀와 제 삶을 피폐하게 만든 그 무자년을 기
필코 잡아 족치리라.

　육손이 이를 갈며 귀곡의 신당을 급습하였을 때, 그곳은 어찌
된 영문인지 이미 텅 빈 상태였다. 신당에 남겨진 것이라곤 자
그마한 목각 위패 하나뿐이었다. 황망함에 그것을 들여다보던
육손의 뒷덜미가 일순 뻣뻣하게 경직되었다. '천녀'라는 두 글
자 때문이었다.
　육손이 막 싸울아비가 되었을 무렵이었다. 혼사를 준비하던
민연의는 그에게 조선 최고의 무녀를 데려오라 하명하였다. 천
녀였다. 일흔일곱의 만신에게 기껏 열여섯 먹은 민연의는 급살
을 명했다. 심열국의 정인, 꽃님이란 계집의 숨을 당장 거두라

는 것이었다. 하나 천녀는 모시는 신령님께 약조한 대로 비방은 쓰지 못한다 아뢰었다. 휘황한 청나라 금자에도 눈썹 하나 꿈쩍 안 했다. 벼루를 집어던져도 늙은 무자의 기가 꺾이지 않자 민가의 영애榮愛는 곧 육손에게 멍석말이를 명했다. 거적에 말아 뭇매를 가하기가 무섭게 노쇠한 만신이 삼도천을 건넜다. 민연의는 잠시 당황하여 주춤하였으나 곧, 제 몫자리도 모르고 까불어댄 무지렁이 선무당에게 중한 일을 맡길 뻔했다며 오히려 가슴을 쓸어내렸다. 그러곤 육손에게 다시 하명하였다. 천녀의 시신을 내다 버리고 오는 길에 은밀히 변방의 도부꾼 하날 데려오라고. 꽃님을 보쌈하여 죽이는 대가로 도부꾼에게 건넨 것 역시 금자 한 닢이었다.

횅한 신당에서 옛일을 더듬다 말고 육손은 손아귀에 들린 천녀의 위패를 으그적, 깨부수었다. 여섯 손가락의 악력에 이미 가루가 되다시피 한 나뭇조각을, 또다시 발로 자근자근 밟아대기까지 했다. 혹여 제 상전이 부정을 탈까봐서였다. 설령 귀신이라 해도, 제 주인에게 해가 되는 것이라면 깡그리 싸잡아 기어코 아작을 낼 것이었다.

육손이 제 신당에 짓쳐들어 패악을 떠는 걸 지켜본 귀곡자는 천천히 몸을 돌려 신어미의 무덤을 향해 걸었다. 살아생전 그녀의 마지막 모습을 기억해내려 애썼으나 잘 되지 않았다. 민연의가 보낸 꽃가마를 타고 신당을 떠나던 날이었다. 신딸이었던 자신은, 저도 모르게 가마를 막아서며 이유 모를 고함을 질러댔다. 가마의 쪽창을 연 신모神母는 품에서 손바닥만 한 판자를 꺼내어 건넸다. 아무 말 없이 그것만을 쥐여주곤 총총히 떠났다. 무엇도 새겨지지 않은 조붓한 소나무 조각이었다. 사대문 밖, 언 들판을 새까맣게 덮고 있던 까마귀 떼를 날리고 신모의 피범벅 주검을 발견하고서야 신딸은 그것이 위패임을 알았다. 신어미가 참으로 야속하였다. 귀곡자란 이름으로 세상에 나온 그녀는 상단의 안쥔 자리에 앉은 민연의를 찾아가 이따금씩 공수를 주었다. 그것이 귀신같이 딱딱 들어맞으니 민씨 부인은 곧 그녀의 한마디 한마디를 금과옥조마냥 마음에 담았다. 신모의 가르침대로 살을 날리거나 저주를 하진 않았다. 다만 민씨 부인에게 홍랑이 단명할 것이란 사실을 함구하였다. 칠성전에 명 한번 팔아 올릴 기회조차 주지 않은 것이다. 아들이 안채 우물에 잠들어 있다는 사실도 침묵하였다. 대신 민씨 부인이 그토록 경멸하는 의붓 영애의 기운을 북돋았다. 범 발톱은 실상 재이의 구명줄이었다. 애초에 여성의 장신구인 노리개가 아니던가. 신물은 역시나 스스로 제 주인을 찾아갔다. 이것으로 재이는 장차 단주 자리에 올라 상단을 잇게 될 것이었다. 귀곡자는 감자와 고구마 몇 알 얻어먹은 게 다였기에 죄책감은 없었다. 하나 새끼를 잃고 구곡간장이 다 녹아내린 어미의 맘고생이 십 년이면 족하기도 하였고 또 그녀 뒤로 사신死神의 그림자마저 드리워졌기에 우물을 파라는 마지막 귀띔을 해주었다. 분명 그때만 '영식'이라고 정확히 명명하였다. 민씨 부인은 평생 금광사 주지에게 뇌물을 퍼다 주며 이리저리 급살과 비방을 써댔으나 귀곡자는 모른 체했다. 다행히 잿밥에 관심이 많았던 주지는 그리 신통치 못했다. 자신 역시 영험하지 못한 건 매한가지였다. 민상단과 엮인 심후한 청년이 기박하게 제 숨을 끊어내는 것이 안타까워 무진이라는 이름자를 주었으나 결국 아무런 효력도 발휘하지 못하지 않았던가.

조악한 달무리가 구름에 먹혀 사위가 껌껌해지자 번쩍, 은빛 불꽃이 허공을 꿰뚫었다. 억, 소리와 함께 광 앞에서 번을 서던 두 사람이 꼬꾸라졌다. 시커먼 인영 하나가 허물어진 덩치들의 맥을 짚었다. 일각도 안 되어 깨어날 터였다. 어째서인지 더 이상 생낯의 피를 보고 싶지 않아 비도의 손잡이로 뒷목을 가격한 홍랑이었다. 피 얼룩 한 점 없이 말끔한 쇠붙이건만, 버릇대로 서슬을 닦아 갈무리하던 그가 척추를 휘감는 빠드등한 골통에 일순 얼붙었다.

"허억!"

천형을 벗은 것은 매 순간 이토록 생생하게 실감되었다. 트실트실한 입술을 뚫고 희한한 숨이 바투 터져 나왔다. 천천히 고개를 들며 새 숨을 들이켠 그의 안색이 말도 못하게 새파랬다. 재차 식은땀을 훔쳐내며 그는 독하게 어금니를 앙다물고 신음을 집어삼켰다. 퀭한 안구에 도드라진 실핏줄만이 겨우 그가 살아 있음을 증명하였다. 주름진 미간을 어렵게 펴며 한참 만에 무표정으로 돌아온 그가 소리 없이 광 안으로 들어섰다.

을분 어멈은 동그랗게 몸통을 말고 봉두난발을 한 채 모로 꼬꾸라져 있었다. 손발은 뒤로 결박되고 입엔 커다란 재갈까지 문 채였다. 다급하게 포박을 풀어낸 홍랑이 을분 어멈의 곁뺨을 재차 내려쳤다. 얽죽얽죽 피가 눌어붙은 눈꼬리가 파르르 떨려왔다.

"을분 어멈, 정신 차려. 을분 어멈!"

"도…… 도련님. 도련님 아녀유?"

"어서 일어나."

"……으찌 ……으찌 여길 왔어유, 예가 으디라고."

"빨리 일어나. 여길 빠져나가야지."

"잽히면…… 도련님도 그길로 끝장나유. 뭐혀유, 얼릉 나가잖고. 얼릉 가유, 얼릉……."

"시간 없어. 어서 일어나!"

"이 몹쓸 년 땜시…… 애쓰지 마유. 불쌍헌 우리 을분이…… 혼자 금천교 건너게 못 둬유. 지가 치맛자락이라도 잡아줘야 쓰겠어유, 지가."

"그러니까 여길 나가야지. 심열국 손아귀에선 죽고 싶어도 못 죽어, 알잖아."

"도련님 면상은 왜서 이리 반쪽이 됐대유? 워디 큰 탈이라도 난 겨유? 아프면 따순 아랫목에 눠서 훌훌 괴깃국이나 불어 자시지 여긴 왜 와유, 여길."

"빨리 일어나기나 해. 난 그 어느 때보다도 건강하니까."

홍랑이 을분 어멈을 대충 잡아 앉히고는 다짜고짜 축 늘어져 있는 팔에 목함을 들이밀었다. 석청을 넣었던 나무상자였다.

"혼자서 어찌 발걸음이 떨어질까."

기진한 을분 어멈의 면에 찰나, 괴악스러운 주름이 들어찼다. 묵직한 상자 바닥이 흥건했다. 험하게 생을 하직한 딸년의 피눈물이었다.

"흐윽…… 도련님."

"서문으로 나가서 곧장 산을 넘어. 하면 나룻배가 기다리고 있을 거야."

상자 위로 조그만 염낭이 얹어졌다. 상황에 걸맞지 않게 샛노란 비단에 참한 윤기가 흘렀다.

"몸 추스를 때까지 버틸 정돈 될 거야."

"요걸…… 지가 으찌 받어유."

"지체할 시간 없어. 무얼 해, 어서 챙겨 넣지 않고."

"……."

"누룽지 값이야."

"……."

"내가 누구였든 그건 진심이었잖아."

"으헉, 으흐흑…… 도련님……."

빨딱 일어나 냅다 줄행랑을 쳐도 모자랄 판에, 을분 어멈은 기껏 일으켰던 상체를 다시 땅에 붙인 채 숫제 귀곡성을 냈다. 딸년의 머리통 때문인지, 반드르르한 염낭 때문인지, 이제 살았단 안심인지, 정말 죽어 딸년을 볼 수 있다는 희망 때문인지는 알 수 없었다. 어쩌면 그 모든 것이 이제야 실감이 난 것일지도 몰랐다. 재촉만 해대던 홍랑도 이 순간만큼은 잠시 그녀의 등을 도닥일 뿐이었다.

이른 아침, 죄인의 도망을 알리러 집무재에 든 방지련은 쓰러져 있는 심열국을 보고 기겁을 했다. 위태위태하던 차에 한 줌 백골을 양지바른 곳에 묻고는 종내 기력을 다하신 모양이었다.

방지련은 찡한 콧등을 재빨리 훔쳐내곤, 축 처진 웃전의 몸을 보료에 바로 뉘었다. 곧바로 든 엄의원은 크게 고개를 가로저었다.

"석청 독입니다. 어찌 이리 오랫동안 복용하셨단 말입니까!"

"도…… 독이라 했는가! 그럴 리가!"

"손 쓸 단계가 지났습니다. 어질증이 심했을 텐데 어찌 여직 버티셨는지."

홍랑이 구해온 금강산 석청. 민씨 부인의 명에 따라 방지련은 그것을 아침마다 상전께 올렸다. 동절기에 들어서 심열국의 기가 허해지자 아침저녁 두 번으로 양을 늘렸다. 홍랑의 정체를 알고도 방지련은 석청을 의심하진 않았다. 홍랑도 그것을 꾸준히 마셨기 때문이었다. 제 눈으로 본 것만도 여러 번이었다. 한데 독이라니! 당최 말이 되질 않았다.

"방도는? 방도는 없는가? 어의 영감! 그래, 그자를 청하면 무슨 수라도 있지 않겠는가?"

"천하의 어의라 한들 도리가 없을 것입니다."

"하여 산단 것인가, 죽는단 것인가!"

"당장은 깨어나 거동하실 터이나 달포도 아니 되어 신체의 말단부터 피가 돌지 않고 마비가 되다가 종국엔 이목구비 일곱 구멍에서 흑혈이 터져 나올 것이니…… 머잖아 극심한 고통이 따를 것입니다."

엄의원이 송구스러운 듯 고개를 수그리고 나갔다. 문 틈새를 비집고 들어온 돌개바람에 기다란 죽통이 바닥으로 툭 떨어졌다. 막 배달되어 온 것인지, 서안 위엔 깔끔하게 표구된 작품 하나가 펼쳐져 있었다. 방지련은 무심히 족자를 집어 들었다.

"으아아아앗!"

그가 경기를 하며 까무러쳤다. 쿵, 소리가 날 정도로 거세게 엉덩방아를 찧고도 아픈 줄 몰랐다. 고급으로 표구된 것은 다름 아닌 춘화도였다. 꺼칫하게 말라붙어 생기도 색감도 깡그리 잃은, 홍랑의 것이었다.

해 질 무렵 마포 나루는 스산했다. 재이는 아우의 작은 묘에 잘 익은 감 하나를 놓고 돌아가는 길이었다. 된서리를 맞은 고엽들이 지천으로 나뒹굴며 어슴푸레한 풍경에 슬픔을 얹었다. 환각처럼 수많은 상념들이 강물 위를 수놓았다. 마음을 비우고자 온 것인데 휘몰아치는 물결은 애써 다잡은 맘까지 거듭 흔들어댔다. 재이는 조소했다. 정말이지 단 한 순간만이라도 가짜 홍랑을 눈앞에서 지우고 싶었다. 그녀는 참빗으로 심장을 빗어내리듯 손바닥으로 답답한 가슴을 쓸어내렸다. 어둑한 강가에 서서 한참이나 뒷바람을 견디던 재이는 발치의 풀꽃 하나를 떼어내었다. 삭풍에 귀하게 틔운 풀잎들이 곧 한 장 한 장 무감하게 뜯겨 나갔다. 돌아온다, 돌아오지 않는다…… 마치 꽃 점을 치듯이. 마지막 이파리를 잡은 손끝이 멈칫했다. 긴긴 망설임이 이어졌다. 번뜩 핏빛으로 죽은 전서구의 모습이 떠올랐다. 그 위로 야차처럼 피를 흘리던 홍랑이 오롯이 겹쳐졌다. 뒤를 이은 것은 화마를 입은 그의 처참한 몰골이었다. 왜 하필 떠오르는 것은 참담한 순간뿐인가. 재이는 동그란 분홍색 등 안에 급히 불을 놓았다. 검은 강물에 띄우기 위해서였다. 홀로 나루터에 온 이유가 이것이었다. 소원을 빌 곳이 그 어디에도 없었던 것이다. 제 마음결처럼, 분홍빛 깜부기불은 급류에 휩쓸리며 휘적휘적 쏠려 나갔다. 오라비의 명복을 빌 요량이었는데…… 어린 홍랑의 극락왕생을 빌고팠는데…… 벌써 희미한 점으로 사그라진 색등엔 단 두 글자만이 박혀 있었다. 귀환. 가능성을 지닌 이는 단 한 명뿐이었다.

밤안개가 채 가시지 않은 이른 새벽, 삼지창과 월도를 든 수십의 군사들이 기습적으로 집무재를 포위했다.

"죄인을 당장 끌어내라!"

쩌렁한 목소리에 심열국은 번쩍 눈을 떴다. 값어치를 잃은 홍랑의 춘화도보다 더 큰 일이 벌어진 듯했다. 한 무리의 군사들이 상단 가병들과 마찰도 없이, 새로 꾸린 싸울아비들과 충돌도 없이 집무재에 들어섰다? 가능성은 딱 하나, 임금이 손수 보낸 금군뿐이었다. 딱 거기까지 생각이 미쳤을 때, 무장한 군사들이 문을 부수고 짓쳐들었다. 창졸간에 질질 끌려 나온 심열국이 마당에 무릎 꿇렸다. 그의 정수리 위로 널따란 교지가 펼쳐졌다.

"죄인 심열국은 들으라! 너는 수년간 한평 대군의 인장을 날조하고 사칭하여 위조품을 팔아먹고 금괴와 은괴를 위조, 통용하여 조선 상권을 어지럽혔다! 조악한 위조품을 청과 왜에 팔아 국격을 떨어뜨렸으며 국법으로 엄히 금지된 밀무역과 인신매매를 일삼았다!"

"네 이놈! 그 무슨 망발이냐! 내가 누군 줄이나 알고……!"

"닥쳐라! 매매한 아이들을 한평 대군께도 뇌물로 바치려 하였으나 수차례 거절당한 것을, 군부인께도 재차 확인하였다!"

"중상모략이다!"

"이 모든 죄가 들통날 위기에 처하자 앙심을 품고 너는 수양 아들 심무진을 사주하여 군대감의 능인 지덕사를 훼손하였다!"

"그…… 그게 어인 광담패설이냐!"

감히 능을 파헤쳤다는 것은 왕권에 대한 도전이자 역모였다. 능지처참을 당하고 삼대를 멸하는 대역죄. 상계를 어지럽혔다 는 일렬의 죄목들은 그를 범능적으로 몰아가기 위한 밑그림일 뿐이었다. 심열국은 이제야 사태의 심각성을 인식했다. 민상단 을 몰락시키는 데 그치지 않고, 누군가 자신을 갈가리 찢어 죽 이려 작정하고 판을 짠 게 분명했다. 그것도 금상을 움직여서. 심열국은 얼얼한 무릎을 고쳐 앉았다.

"이것 보시오, 내금위장! 모함이오, 모함이란 말이오! 대체 누 가…… 누가 그런 사특한 짓거리를 꾸몄단 말이오, 대체 누가! 증좌를 가져오시오, 증좌를!"

"현장에서 이것이 발견되었는데도 발뺌을 할 것이냐!"

챙그랑! 엉망진창이 된 사인검이 심열국 앞에 떨어졌다. 그는 경악하여 쩍, 입을 벌렸다.

"이…… 이것은! 홍랑 그놈이……!"

"네 죄가 그뿐만이 아니다! 죄책감에 진실을 고변하려던 심 무진마저 죽이고 자살로 위장하여 일을 은폐하고자 하지 않았 더냐!"

"그 무슨 말도 안 되는……!"

"여봐라! 이 범능적을 당장 포박하여 금군청으로 끌고 가라,

어서!"

"아니오, 내금위장! 내가 아니란 말이오! 이놈들아! 당장 이
손 놓아라! 내가 누군 줄 알고! 당장 놓지 못할까!"

소한

죽을 때까지 금을 삼키는 형벌, 탄금

피둥피둥한 여종 두 명이 요암재에 들이닥쳤다. 몇 날 며칠 자지도, 먹지도 못 한 재이의 사지를 옥죄는 건 그들에게 일도 아닌 듯했다. 무작스레 옷이 벗겨졌다. 그리고 준비되어 있던 의복들이 하나씩 꿰어 입혀졌다. 마지막은 붉은 능라에 색동으로 소매를 꾸미고 휘황하게 금박을 물린 활옷이었다. 넓은 치맛단 가득히 천도문, 불로초문, 매화문이 빽빽하게 수놓인 상품 중 상품이었다. 머리와 면 단장은 단출하게 끝났다. 대충 구색을 맞추었을 뿐인데도, 재이는 궁궐의 새 신부마냥 화려하였다. 다만 독기뿐인 눈초리만은 팔려가는 계집종의 것이었다. 몸부림에 기진맥진해진 그녀가 눈빛으로 마지막 저항을 해댔다. 그제야 들어온 민씨 부인의 표정이 다급했다. 역관 진희량에게 딸년을 보낼 요량이었다. 직접 금위군까지 보낸 임금을 움직일 방도는 정녕 청 사신들뿐이었다. 다행히도 진역관이 먼저 긴긴 조건을 얹어 밀통을 보내왔다. 계모의 심중을 단번에 파악한 재이가 악을 써댔다.

"사십구재도 못 치렀습니다!"

"누가 죽기라도 했다더냐? 이 집안의 모든 흉사는 재수 없는 네년이 만들어낸 것이 아니더냐! 네년이 애초에 고 대감의 첩이 되었다면 이 사달이 나진 않았을 테지!"

"진희량은 절 첩으로 들여 조선의 통상과 운수 인맥을 한 번에 삼키려는 수작입니다! 정녕 모르십니까!"

"입 다물고 시키는 대로 해! 뭣들 하느냐, 저년을 들어내지 않고!"

"이것 놓아라! 이래도 절 보내실 수 있겠습니까, 이래도!"

여종들의 두툼한 팔을 우악스레 뿌리친 재이가 자개함을 꺼내 들었다. 단박에 제 물건을 알아본 민씨 부인의 얼굴이 가관이었다. 평생 제게 저주만 퍼부어대던 방약무인한 계모의 면상에, 재이는 고이 접힌 문서들을 우악스럽게 내던졌다. 눈씨를 교만하게 치켜뜨고, 콧대를 빳빳하게 쳐들고, 악랄하게 혀를 놀려도 되는 민씨 부인의 특권. 아들의 부재에도 끝끝내 삶을 지속시켜준 분신. 그 수십의 권력들이 한낱 쭉정이처럼 작은 방에 휘날렸다. 발딱 일어나 휘적휘적 문서들을 펼쳐본 민씨 부인이 마치, 저승사자의 명부에 적힌 제 이름자를 본 양 커다랗게 입을 벌렸다. 거칠한 면상이 마구 뒤틀려 바스러져 내릴 듯했다.

"당신이 철석같이 믿었던 가짜 아들놈! 그놈은 재산을 몽땅 나에게 주었습니다. 이제야 속으신 걸 인정하시겠습니까!"

"그럴 리가…… 없다!"

"하면 그것은 아십니까? 진짜 홍랑은 이미 죽었습니다. 팔자 드센 이년이 앞날 망칠까 전전긍긍했던 그 귀한 아드님은 진즉에 망자가 되었단 말입니다! 내가, 아버님의 유일한 핏줄이란 말입니다!"

"설마 아드님이…… 아드님이!"

"천하의 아버님이라도 역모의 죄를 쓰고 어찌 목숨을 보존하겠습니까? 이제 어쩌실 겁니까? 자식 잃고, 부군도 잃은 아녀자가 그리 끔찍이 여기던 재산도 없이! 대관절 어찌 사실 작정이십니까!"

"육손아! 육손아! 육손이 게 있느냐! 이년이 도대체 뭐라는 게냐? 내 아드님이…….'

푸르죽죽한 민씨 부인이 흰자위를 까붙인 채 벌벌 떨었다. 두 손으로 재차 땅을 짚고서도 일어서질 못 한 채 치를 떨었다. 날래게 들어온 육손이 그녀를 부축하며 급히 아뢰었다.

"단주 어르신께서 고신을 받으시다 정신을 놓으셨다 합니다. 아무리 금군청이라 해도 분명 들어갈 방도가 있을 것입니다. 서두르셔야겠습니다."

곱다랗게 올린 머리채에서 거추장스러운 금비녀를 뽑아내며 재이도 급히 몸을 일으켰다. 굵게 땋은 머리타래가 스르르 풀려 흘러내렸다.

"아버님을 저도 뵈어야겠습니다."

"감히 어딜!"

"마지막이 될지도 모르니 저도 뵈어야겠단 말입니다!"

"예서 단 한 발짝이라도 움직이면! 삿된 네년을 베라 명할 것이다. 내 못 할 성싶더냐!"

민씨 부인의 포효에 육손이 단단히 칼자루를 거머쥐었다. 상전을 호위해 나가면서도 그는 몇 번이나 대차게 뒤를 돌아보았다. 함부로 몸을 놀렸다간 진정 안주인의 명대로 될 것이라 협박하듯, 부리부리한 안광은 끝까지 재이를 을러댔다.

모두가 사라지고 요암재에 홀로 남은 재이는 제 몸뚱이를 내팽개치듯 뉘었다. 기어코 아비가 사자의 기별을 받는 것을 구경만 할 판이었다. 한편 저 매구 같은 계모가 홀로 되면 오랜 명울이 풀릴 것 같다는 못된 생각도 들었다. 모진 폭우를 견디지 못한 잡초마냥, 그녀의 몸이 꺾여들었다. 밀물처럼 몰려든 고단함이 눈꺼풀을 잡아 내렸다.

심열국은 타는 듯한 조갈에 눈까풀을 밀어 올렸다. 지푸라기가 얇게 깔린 옥사에 들창조차 없는 것을 보니 금군청의 가장 후미진 곳인 듯했다. 입안이 파싹 말라 더 이상은 비릿한 피 맛도, 어금니가 부러져 나간 고통도 느껴지지 않았다. 그저 미친 듯이 목이 말랐다. 물이 있을 리 만무하건만 쑥대강이같이 협수룩한 산발을 이고 심열국은 기어코 상체를 일으켜 주변을 살폈다.

"어헉!"

이상한 방향으로 꺾여 온통 피떡으로 변한 관절들이 여기저기서 아우성이었다. 다시 반쯤 주저앉아 씩씩대던 그의 시선이 옥사 구석에 가 닿았다. 거기에 무언가 놓여 있었다. 두 발에 족쇄를 매단 채 어기적어기적 무릎걸음으로 다가간 그가 널따란 목각대접을 내려다봤다. 제 흉한 몰골이 훤히 비칠 만큼 맑디맑은 정화수였다. 빠듯하게 족쇄가 채워진 두 손을 게처럼 양옆으로 펼쳐 심열국은 그것을 덥석 들어 올렸다. 찰랑거리는 생수를 허겁지겁 들이켜며 그는 웃었다. 천하의 금군청에 이미 제 사람의 손이 닿아 있었다. 그깟 충심이 밥 먹여주는 게 아니라는 걸 다행히 금군들도 아는 모양이었다. 좋은 신호였다. 한 방울도 남김없이 깨끗하게 물그릇을 비우고 나니 갈증과 불안이 함께 잦아들었다. 그제야 목창 밖에서 안으로 길게 늘어진 그림자가 보였다. 홍랑이었다.

"네…… 네놈이! 살아 있었더냐? 그 큰 가죽을 다 벗겨내고도?"

"값비싼 표구까지 해서 보냈는데, 감상은 잘 하셨나?"

"천하의 독종!"

"진짜 독한 게 누군데. 그 무자비한 금군의 고신에도 입 뻥긋을 안 했다지?"

"네가 놓은 엉성한 덫에 내 호락호락 걸려들 성싶더냐? 여길 나가면 네놈부터 아작을 낼 것이다. 인화로 남았다면 내 족보에 올라 평생 양반으로 떵떵거리며 살았을 터인데. 쯧쯧쯧, 결국 지 팔자 지가 꼬는 것이지."

"네가 비틀어놓은 팔자를 이제야 편편히 편 것이다."

"한데 어째 안색은 그 모양이더냐? 걷기도 힘들어 보이는데 어찌 예 왔어?"

"이런 재밌는 걸 놓치면 쓰나? 돈왕이 옥사 구석에 버러지처럼 처박혀 있는데 돈을 내고서라도 구경을 해야지."

"금상을 움직이다니 제법이다만 조선이 어디 그 허깨비의 것이더냐? 똑똑히 보아라. 이 나라가 누구 손에 움직이는지! 돈왕은 절대 꺾이지 않는다!"

"사면이라도 받으시려고?"

"혐의 자체가 인정되질 않은 것이야. 영의정, 좌의정, 동부승지, 예조참판, 이조참판에 형부판서까지! 나한테 인간을 사들이고, 인피를 의뢰하고, 자리를 청탁하고, 뇌물을 건넨 자가 한둘인 줄 아느냐? 나 하나 잘못되면 줄줄이 엮여들어 조정에 피바람이 불고 결국엔 조당마저 텅 비게 될 터이니 모두들 똥줄 빠지게 움직이고 있을 것이야. 어디 윗대가리들뿐인가? 앞으로 거하게 한자리 해먹겠다는 유생들과 신진 관원들까지! 내 치부책에 명을 올린 자들이 수십, 수백이다. 진즉에 민씨가 진희량과 내통하여 청 사신단까지 구워삶아놓았을 터. 두고 보아라! 내일 아침이면 난 여길 뜰 것이다."

"아니, 오늘 밤 넌 죽는다."

"그래! 예서 목에 비수를 꽂은 채 졸하면 내 결백은 명명백백 밝혀지겠구나! 그것도 가히 나쁘진 않지."

"고작 비수로 모가지를 딸 요량이었다면 넌 이미 오래전에 망자가 되었을 거야. 그리 쉽게는 안 되지. 내 세상을 통째로 빼앗았으니 네 세상도 몽땅 무너져야 셈이 맞지."

"설마 그깟 석청 따위로 날 어쩔 수 있다고 생각하는 게냐? 짚신 한짝부터 옥새까지, 세상에 민상단을 거치지 않은 물건은 없다. 해독제 정도야 쉬이 구할 수 있는 것을."

"아니, 넌 탄금형呑金刑으로 죽는 것이다."

죽을 때까지 금덩이를 삼켜야 하는 고대 청나라의 형벌, 탄금. 배 속이 금덩이로 가득 차서 장이 파열되고, 다리가 부러져 일어설 수조차 없게 되며, 종국엔 기혈이 모두 막혀 사지가 썩어들어가는 걸 지켜봐야만 하는, 끔찍한 형벌. 하나 지체 높은 왕족들만 받는 고급 형벌이기도 했다.

"무슨 헛소리더냐?"

"네 옆에 누가 남았어? 아무도 없잖아. 슬하에 아들을 셋씩이나 두었는데, 요절한 친자는 핏줄도 아니었고, 말뚝으로 쓰던 양자는 스스로 목을 매었고, 아들이라 공표한 놈은 실상 네 목을 따러 온 살수였지. 재물을 얻고자 악랄한 처를 그토록 떠받들었으나 결국 재산은 애먼 놈한테 갔고, 친딸년은 평생 외면하여 원망만 키웠고. 뿐인가? 소싯적 정인은 복수를 하겠다 칼을 들이대고, 한평은 죽어서까지 네 발목을 붙잡고, 그깟 놈에게 바친 소품들의 원귀는 저승 문에서 네놈이 오기만을 벼르고 있으니, 쯧쯧쯧. 결국 일생토록 네가 한 짓이라곤 허겁지겁 금을 삼킨 것뿐이지. 탄금으로 죽으면 시신도 못 배거나. 쩐에 환장한 것들이 허겁지겁 달려들어 네놈의 배때기를 먼저 가르고 서로 금덩이를 꺼내 갖겠다 야단법석들을 떨어댈 테니까. 혹시 대가리에도 잔뜩 금이 들었나 싶어 그것마저 깨부술 테니까."

"닥치지 못할까!"

"재미있는 거 알려줄까? 민씨 부인이 선수를 치셨어."

"뭣이?"

"픽도 걱정되었겠지. 옥고를 치르는 부군이 아니라 제 안위가."

"대체……!"

"혹여 네놈이 고신을 못 견뎌 범능적이라고 인정이라도 하면? 그 몸뚱이 하나 찢기는 건 상관없는데 대역죄인의 처는 관노로 강등되어 노역을 살게 되니, 행여나 팔자에 없는 천한 짓거릴 하게 될까봐 고매한 마님께서 얼마나 불안하셨겠어? 그렇게 골골대더니 이럴 땐 손이 무진장 빠르시대?"

"……!"

"물맛이 좋았나 봐, 잘도 마시던데."

빠짝 얼어붙었던 심열국은 곧 옥사의 목창을 뽑아낼 듯 쥐고 흔들어대며 악악거렸다.

"게…… 게 누구 없느냐! 아무도! 아무도 없느냐! 우에엑! 으웩!"

격한 포효에도 아무 기척이 없자 그는 삽시간에 제 배를 부여잡고 억지 토악질을 해대었다. 그것 또한 맘대로 되지 않자 결박된 손을 목젖 끝까지 쑤셔 넣으며 발작적으로 몸태질까지 쳐댔다. 발광에 가까운 그 악다구니질이 참으로 가관이었다. 돈왕이라는 이름에 걸맞지 않은 그 우스꽝스러운 끝을, 홍랑은 두 눈을 크게 뜨고 똑바로 지켜보았다. 민씨 부인이 어찌나 맹독을 썼는지, 그마저도 길지 않았다. 어두귀면魚頭鬼面을 한 채 심열국은 스러졌다. 참으로 시시한 종장이었다.

"하아아아……."

옥사에 적막이 흐르자 사막 같은 홍랑의 입술에서 긴 한숨이 흘러나왔다. 신바람에 거나한 춤판이라도 벌여야 하건만, 어쩐지 크게 목을 놓아 울고만 싶어졌다. 이것이 정녕 끝인가. 고작

이 꼴을 보고자 수년간 칼을 갈고, 날을 세우고, 수많은 밤 살행을 나가며 절치부심하였던가. 한평 대군을 멸한 날보다 더한 허탈감이 밀려들었다. 심중의 원통함이 풀어지기는커녕 더 서러워졌다. 미칠 듯이 억울해졌다. 누구를 위한 복수인가? 무엇을 위한 복수인가? 아니, 과연 복수이긴 한가…… 그예 아비를 잃은 재이가 눈에 밟혀 목구멍에 가시가 걸린 듯 따끔하였다. 백 년도 넘게 산 듯, 삶에 대한 거한 피곤함이 몰려들었다.

금군옥사를 빠져나오며 홍랑은 자위했다. 심열국의 죽음으로 최소한 소품들의 넋은 달래줄 수 있을 것이다. 근자에 들어하루가 멀다 하고 꿈속에 삐죽삐죽 혈죽이 돋아났다. 턱이 깨져 피멍이 든 소품들이 여기저기서 불쑥불쑥 얼굴을 디밀었다. 그 끝엔 항시 숯검댕이 된 벙어리 아우가 있었다. 화형을 당한 마지막 모습이었다. 하소연도 할 수 없어 그는 밤새 소리 없이 엎드려 곡을 해댔다. 매캐한 탄내가 진동하는 그의 주변에 자꾸만 눈부신 나비가 따라붙었다. 그 표표한 날갯짓이 진절머리 나도록 슬펐다. 홍랑은 새카만 천중을 바라보며 인회에게 읊조렸다.

"끝났다. 너도 더 이상 구천을 헤매지 말고 그만 저세상으로 건너가. 나도 곧 따라갈게. 내세엔 반가의 귀한 손으로 태어나라. 그땐 벗으로 만나 수다나 실컷 떨자."

홍랑이 서글프게 웃음 지었다. 제가 생각해도 참으로 덧없는 바람이었다.

대한

숫눈송이 흩날리는데

'씨원헌 고로쇠 물 가져왔응게 꿀떡 삼켜유. 분한 것이고 설
운 것이고 뭐고 죄다 생켜유. 가슴이 그득헐 땐 이 약수만헌 게
읎고 말고유.'

어디서 분명, 을분 어멈의 잔소리가 들렸다. 재이가 정신을
차렸을 땐 사위가 어둑어둑한 해거름 녘이었다. 난데없는 고요
가 방 안을 터질 듯이 메웠다. 곧 그 자리에 고스란히 고독이 들
어찼다. 아무도 남지 않았는데 삶은 왜 이리도 벅찬가. 문득 오
라비가 했던 말이 떠올랐다. 홍랑을 죽였다 했다. 한때 소중했
던 이들은 모두 별이 되었다. 제 더러운 팔자 때문에 더 이상 죽
어 나갈 사람도 없으니 일말의 후련함이라도 느껴지면 좋으련
만, 고독 지옥에 혈혈무의로 남겨진 제 신세만 오롯이 실감될

뿐이었다. 끝끝내 제 것이 되고 만 범 발톱 노리개를 그러쥐며 재이는 벌컥 창을 열었다. 거무스름한 삭풍이 들창을 훑으며 기괴한 음률을 자아냈다. 소원했다. 이것이 만파식적의 가락이었으면 하고. 제 시름을 모두 가져가고 싸한 박하향이 몰고 왔으면 하고. 수많은 그리움에 이젠 홍랑까지 보태어져 경독榮獨의 설움을 부추겼다. 코끝이 시큰해지고 등마루가 싸해졌다. 오소소 어깨가 떨려왔다. 도대체 외로움은 어디서부터 어디까지일까. 어떻게 끝나는 것일까. 끝은 있을까. 그래, 홀로 된 것에 겁을 먹은 것뿐이다. 또 아무렇지 않게 살아질 것이다. 스스로에게 항변하듯 창문을 쾅 닫았으나 오히려 공포가 엄습했다. 기억마저 잊는다면 가슴속에 무엇이 남을까. 무엇으로 살아갈까. 지난 계절은 한 장의 지옥도였다. 다만 그 안에 극락의 틈이 있었다. 재이는 추억이 멀어질까 애가 탔다. 그리고 잊힐세라 더 꽉 끌어안았다. 허겁지겁 일어선 그녀가 거치적거리는 활웃 소매를 추스르며 벽장을 뒤적였다. 곧 검은색 종이로 싼 약초 꾸러미가 나왔다. 말린 앵속이었다. 앵속을 망초라 했다. 모든 것을 잊게 한다 하여. 불면의 날이 길어지던 봄에 을분 어멈이 넣어둔 것이었다. 민씨 부인의 괴기한 눈 그늘을 보며 죽어도 그따위 독초 따위는 태우지 않겠다 다짐한 재이였으나 성마르게 한계를 인정했다. 잠이 들고 싶었다. 곤한 하루가 이대로 끝이 났음 했다. 이참에 생이 마감되어도 나쁘지 않으리라. 그녀가 크게 한 줌 뭉텅, 앵속을 집어 화로에 처넣었다. 꽁지에 불이 붙은 건초는 불구덩이를 탈출하려는 듯 부질없이 몸을 뒤틀었다. 독기가 뿜어져 나왔다. 재이의 붉은 입술이 국수발 건져 먹듯 흰 연기를 쭉쭉 빨아들였다. 연초와 크게 다르지도 않았다. 남은 앵속도 모조리 탈탈 털어 화로 속으로 욱여넣은 그녀가, 분기탱 천한 홍염에 겁 없이 고개를 떨어뜨렸다. 퐁당, 물에 빠진 목화 솜마냥 한순간에 방 안이 녹아내렸다. 단장한 면이 녹작지근하게 풀어졌다. 거부할 수 없는 안온함에 온 세상이 저물어갔다. 사위가 어두워지는 속도에 맞춰 서안 위의 야명주가 희미하게 발광하였다. 그 둥그런 갈맷빛을 잡아채는 순간, 재이는 곧장 죽음 같은 수마에 빠져들었다.

걸쭉한 어둠에서 덜컥 떨어져 나온 것은 흑의 차림의 홍랑이었다. 상단에 숨어들어 곧바로 안채로 가려던 그의 발걸음이 그예 요암재의 담을 넘었다. 꼭 재이의 얼굴을 보겠단 것은 아니었다. 궁상맞은 넋두리를 쏟아내며 추하게 무너질까봐, 초라한 제 주제만 곱씹게 될까봐, 그게 행여나 제 마지막 모습으로 남게 될까봐 장지문 너머 인영만 보고 돌아서겠노라 다짐한 참이었다. 한데 갑자기 쏟아진 폭설이 쓸데없는 사려를 불렀다. 첫 눈치곤 눈발이 너무 굵었다. 탐스러운 은싸라기가 모든 허물을 덮어줄 것이라 부추겼다. 흉물스러운 와륵마저 옥진玉塵에 소복이 덮인 채였다. 각진 윤곽만 남은 그의 어깨 위에 다소곳이 눈송이가 내려앉았다. 밤의 설화가 서럽도록 화사했다. 다감한 설빙 소리에 번거로이 느껴지던 계절이, 허무의 반복이던 일상이 돌연 아쉬워졌다. 경험한 적 없는 것들에 대한 향수와 가져보지 못한 것들에 대한 그리움이 용솟음쳤다. 평정심을 완전히 잃었다. 하긴, 생의 마침표를 찍으며 평온을 운운하는 자체가 무리일 터였다. 홍랑은 빨갛게 언 손을 비장하게 제 가슴께에 가져다 대었다. 그래, 거세게 미쳐 날뛰는 대로 두자. 돌연 어질증이 엄습했다. 소담한 입김을 뿜어내며 그가 실소했다. 조금씩 독 기운이 도는 모양이었다. 석청은 자신과의 금석지약이었다. 한 여인으로 인해 평생의 다짐을 저버리는 변절자가 될까봐 두려웠다. 다행히 석청은 착실히 생을 갉아먹으며 효력을 발휘하고 있었다. 제 숨은 멎는 중이었다. 참참하게 발끝을 적셔오는 죽음에 안도감이 몰려왔다. 역류에 떠밀리기를, 그리하여 죽음에서 속절없이 밀려나길 바랐던 헛된 탐심을 이젠 버릴 수 있으리라. 하루에도 수십 번씩 널뛰기를 하던 마음을 외면할 수 있으리라. 천형도 벗었으니 홀가분하게 떠나리라. 낙하하는 강설의 기척이 감감하기만 했다. 시나브로 차분해진 흑안은 은색 눈가루를 뚫고 재이의 창으로 향했다. 미세한 불빛이 새어 나오고 있었다. 촛불이라 하기엔 너무나도 미약한. 일순간, 설편이 농후한 향을 실어 날랐다. 쭈뼛 감각이 곤두섰다.

'앵속!'

한달음에 재이의 방에 들어선 홍랑이 연신 기침을 해대며 동창부터 열어젖혔다. 지나치게 많은 양을 한 번에 피워 올렸음을 쉬이 알 수 있었다. 틀어진 창틀 사이로 연기가 새어 나가지 않았더라면 정녕 큰일이 났을 터였다. 화로 안의 깜부기불을 잽싸게 헤집어내고 휘적휘적 팔을 저으며 홍랑은 급히 백연을 몰아냈다. 자욱한 기운이 물러가고 슬슬 맑아지는 방 한가운데서 야명주를 품은 여인이 서서히 형체를 드러냈다. 좌장창창! 홍랑의 심장이 산산조각 났다. 온몸의 신경은 꼼짝없이 마비되었다. 숨이 막혔다. 신비로운 녹빛에 함빡 젖어 고혹미를 발산하는 여인은 활옷 차림이었다. 만개한 동백꽃처럼, 동그랗게 펼쳐진 붉은 치마를 이불 삼아 잠든 새 신부였다. 꽃술처럼 아롱아롱한 옥빛 낯이 합환주를 마시고 꽃잠을 청한 듯 애련하였다. 요염하게 늘어진 육신은 역설적으로 한없이 가랑가랑하였다. 넋을 놓았던 홍랑이 무릎을 꿇고 앉아 여인의 어깨를 소심하게 부여잡았다.

"정신 좀…… 차려봐."

홍랑은 스스로에게 말하듯 숨죽여 외쳐댔다. 그러나 얄포름한 눈꺼풀엔 떨림조차 없었다. 의식의 너머까지 간 그녀를 속히 데려와야 했다. 앵속이라는 것이 얼마나 위험한 것인지 모르는 미련한 여인이 무모하게 일을 냈다. 아니, 너무 잘 알아서 고의적으로 행한 것일지도 몰랐다. 생각이 거기까지 미치자 모골이 뻣뻣했다. 조급해진 홍랑이 채 아물지 않은 제 등도 아랑곳 않고 재이를 답삭 안아 들었다. 가녀린 육체가 순순히 딸려 왔다. 기려한 목선이 뒤로 한껏 꺾이고 다보록한 활옷이 축 늘어지며 나팔꽃 모양을 만들어냈다. 언젠가, 앵도색 연지는 어울리지 않는다고 타박까지 하였건만, 품에 안긴 하얀 인영은 살짝 벌어진 붉은 입술로 자꾸만 미색을 뿜어댔다. 툭, 재이의 품에서 영혼의 한 조각마냥 야명주가 떨어져 나왔다. 그리고 또 르르르…… 홀로 굴러 보초를 서듯 장지문 앞에 멈췄다. 재이의 행색이 돌아가는 상황을 설명하고도 남았다. 홍랑은 초조하게 바깥 동태를 살핀 후 병풍 뒤, 의복을 보관하는 쪽방 문을 열었다. 나무문이 달려 있어 인영이 새어 나가지 않을 안전한 공간이 그뿐이었다.

곧 두 사람만으로 꽉 찬 쪽방에 작은 황촛불이 놓였다. 촉화가 표정 없는 재이의 윤곽을 매만지자 덩달아 홍랑의 숨소리도 덤거칠게 타올랐다. 재이를 반듯하게 눕힌 뒤 옷고름을 풀어 숨통을 틔우려던 손이 멈칫하였다. 의복이 의복인지라 초야를 치르는 듯 느껴진 탓이었다. 거듭 눈을 부릅뜬 홍랑이 조심스레 활옷 고름을 풀어 젖혔다. 하나 그 속엔 팍팍하게 가슴을 졸라맨 치마 두세 겹에 그 아래 속곳이 또 서너 겹이었다. 매듭을 어찌나 꽁꽁 싸맸는지 앙가슴엔 울혈이 잡히고, 젖무덤은 팽팽하게 도드라졌다. 없던 울증도 생겨나고 앵속 없이도 능히 질식할 판이었다. 억눌린 능선에 닿은 투박한 손끝이 잘게 떨려왔다. 강박적으로 손톱을 세워보아도 여밈은 풀릴 기미가 없었다. 손바닥에 흥건히 배어 나오는 생땀을 닦아내며 홍랑은 입술을 앙다물었다. 여인의 치맛말기 하나 풀어내기가 이리도 어려운 것이던가. 손 마디마디 핏기가 사라졌다. 참을성이 바닥났다. 성마르게 나타난 비도가 곧 나비 모양으로 곱게 묶인 홍대까지 모조리 싸잡아 단박에 잘라내자 물컹하게 젖무덤이 풀어졌다. 홍랑이 큰일을 해치운 양 어깻숨을 쉬다 말고 바락, 인상을 썼다. 피가 동하는 여인의 앙가슴을 떡하니 차지한 게 낡은 국경패인 이유였다. 빡빡하게 잡아맨 모양새가 영원히 그녀의 목에 걸려 있을 태세였다. 죄책감이 몰려들었다. 여각의 작은 모퉁이 방에서 채비를 마치고도 끊임없이 주저하던 기척은 차마 아우를 두고 떠날 수 없는 누이의 망설임이었다. 그때 실토했어야 옳다. 나는 가짜라고. 덧없는 후회의 순간에 재이의 눈꺼풀이 열렸다. 혼곤한 눈자위가 홍랑과 얽혔지만 그뿐이었다. 홍랑이 엄지와 검지로 그녀의 턱을 들어 올렸다. 그의 손아귀에 시허연 턱이 붉게 물들었으나 휘늘어진 여인의 눈동자는 그대로였다.

"재이야."

풀려 있던 초점이 따스한 음성을 잡아냈다. 재이는 아질하게 가늠하였다. 이것이 꿈일까 하고. 꿈이라면 그래, 그냥 이렇게 마주 보고 있는 것도 나쁘지 않을 터이다. 한데 환영이라 하기엔 내리깐 사내의 눈시울이 너무 아팠다. 망연한 눈망울 아래 드리워진 그림자 또한 너무 짙었다. 벽에 등을 기대앉으려는 재이를 홍랑이 부축하였다. 그 다부진 근육에 재이는 실감했다. 눈앞의 사내가 허상이 아니라는 것을. 그 꺼칫한 면에 담긴 절박한 표정이 제 상태를 짐작게 하였다. 그의 시선이 제 저고리께에서 방황하자 재이는 그제야 휑한 가슴팍을 느끼고 앞섶을 움켜쥐었다. 하나 의복이 헤집어진 불쾌함도, 아비에 대한 원망마저도 잊은 채 그가 살아 있어 다행이라는 안도감만이 온통 머릿속을 지배했다. 한데 이상했다. 홍랑이 생소한 무복 차림이었다. 흡사 명부冥府의 사자마냥 머리끝부터 발끝까지 온통 검었다. 요대로 바짝 졸라맨 허리가, 이마에 질끈 묶은 머리띠가 굳은 결의를 드러내었다. 허리춤엔 족히 일곱 자는 되어 보이는 쇠자루칼이 드리워져 있었다. 그 섬뜩한 암기가 종내 끝장을 보겠노라 벼르고 있었다. 이 밤이 생의 마지막이라는 걸 증명하듯, 범접하지 못할 검고 끈끈한 사기가 숙연히 그를 감쌌다.

"기어이…… 끝을 보려느냐? 뭐가 급해서 이리 서두르느냐? 대체 세상 저 너머에 뭐 좋은 게 있다고!"

"검계 짓을 했으면 벌을 받아야지. 내 마지막 표적, 나야. 그래야 말이 되지."

"너는 단지 그만두는 법을 모르는 것뿐이다. 제발 예서 멈추어라."

"늦었어."

"사는 게 복수다. 모르겠느냐?"

"매일 밤 나도 석청을 마셨다."

"어찌!"

"네가 자꾸 헛꿈을 꾸게 해서, 내 분수를 망각하게 해서, 점점 더 살고 싶어져서."

"하면 더 살아야지, 악착같이 천수를 누려야지. 죽긴 왜 죽어? 끝까지 보란 듯이 잘 먹고 잘 살아야지. 누구 좋으라고 죽으래!"

언젠가 홍랑이 제게 했던 말을, 재이는 되뇌었다. 무릇 죽지 말아야 할 사람이 있다. 재이에게 그것은 눈앞의 사내였다. 홍랑이 온몸으로 짊어진 슬픔의 무게를 감히 제가 덜어주고 싶었다. 네 잘못이 아니라고, 원치 않은 삶에 맹렬히 투쟁한 것뿐이라고 위로하고 싶었다. 하나 그의 삶을 잠식한 고초를 감히 헤아릴 수조차 없어 화가 났다. 재이는 제 품에서 국경패를 꺼내 홍랑의 목에 걸었다. 기껏 제가 할 수 있는 것이, 줄 수 있는 것이 그뿐이었다. 또 하루를 살아내야 한다는 것이 어쩌면 그에겐 고역일지도 몰랐다. 그러나 누구에게든 인생을 전복시킬 기회가 단 한 번은 있어야 하지 않은가. 홍랑이 이제 제 목으로 옮겨온 헛된 희망을 바라보며 쓰게 웃었다. 여태껏 제가 세상에서 가장 불쌍한 놈이었건만 저보다 더 딱한 한 여인이 여기에 있었다.

"왜 바보같이 굴어? 이제 툴툴댈 오라비도, 불을 놓아줄 유모도 없잖아. 한데 목숨처럼 붙들고 있던 국경패까지 줘버리고 어떻게 살래?"

"날 동정하는 것이냐?"

"왜? 난 측은지심을 가질 주제도 안 돼?"

"그게 아니다."

"그럼?"

"내가, 널! 내가 널…… 걱정하였다. 죽었을까봐. 다신 안 돌아올까봐!"

홍랑의 면에 쩍, 빗금이 갔다. 기다렸구나, 나를. 온몸의 혈액이 휘몰아쳐 심부로 쏠렸다. 충혈된 눈동자가 순간 갈 곳을 잃고 어둑한 천공으로 솟구쳤다가 황촉 끝에 추락했다. 깊어진 동공이 갈피를 잡지 못하고 촛불 끝을 타고 이리저리 흔들렸다. 돌연 잔인한 생존 욕구가 들끓었다. 치열하게 살아보고 싶어졌다. 쇠약해진 심신이 무턱대고 온기를 갈구했다. 홀로, 오롯이, 생을 견뎠으나 어째서인지 이 순간만큼은 그것이 쉽지 않았다. 홍랑은 재차 갈등하는 자신을 모질게 몰아세웠다. 이름 모를 시체 더미 위에 스스로 올라선 자는 더 이상 사람이 아니다, 짐승이다. 짐승에겐 사람 사이에 섞여 평범하게 살 자격이 없다. 결국 살인은 목숨으로 갚아야 할 따름이었다. 피어오르는 미련을 가차 없이 잘라낸 육체가 분연히 일어섰다.

"내가 할 수 있는 유일한 건, 네가 가야 할 가시밭길을 조금 밟아놓는 것뿐이야. 그러니 정신 차려. 동이 트면 네가 상단주니까. 너 재주 있어. 돈 버는 재주. 불리는 재주. 모으는 재주. 그러니까 집무재 차지하고 앉아서 마음껏 돈 벌어. 막딸이 따위로 태어나고 싶단 그런 바보 같은 생각 다신 안 들 만큼."

"바보 같은 게 누군데? 맘속에 있는 말도 못 하고 죽겠다는
게 누군데!"

여인의 피 끓는 외침이 들리지 않는 양 홍랑은 돌아섰다.

"누가 마음대로 떠나도 된다 하였느냐! 아직 동백꽃도 피지
않았다. 춘백도 보지 못했단 말이다!"

순간 재이가 다급히 일어나 그의 등을 감싸 안았다.

"으윽!"

빠드등한 통증이 단박에 발끝까지 쇄도하였다. 홍랑은 극심
한 작열감에 고개를 젖히며 어금니를 옥물었다. 괄괄한 신음을
토해낸 목울대가 무지근히 요동쳤다. 등에 그예 장방형 핏물이
배어 나왔다. 선혈을 본 재이가 경악으로 헛숨을 삼켰다. 불쑥
튀어나온 깨달음에 와락 눈물이 솟구쳤다. 정녕 이 사내를 구
원할 수 있는 건 죽음뿐이구나…… 그의 절망은 슬프게도 명을
끊어야 비로소 끝이 나는 것이었다. 더 이상 삶을 강요하는 건
차라리 가학이었다. 이지러지는 억장을 애써 추스르며 재이는
조심스레 홍랑의 가슴팍에 두 손을 얽었다. 넓디넓은 활옷의 색
동 소매는 사내의 몸씨를 완전히 휘감았다. 미약한 체온이 서글
프게 번져왔다. 그의 고통을 모조리 삼켜버리고 싶었다. 몸뚱일
안고 있는데도 영혼까지는 다독일 수 없어 피가 말랐다. 이렇듯
헌칠한 사내가 그녀의 눈엔 날개 꺾인 새처럼 한없이 애처로웠
다. 애상은 금세 사내의 심부로 옮아갔다. 내리감은 홍랑의 눈
안으로 뜨끈한 비애가 고여들었다. 고통은 오롯이 자신의 몫이
면 좋으련만. 그예 굳건한 눈꺼풀을 비집고 선혈처럼 고달픈 눈

물이 쏟아졌다. 사랑에 대가가 따른다는 걸 몰랐다. 한 번도 사랑받은 적 없어서, 한 번도 사랑했던 적 없어서 사랑은 공짜인 줄만 알았다. 재이를 처음 본 순간 어쩌면 그는 예감하였다. 언젠가 모든 것을 다 털어놓고 싶어지는 순간이 온다면 그것은 바로 이 여인 때문일 것이라고.

"다음 생엔 절대 만나지 말자. 다신 내 눈에 띄지 마. 열심히 숨어. 최선을 다해서 도망가. 다시 만나면 그땐 널 가만두지 않을 테니까."

곧 죽기를 각오한 이가 다음 생을 말했다. 다음 생엔 이따위 복수 말고 너에게 목숨을 걸 거라는 진심은 끝내 유언이 되지 못했다. 제 가슴을 옥쥔 가느다란 손가락을 홍랑은, 심장을 파내듯이 하나하나 떼어냈다. 끝까지 잡아당긴 새총처럼 팽팽해진 감정을 더 이상 지탱할 수 없어 그는 문고리를 검세게 잡아챘다.

"지난여름! 난 세상에서 가장 행복한 여인이었다. 돌아온 아우 때문이 아니야. 그가 아우가 아니었기 때문이다."

획, 재이를 향해 돌아선 홍랑의 눈에 파랑이 일었다. 새총은 발사되었다. 성난 육신이 그대로 여인의 활옷을 덮쳤다. 메마른 입술이 붉은 연지를 집어삼켰다. 굶주렸던 짐승은 가녈한 목을 답삭 틀어쥐고 허겁지겁 단물을 들이켰다. 성마르게 번지는 찔레꽃 향기가 무람없는 금수의 난폭을 부추겼다. 게걸스럽게 취했으나 해갈은커녕 여인의 다디단 숨결에 홍랑은 되려 갈증이 일었다. 그의 이마에 송골송골 알땀이 맺혀들었다. 으르렁대는 숨소리에 맞춰 맥박이 사내의 전신에서 아우성이었다. 기갈이 소름 끼치도록 그를 몰아세웠다. 아사 직전의 들짐승처럼 극악스레 여체를 그러쥐었으나 도무지 성이 차질 않았다. 흉포한 허기가 차라리 광분을 일으켰다. 얄따란 허리를 걸탐스레 파고든 그의 손목에 맹렬하게 핏줄이 솟아났다. 단전에서 화르륵 열기가 피어올랐다. 불가항력이었다. 감정에 전복당한 야수는 이성을 완전히 잃었다. 무도한 육체가 살기를 방출시키며 격하게 폭발했다. 봉인되었던 심장이 끝내 녹아내렸다.

재이는 사납게 헐떡이는 야수를 보듬듯 부둥켜안았다. 그 광폭함이 삶을 향한 발악이 아니라 파멸을 향한 몸부림이라서 애가 끓을 따름이었다. 손대면 사라지는 신기루처럼 곧 아스라이 멀어질 듯해서 그녀는 더 세차게 홍랑을 끌어안았다. 다시금 그의 공백을 견뎌내는 것은 불가능이었다. 시린 바람이 재이의 폐부를 쓸고 지나갔다. 시간이 얼마 남지 않았건만 양손에 색실을 들고 엮을까말까 농을 치는 월하노인의 심술에 그녀는 골이 났다. 홍실에 청실을 엮듯이, 재이의 가느다란 사지가 건장한 남성의 몸을 칭칭 둘러 감았다. 여름 넝쿨처럼 바짝 그리고 빼곡히. 제 마음에도 봄이 오고 꽃이 핀다는 걸 첨 알았다. 춘화는 늘 그렇듯이 너무 이르게 떨어졌다. 그것이 숙명임을 모르지 않았으나 어쩔 수 없이 설움이 복받쳤다. 알 수 없는 계절의 끝자락에서, 그녀가 제 마지막 춘양을 붙들고 늘어졌다. 별안간 재이의 시야가 반전되고 좁은 세상이 이지러졌다. 바닥의 찬 기운이 등에 닿았다. 대충 여며놓았던 앞섶이 이번엔 제법 능숙하게 풀려나갔다. 촛불이 어룽어룽 홍랑의 눈망울을 흔들어댔다. 기름한 속눈썹 사이사이가 촘촘히 낙엽 빛깔로 젖어들었다. 사내의 것치곤 역시 너무 길었다. 봉숭아물이 남은 재이의 손끝이 그 처연한 면부를 쓰다듬었다. 먼 훗날 눈을 감고도 떠올릴 수 있도록 이 순간을 각인하려는 것이었다. 홍랑은 그 여릿한 손을 제 가슴에 가져다 댔다. 막판에 다다른 것을 아는 듯, 심장은 있는 힘껏 박차를 가할 뿐이었다.

"처음부터 이 감정을 무시하지도 부정하지도 말았어야 했어. 이젠 마음 가는 대로 둘 거야. 뒷일은 생각 않기로 했어. 어차피 이 밤이 마지막일 테니까."

재이의 뺨에 서글픈 볼우물이 파였다. 나긋한 입맞춤은 한순간, 종장을 직감한 격렬한 탐닉으로 변하였다. 시린 열기에 둘의 숨결이 재차 보태졌다. 색실이 차곡차곡 엮였다. 귀밑머리가 곱다랗게 풀렸다. 쪽방만 한 세상에 하염없이 숫눈송이가 내렸다. 눈설레가 유난했다. 설빙화가 피어났다.

검푸른 새벽. 안채 마당을 딛고 선 홍랑의 한숨이 승천하는 영혼마냥 허공에 흩어졌다. 때 이른 폭설에 세상이 오롯이 파묻힌 참이었다. 동자를 삼켰던 우물에도 소담스레 눈이 쌓였다. 정지된 풍경 어디에선가 무게를 이기지 못한 긴 눈덩이 하나가 뚝, 떨어져 내렸다. 그것이 신탁인 양 홍랑은 써늘한 쇠자루칼을 뽑아 들었다. 얼어붙은 솔향이 비장하게 감돌았다. 그때, 안채에 불이 놓이고 덜컥 장지문이 열렸다. 당황한 홍랑이 황급히 협도를 등 뒤로 숨기자마자 민씨 부인이 언 대청에 코를 박은 채 슬슬 걸어 나왔다. 삼작 저고리를 겹겹이 껴입어도 모자랄 판에, 시르죽은 신체에 걸친 것이라곤 수의 같은 홑겹 침의뿐이었다. 그녀는 육손에게 방지련을 죽이고 심열국을 독살하라 하명한 후, 한시도 잠을 이룰 수가 없었다. 행여나 일이 틀어져 부군이 생존하였으면 어쩌나 하는 불안 때문이었다. 하찮은 인사로 인해 제 귀한 팔자가 꼬이는 일은 결코 용납할 수 없었다.

"뉘…… 뉘냐!"

민씨 부인이 시허연 마당에 우뚝 솟은 인영을 발견하곤 놀라 주춤하였다. 날 데리러 온 사자인가, 그것도 아니면 밤도깨비인가…… 거뭇한 눈자위가 환영을 보는 양 망연했다. 눈가루에 점점이 찍힌 족적을 보고서야 귀신은 아니라 판단한 모양이었다. 기름한 눈으로 침입자를 살피던 민씨 부인의 까슬한 입이 갑자기 딱 벌어졌다. 그녀가 버선발로 마당에 내려선 건 순식간이었다. 무엇에 홀린 양 비틀대는 몸뚱이는 눈을 지르밟다 멈추길 반복하였다. 홍랑은 등 뒤의 쇠자루를 맵차게 당겨 쥐었다. 베리라. 재이의 걸림돌은 모두 제거하리라. 다만 단칼에 숨통을 끊을 것이다. 그가 베풀 수 있는 유일한 자비였다.

"아드님! 내 아드님!"

민씨 부인의 메마른 눈두덩이 창졸간에 젖어들었다.

"대관절 어디 계시다 이제야 오셨답니까, 내 아드님!"

육손이 얼마나 필사적으로 상전의 눈과 귀를 가렸던 것인가. 엉성궂은 민씨 부인의 두 손이 곧장 금자의 쓸쓸한 옥면을 감싸 쥐었다. 움찔, 장한 덩치가 소스라치며 등 뒤의 협도를 떨어뜨렸다. 탐스럽게 쌓인 백설이 슬며시 암기를 받아 깊숙이 품었다.

"아드님, 감모 드십니다. 추운데 어서 안으로 드십시다, 어서요."

어미가 아드님의 옥수를 극진히 부여잡고 안으로 이끌었다.

문이 닫히자마자 훅, 안채의 촛불이 사그라졌다. 설렘에 들떠
있던 민씨 부인의 음성도 뚝 끊겼다. 세상은 고요했다. 일각도
안 되어 돌아 나온 홍랑은 무감하게 강설에 파묻힌 인회의 유품
을 찾아 들었다. 그리고 말없이 마당을 가로질렀다. 점점이 발
자국이 찍혔으나 굵게 엉겨 내리는 함박눈에 그마저도 곧 흔적
없이 사라졌다.

경술
년

입춘

춘설에도 꽃이

입춘대길, 만사형통. 대련을 새로 써 붙인 대문이 활짝 열렸다. 상단 본전에 새살림이 들어오는 중이었다. 송상단이었다. 민상단의 현판을 떼어내며 일꾼들이 혀를 끌끌 찼다. 금상의 곳간을 채운다는 조선의 제일 상단이 이리도 허무하게, 그것도 하루아침에 풍비박산 날 줄 누가 알았으랴. 기이하게도 단주 내외는 같은 날 졸했다. 심열국의 부고가 상단에 전해졌을 때, 이미 민씨 부인은 안채에서 숙환으로 별세한 채였다. 불과 달포도 안 되어 견고했던 조직은 와해되고 흔적도 없이 사라졌다. 그 누구도 몰짱한 시체로 발견된 육손에 대해 신경 쓰지 않았다. 그저 거구를 치워야 했던 청지기 윤 영감이 일꾼들을 부리며 툴툴대었을 뿐이었다. 돈이 되면 허교하고 아니 되면 절교하는 건 돈왕의 권속들도 매한가지였다. 쩐으로 엮인 인연이란 게 참으로 야박하여 썰렁한 장례엔 수많은 뜬소문만이 무성했다.

재이는 요암재에서 부영을 독대 중이었다. 심열국이 범능적이란 실토를 하지 않고 죽었기에 양반 신분은 유지되었고, 재산 증서가 모두 재이의 명의로 된 덕에 뒤처리는 수월했다. 홍랑이 과연 그녀 앞의 가시밭길을 자근자근 밟아놓은 것이었다. 부모의 상을 치르자마자 재이는 민상단의 어리석은 역사를 손수 닫았다. 재산은 암우한 단주가 짜낸 생낯의 고혈이었으나 충성스러운 일꾼들의 진정한 땀도 배어 있었다. 하여 모든 재산을 상단 권속들과 비복, 가병들에게까지 차등 분배하고 내보냈다. 상단 본전마저 매각하였다. 그저 요암재, 광명재 그리고 무명재만 제 소유로 남겨두었을 뿐이다. 다식방과 찬간 하나만 딸린 이 작은 여염집에 새로이 샛담을 둘렀다. 요암재는 와편을 모두 걷어내고 사랑채로, 무명재는 집무재로, 광명재는 안채로 변모하였다. 재이는 해오던 대로 다식을 판매하는 한편 상단 본채를 매매한 돈을 밑천 삼아 팔도에서 귀석貴石들을 사들일 계획을 세웠다. 유일하게 그녀 옆에 남은 부영이 그 일을 맡았다. 무진을 따라 전국 방방곡곡을 다녔기에 더할 나위 없는 적임자였다. 색돌은 세공을 거쳐 장신구를 만들 심산이다. 점포는 차리지 않기로 하였다. 저자에서 수요가 있을 만큼 만만한 물목도 아닐뿐더러 사람을 고용하고 세를 내는 등 추가 비용을 아끼기 위해서였다. 세공된 완성품은 달포마다 있는 경매에서 팔 요량이다.

"저는 연옥과 경옥을 먼저 사들일 테니 어르신께서는 은장이

와 패물장이를 만나……."

"그리 부르지 말래도요."

단둘뿐이라 심상단이라 칭하기도 우스웠으나 유일한 권속이자 얼떨결에 최고 행수가 된 부영은 재이를 자꾸 어르신이라 칭했다.

"더 이상 애기씨라 부를 수도 없지 않습니까."

정갈하게 쪽을 져 올린 재이의 머리를 보며 부영이 말했다. 정인이 졸하여 영혼식을 올렸다, 애기씨는 그 말 한마디뿐이었다. 부영은 죽은 무진 도련님이 딱해 속으로 눈물을 삼켰다. 제 상전의 절명이 버려진 양자의 불행이 아닌 누이를 은애한 오라비의 비극이었음을 그는 알았다. 재이는 오라비에게 받은 용문 금장도를 부영에게 주었다. 끝까지 오라비를 잘 보필해주어 참으로 고맙다고 그녀는 말했지만 부영은 알았다. 그것이 오라비의 연심을 끝내 내친 누이의 죄책감임을. 하여 귀물임에도 불구하고 말없이 받아 가슴에 품었다. 금기처럼 죽은 자들에 대해선 그 누구도 언급하지 않았으나 부영은 도련님의 위패 앞에서 약조한 바가 있었다. 홀로 된 애기씨를 잘 보필하겠다는 다짐이었다.

"어르신이라 부름을 허해주십시오."

처음 무진이라는 어린 주인을 뵙던 그날처럼, 부영은 새 상전에게 깍듯이 예를 갖췄다. 자신은 더 늙었고 모시는 주인은 더 어려졌지만 장지문을 나서는 뒷걸음은 전에 없이 공순하였다.

재이가 광명재를 안채로 삼은 데엔 이유가 있었다. 이곳에서만큼은 어둠을 견딜 수 있기 때문이었다. 홍랑의 영혼이, 그것이 오래전 명을 달리한 어린 아우이건 혹은 머리를 올려준 사내이건 간에, 그 선귀신이 자신을 지켜주는 것이라고 그녀는 생각했다. 국경패 대신 목에 걸린 야명주도 한몫하였다. 이젠 붉은 놀구름에도 허둥지둥 초를 찾지 않았고, 어둠에 먹히는 사위도 고요히 마주할 수 있게 되었다. 까맣게 제 윤곽마저 지워지자 재이는 대청에 나가 섰다. 이젠 등롱 하나도 제 손으로 달아 올려야 했다. 석양을 품은 하늘이 요사스러웠다. 마지막 광명처럼 찬란하고, 동시에 서글픈 그런 하늘이었다. 그 위로 또 슬금슬금 눈발이 날렸다. 해가 바뀌고 입춘도 지났건만 눈이 유난하긴 마찬가지였다. 언 마당도, 언 마음도 금세 춘설에 덮였다. 번뜩 재이의 고개가 대문 쪽을 향했다. 눈을 밟는 듯, 녹이는 듯 생소한 기척 때문이었다. 한순간 야트막한 허공에 자그마한 불씨가 떠올랐다. 그리고 느리게, 느리게 마당을 가로질렀다. 거북이었다. 성긴 옥진이 세상을 뒤덮고 영물마저 하얗게 만들었으나 튼실한 등껍질에 뿌리내린 작은 불꽃만은 소멸시키지 못하였다. 여인의 심중에 아스라이 틈이 생겨났다. 담벼락 아래 동백이 톡, 꽃망울을 터뜨렸다.

(끝)

작가의 말

한국에서보다 외국에서 산 날이 더 많아 그 반작용인지, 저는 조선 시대 전반에 관하여 큰 관심과 흥미를 가지고 있습니다. 많은 시대극과, 역사극, 대체역사극을 읽었으나 신분을 초월한 출세담, 전쟁 속 영웅담 혹은 궁중비사와 당파싸움이 주를 이루기에 신선한 시대극에 대한 갈망이 늘 있었습니다. 그런 참신한 이야기를 직접 써보고 싶다 생각하던 차에 1980년대 초 프랑스에서 일어난 실제 사건에서 영감을 받아 『탄금』은 시작되었습니다. 실종된 아이가 몇 년 후 돌아오지만 결국 친자가 아님이 밝혀진 이 사건은 1992년 〈올리비에, 올리비에〉라는 영화로도 제작되었습니다.

시대극의 재미는, 도처에 산재하는 갖가지 제약과 한계가 더 많은 갈등을 조장하고 더 큰 오해를 불러일으키는 데 있다고 저는 생각합니다. 하여 큰 얼개가 되는 홍랑의 실종과 귀환, 그를 둘러싼 믿음과 의심 사이에 데릴사위, 씨받이, 양자, 무당, 추노꾼, 싸울아비, 피장이 등 조선 시대만의 독특하고 간간한 인물들을 끼워 넣고, 그들이 더욱 극심한 혼란을 야기하도록 부추기는 방식으로 이야기를 발전시키게 되었습니다. 사건의 순서와 감정의 흐름을 정리하기에 24절기를 빌려 목차를 쓰는 것은 매우 당연하고도 자연스러운 일이었습니다.

틈틈이, 지금은 존재하지 않는 것들도 담아내고 싶었습니다. 하염없는 기다림, 어긋난 약속, 전달되지 못한 서신과 같은 애틋한 낭만들을, 또 지엄한 법도 아래 오가는 눈빛과 꼭꼭 여민 의복 사이로 드러난 살결처럼 금지된 긴장감을 소홀히 하지 않으려 애썼습니다. 제일 공을 들인 부분은 미스터리를 끌고 나가는 홍랑이 단편적 인물이 되지 않도록, 식상한 복수를 꿈꾸지 않도록, 끊임없이 감시하고 수정하는 일이었습니다. 그가 '본 적도 들어본 적도 없는 참신하고 충격적인' 비밀을 지니길 원했습니다. 그것이 밝혀지는 순간 상황은 반전되고, 인물들의 감정은 전복되길 바랐습니다. 그렇게 여러 이름을 지닌 미스터리한 인물, 홍랑이 만들어졌습니다. 시대극이다 보니 캐릭터를 구축함에 있어 가장 고심했던 건 역시 여성인 재이였으나 가장 정이 갔던 건 무진이었습니다. 깨알 같은 인물들 또한 글을 써나갈수록 똑같이 눈에 밟히고 마음이 쓰여 하나둘 나름의 사연과 곡절을 부여하다 보니 『탄금』이란 소설이 완성되었습니다.

타국의 일상 속에서, 조선의 산천초목에 색을 입히고 비금주수에 생을 줄 수 있어 행복했습니다. 마을 어귀에 장승을 박고, 초가지붕에 이엉을 얹고, 옛사람들에게 흰 광목으로 옷을 지어 입히는 것이 좋았습니다. 그러는 사이 경험해보지 못한 시절에 대한 향수가 짙어졌습니다. 알지 못하는 이들에 대한 그리움이 생겨났습니다.

　탐독은 언제나 큰 즐거움이었으나 흔히 말하는 '인생을 바꾼 단 한 권의 책'을 저는 아직 만나지 못했습니다. 다만 책장을 덮은 후에도 문득 주인공의 안부가 궁금했던 적은, 몇 번인가 있었습니다. 『탄금』이 그런 이야기였으면 합니다.

2021년, 장다혜

탄금—금을 삼키다

초판 1쇄 발행 · 2021년 2월 26일
초판 6쇄 발행 · 2024년 11월 11일

지은이 · 장다혜
펴낸이 · 김요안
편집 · 강희진
디자인 · 부추밭

펴낸곳 · 북레시피
주소 · 서울시 마포구 신수로 59-1
전화 · 02-716-1228
팩스 · 02-6442-9684
이메일 · bookrecipe2015@naver.com | esop98@hanmail.net
홈페이지 · bookrecipe.modoo.at
등록 · 2015년 4월 24일(제2015-000141호)
창립 · 2015년 9월 9일

ISBN 979-11-90489-29-4 03810

종이 · 화인페이퍼   인쇄 · 삼신문화사   후가공 · 금성LSM   제본 · 대흥제책